Sophie Brahms lebt in Berlin, ihr Großvater war ein bekannter Schönheitschirurg, sie selbst hat Modedesign studiert. Währenddessen beschäftigte sie sich auch mit der Historie der Mode und entdeckte so ihre Liebe zur Geschichte. Inzwischen hat sie sich aus der Modewelt zurückgezogen und ihren ersten Roman in der Abgeschiedenheit der Natur geschrieben.

SOPHIE BRAHMS

Gretes Weg

ANBRUCH EINER NEUEN ZEIT

Erstausgabe Februar 2025

Copyright © 2025 dp Verlag, ein Imprint der
dp DIGITAL PUBLISHERS GmbH
Made in Stuttgart with ♥
Alle Rechte vorbehalten

Gretes Weg

ISBN 978-3-98998-921-4
E-Book-ISBN 978-3-98998-644-2

Covergestaltung: Jasmin Kreilmann
Umschlaggestaltung: Christin Peulecke
Unter Verwendung von Abbildungen von
shutterstock.com: © Nature Peaceful, © frank_peters, © Third key,
© Trakadas Ilias, © KathySG
Lektorat: Manuela Tengler
Satz: dp DIGITAL PUBLISHERS GmbH
Druck und Bindung: Books on Demand GmbH, Norderstedt

Schönheit wird die Welt erretten.

Fjodor Michailowitsch Dostojewski

Prolog

WERNEUCHEN/PROVINZ BRANDENBURG, 1894

Mucksmäuschenstill spähte Grete durch einen kleinen Spalt im Heuschober auf die sommerliche Hochzeit. Sie war schön, pompös, einfach romantisch! Überall waren Blumengestecke aufgestellt und kein einziges Wölkchen stand am strahlend blauen Himmel, als hätte der Bräutigam Petrus bestochen. Selbst Kätzchen Schnurr, das hinter dem Pastor auf einem Heuballen saß, schien sich noch herauszuputzen, indem es sich ausgiebig sein Pfötchen leckte. Grete schämte sich etwas für ihr schmuddeliges Kleid.

Der Pfarrer blickte in das wohlsituierte Publikum und erhob seine Stimme: »Bis dass der Tod euch scheidet.«

Obwohl sie erst Zwölf war, lösten die Worte des Pfarrers eine Sehnsucht in ihr aus. Eine Träne der Rührung kullerte ihre Wange herunter.

Grete blickte zu Therese nach hinten in den Schober. In ihrem eng geschnürten Korsett erinnerte sie an eine Wespe. Neben ihr im Stroh saß Johann, Gretes Bruder. Er hatte Grete gebeten, aufzupassen, damit er bei seinem allerersten Kuss ungestört war, für den ihn ausgerechnet eine Baroness auserkoren hatte.

Grete schaute schnell wieder nach vorn zur Hochzeit. Dort standen Magda von Callenberg, Thereses ältere Schwester und Wilhelm Freiherr von Raussendorf.

Das weiße Hochzeitskleid der Braut glänzte in der Sonne. Sie sah vornehm aus mit ihrer Hochsteckfrisur und dem ausladenden Hut. Der Freiherr hatte längst graues Haar und selbst auf diese Entfernung sah Grete, dass seine Uniform über seinem Bauch spannte.

»Ja, ich will, so wahr mir Gott helfe!«, posaunte der Freiherr. Er legte seiner Angetrauten einen Goldring an und alle applaudierten.

Grete hätte es auch gerne getan, durfte ihr Versteck aber keinesfalls preisgeben. Schließlich waren Johann und sie nicht zur Hochzeit eingeladen.

Und was Therese gerade mit Johann tat, dafür würde ihn der Baron sicherlich peinigen. Aber der bestimmte ohnehin viel zu viel, fand Grete.

Hinter sich hörte es Grete schmatzen, umzudrehen traute sie sich aber nicht. Es war ihr peinlich. Starr schielte sie weiterhin zur Hochzeit.

Das Brautpaar posierte bewegungslos, dann schoss ein kleines Feuer neben dem Fotografen hervor. Wahrscheinlich eines dieser neuen Magnesium-Blitzlichtgeräte, von denen ihr Vater immer erzählt hatte.

Kaum dachte sie an ihn, spürte Grete, wie die Tränen in ihr aufstiegen. Sie musste an das Hochzeitsfoto ihrer Eltern denken, zusammen mit ihrem Onkel und ihrer Tante. So wollte sie später ebenfalls heiraten, eine Doppelhochzeit mit ihrem Bruder.

Ob Johann gerade auf dem rechten Weg dazu war, wusste Grete nicht. Er war zwar drei Jahre älter als sie und behauptete mit fünfzehn bereits ein richtiger

Mann zu sein, aber die zwei Jahre ältere Therese war nicht die Richtige für ihren Bruder. Außerdem hatte sie gehört, dass es ausgeschlossen war, dass Adelige einfache Menschen wie sie heiraten würden.

Manchmal jedenfalls glaubte Grete, dass es selbst den Milchkühen der von Callenbergs besser ging als Johann und ihr.

Plötzlich hörte sie hinter sich ein ängstliches Maunzen und etwas schlug an die Wand der Scheune. Sie blickte zu Johann und Therese, die sich noch immer küssten, als würde man davon irgendwie satt werden.

Grete lief aus dem Heuschober und sah an dessen Wand den dicken Albert von Callenberg, der jüngste Spross der Familie. Er hatte sich ebenfalls von der Zeremonie davongeschlichen, trug Anzug mit Fliege und stand zusammen mit seinem Cousin Wilhelm vor einem hölzernen Regenfass.

Wilhelm hielt Schnurr in seinen Armen.

»Traust du dich etwa nicht?«, fragte der dicke Albert.

»Natürlich!«, konterte Wilhelm.

Der dicke Albert grinste.

Wilhelm ging einen Schritt näher an das Fass und hob das Kätzchen empor, dessen Augen im Sonnenschein grün blitzten. Mit ausgefahrenen Krallen fauchte Schnurr.

Grete trat einen Schritt näher. »Wilhelm, lass Schnurr los!«

Albert lachte höhnisch und wies auf das Fass, das randvoll mit trübem Wasser gefüllt war. »Macht er, aber erst wenn er ertränkt ist.« Er zeigte auf Grete. »Die vermehren sich wie die Ratten. Genauso ein Gesindel wie dein Bruder und du.«

Gretes Wangen wurden rot. »Wilhelm, das wirst du nicht tun!«

Albert gab Wilhelm einen Schubs. »Los, mach! Angsthase, Pfeffernase!«

Kurzentschlossen tauchte Wilhelm den Kater kopfüber in das Fass, dass Wasser auf den Boden schwappte. Eine Pfote fuhr aus dem Fass und kratzte über Wilhelms Arm. Ein paar Tropfen Blut fielen in die aufgebrachte Wasseroberfläche.

Grete schnaubte und trat Wilhelm mit voller Wucht in seine rechte Kniekehle. Die Beine des Jungen knickten ein und er fiel schreiend zu Boden. Sogleich ließ er Schnurr los und das Tier sprang davon, als sei der Teufel hinter ihm her.

»Was fällt dir ein, du dumme Göre?«, schrie Albert. »Jetzt ist er abgehauen!«

Grete rannte davon. Am liebsten wäre sie zu Johann gerannt. Aber wenn sie jetzt in den Heuschober lief, würde Albert ihn und Therese entdecken und an seinen Vater verraten. »Lasst mich in Ruhe!«, rief sie. »Sonst hole ich Johann!«

»Der ist doch auch ein Mädchen!«, brüllte der dicke Albert ihr rennend hinterher. Da er längst außer Atem war, tapste er nur noch ein paar Schritte, dann blieb er keuchend stehen.

Grete rannte weiter aufs Feld. Sie suchte nach Schnurr, lief dabei kreuz und quer durch das Korn. Unter dem Ahornbaum hörte sie es verzweifelt Miauen. Sie schaute sich um, entdeckte den Kater aber nicht.

Über ihr erklang ein Maunzen. Grete blickte nach oben.

Dort, fast in der Krone saß Schnurr. Das nasse Kätzchen war so weit geflüchtet, so hochgeklettert, dass es jetzt nicht wieder hinunter kam.

Grete lief schnell zurück zum Heuschober und riss die Tür auf. Sie erblickte Johann ohne Hemd, die Schnüren von Thereses Korsett in seinen Händen.

»Johann!«, rief sie. »Du musst mitkommen!«

Er schaute sie verärgert an, als wäre er aus einem schönen Traum gerissen worden.

»Schnell jetzt!«, drängte Grete. Die Panik in ihrer Stimme ließ Johann aufhorchen.

Er seufzte, zog sich hastig sein Hemd wieder an, flüsterte Therese etwas zu und folgte Grete.

Grete sah gerade noch, wie Therese wütend ihren Hut anlegte, und wie immer, wenn die Baroness sich aufregte, lief ihre spitze Nase mit dem kleinen Höcker rot an.

Grete und Johann rannten auf den Ahornbaum zu. Außer Atem kamen sie dort an.

»Hat uns jemand gesehen?«, fragte Johann.

Grete schüttelte den Kopf.

»Warum hast du uns dann gewarnt?« Er knöpfte sich das Hemd zu.

Grete zeigte nach oben. »Wir müssen Schnurr retten!« Sie sah Johann zermürbt an. »Du weißt doch, ich traue mich nicht mal auf den Schober zu klettern. Da werden meine Knie immer ganz wackelig.«

»Deswegen hast du mich gerufen?« Johann schüttelte den Kopf. »Ich war so kurz davor ...« Er biss sich auf die Lippe. »... ein echter Mann zu werden.« Er drehte sich weg.

»Du hast Schnurr doch auch gern.«

Johann atmete tief aus und sah Grete an, wie er seine kleine Schwester häufiger anschaute. »Die von Callenbergs mögen es nicht, wenn man auf ihre Bäume klettert.«

»Das ist nur ein Ahorn, kein Apfelbaum. Und du sollst ja keine Äpfel stehlen, sondern Schnurrs Leben retten«, antwortete Grete. »Außerdem sind die noch auf der Hochzeit.«

Johann sah sich um, als suche er Therese.

»Zudem habe ich dich vor einer großen Dummheit bewahrt«, sagte Grete trotzig.

Johann blickte starrsinnig zu ihr. »Was weißt du schon!«

Grete schaute ihn flehend an. »Bitte, mach es für mich.«

Johann blinzelte ihr zu und kratzte seine spitze Nase. »Aber nur, wenn du das nächste Mal wieder aufpasst und nicht davonläufst!«

Grete nickte. Sie hätte alles getan, um Schnurr zu retten, ohne selbst auf den Baum klettern zu müssen.

Johann ging barfuß um den Stamm herum und suchte einen Einstieg. Schließlich sprang er hoch zu einem dicken Ast und zog sich daran hinauf. Ein bräunlicher Ahornsamen fiel vom Baum und rotierte dabei mit seinen Flügeln wie ein Windmühlenrad. Johann stieg ein Stück den Stamm hinauf und blickte zu Grete hinunter. »Pass auf, dass niemand kommt.«

Grete nickte ihm zu und spürte ein warmes Kribbeln in ihrem Herzen.

Johann kletterte weiter nach oben und schien kurz im Geäst verschwunden zu sein, tauchte aber wieder auf, als er auf Schnurrs Höhe angelangt war. Er umklammerte einen Seitenast, der unter seiner Last etwas nachgab.

Grete stockte der Atem. »Pass bloß auf!«

Ihr Bruder hielt inne und klopfte mit einer Hand auf den Ast. »Der hält.« Zögerlich krabbelte er weiter und stoppte, als er sich wenige Zentimeter vor Schnurr befand. Der kleine Kater fauchte. Sachte streckte Johann seine Hand zu ihm hin.

Der verängstigte Kater fuhr seine scharfen Krallen aus und erwischte Johanns Finger.

Johann zog sie schnell zurück, der Ast wackelte. Schnurr hechtete tiefer in das Gestrüpp. Da knirschte der Seitenast, den Johann nach wie vor umklammerte, und durchbrach samt Johann die Blätter. Ihr Bruder drehte sich dabei nicht wie zuvor der Ahornsamen, sondern fiel hinab wie ein Stein.

Laut krachend landete er bäuchlings auf dem Boden.

Es ging alles so schnell. Grete sah, wie Schnurr vom Baum sprang und davonrannte, sie schrie auf und hastete zu ihrem Bruder.

Er lag flach und regungslos auf der Erde. Unter Johanns Gesicht wuchs eine rote Pfütze auf dem Grün des vermoosten Bodens.

»Johann, Johann. Du darfst nicht gehen!« Gretes Herz hämmerte wie der Hufschmied mit dem Hammer. Hilflos rieb sie Johanns Rücken, doch ihr Bruder blieb schlaff und völlig regungslos liegen. Sie nahm seinen Kopf, drehte ihn behutsam um und erschrak zutiefst. Sein Gesicht war rot verschmiert und mit Moos befleckt, die Augen und sein Mund geschlossen. Wo einst seine Nase keck hervorgelugt hatte, klaffte nun ein Loch, in das sich ein Ast gebohrt hatte.

»Was habe ich getan?«, flüsterte Grete. Die Tränen schossen aus ihr heraus. Sie nahm seine Hand und spürte erleichtert, dass er noch lebte.

Grete sah auf. Sie erblickte Therese von Callenberg, die angelaufen kam. Grete winkte ihr panisch zu.

Therese lief schneller, hielt ihren Hut fest. Atemlos kam die Baroness an, schaute auf Johann und presste erschrocken die Hände vor ihr Gesicht. »Wie ekelerregend!« Sie wandte sich mit einer Grimasse ab, hob ihren Rock und rannte davon.

»Du musst Hilfe holen!«, rief Grete ihr hinterher, aber sie ahnte, dass Therese von Callenberg der Bitte nicht nachkommen würde.

Also rannte sie selbst los und schwor sich, dass sie alles tun würde, um Johann zu retten. Damit sie und Johann genauso glücklich heiraten könnten wie ihre Eltern auf dem Hochzeitsfoto.

01

BERLIN 1901

Heute, das hatte Grete sich fest vorgenommen, wollte sie bei Oberschwester Bernadette nicht in Ungnade fallen.

Sorgfältig strich sie die Schürze ihrer Schwesterntracht glatt und richtete sich das Häubchen.

Für die strenge Oberschwester waren drei Dinge wichtig: perfekte Arbeitskleidung, Pünktlichkeit und Unterwürfigkeit.

Deshalb war Grete extra früher aus dem *Viktoriahaus* losgelaufen, einem fünfgeschossigen Backsteingebäude mit Ziertürmchen – und ihr Schwesternheim.

Ihr Dienstort, das *Krankenhaus Friedrichshain,* lag direkt gegenüber. Trotzdem schlang Grete die Arme um sich, denn die herbstlichen Temperaturen ließen sie unter dem Stoff ihrer Tracht frösteln.

Grete war gerade neunzehn Jahre geworden und in drei Wochen wartete ihr Abschluss als Viktoriaschwester.

Es war eine große Ehre, eine Viktoriaschwester zu sein, denn diese genossen die erste weltliche Ausbildung in Deutschland zur Krankenpflegerin. Und das *Krankenhaus Friedrichshain* war das modernste des Abendlandes.

Das Spital mit dem schlechtesten Ruf in Berlin hingegen war die *Charité*, die aufgrund der hohen Patientensterblichkeit zeitweise von den Krankenkassenverbänden für Behandlungen ausgeschlossen worden war.

Ganz anders das *Krankenhaus Friedrichshain*, das die Architekten Martin Gropius und Heino Schmieden nach neuesten Erkenntnissen entworfen hatten. Jede Abteilung war in einem eigenen, frei stehenden Pavillon untergebracht, um Übertragungen von Krankheitserregern von vornherein abzuwenden. Zudem verfügte jedes Gebäude über ein ausgeklügeltes Lüftungssystem, das verhinderte, dass die gefürchteten Miasmen, also Ausdünstungen des Bodens, die Patienten im Krankenhaus infizierten.

Vielleicht war es aber auch etwas anderes, womit sich die Leidenden ansteckten. Jedenfalls war erwiesen, dass man im Umfeld von Kranken schneller erkrankte.

Grete lief auf die Klinik zu. Die vergoldeten Jahreszahlen 1870 und 1874 auf dem backsteinernen Torbogen schimmerten im Licht der Herbstsonne.

Dank ihrer guten Leistungen war Grete der chirurgischen Abteilung von Dr. Friedrich Trendelenburg zugeteilt worden. Damit war sie ihrem Ziel ein Stück weit nähergekommen und würde endlich die Schuld am Unfall ihres Bruders Johann begleichen können.

Grete stand vor dem Eingang des Gebäudes der Chirurgie, als sie von hinten eine Stimme hörte.

»Greeete!«

Sie erkannte Sieglinde sofort. Die zierliche Küchenhilfe zerrte zwei schwere Säcke Kartoffeln hinter sich her und sah Grete hilfesuchend an.

Kurzentschlossen half Grete ihr, die beiden Säcke in die Hospitalküche zu schleppen.

Als Grete kurz darauf die Spuren der Kartoffelsäcke auf ihrer Schürze entdeckte, verriet ihr ein Blick auf die Standuhr, dass für deren Entfernung keine Zeit blieb. Wenn sie nicht zu spät zu ihrem Dienst kommen wollte, musste sie jetzt sofort los.

Und was war wohl schlimmer: Kartoffelstaub auf der Schürze oder Zuspätkommen?

Grete hastete davon und schlüpfte als Letzte zwischen die Schwestern, die parat für den Dienstbeginn nebeneinander in zwei Reihen standen.

Oberschwester Bernadette, eine hochgewachsene Frau mit strengem Dutt, schritt zwischen ihnen entlang.

Schnell bedeckte Grete die Flecken auf ihrer Schürze mit ihren Händen.

Die Dienstherrin warf Grete einen missbilligenden Blick zu. »Einmal Gosse, immer Gosse«, zischte sie.

Grete biss sich auf die Lippe, wollte entgegnen, dass ihre Eltern eine Apotheke geführt hatten. Doch die Unterwürfigkeit, welche die Oberschwester von ihr verlangte und die sie schönfärberisch *Disziplin* nannte, verbot es Grete zu reden, sofern sie nicht gefragt wurde.

Ebenso hatte sie lernen müssen, dass ihre Kenntnisse nur von Belang waren, wenn sie dazu aufgefordert wurde, diese kundzutun.

Anfangs war Oberschwester Bernadette von Grete begeistert gewesen, aber das Blatt hatte sich schnell gewendet. Grete vermutete, dass die Leiterin eine Gefahr in ihr sah, weil Grete manches besser wusste.

Das lag daran, dass Grete als Kind gern bei ihren Eltern in der Apotheke in der Provinz Brandenburg gewesen war. Sie hatte die vielen kleinen Fläschchen und Gläschen bestaunt und ihren Eltern bei der Arbeit über die Schultern geschaut. Sie hatte sich dabei trotz ihres jungen Alters allerlei Wissen über Kräuter, Wirkstoffe und das Zubereiten von Salben und Tinkturen angeeignet. Heute noch mochte sie den eigentümlichen Geruch von Apotheken und fühlte sich sofort in die ihrer Eltern versetzt, sobald sie eine betrat.

Doch die Apotheke war abgebrannt, samt Vater, Mutter, Onkel und Tante. Nur Johann und Grete hatten überlebt, weil sie zum Zeitpunkt des Feuers Kräuter im Wald gesammelt hatten.

Die von Callenbergs hatten das Grundstück für einen Appel und ein Ei gekauft und später eine neue Apotheke errichtet. Aufgrund der Bitten der Bevölkerung, wie sie nicht müde wurden zu betonen. Dass sie die Preise standesgemäß erhöht und sich eine goldene Nase verdient hatten, das verschwiegen sie jedoch gerne.

Das war jetzt über zehn Jahre her, aber es ließ Grete nicht los. Dass sie im *Krankenhaus Friedrichshain* heilen und pflegen sollte, aber nichts von ihrem Wissen anwenden durfte, ließ steten Groll in ihr wachsen.

Und so hatten sich die Vorfälle gehäuft, in denen sie nicht immer stoisch Bernadettes Befehle befolgt, sondern ihre Ansicht kundgetan hatte, wenn sie anderer Meinung war.

Jetzt stand die Oberschwester vor ihr und schüttelte den Kopf. Wie immer, wenn sie drauf und dran war, eine Strafe auszusprechen.

Grete schaute zu Boden und verbarg ihre zitternden Hände auf dem Rücken.

»Viktoriaschwester in Ausbildung Grete!«, bellte Oberschwester Bernadette.

Grete blickte auf und schaute die Oberschwester an, weil das von ihr verlangt wurde.

»Sie sind heute Viktoriaschwester Henriette zugeteilt!«, befahl Bernadette mit schneidendem Ton.

Grete war überrascht, ja erleichtert. Obwohl Henriette die stellvertretende Stationsschwester war, schien sie Grete wohlgesonnen.

War das eine versteckte Strafe? Eine, die Grete erst nicht erkennen sollte?

Sie nahm sich vor, wachsam zu sein, verbeugte sich vor Viktoriaschwester Henriette und lief mit ihr in den großen Bettensaal, angeführt von Oberschwester Bernadette.

Als sie zu dem Patienten traten, der ihnen zugeteilt war, musste Grete schlucken. Schamesröte zog sich über ihr Gesicht und sie hätte am liebsten wieder auf den Boden geblickt.

Das Gesicht des Patienten war über und über mit entzündeten Abszessen, Knoten und Bläschen übersäht. Grete kämpfte mit einem beklemmenden Gefühl, das sie gut kannte.

Das empfand sie auch, wenn sie ihren Bruder ansah und sie verachtete sich dafür.

Es war eine Mischung aus Mitleid und Scham.

Denn Grete meinte zu wissen, dass nur ein schöner Mensch glücklich sein konnte. War ihr doch mit ihrem zarten, traurigen Bruder Johann das Gegenbeispiel allgegenwärtig.

Grete glaubte zudem, dass Gott allein für die reichen Bürger dieses Landes da war. Den Reichen gab Gott schließlich alles – und den anderen nichts.

Deswegen war sie so stolz auf ihre weltliche Ausbildung als Krankenschwester im *Viktoriahaus*, wo sie inzwischen fast drei Jahre lang im Namen der Medizin und der Kronprinzessin Viktoria ausgebildet worden war.

Schwester Henriette räusperte sich und Grete nickte entschuldigend, dass sie in Gedanken woanders gewesen war. Sie sah, dass Oberschwester Bernadette bereits mit einem anderen Patienten vier Betten weiter hinten beschäftigt war. Sie atmete erleichtert aus und wechselte mit gekonnten Handgriffen den Verband des Kranken am rechten Unterarm. »Seit wann haben Sie Ihr Leiden?«, fragte sie flüsternd und deutete auf sein Gesicht.

Bevor der Mann antworten konnte, betrat eine Schar Ärzte den Saal und reihte sich vor dem Bett ihres Patienten auf. Grete und Schwester Henriette stellten sich ein Stück abseits, damit die Mediziner den Patienten besser begutachten konnten.

Inmitten der Ärzte stand ein großgewachsener Chirurg.

Grete sah ihn heute zum ersten Mal. Das musste der neue Doktor sein, dessen Ankunft ihre Mitschwestern bereits herbeigesehnt hatten.

Grete schob ihren Kopf nach vorn und linste auf den aufgestickten Namen auf seinem Kittel. *Dr. Franz Lichte* stand dort. Ihr Blick wanderte zu seinem jungenhaften Gesicht, das von einer großen Brille geziert wurde. Er sah gepflegt aus, aber sie verstand trotzdem nicht, warum die anderen Schwestern seine Ankunft so herbeigesehnt hatten.

Vielleicht lag das aber auch daran, dass sie sich derlei Gedanken verbot, solange Johann nicht ebenso leben und sich verlieben konnte.

»Der Patient ...«, sagte Dr. Lichte und blickte auf eine Kladde Papier, die er in den Händen hielt. »Der Patient Krause kam nach einem Unfall mit schweren Quetschungen und Brüchen im rechten Unterarm zu uns.«

Sein Assistent deutete auf den Arm des Patienten. »Der Knochen war regelrecht zertrümmert.«

Dr. Lichte nickte. »Dank aufwendiger Operationen haben wir es geschafft, eine Amputation zu umgehen.«

Der Patient hielt seinen geschienten Arm in die Höhe und bewegte ihn leicht.

Die Ärzteschar warf Dr. Lichte anerkennende Blicke zu und applaudierte. Grete konnte ihre Bewunderung für diesen medizinischen Fortschritt ebenfalls nicht verbergen und klatschte mit.

Sofort erntete sie quer durch den Raum einen mahnenden Blick von Oberschwester Bernadette, die in Richtung der vollen Bettpfanne des Patienten nickte.

Grete duckte sich ergeben, nahm die Pfanne und schritt zur Tür.

Ein Student hob seine Hand. »Was hat es mit dem Exanthem auf sich?«

Grete, die mit der vollen Bettpfanne in der Tür stand, wurde hellhörig und stoppte. Oberschwester Bernadette scheuchte sie mit einer fliegenden Handbewegung aus dem Raum.

Grete beeilte sich, die Pfanne zu säubern, denn sie hätte zu gern gehört, was die Mediziner als Ursache für den Ausschlag vermuteten.

Als sie in den Krankensaal zurückkam, schnappte sie ein paar Wortfetzen auf, aus denen hervorging, dass die Weißkittel eine medikamentöse Unverträglichkeit annahmen.

Grete steckte die Bettpfanne wieder an deren Platz. Es kostete sie größte Überwindung, nichts zu sagen. *Eine Schwester steht dem behandelnden Arzt lediglich als unterstützende Pflegerin zu Seite. Sie hält sich im Hintergrund und unterbricht niemals das Gespräch eines Obrigen,* erinnerte Grete sich der Worte von Oberschwester Bernadette, die diese mindestens dreimal täglich wiederholte.

Als sich die Ärzte zum Gehen wandten und den Patienten seinem Schicksal überließen, hielt Grete es nicht mehr aus. Sie holte Luft, um etwas zu sagen, bemerkte aber den eindringlichen Blick von Henriette, der ihr Stillschweigen signalisierte.

Grete schaute zu Oberschwester Bernadette, die jetzt gar sechs Betten entfernt einen beleibten Patienten umbettete.

Die ist weit genug weg, dachte Grete und holte abermals tief Luft.

»Ich würde ...«, sagte Grete mit gesenktem Blick. Trotzdem vernahm sie aus dem Augenwinkel, wie Henriette bedeutsam mit dem Kopf schüttelte.

»Fräuleins haben nichts zu wollen«, zischte ein großgewachsener, blonder Medizinstudent und hatte die

Lacher auf seiner Seite. Nun wurde auch Oberschwester Bernadette aufmerksam. Schließlich wurde in diesem Saal nicht allzu oft gelacht.

Die Worte des Studenten trafen Grete, als hätte er sie direkt ins Gesicht geschlagen. Trotzig hob sie ihren Blick und ließ diesen über die Herren in den weißen Kitteln gleiten.

»Was würden Sie?« Dr. Lichte drehte sich zu ihr und lugte unter seiner Brille hervor. Seine Anhängerschaft folgte ihm auf dem Fuße.

Ohne mit der Wimper zu zucken, ließ Oberschwester Bernadette ihren Patienten los und kam ebenso auf sie zu. Schwester Henriette zog ihren Kopf ein.

Grete setzte zu einem versöhnlichen Kopfschütteln an, denn es wäre eindeutig die bessere Wahl gewesen, zu schweigen, aber ihre Zunge war wieder einmal schneller.

»Ich würde gern von Patient Krause wissen, in welcher Art von Betrieb er arbeitet?« Sie strich nervös die Schürze ihrer Schwesterntracht glatt und schaute Dr. Lichte direkt in die Augen.

»Schwesternschülerin Grete«, setzte die Oberschwester mit heiserem Ton an, bis der Doktor seine Hand auf die Schulter der Oberschwester legte und ihr mit einem Blick zu verstehen gab, dass sie ihre junge Pflegerin gewähren lassen sollte.

Bernadette war sichtlich angefasst.

»Weshalb meinen Sie, dass dies von solcher Wichtigkeit wäre, dass Sie dafür unseren Ablauf aufhalten?« Der Chirurg wandte sich nun direkt an Grete und musterte sie mit wachen Augen.

»Es könnte noch eine andere Ursache geben.« Grete ergriff die Hand von Herrn Krause. »Wo arbeiten Sie?«

»Ich arbeite in der Fabrik für Anilinfabrikation in Rummelsburg.« Herr Krause stierte verunsichert in die Runde. »Wir produzieren Produkte für die Fotografie«, schob er hinterher, als er all die fragenden Gesichter auf sich gerichtet sah.

»Arbeiten Sie dort auch mit chlorhaltigen Substanzen?« Grete versuchte, die stechenden Blicke der Anwesenden auszublenden.

Der Mann mit dem pockigen Antlitz rang sich ein gequältes Nicken ab.

Nun gab es für Grete kein Zurück. Selbst die Tatsache, dass dies der letzte Satz sein könnte, den sie in diesen Mauern sagte, konnte sie nicht aufhalten. Schließlich hatte sie sich als angehende Viktoriaschwester dem Wohle der Menschen verschrieben. Das stand sogar auf den Lampenschirmen der Abteilung. *Den Menschen ein Wohlgefallen.*

Die Anhängerschaft des neuen Chirurgen tuschelte und räusperte sich. Grete vernahm Sätze wie, *was die sich erlaube* und *warum Dr. Lichte nicht längst eingreife.* Nur der wachsame und keineswegs unfreundliche Blick des Arztes ließ sie fortfahren.

»Ich vermute, der Patient leidet an Chlorarylakne«, hörte sich Grete sagen.

Schlagartig wurde es still im Raum. Jetzt oder nie, dachte Grete. Sie schloss ihre Augen, straffte die Schultern und drückte die Hand von Herrn Krause. »Ich würde dem Patienten eine entzündungshemmende Salbe verabreichen. Zudem sollten wir zur Linderung der Schmerzen und Vorbeugung der Narbenbildung die Hautstellen kühlen.«

»Wir befinden uns in einer chirurgischen Abteilung«, ergriff einer der Medizinstudenten das Wort.

Grete sah, wie sich Pflegerin Henriette noch ein Stück tiefer duckte und Oberschwester Bernadette geräuschvoll ausatmete. Ihre Augen schossen Blitze auf Grete ab.

Nachdem der neue Arzt seiner Gefolgschaft ein paar Sekunden des Tuschelns zugestanden hatte, ergriff er wieder das Wort. »Verraten Sie uns auch, woher Sie meinen, die Berechtigung und das Wissen für derlei Diagnosen zu haben?« Er trat einen Schritt auf Grete zu.

Herr Krause zog die Decke seines Bettes näher zum Kinn, als könne er dem drohenden Donnerwetter neben ihm dadurch entfliehen.

»Meine Eltern waren Apotheker und ich lese viel in der Fachpresse«, erklärte Grete mit immer leiser werdender Stimme.

»Ihr Einsatz in allen Ehren, aber wir befinden uns nicht in einer Apotheke, sondern in einem Krankenhaus«, sagte Dr. Lichte und eilte kopfschüttelnd mit den anderen Ärzten aus dem Saal.

Grete schaute ihm einen Moment lang nach. So sehr sie eben das Gefühl hatte, dass der Doktor sie zumindest ernst genommen hatte, so unsicher war sie nun, was seine letzte Aussage für sie bedeuten konnte.

Unwirsch wurde sie von Oberschwester Bernadette aus ihren Gedanken gerissen. »Ich werde mit der Klinikleitung sprechen, wie wir nach diesem Vorfall mit Ihnen verfahren.« Die Oberschwester starrte Grete feindselig an. »Bis dahin helfen Sie zusätzlich in der

Nachtschicht aus und ich will kein einziges Wort mehr von Ihnen hören. Haben wir uns verstanden?«

02

Am nächsten Nachmittag stand Grete mit gesenktem Kopf neben den Schwesternschülerinnen und wartete auf die öffentliche Rüge, die Oberschwester Bernadette zu Dienstbeginn gern zu verteilen pflegte.

Grete hatte nach der Nachtschicht kaum ein Auge zugetan und sich Vorwürfe für ihr loses Mundwerk gemacht. So sehr sie versuchte, sich in solchen Momenten aus der Situation auszublenden und ruhig zu bleiben, es gelang ihr nicht. Sie hatte hin und her überlegt, was sie Oberschwester Bernadette sagen konnte, vermutete allerdings, dass jedes weitere Wort es lediglich verschlimmerte.

Außerdem hatte ihr die leitende Schwester ausdrücklich das Sprechen verboten. Wenigstens dieses Mal wollte es Grete schaffen, der Anweisung ihrer Vorgesetzten zu folgen.

Die Oberschwester blieb musternd vor ihr stehen. »Schwester Grete, Sie kommen mit mir zu Patient Krause.«

Grete sah erstaunt zu ihrer Vorgesetzten auf, die keine Miene verzog. Das konnte nur bedeuten, dass das Gespräch der Oberschwester mit der Klinikleitung nicht in ihrem Sinne verlaufen war. Dass sie eine Anweisung erhalten hatte, die sie nun befolgte. Denn Oberschwester Bernadette leistete jedem Befehl Folge.

Kaum, dass Grete in dem großen Bettensaal an das Bett von Herrn Krause getreten war, kamen Dr. Lichte, seine Studentengefolgschaft sowie ein Weißkittel, den Grete nicht kannte.

Grete wusste nicht recht, was von ihr erwartet wurde. Also führte sie ihre Arbeit fort und schüttelte das Bett des Patienten auf.

Dr. Lichte stoppte Grete in ihrer Bewegung und bedeutete ihr einen Moment damit zu warten. Grete schaute hilfesuchend zu Oberschwester Bernadette, die ihrem Blick auswich.

Grete straffte ihre Schultern. Wollte Bernadette oder dieser Dr. Lichte sie vor versammelter Ärzteschaft rügen?

»Darf ich vorstellen, Dr. Hinrich Eberkus, seines Zeichens Dermatologe unseres Hauses. Ich habe beschlossen, ihn hinzuzuziehen«, erklärte Dr. Lichte der Runde.

Dr. Eberkus neigte sich in alle Richtungen und nickte den Medizinstudenten zu. Die jungen Mediziner musterten ihn. Gespannt reckte auch Grete ihren Kopf und ihre Augen blitzten, wie sie es oft taten, wenn sie angespannt war.

Grete trat einen Schritt beiseite, sodass Dr. Eberkus näher an den Patienten herantreten konnte. Ein strenger Geruch nach Moschus wehte in ihre Nase und sie hatte Mühe zu atmen.

»Sie arbeiten in einer Farbenfabrik?«, fragte Dr. Eberkus den pockigen Patienten.

Herr Krause nickte und sah aus wie ein Eichhörnchen auf der Flucht. Grete wusste von ihrem Bruder Johann, wie schrecklich es war, wenn alle einen anstarrten.

Der Dermatologe betrachtete den Ausschlag des Patienten unter einem Vergrößerungsglas, drehte seinen Kopf dafür gemächlich von rechts nach links und wieder zurück. »Ich denke, wir haben es mit einer chlorbasierten Kohlenwasserstoff-Vergiftung zu tun. Einer sogenannten Chlorarylakne.«

Kaum dass der Dermatologe die Diagnose gestellt hatte, richteten sich alle Augenpaare auf Grete, die nach wie vor wie erstarrt hinter den beiden Medizinern stand.

Ich habe mich nicht getäuscht, dachte Grete und unterdrückte ein triumphierendes Lächeln.

Der blonde Medizinstudent, der das letzte Mal durch seine Bemerkung Oberschwester Bernadette auf sie aufmerksam gemacht hatte, hob seine Augenbraue.

Gretes Hochgefühl verflog jäh, denn dem hitzigen Getuschel der Männer entnahm sie, dass ihr Wissen kein Grund zur Freude war. Eine Frau hatte derartige Kenntnisse nicht. Selbst nicht als Schwesternschülerin.

Grete verfolgte den Rest der Visite mit vor ihrer Schürze gefalteten Händen und gesenktem Blick.

Der Hautarzt unterwies die Anwesenden, dass der Giftstoff durch direkten Hautkontakt in den menschlichen Organismus gelange oder auf oralem Wege wie beispielsweise durch Inhalation giftiger Dämpfe. Deshalb träten die Hautreaktionen vor allen im Gesicht der Betroffenen auf. Anschließend ordnete er die Gabe entzündungshemmender Arzneimittel an.

»Das aufgetragene Medikament verbindet sich mit dem Wundsekret und bildet Schorf. Dieser löst sich nach acht bis zehn Tagen, eine vollständige Heilung tritt erst nach sehr langer Zeit ein«, erklärte er.

Der blonde Student mit den agilen Augenbrauen hob seinen Finger.

Der Dermatologe nickte ihm wohlwollend zu. »Nur zu, fragen Sie.«

»Gehe ich recht in der Annahme, dass es nur in den seltensten Fällen zu einer vollständigen Heilung kommt? Immerhin werden Giftstoffe im Fettgewebe extrem langsam abgebaut«, tat sich der Großgewachsene hervor.

»Ganz richtig, Herr Student. Wollen Sie nicht in meine Abteilung wechseln?« Der Dermatologe lachte schallend. Während alle anderen in sein Lachen einstimmten, lag Herr Krause mit erschrocken aufgerissenen Augen da.

Grete nahm seine Hand, drückte sie und nickte ihm zu. Sie hätte dem armen Mann gern etwas Tröstendes gesagt, aber sie würde heute nicht reden.

Nachdem das Gelächter verebbt war, fingerte der Hautarzt einen Zettel aus seiner Kitteltasche und begann etwas darauf zu kritzeln. Damit wandte er sich an Oberschwester Bernadette. »Lassen Sie Ihre Pflegeschülerin die entsprechenden Medikamente aus der Apotheke holen.« Grete würdigte er keines Blickes.

Schwester Bernadette nickte demütig.

»Zudem öffnen und entleeren Sie die Zysten. Achten Sie dabei auf Asepsis«, ordnete der Hautarzt weiterhin an.

Ein angewidertes Raunen durchzuckte die Studierenden der Medizin.

Gretes Blick wanderte über die Anwesenden und blieb an ihrer Vorgesetzten hängen. Ihr sonst stets versteinertes Gesicht zeigte eine Regung. Sie ekelte sich.

Dr. Eberkus verließ erhobenen Hauptes den Raum und Dr. Lichte nickte Grete kaum sichtbar zu. »Und kühlen Sie die Hautpartien, damit der Patient ein wenig Linderung erfährt.«

Grete sah dem Chirurgen dankbar nach.

Gerade als sie sich wieder dem Bett des Kranken widmen wollte, trat Oberschwester Bernadette neben sie.

»Sie werden dem Patienten die Zysten öffnen. Erst danach besorgen Sie seine Medikamente.« Bernadette reichte ihr den Zettel und machte auf dem Absatz kehrt.

Grete wusste genau, warum ihre Vorgesetzte ihr diese Aufgabe übertragen hatte, obwohl Grete als Schwesternschülerin gar nicht dazu bevollmächtigt war. Der Ekel in Oberschwester Bernadettes Blick hatte sie verraten.

03

Es war bereits dunkel, als Grete das Viktoriahaus verließ.

Grete mochte weder die Jahreszeit noch diese Finsternis. Es nieselte leicht und ein kalter Wind zog durch die Gassen. Sie stellte den Kragen ihres Mantels auf. Dem Herbst in Berlin haftete unlängst etwas vom Winter an.

Wenigstens ging sie einen Weg, den sie bereits oft gegangen war. Und der Mond, noch fast voll, wies ihn ihr.

Grete nahm ihren Korb fester in die Hand, als sie in die Fröbelstraße einbog und an hohen Häuserschluchten vorbeieilte. Schornsteine pufften schwarze Wölkchen in die Luft. Eine Pferdekutsche ratterte an ihr vorbei und blieb fast im Schlamm stecken.

Unwillkürlich musste Grete wieder an Patient Krause denken, wenigstens hatte sie ihm Linderung verschaffen können.

Müde bog Grete in den Diesterweg ein. Die Nähe zur Prenzlauer Allee und die umliegenden Wohngebiete sorgten für eine lebhafte Atmosphäre. Trotzdem schreckte Grete zurück, als ihr ein paar Burschen in Uniform strammen Schrittes entgegenmarschierten.

Die jungen Männer, die fast noch Kinder waren, leisteten stolz den Dienst an ihrem Vaterland.

Was, wenn es aber ein Bärendienst ist, dachte Grete. *Wenigstens ist Johann dem entgangen. Das einzig Gute, was der Unfall mit seiner Nase gebracht hat.*

Um den Soldaten nicht im Weg zu stehen, drückte sich Grete mit dem Rücken gegen die Hauswand. Über ihr öffnete sich ein Fenster und der Kopf eines kleinen Jungen erschien. Er bestaunte die Burschen mit leuchtenden Augen, bis ihn seine Mutter unsanft von seinem Ausguck wegzog.

Als die Parade an ihr vorbeigezogen war, setzte Grete ihren Weg fort. Bevor sie das *Städtische Obdach* erreicht hatte, in dem ihr Bruder untergekommen war, griff eine Hand nach ihrem Arm. Das Heim für Bedürftige war im Volksmund als *Die Palme* bekannt wegen der Kübelpalme am Eingang.

»Bitte, etwas Brot?«, bettelte eine dunkle Gestalt, dessen Umrisse Grete in dem Hauseingang kaum ausmachen konnte. Grete umklammerte ihren Korb. Müde schüttelte sie den Kopf und eilte weiter.

Endlich erreichte sie das Heim an der Ecke Fröbelstraße/Diesterweg. Die Fröbelstraße im Berliner Stadtteil Prenzlauer Berg war zu einem bedeutenden Zentrum sozialer Einrichtungen geworden, nachdem die Stadt Berlin zwischen 1886 und 1889 hier nach Plänen des Architekten Hermann Blankenstein das Friedrich-Wilhelm-Hospital errichten ließ, ein zentrales Hospital und Siechenhaus. Das Städtische Obdach lag in derselben Straße und war für etwa 5000 Personen pro Nacht ausgelegt, besonders in den kalten Wintermonaten. Die Schlafsäle waren ursprünglich für 50 Personen pro Raum geplant, wurden jedoch oft mit bis zu 100 Obdachlosen belegt, was zu extremen Bedingungen führte . Seit Jahren warteten drei gesplitterte und undichte Fenster darauf, repariert zu werden. Von den Fensterläden ganz zu schweigen.

Schnell schlüpfte Grete durch das hölzerne Tor ins Innere des Hauses und zündete eine Öllampe an, die funzeliges Licht spendete. Im feuchten Treppenhaus bröckelte der Putz von den Wänden.

Mit der Lampe in der rechten und dem Korb in der linken Hand, schlich Grete leise den Gang im zweiten Stockwerk entlang. Vor einer großen schweren Tür machte sie halt, spähte abermals nach rechts und links. Der Flur war verwaist.

Zurückhaltend drückte Grete die Klinke herunter und linste in den trostlosen Bettensaal. Es mussten an die dreißig Pritschen sein, die in dem Saal standen.

Sie sah sofort, dass das Bett ihres Bruders am rechten Rand des Saals leer war.

Grete verkniff sich ein Seufzen und ging hinab in den Speisesaal. Der Mond spendete nur ein schwaches Licht durch die Fenster. Dort, auf einer Sitzbank erblickte Grete den gebeugten Rücken ihres Bruders. Er schien in Gedanken vertieft und er war allein.

Grete schlich zu ihm. »Johann«, flüsterte sie, erhielt aber keine Antwort. Stattdessen hörte sie das Kratzen eines Stiftes auf Papier.

Er zeichnete.

Das hatte er lange nicht getan. Was nicht allein seinem Befinden zuzuschreiben war, sondern vor allem der Schwierigkeit, an Künstlerbedarf wie Stifte und Papier zu kommen. Dabei liebte er das Zeichnen seit Kindertagen. Er hatte sich in seinen Tagträumen mit leuchtenden Augen ausgemalt, wie er später an der Kunsthochschule studieren und ein großer Künstler werden würde. Die Leute hatten ihn in diesen Momenten immer belächelt. Bis sie seine Bilder gesehen hatten.

Johann hatte Talent. Nein, er hatte mehr als das. Nur leider stand er sich und seiner Kunst selbst im Wege.

Erst als Grete ihre Hand auf seine Schulter legte, bemerkte er ihre Anwesenheit. Erschrocken fuhr er zusammen und schob die Skizze unter den Tisch.

»Johann, ich bin es«, flüsterte Grete.

Ruhig drehte sich Johann zu ihr um, und obwohl er wie üblich ein Tuch vor Mund und Nase trug, traf Grete das Schuldgefühl wie ein Blitz.

Beschämt sah Grete in die dunklen, wässrigen Augen ihres Bruders. Die kleinen Augenfältchen, die sich augenblicklich bildeten, verrieten ihr, dass er sich unter dem Tuch ein Lächeln für sie abrang.

Er lachte viel zu selten.

Gretes Herz erfasste eine bleierne Schwere. Und da war wieder diese Wut. Wut auf die von Callenbergs, weil sie Johann damals nicht die notwendige medizinische Hilfe hatten zukommen lassen. *Das kannst du in hundert Jahren nicht bei mir abarbeiten*, hatte Herr von Callenberg gesagt. Als Grete ihn daraufhin wild beschimpft hatte, hatte er sie rausgeschmissen. Alle beide. Weil man einen Auswürfling wie ihren Bruder Johann lediglich als Vogelscheuche würde einsetzen können und davon habe er genug. Und noch dazu welche, die ihm nicht die Haare vom Kopf fraßen.

Grete erschauderte bei dem Gedanken daran und zog ihren Bruder zu sich in die Arme.

»Ich dachte, du kommst nicht mehr«, brachte Johann hervor und klammerte sich an seine Schwester.

Grete überlegte kurz, ob sie ihm von den Vorfällen im Spital und damit den Grund für ihr Zuspätkommen erzählen sollte, entschied sich jedoch dagegen. Johann hatte genug eigene Sorgen. Sogar an diesem Ort hänselte man ihn wegen seines Aussehens.

Nicht selten steckte er Prügel ein, da die anderen Männer im Obdach viel stärker waren als ihr schmaler Bruder und nach oben buckelten und nach unten traten.

Wie gern hätte sie ihren Bruder verteidigt, wie er sie damals in Kindertagen mit seinen kleinen Fäusten. Leider ziemte sich das nicht für eine Frau, für eine Pflegerin erst recht nicht. Obendrein dürfte sie nicht einmal hier sein.

Grete drückte ihren Bruder noch fester an sich. Sie konnte jede seiner Rippen spüren. Er war immer zart gewesen, aber in einer Einrichtung wie dieser bekam er eindeutig zu wenig Nahrung. Und er war der Sensiblere von ihnen beiden, trotz seiner drei Jahre Vorsprung.

Seit seinem Unfall war Johann ein Schatten seiner selbst und mit den Jahren hatte er sich zunehmend in sich zurückgezogen. Es war schwer, ihn überhaupt auf die Straße zu bekommen. Denn seine kaum vorhandene Nase fiel jedem sofort auf und machte ihn zu einem Aussätzigen. Manche meinten gar, er wäre ein Monster.

»Erzähl, wie ist es dir ergangen?« Grete schielte um Johann herum zu der Bleistiftskizze, die er vorhin versucht hatte zu verstecken. »Du malst wieder«, übernahm sie das Antworten selbst und betrachtete Johanns Zeichnung, als handele es sich dabei um einen kostbaren Schatz.

Sie erschrak fast, als sie erkannte, was Johann gemalt hatte: eine Engelsfigur ganz in Schwarz, der ein Flügel fehlte.

Ihr Blick wanderte von seinen Augen zur Mitte seines Gesichts.

»Darf ich?«, fragte sie. Sanft legte sie die Zeichnung zurück und deutete auf das Tuch, das ihr Bruder am Hinterkopf zusammengebunden hatte.

Johann nickte zögerlich und Grete löste den Knoten. Der Anblick dessen, was sich darunter verbarg, raubte Grete die Luft zum Atmen.

Dort, wo seine kecke, spitze Nase sitzen sollte, befand sich ein schwulstiger, nässender, unförmiger Klumpen. Es kostete Grete jedes Mal all ihre Beherrschung, um ihrem Bruder nicht zu zeigen, wie sehr sie der Anblick selbst nach den Jahren erschütterte.

Grete biss die Zähne zusammen. »Aber Johann, du sollst mir doch sagen, wenn sie wieder nässt.«

Johann ergriff Gretes Hände, führte sie weg von seinem Nasenstummel und band sich sein Tuch abermals vor Mund und Nase. »Grete, wir haben Herbst. Die Temperaturen. Die Nässe«, nuschelte er unter dem Stoff hervor.

Grete nickte. Ja, sie wusste, dass Kälte und Feuchtigkeit Gift für die Überreste der Nase ihres Bruders waren. Und sie war sich darüber im Klaren, dass er allerhöchstens bei einem Notfall im *Viktoriahaus* aufgetaucht wäre.

»Ich hab dir etwas mitgebracht.« Grete nahm ihren Korb, holte ein Stück Brot und einen Apfel heraus und legte sie auf den Tisch.

»Danke.« Johann biss genüsslich in den Apfel.

Grete ließ ihn essen. Als er fertig war, zeigte sie auf die Zeichnung und schmiegte sich an seine Schulter. »Darf ich dir dabei zusehen? Nur ein bisschen.«

Anstatt zu antworten, begann Johann zu zeichnen. Grete verfolgte jede seiner Handbewegungen.

Schnell verschwammen die Striche auf dem Papier in ihrem Kopf und Grete sackte neben ihrem Bruder zusammen und schlief vor Erschöpfung ein.

04

Grete kam aus dem *Viktoriahaus.* Müde, abgekämpft, den Kopf voller Rezepturen und Behandlungsmethoden. Vor dem *Krankenhaus Friedrichshain* gegenüber stand der großgewachsene, blonde Medizinstudent, der ihr bereits bei der Visite unangenehm aufgefallen war.

Grete wollte einen Umweg gehen, sah aber, dass er vor der Pforte Handzettel verteilte. Es schien jedoch nicht jeder einen zu bekommen, was Gretes Interesse weckte. Sie trat näher heran, stellte sich an die hölzerne Verkaufsbude neben der Pforte des Krankenhauses und betrachtete die Schlagzeilen der dort ausgehängten Zeitungen. *Glanzvolle Premiere im Theater des Westens mit Tausendundeine Nacht. Ehrung für Rudolf Virchow: Marmorbüste zum 80. Geburtstag enthüllt. Berliner Elektricitäts-Werke erweitern Versorgung auf Rixdorf.*

Einer der Ärzte lief in Richtung Pforte. Grete wendete sich schnell ab, hörte aber genau hin.

Der Medizinstudent reichte dem Doktor einen Handzettel. »Werden Sie Mitglied in der *Berliner Medizinischen Gesellschaft.* Vorsitzender ist der weltbekannte Mediziner, Pathologe und Politiker Professor Rudolf Virchow.«

Der Arzt nickte anerkennend.

»Als Mitglied können Sie gleich morgen bei diversen Vorträgen die neuesten Heilmethoden und Operationstechniken der Chirurgie und Orthopädie kennenlernen.«

Jetzt war Gretes Interesse endgültig geweckt. Kurzerhand lief sie zur Pforte und hielt dem Studenten die offene Hand hin, damit er ihr einen Zettel reichte.

Der sah sie irritiert an. »Wie kann ich Ihnen helfen?«

Grete nickte in Richtung des Stapels Blätter. »Der Vortrag morgen interessiert mich. Ich bin Viktoriaschwester in Ausbildung.«

Der Student lächelte mokant. »Sie kenne ich doch. Nicht auf den Mund gefallen, hm?«

Sie zuckte mit den Schultern.

»Aber selbst für erfahrene Krankenpflegerinnen wäre das nichts«, sagte er belehrend. »Die *Berliner Medizinische Gesellschaft* steht nur Medizinern und Studenten der Medizin offen.«

»Und der Vortrag?«

Der Hochschüler schüttelte den Kopf. »Auch der ist wissenschaftlicher Natur und nur für studierte Mediziner.« Er beugte sich zu Grete herab. »Selbst manche Ärzte der *Charité* werden nicht alles verstehen.«

Grete zwang sich interessiert zu nicken. »Könnte ich trotzdem einen Handzettel bekommen? Ich müsste mir ein Rezept notieren.«

Der Student hielt das Blättchen in die Höhe. »Ein Kochrezept oder ein medizinisches?«

»Eines zum Kochen natürlich.« Grete setzte ein Lächeln auf.

Der Student hielt den Zettel ein wenig näher zu Grete, aber immer noch außerhalb ihrer Reichweite. »Und ich werde zur Verkostung eingeladen?«

»Nur, wenn mir das Menü perfekt gelingt«, antwortete Grete. »Aber dafür brauche ich den Handzettel.«

Der Student reichte ihr diesen. »Ich hoffe, Sie halten Ihr Versprechen. Denn ich vergesse niemals ein apartes Fräulein.«

»Und ich niemals einen arroganten Studenten der Medizin«, entgegnete Grete, wedelte mit dem Handzettel und ließ den jungen Mann stehen.

05

Grete ging über die Ebertbrücke, das Spreeufer entlang und vorbei an der *Königlich Chirurgischen Klinik*. Hinter deren ausladendem Hof stand das *Langenbeck-Haus*, ein dreigeschossiges Backsteingebäude, in dem die *Berliner Medizinische Gesellschaft* residierte.

Grete hatte überlegt, ob sie ihre Schwesterntracht anziehen sollte, sich schlussendlich aber dagegen entschieden. Wenn ausschließlich die Herren Mediziner dem Vortrag beiwohnen durften, würde sie in diesem Aufzug nicht einmal in das Gebäude hineingelangen.

Frauen waren im Medizinstudium im Deutschen Reich lediglich als Gasthörerinnen zugelassen, promovieren durften sie nur in absoluten Ausnahmefällen.

Allerdings konnte sie sich schlecht als Mann verkleiden. Wenn man sie dabei entdecken würde, hätte das einen Skandal allererster Güte zur Folge.

Zudem wurde sie in zwei Stunden wieder im *Viktoriahaus* erwartet. Mehr noch, eine der finalen Prüfungen zur Viktoriaschwester stand an.

Eine unglückliche Konstellation, die für Grete zusätzliche Motivation war, den Stoff rechtzeitig zu lernen, sodass sie glaubte, sich diesen Ausflug erlauben zu können.

Grete sah, dass am Eingang des *Langenbeck-Hauses* Männer in Frack und Zylinder in das Gebäude hereinströmten. Ein älterer Hausangestellter kontrollierte den Zugang.

Schnellen Schrittes folgte sie den Herren. Je heftiger der Ansturm am Eingang, desto besser für sie. Sie hielt sich dicht hinter einem großen Schwarzhaarigen im Frack.

»Entschuldigung Fräulein?« Der Hausangestellte hielt seine Hand an ihre Schulter. »Das ist eine geschlossene Gesellschaft.«

Sie nahm den Handzettel hervor und deutete darauf. »Doktor Müller hat mir gesagt, dass er hier ist. Ich habe eine dringende Nachricht für ihn, die ich ihm persönlich überbringen muss.« Grete blickte betroffen drein. »Ein Trauerfall in der Familie.« Sie nahm ein Taschentuch und tupfte sich die Augen.

Der Hausangestellte nickte betreten und ließ sie ein.

Grete betrat staunend eine imposante Flurhalle, einen solch opulenten Kronleuchter an der Stuckdecke hatte sie noch nie gesehen. An der rechten Längsseite der mit dunkler Holzvertäfelung verzierten Halle befand sich die Garderobe und dahinter bemerkte sie die einzigen Frauen weit und breit.

In kleinen Grüppchen unterhielten sich gut situierte Männer in edelster Kleidung. Nur wenige standen so verloren herum, wie sie sich fühlte.

Links sah sie einen Tisch mit Tabletts, auf denen sich gefüllte Wasserkaraffen und leere Gläser befanden.

Ein Gong ertönte und die Männer gingen eine steinerne Treppe zur Wandelhalle im ersten Obergeschoß empor. Wenn die Angaben auf dem Handzettel stimmten, begann der Vortrag gleich. Männer drängten sich an ihr vorbei und Grete bemerkte, wie einige Blicke auf ihr haften blieben.

Sie schaute schnell auf den Boden.

Keiner der Ärzte hatte eine weibliche Begleitung mitgenommen, Ordensschwestern oder Oberinnen waren ebenfalls nicht zu sehen. Ihr Plan war gescheitert.

Wahrscheinlich war es das Beste, wenn sie einfach wieder ging und niemandem davon erzählte. Rasch lief sie in Richtung Ausgang.

»Entschuldigung, würden Sie mir bitte ein Wasser reichen?«

Grete sah auf. Vor ihr stand ein älterer Mann, der auf die kleine Anrichte mit den Gläsern deutete. Offensichtlich hielt er sie wegen ihres grauschwarzen, einfachen Kleides für eine Hausangestellte.

»Natürlich«, antwortete Grete schnell, schenkte dem Mann aus einer der Karaffen Wasser ein und reichte ihm das Glas.

Er bedankte sich und lief die Treppe nach oben. Sofort nahm Grete eines der Tabletts, füllte ein gutes Dutzend Gläser mit Wasser und stellte sie darauf. Das Servierbrett vorsichtig auf ihren Armen balancierend, stieg sie die Treppe hinauf.

Zum Glück hatte sie bereits während der Ausbildung zur Pflegerin stets eine ruhige Hand bewiesen.

Oben in der Wandelhalle fiel ihr Blick als Erstes auf eine Büste der ehemaligen Kaiserin Augusta, die verstorbene Gemahlin von Wilhelm I.

In der Halle fanden sich weitere Büsten. Laut der Anschrift darunter allesamt Chirurgen, die Grete nicht kannte.

Durch drei offene Flügeltüren strömten die letzten Mediziner in das Auditorium. Grete lief ihnen hinterher, das Tablett immer noch auf ihren Händen tragend.

Im Auditorium blieb ihr beinah der Atem stehen.

Unter ihr lagen mindestens fünfhundert Sitzplätze, die sich über drei Geschosse erstreckten. Tageslicht strömte durch eine gläserne Kuppel in den Raum.

Außerdem beleuchteten vier Bogenlampen und zusätzliche Glühlichter den Saal. Hinter dem Rednerpult hingen die in Gold gerahmten Porträts bekannter Mediziner. Seitlich unter dem Pult saß ein Schreiberling, der alles protokollierte und rechts und links davon in den Bänken ein knappes Dutzend gesetzter Herren. Vermutlich der Vorstand der Medizinischen Gesellschaft.

Es war alles unendlich viel größer, als Grete es sich vorgestellt hatte. Sie war derart beeindruckt, dass sie beinah ihr Tablett hätte fallen lassen.

Staunend blieb sie am oberen Rand des Auditoriums neben den Flügeltüren stehen. Jetzt, da sie wie eine Hausangestellte agierte, hoffte sie, dass niemand Notiz von ihr nahm.

Leider kam nach wenigen Sekunden ein schwarzhaariger Mann Anfang dreißig mit einem Notizblock in der linken Hand auf sie zu. Er nahm sich ein Glas Wasser und trank es in einem Schluck aus.

»Sie sind meine Rettung«, sagte er, stellte das leere Glas wieder auf ihr Tablett und nickte ihr freundlich zu.

Grete zuckte unbeholfen mit den Schultern und lächelte schüchtern zurück.

Der Mann musterte sie ein paar Augenblicke zu lang, dann nahm er eine Visitenkarte aus seiner Manteltasche und legte sie auf ihr Tablett. »Eine Frau in diesen Kreisen ... Sie müssen etwas ganz Besonderes sein.« Er beugte sich näher zu ihr und flüsterte. »Wenn Sie mir erzählen wollen, wie Sie es hier rein geschafft haben, wissen Sie jetzt, wo Sie mich finden.« Er deutete auf die Visitenkarte, zwinkerte ihr zu und setzte sich auf einen Platz drei Reihen unter ihr.

Grete lief rot an. Sie wusste nicht, was sie von der Situation halten sollte. Auch wenn der Mann durchaus charmant und gepflegt war, war es ihr unangenehm. Sie sah sich unauffällig um. Zum Glück schien niemand seine Bemerkung registriert zu haben, noch sich an ihrer Anwesenheit zu stören.

Dann schaute sie auf die Visitenkarte. Er hatte sie mit der Beschriftung nach unten auf ihr Tablett gelegt, sodass sie diese nicht lesen konnte. Umdrehen konnte sie die kleine Karte ebenso wenig, denn sie durfte keinesfalls das Servierbrett ablegen, wenn sie nicht auffallen wollte.

Im Grunde hatte er recht. Sie hatte es geschafft, zu diesem edlen Zirkel Zutritt zu erlangen.

Weil sie etwas Besonderes war.

Das hatte noch nie jemand zu ihr gesagt.

Grete strahlte innerlich, riss sie sich aber zusammen und ihre Gedanken wanderten zu dem Anlass zurück, der sie hierhergeführt hatte. Sie würde heute aus erster Hand Dinge erfahren, die nicht einmal alle Ärzte wussten.

Deshalb hoffte sie, dass sie an diesem Ort jemanden fand, der eine Idee hatte, wie man Johann helfen konnte. Nein, mehr noch: wie man ihn und seine verunstaltete Nase retten konnte.

06

Jemand klopfte wie ein Richter mit einem Hammer auf das Rednerpult und alle im Saal verstummten. Jetzt erst erkannte Grete, wer dort am Pult stand. Professor Virchow, der bekannteste Mediziner des Landes. Er war vor kurzem achtzig Jahre alt geworden. Er hatte kurze, graue Haare, einen ebenso melierten Vollbart und trug eine schmale Rundbrille.

Auf seine Initiative hin war das *Viktoriahaus* gegründet worden, weil er eine Professionalisierung der Krankenpflege für notwendig erachtet hatte, auch abseits der kirchlichen Institutionen. Er hatte zudem mit dem *Krankenhaus Friedrichshain* das erste städtische Hospital aufgebaut, aber auch weitere Spitäler sowie Spielplätze und Parks errichten lassen.

Über den strengen, aber liberalen Virchow kursierten viele Geschichten. Eine war Grete besonders im Gedächtnis geblieben. Virchow habe sich im Reichstag mit dem damaligen Reichskanzler Bismarck zerstritten und diesen der Lüge bezichtigt. Bismarck habe daraufhin ein Duell gefordert, was Virchow mit den Worten ablehnte, dass dies keine zeitgemäße Art der Diskussion sei.

Allerdings gab es auch das Gerücht, Virchow habe dem Duell zugestimmt und da ihm die Wahl der Waffen zufiel, habe er zwei identisch aussehende Würste präsentiert, von denen eine mit Trichinen belastet war.

Also Wurmparasiten, die durchaus tödlich sein konnten. Virchow schlug vor, dass Bismarck eine der beiden Würste essen sollte, woraufhin Virchow die andere verspeisen würde.

Bismarck hatte abgelehnt.

Grete wusste nicht, ob die Geschichte stimmte, aber es stand außer Zweifel, dass Professor Virchow so viel für das deutsche Gesundheitswesen getan hatte wie kaum jemand vor ihm.

»Meine Herren Mediziner, verehrte Studenten«, begann Professor Virchow. »Ich freue mich, dass Sie so zahlreich zum heutigen Medizinischen Kongress erschienen sind. Ich möchte mich nicht lange mit einer Vorrede aufhalten, der Zeitplan ist straff und die Erkenntnisse sind viele, über die wir heute berichten wollen.« Professor Virchow schaute ins Publikum, das gebannt an seinen Lippen hing.

»Wir beginnen mit einem Vortrag von ...« Professor Virchow nahm die Tagesordnung und las offensichtlich den Namen ab. »...von Dr. Joseph Abbel, der an der *Universitätspoliklinik für orthopädische Chirurgie* des geschätzten Kollegen Professor Wolff praktiziert.«

Zustimmendes Murmeln war im Saal zu hören.

Professor Virchow sah mit strenger Miene auf, als verbitte er sich die Störung. »Dr. Abbel hat ein Demonstrationsobjekt mitgebracht. Deswegen findet sein Vortrag als Erstes statt.« Professor Virchow bat Dr. Abbel mit einer Handbewegung nach vorn zu kommen.

Grete war überrascht, wie jung dieser Arzt war. Knappe dreißig, schlank, schwarzes, schütteres Haar, ein buschiger Schnauzbart zierte dessen Oberlippe.

Noch erstaunlicher war der vielleicht achtjährige Junge, den er an seiner Hand nach oben zum Rednerpult führte.

Wieder erhob sich Gemurmel im Publikum und Dr. Abbel räusperte sich. »Vielen Dank, dass mir die Gelegenheit zu Teil wird, meine neuesten Forschungserkenntnisse vor so einem illustren Kreis vorzustellen.« Dr. Abbel strich sich nervös über die Stirn, obwohl Grete gar keinen Schweiß dort hatte erkennen können.

»Ich habe diesen Jungen mitgebracht«, sagte Dr. Abbel und wandte sich an den Vorstand der *Medizinischen Gesellschaft.* »Schauen Sie ihn sich an. Er sieht aus wie jeder andere normale Junge, hat ein hübsches Gesicht, oder?«

Die Herren vom Vorstand standen auf und musterten den Jungen. »Ich kann keine Auffälligkeiten erkennen«, sagte einer von ihnen. »Ich hoffe, Sie wollen uns nicht nur die Zeit stehlen.«

»Keineswegs«, entgegnete Dr. Abbel. »Ich darf mir erlauben, Ihnen eine Fotografie zu zeigen, auf der zu sehen ist, wie der Junge vor meinem Eingriff ausgesehen hat.« Er reichte unter den Vorstandsmitgliedern ein Foto herum, die diese interessiert studierten.

Sogleich zog Dr. Abbel neben sich einen Vorhang auf. Dahinter kam eine mindestens zwei auf drei Meter große Zeichnung zum Vorschein. Ein Porträt des Jungen mit abstehenden Ohren. »Sie sehen darauf eine realistische Nachbildung der Fotografie, die ich dem Vorstand gereicht habe.« Er nahm einen Zeigestab und deutete auf die Ohren auf der überdimensionalen Zeichnung. »Sehen Sie die furchtbar abstehenden und großen Ohren, unter denen der Junge vor dem Eingriff gelitten hat?« Dr. Abbel schaute ins Publikum. »Seine Mutter hat mich bekniet, ihm zu helfen. Der Junge litt sehr unter der Situation und wollte nicht mehr zur Schule gehen.«

Während Dr. Abbel mit seinen Erklärungen fortfuhr, in denen er die Details der Operation schilderte, kam ein Vorstandsmitglied nach dem anderen zu dem Jungen und begutachtete meist ungläubig kopfschüttelnd dessen Ohren.

Grete beobachtete alles fasziniert. Kurz sah sie zu dem geheimnisvollen Mann, der ihr seine Visitenkarte gereicht hatte und sich nun eifrig Notizen machte.

Schließlich trat sogar Professor Virchow zu dem Jungen und musterte dessen Ohren. »Einwandfreie Arbeit.« Er schüttelte Dr. Abbel die Hand. »Von Ihnen wird man noch hören.«

Im Publikum brandete spontan Applaus auf.

Dr. Abbel deutete eine Verbeugung an und stellte sich danach kerzengerade hin. »Ich habe eine Vision.« Stolz schwang in seiner Stimme mit. Die Zuhörer verstummten und blickten ihn gespannt an. »Ich denke, wir alle sind uns einig, dass Menschen nicht länger unter Krankheiten und anderen Gebrechen leiden sollten. Aber ich finde auch, dass Menschen keine Qualen wegen ihres Äußeren erfahren sollten.«

»Hört, hört!«, riefen einige, während anderen vor Erstaunen der Mund offen stehen blieb.

Grete spürte, wie ihr bei diesen Worten das Herz aufging. Endlich gab es jemanden, der verstand, wie es Personen wie Johann ging. Der wusste, was all die Krüppel und Verunstalteten ertragen mussten.

»Und um diesen Menschen helfen zu können, rege ich an, eine plastische Chirurgie aufzubauen, die sich solcher Behandlungen mit der notwendigen medizinischen Expertise annimmt.«

Vereinzeltes Klatschen war zu hören. Grete hätte auch gerne geklatscht, aber mit dem Tablett in ihren Händen ging das nicht. Sie nahm ihren ganzen Mut zusammen und trat einen Schritt nach vorn. »Können Sie auch andere Körperteile operieren, verunstaltete Nasen beispielsweise?« Grete merkte sofort, wie sich alle Blicke auf sie richteten.

Dr. Abbel setzte zu einer Antwort an, doch Professor Virchow schnellte von seinem Platz auf den Bänken neben dem Podium nach oben, als sei er keine achtzig, sondern allenfalls dreißig. »Wie üblich werden Fragen erst im Anschluss an den Vortrag beantwortet.« Er blickte Grete tadelnd an. »Im Übrigen, Fräulein, was um alles auf der Welt haben Sie hier zu suchen?«

Nun waren erst recht alle Blicke auf Grete gerichtet. Sie schluckte und wünschte sich, sie hätte nicht gefragt. »Ich bin eine Viktoriaschwester«, sagte sie schnell.

Das Publikum im Auditorium lachte. Professor Virchow winkte unwirsch ab. »Selbst wenn Sie Victoria, die Königin von Großbritannien wären, hätten Sie hier nichts zu suchen. Diese Veranstaltung ist ausschließlich den Mitgliedern der *Medizinischen Gesellschaft* vorbehalten.«

»Aber mein Bruder ...«

»Verlassen Sie bitte augenblicklich den Saal, sonst lasse ich Sie entfernen.«

Grete nickte und wandte sich der verschlossenen Flügeltür zu.

Der Unbekannte mit dem Notizblock sprang von seinem Platz auf und öffnete ihr die Tür. Er sah sie mitfühlend an. »Ein kleiner Rat von mir, nie die Deckung aufgeben«, flüsterte er. »Das gilt im Krieg genauso wie beim Skatspiel, aber vor allem, wenn man inkognito unterwegs ist.« Er zwinkerte ihr zu.

Grete trat hinaus in die Wandelhalle.

Der Mann nickte ihr noch einmal zu, führte seinen Zeigefinger zum Mund und ließ die Tür angelehnt. Sie blieb einen kleinen Spalt weit offen. Er verschwand dahinter, bevor sie sich bedanken konnte.

Grete schaute sich um. Die Wandelhalle war verwaist. Alle Angestellten schienen sich in anderen Räumlichkeiten aufzuhalten.

Grete stellte das Tablett auf einer Anrichte ab und legte behutsam ihren Kopf an die angelehnte Tür des Auditoriums. Ihre Angst, dass sich die Tür bewegen und sie auffliegen würde, war jedoch so groß, dass sie den Blick wieder hob und stattdessen durch den Türspalt linste.

Sie beobachtete Dr. Abbel, der noch immer die Details der Operation erklärte und mit seinem Zeigestock auf dem Bild herumfuhr.

Plötzlich sah sie, wie ein Mann aus dem Auditorium mit schnellen Schritten auf die Tür zukam. Grete schaute genauer hin und erkannte Dr. Lichte, den Chirurg aus dem *Krankenhaus Friedrichshain*. Wenn er sie verriet, war alles verloren.

Andererseits konnte es gut sein, dass er sie in dem großen Auditorium nicht erkannt hatte.

Schnell stellte sich Grete an die Wand hinter der Flügeltür, sodass sie von dieser verdeckt wurde, sobald sie sich öffnete.

Dr. Lichte trat hinaus in die Wandelhalle, sah sich um, als suche er sie. Er seufzte, nahm seine Taschenuhr, schaute darauf und verließ das Gebäude.

Schnell schloss Grete die Tür wieder bis auf einen Spalt und wagte sich erst nicht, noch einmal hindurchzusehen.

Gedämpft hörte sie von dahinter die Stimme von Dr. Abbel.

Als sie wieder hinter den Türspalt trat, sprach der Arzt gerade ein paar Dankesworte und erneuerte seine Vision, dass in Zukunft niemand wegen seines Aussehens leiden sollte.

Im Publikum brandete Beifall auf, vereinzelt hörte Grete jedoch auch Unmutsbekundungen.

Nun trat wieder Professor Virchow an das Rednerpult. »Dr. Abbel, vielen Dank für den spannenden Vortrag. Ich bin beeindruckt, wenngleich die ethischen Implikationen sicherlich Diskussionen auslösen werden.« Er räusperte sich. »Nun können Sie Dr. Abbel Ihre Fragen stellen, aber aufgrund des strengen Zeitplans halten Sie sich bitte kurz.«

Ein älterer Mann erhob sich. »Gab es eine medizinische Notwendigkeit für den Eingriff?«

»Nun, es gab eine seelische Notwendigkeit«, antwortete Dr. Abbel. »Und damit indirekt auch eine Medizinische.«

»Haben Sie zwischenzeitlich weitere Operationen vorgenommen?«, fragte ein anderer.

»Nein, ich wollte erst Ihre geschätzte Meinung einholen, ob wir uns diesen Zweig der Medizin erschließen sollen.«

Irgendwo schlug eine Glocke elf Uhr und Grete schluckte. Sie hätte längst unterwegs sein müssen, wenn sie nicht zur spät zu ihrer Prüfung erscheinen wollte.

Sie drehte sich gerade um, da erhob sich im Auditorium der Unbekannte. »Ich möchte kurz die Frage der jungen Dame aufgreifen. Wäre eine solche Operation auch an anderen Körperteilen möglich, beispielsweise der Nase?«

Dr. Abbel lupfte eine Augenbraue. »Nun, das müssen weitere Forschungen zeigen. Ich habe mich für den Moment ganz auf diese eine Operation konzentriert, aber grundsätzlich wäre ein Eingriff an der Nase vorstellbar. Gerade wenn man an die Herren denkt, deren Riechorgan von Syphilis entstellt ist.«

»Unerhört!«, rief jemand dazwischen. »Die sind doch selbst an ihrem Leid schuld!«

»Ich darf um Ruhe bitten!« Professor Virchow klopfte mit dem Hammer auf sein Pult. »Ich denke, weitere Fragen können Sie im Einzelgespräch mit Dr. Abbel klären. Fahren wir mit unserem nächsten Vortrag fort.«

Grete drehte sich hastig um, nahm das Tablett und brachte es geschwind die Treppe hinunter an seinen Platz. Erst jetzt fiel ihr ein, dass sie in all der Aufregung noch gar nicht auf die Visitenkarte des Unbekannten geschaut hatte.

Schnell nahm sie diese an sich, verließ das Gebäude und lief ein paar Meter.

Nachdem sie gestoppt hatte, drehte sie die Karte um und las: *Arthur Kessler, der rasende Reporter.*

07

Mit gehetzten Schritten betrat Grete das *Viktoriahaus*. Das Kärtchen des Journalisten hielt sie fest umklammert in ihrer Hand, in Gedanken war sie bereits ganz bei der Prüfung.

Grete eilte in ihr Zimmer, zog hastig ihr Kleid aus und schlüpfte in ihre Schwesterntracht.

Ohne die Dienstkleidung brauchte sie die Prüfung gar nicht erst antreten. Ihre Finger zitterten vor Aufregung, dass es ihr kaum gelang, die Knöpfe ihrer Tracht ordentlich zu schließen. Nach einer gefühlten Ewigkeit hatte sie es endlich geschafft. Sie griff ihre Schürze und ihr Häubchen und verließ das Zimmer.

Mit wehendem Schwesternkleid hastete Grete durch die Eingangstür auf die Straße. Dort raffte sie ihren Rock und rannte los. Wenngleich sie sich dessen bewusst war, dass sie nun zum zweiten Mal an diesem Tage alle Blicke auf sich zog. Denn es ziemte sich nicht für eine Dame, ihren Rock zu lupfen und zu rennen.

Atemlos erreichte Grete die Chirurgie. Ihre Lunge brannte, als hätte man darin ein Feuer entfacht, aber sie verlangsamte ihren Schritt nicht.

Während sie den Gang entlang zum Prüfungssaal eilte, band sie sich ihre Schürze um und platzierte ihr Häubchen.

Als sie in der Schürzentasche nach den Haarnadeln fingerte, mit denen sie die Kopfbedeckung in ihren krausen Haaren fixierte, fand sie diese nicht. Sie musste sie in der Eile vergessen haben. Für Umkehren war jedoch keine Zeit. Ebenso wenig für das Überprüfen, ob ihre Arbeitskleidung fehlerlos saß.

Endlich erreichte Grete die Tür zum Prüfungssaal und stürmte hinein. Mit einem lauten Knall schlug die Tür gegen die Wand und zum dritten Mal an diesem Tag richteten sich alle Augenpaare auf sie. Die Schwesternschülerinnen waren gerade dabei, einen Verband anzulegen, hielten jedoch allesamt in ihrer Bewegung inne und sahen Grete teils erschrocken, teils mitfühlend an.

Oberschwester Bernadette seufzte laut und schickte Grete einen Blick, der missbilligender nicht hätte sein können.

Dr. Friedrich Trendelenburg, der Leiter der Chirurgie, kam auf sie zu. »Schön, dass Sie uns auch noch beehren.«

Grete verbeugte sich entschuldigend. »Es tut mir unendlich leid. Mein Zuspätkommen ist unentschuldbar.«

»Das ist es allerdings«, fauchte Oberschwester Bernadette.

Lediglich Dr. Lichte schenkte Grete ein schüchternes Lächeln. Spätestens jetzt war ihm klar, welche Viktoriaschwester die Frage im Auditorium der Medizinischen Gesellschaft gestellt hatte.

Sein Lächeln sollte wohl aufmunternd sein, verschwand jedoch sofort, als sich Dr. Trendelenburg ungehalten räusperte.

Grete eilte auf die Gruppe zu und wurde von Oberschwester Bernadette abgefangen. »Sie glauben doch nicht, dass Sie der Prüfung jetzt noch beiwohnen dürfen!«

»Aber wenn ich dieselben Aufgaben erledige wie alle anderen, in kürzerer Zeit?« Grete war um Fassung bemüht, schaffte es aber, dem eindringlichen Blick von Dr. Trendelenburg standzuhalten.

Dr. Lichte nahm seine Brille ab und beugte sich zu dem Klinikleiter. Er flüsterte ihm etwas zu, was Grete nicht verstehen konnte. Dr. Trendelenburg schien kurz zu überlegen, dann sah er Grete an und winkte mit seinem Kopf in Richtung des freien Prüfungsplatzes.

»Sie dürfen antreten, aber selbstredend bekommen Sie die verpasste Zeit nicht geschenkt«, sagte der Chirurg. »Die Aufgaben finden Sie an Ihrem Platz.«

Grete eilte erleichtert an ihren Prüfungsplatz, las die Anforderungen durch und legte mit geübten Handgriffen einen Druckverband. Aus dem Augenwinkel beobachtete Grete, wie sich Dr. Trendelenburg, Dr. Lichte und Oberschwester Bernadette leise unterhielten, ohne die Schwesternschülerinnen aus den Augen zu lassen.

08

Nervös tuschelnd warteten die Schwesternanwärterinnen nach der Prüfung auf dem Krankenhausflur darauf, dass sie zur Besprechung ihrer Prüfungsleistung abermals in den Saal gerufen wurden.

Grete lehnte erschöpft ihren Kopf an die Wand. Sie hatte es trotz der Verspätung geschafft, mit ihren Aufgaben fertig zu werden. Auch die besonders schwierigen Fragen, die ihr die Oberschwester gestellt hatte, konnte sie zur Zufriedenheit aller beantworten.

Dennoch saß ihr die Angst bleiern in den Knochen. Was hatten Oberschwester Bernadette, Dr. Trendelenburg und Dr. Lichte vorhin besprochen?

Als Grete als Letzte in den verwaisten Prüfungssaal gerufen wurde, klopfte ihr Herz, als wolle es aus ihrer Brust springen. Ja, sie spürte es bis in ihre Schläfen pulsieren.

Langsam, aber mit festem Schritt ging Grete auf die Prüfer zu. Dr. Trendelenburg wies Grete an, sich zu ihm zu begeben.

»Schwesternschülerin Grete, leider sind in jüngster Zeit allzu oft Beschwerden über Sie bei mir eingegangen.« Er sah sie aus undurchdringlichen Augen an. »Als Viktoriaschwester genügt es nicht, fachlich hervorragend zu sein, sondern auch, die Regeln des Krankenhauses einzuhalten und alle aufgetragenen Verpflichtungen zu erfüllen.«

Grete nickte. Sie war sich sicher, dass sie durch die Prüfung gefallen war. Nun war es so weit. Oberschwester Bernadette hatte endlich ihr Ziel erreicht, sie loszuwerden.

Grete versuchte, die aufkommende Angst zu unterdrücken, schaffte es aber nicht. Ihre Unterlippe bebte und sie spürte, wie ihr die ersten Tränen in die Augen stiegen.

Schnell senkte sie ihren Blick und blinzelte. Diese Genugtuung wollte sie Oberschwester Bernadette nicht geben.

»Ich hoffe, das ist Ihnen eine deutliche Warnung«, sagte Dr. Trendelenburg. »Denn ich kann nicht verleugnen, dass es mich sehr beeindruckt hat, wie flink und professionell Sie Ihre Arbeit ausführen. Auch Ihr Fachwissen ist bemerkenswert.«

Er zwirbelte seinen Schnauzer. »Sie können von Glück sprechen, dass es einige von mir sehr geschätzte Kollegen gibt, die ein gutes Wort für Sie eingelegt haben.«

Grete, die bemüht war, einen Schwall aufsteigender Tränen herunterzuschlucken, hob stockend ihren Kopf.

Dr. Trendelenburg lächelte ihr einen Moment zu. »Daher herzlichen Glückwunsch zur ersten bestandenen Prüfung.«

Grete fiel ein ganzer Gebirgskamm vom Herzen, nur ihr Puls raste unaufhörlich weiter, als wäre er noch immer nicht im Ziel eingetroffen.

»Unser Haus genießt ein gewisses Ansehen, das wir nicht gewillt sind, aufgrund aufmüpfiger Pflegerinnen zu gefährden. Auf Dauer sind Verhaltensweisen wie die

Ihren nicht tragbar. Ändern Sie diese oder ich muss Sie beim nächsten Mal entlassen«, erklärte Dr. Trendelenburg mit strengem Blick und schickte Grete damit aus dem Saal.

Dr. Lichte lächelte ihr zu und sie konnte in seinen Augen lesen, dass er nicht in allem einer Meinung mit seinem Vorgesetzten war.

Kaum trat Grete aus dem Gebäude ins Freie, brach alles über ihr herein. Die Tränen, die sie eben hatte zurückhalten können, quollen aus ihren Augen hervor, als hätten sie tagelang auf den Moment ihrer Freilassung gewartet.

Das Gefühl war so überwältigend, dass sie schwankte. Schnell stützte sich Grete an der Hauswand ab.

Als sich ihr Herzschlag normalisiert hatte und sich die Beine nicht länger wie Wackelpudding anfühlten, lief Grete los. Wie gern hätte sie sich jetzt in ihr Bett gelegt, die Decke über ihren Kopf gezogen und sich dieser Welt entzogen.

Aber sie wusste, dass ihre Kameradinnen auf sie warteten. Sie würden mit ihr feiern oder mit ihr weinen wollen. Aber genau dazu fühlte sich Grete gerade nicht in der Lage. Sie musste zunächst den tobenden Orkan aus Gefühlen und Gedanken in ihrem Inneren zur Ruhe kommen lassen.

Auch wenn sie diese erste Prüfung bestanden hatte, es würden noch weitere folgen. Darüber hinaus war Grete erneut bewusst geworden, dass ihr Wesen nicht in diese Zeit passte. Zum wiederholten Male wünschte sie sich, ein Mann zu sein. Nicht, weil sie sich falsch in

ihrem Körper fühlte, sondern weil Männer all das durften, was sie gern getan hätte.

09

Grete hockte in der Dunkelheit vor dem *Städtischen Obdach* und suchte den Boden mit ihren Fingern ab. Hier, bei den Aussätzigen der Gesellschaft hatte man sich die Gaslaternen gespart, welche die Stadt seit Kurzem erhellten und in den wohlhabenderen Gegenden die Kriminalität fernhalten sollten.

Endlich fand Grete, was sie suchte. Sie nahm das kleine Steinchen in ihre Hand und richtete sich auf. Kurz darauf visierte sie das Fenster zum Bettensaal an und zielte. Es klapperte kaum hörbar, als der Kiesel den Fensterrahmen traf. Grete duckte sich trotzdem in eine dunkle Hausecke und wartete.

Nichts geschah. Hatte Johann ihr Zeichen für Treffen außerhalb der Absprachen vergessen?

Grete suchte den Boden erneut nach einem Steinchen ab. Vorsichtshalber las sie nun gleich drei davon auf.

Abermals warf Grete den Kiesel mit voller Kraft zu dem kaum erhellten Fenster hoch. Diesmal traf sie die Scheibe mittig und es ertönte ein hörbares Klirren.

Kurz darauf erkannte sie die Umrisse von Johann hinter der dreckigen Fensterscheibe. Durch sein Tuch hätte sie ihn überall sofort erkannt. Schnell trat Grete aus ihrem Versteck und winkte ihn zu sich herunter.

Johann begrüßte sie mit einem Gemurmel, als er zu Grete auf die Straße trat. Sie merkte gleich, dass er schlecht aussah, bleich und fiebrig.

Grete nahm ihren Bruder bei der Hand und zog ihn zu sich in die Hausecke, die vom Städtischen Obdach aus nicht einsehbar war. Sie wollte nicht, dass man sie entdeckte. Nicht, weil sie Angst vor den Konsequenzen hatte, sondern um ihren Bruder.

Sie löste sein Tuch und als sie es anhob, gab sie einen unterdrückten Schrei von sich. Infolge der nässenden Nase hatte sich ein eitriger Abszess darauf gebildet. Kein Wunder bei den hygienischen Zuständen, die im *Städtischen Obdach* herrschten. Unzählige Bakterien, der Dreck, die nässende Kälte.

All das war pures Gift für Johanns Nase, glaubte Grete. Denn nicht einmal die Mediziner waren sich über die Ursachen eines Abszesses einig.

Grete ärgerte sich, dass sie ihren Bruder gestern nicht besucht hatte. Andererseits hätte er gespürt, dass etwas nicht in Ordnung war und Grete hatte sich fest vorgenommen, ihn erst von all den Scherereien mit Oberschwester Bernadette zu erzählen, wenn sie die letzte Prüfung bestanden hatte.

Außerdem kannte er ihre Prüfungstermine ohnehin nicht. Es hätte ihn unnötig nervös gemacht. Schließlich hing für sie beide alles davon ab.

»Das kann so nicht weitergehen«, sagte sie. »Das Obdach wird dich noch umbringen.«

Johann schaute sie schwach an. »Ich wäre auch lieber im Kaiserhof.«

»Ich war gestern bei einem Vortrag der *Medizinischen Gesellschaft*«, sprudelte es aus Grete heraus. »Es wird bald Hilfe für dich geben.«

»Wie meinst du das?« Er trat einen Schritt zurück.

»Es gibt an der Universitätspoliklinik einen Chirurgen«, erklärte sie. »Dr. Joseph Abbel ist sein Name. Er hat auf dem Medizinischen Kongress angeregt, einen neuen Weg zu beschreiten. Er möchte Menschen helfen, die unter ihrem Aussehen leiden«, sagte Grete begeistert. »Er hat einem Jungen die Segelohren angelegt.« Sie schüttelte bei dem Gedanken an die Bilder des Erfolges versonnen den Kopf und nahm Johanns Hände. »Es war einfach unglaublich!«

»Aber Ohren sind etwas anderes als eine Nase«, warf Johann mit seinem üblichen Pessimismus ein.

Grete winkte ab. Sie wollte daran glauben, dass es bald möglich war, auch Nasen zu operieren. Denn sie wollte endlich die Schuld begleichen, die sie ihrem Bruder gegenüber empfand.

»Vor ein paar Jahrzehnten hat auch niemand gedacht, dass man Patienten bei einer Operation mit Äther betäuben kann«, sagte Grete.

»Ich lasse mich nie wieder von irgendwelchen Kurpfuschern behandeln. Wir haben gesehen, wo das hinführt.« Johann entzog seiner Schwester seine Hände.

Allmählich löste sich Gretes Euphorie in Luft auf. »Das war doch nur, weil der von Callenberg nicht für die notwendige Behandlung aufkommen wollte«, sagte sie. »Dr. Abbel ist ein angesehener Mediziner.«

»Und wer soll es dieses Mal bezahlen? Du verdienst doch kaum etwas.«

»Wenn ich mit meiner Ausbildung fertig bin, verdiene ich besser. Dann wirst du operiert und alles wird gut«, versuchte Grete mit fester Stimme ihren Bruder und sich selbst zu überzeugen.

»Ach Grete ...« Johann wandte sich zum Obdach. »Ich muss erst mal schauen, dass ich wieder gesund werde. Mach, dass du ins *Viktoriahaus* kommst. Es ist spät. Du solltest um die Uhrzeit nicht allein draußen herumlaufen.«

»Aber das eine hängt mit dem anderen zusammen«, sagte Grete. »Wenn deine Nase erst operiert bist, verschwinden auch die Abszesse.«

»Wenn das Wörtchen wenn nicht wär, wäre ich längst Krösus«, entgegnete Johann. Er wendete sich ab und verschwand ohne ein weiteres Wort im Inneren des Heims.

War er sauer auf sie?

Wut stieg in Grete auf. Diese ohnmächtige Wut auf sich, ihren Bruder, den Unfall in ihrer Kindheit und dass er ihr ganzes Leben beherrschte. Sie ballte ihre Hände zu Fäusten und vergrub sie in ihren Manteltaschen.

»Und wenn es das Letzte ist, was ich tue. Du wirst diese Operation bekommen«, presste Grete verbissen zwischen ihren Zähnen hervor.

10

Direkt nach Ende ihres Frühdiensts kratzte Grete die letzten Groschen ihres Monatslohns zusammen und kaufte in der nächsten Apotheke eine aus Ölschiefer gewonnene Destillation.

Ihr übliches Hochgefühl, sobald sie eine Apotheke betrat, blieb heute aus.

Im Viktoriahaus stellte sie aus der Ölschiefer-Destillation eine Zugsalbe her. Diese Salben verwendete man seit dem Mittelalter, um die Reifung und Entleerung eines Abszesses zu beschleunigen.

Noch am späten Nachmittag brachte sie die Salbe Johann. Sanft strich sie den Eiterherd ein, was er mit schmerzverzerrtem Gesicht und qualvollem Stöhnen quittierte, und wünschte ihm gute Besserung.

Sonst erzählte sie nichts. Vor allem nicht, was sie vorhatte und warum sie nach wie vor ihre Schwesterntracht trug.

Sie blieb nicht lange und machte sich auf den Weg zur Universitätspoliklinik Berlin.

Dort angekommen, marschierte sie durch das Eingangsportal auf den Pförtner des Hauses zu, immer noch in ihrer Schwesterntracht, weil sie sich sicher war, dass es in diesem Aufzug leichter für sie sein würde, Gehör zu finden.

Unruhig trat Grete von einem Bein auf das andere, denn die Schlange, die sich an der Anmeldung gebildet hatte, wollte nicht schrumpfen.

Schließlich drängelte Grete sich nach vorn. »Ein Notfall«, flunkerte sie und zeigte entschuldigend auf ihre Schwesterntracht, bevor die Wartenden den Unmut über ihre Unverfrorenheit kundtun konnten. Es schien zu wirken, denn sie traten zurück, um Grete an den Tresen zu lassen.

»Chirurgische Abteilung«, warf Grete dem Portier entgegen.

»Haus drei, oberstes Stockwerk, rechter Gang«, antwortete er knapp.

Grete nickte ihm dankbar zu und rauschte davon.

In der chirurgischen Abteilung angekommen, schaute sich Grete suchend um. Hoffentlich hatte Dr. Abbel heute Dienst. Erst hatte sie mit ihrem Anliegen warten wollen, bis ihre letzte Prüfung vorüber war, hatte es aber nicht länger ausgehalten.

Grete lief den langen Gang entlang und prüfte die Schilder neben den Zimmern. Am Schwesternzimmer angekommen, klopfte sie.

Drinnen blieb es still. Grete legte ihr Ohr an die Tür, als ihr jemand von hinten auf die Schulter tippte.

»Kann ich Ihnen helfen, werte Kollegin?«

Grete drehte sich um und sah in das pausbäckige Gesicht einer jungen Krankenschwester, die sie freundlich anlächelte.

»Ich muss Dr. Joseph Abbel sprechen«, sagte Grete mit fester Stimme.

Die Schwester beäugte Grete neugierig.

»Nun?«, fragte Grete, als ihr die Pflegerin auch nach Sekunden der Musterung keine Antwort gegeben hatte.

»Er arbeitet nicht länger bei uns«, erklärte die Schwester.

Gretes Lächeln erstarb. »Weshalb das denn?«

Die Schwester beugte sich näher zu Grete und senkte ihre Stimme. »Angeblich hat Dr. Abbel ohne medizinischen Grund einem Jungen die Segelohren operiert.« Die Schwester schüttelte missbilligend den Kopf. »Das konnte der Professor natürlich nicht zulassen.«

Grete schluckte. »Und wo arbeitet er jetzt?«

Ihr Gegenüber zuckte unwissend mit den Schultern.

»Wer könnte es sonst noch wissen?«, fragte Grete.

Die Schwester schüttelte den Kopf. »Niemand. Dr. Abbel ist ziemlich überstürzt gegangen.«

11

In den nächsten Tagen hatte Grete in zwei weiteren Krankenhäusern versucht, herauszufinden, wo Dr. Abbel jetzt praktizierte. Leider ohne Erfolg.

Ihr Bruder hatte sich auch nicht gemeldet. Also ging Grete am frühen Abend im *Städtischen Obdach* vorbei, um zu sehen, ob der Abszess wie gewünscht abgeklungen war.

Sie fand Johann im Bett, obwohl sonst noch niemand schlief.

Sie hatte gehofft, dass die Salbe die Reifung des Abszesses beschleunigen und den Eiter selbstständig an die Hautoberfläche leiten würde, was leider nicht eingetreten war. Damit blieb nur die Möglichkeit, das Eitergeschwür chirurgisch zu öffnen. Grete tröstete sich damit, dass bereits Hippokrates den Grundsatz *ubi pus, ibi evacua* vertreten hatte, was in etwa bedeutete: *Wo Eiter ist, dort entleere ihn.*

Grete versuchte, Johann zu überreden, dass er mit ihr ins *Krankenhaus Friedrichshain* kam. Vielleicht würde der nette Dr. Lichte den Abszess öffnen. Allerdings wehrte sich Johann mit Händen und Füßen. Unbehandelt barg die Eiterbeule jedoch zu viel Gefahr, dass sich die Infektion ausbreitete und ihr den Bruder nahm.

Das würde sie nicht zulassen.

Grete verabschiedete sich von ihm und ging in die Nachtschicht. In einem unbeobachteten Moment lieh sie sich Skalpell, Nierenschale und eine Ampulle mit antiseptischem Mittel aus dem Schwesternzimmer.

Vor dem Narkosemittel blieb sie zweifelnd stehen. Sie wusste, dass Oberschwester Bernadette über die Bestände strengstens Buch führte.

Sie atmete tief aus und ließ es schweren Herzens stehen.

In der Schulbibliothek des Krankenhauses las Grete anschließend in einem dicken Wälzer über den Ablauf einer solchen Operation. Zwar war sie unzählige Male beim Öffnen eines Abszesses dabei gewesen, trotzdem wollte sie dem geringsten Fehler entgegenwirken.

Als die Nachtschicht endlich vorüber war, lief Grete wieder zu Johann. Obwohl sie völlig übermüdet war, hielt ihre Aufgabe sie wach.

Johanns Zustand hatte sich weiter verschlechtert. Sie setzte ihn im Keller neben einem kleinen Fenster auf eine Kiste, damit sie unbeobachtet waren.

In diesen Teil des Gewölbes verirrte sich nie jemand, hatte ihr Bruder einmal erzählt.

Johann lehnte mit seinem Kopf an der Wand und schaute Grete matt an. Der Abszess auf seiner Nase hatte sich zu einer großen eitrigen Beule entwickelt.

Grete zog eine weitere Kiste neben Johann, auf der sie ein weißes Tuch ausbreitete. Darauf stellte sie die Nierenschale, in der ein steriles Skalpell auf seinen Einsatz wartete.

Grete reichte Johann einen abgekochten Knochen, den ihr Sieglinde aus der Kantine des Krankenhauses besorgt hatte. Sie steckte ihrem Bruder das Gebein zwischen die Zähne.

Johann schloss seine Augen, atmete tief ein und nickte Grete schwach zu.

Grete desinfizierte ihre Hände mit *Sublimat*, ein auf Quecksilber basierendes Antiseptikum, das in den letzten Jahren die Karbolsäure ersetzt hatte, die oft zu Gewebeschäden und Vergiftungserscheinungen geführt hatte.

Grete war froh um diesen Fortschritt und sterilisierte auch die betroffene Hautregion auf Johanns Nasenstummel.

Seinem Gesichtsausdruck nach war das schmerzhaft genug.

Sie wusste, dass die Anspannung größer wurde, je länger die Patienten auf einen Eingriff warten mussten, also nahm sie direkt das Skalpell und setzte es an.

Johann biss wie auf Kommando auf den Knochen. Der knirschte und knackte unter der Wucht seines Bisses.

Grete schnitt.

Johann zuckte kurz, danach sackte sein Kopf zur Seite weg.

Er war ohnmächtig.

Grete erschrak, aber im Grunde war es besser, wenn er den Rest des Eingriffs nicht bei vollem Bewusstsein miterlebte. Sie legte das Skalpell in die kleine Blechschale zurück und versuchte, Johanns Kopf stabil an der Wand zu platzieren, damit sie fortfahren konnte. Nachdem sie das erledigt hatte, machte sie sich daran, den Eiter zu entfernen.

Als sie den Eingriff endlich beendet hatte, behandelte sie die Nase abermals aseptisch und hielt Johann Riechsalz hin.

Er erwachte relativ schnell, was auch Grete für einen kurzen Moment aufputschte, dann setzte die Erschöpfung ein.

Sie ließ ihm eine antiseptische Salbe mit Quecksilber da, die sie extra für ihn angerührt hatte, und erklärte ihm, wie er die Wunde zu pflegen hatte.

Als Grete im *Viktoriahaus* ankam, blieben ihr noch drei Stunden Schlaf. Sie zitterte am ganzen Körper und ihr war übel.

Gerade als sie sich hingelegt hatte, sprang sie wieder auf und übergab sich in die Waschschüssel. Außer Galle beförderte ihr Magen nicht allzu viel zu Tage, sie hatte heute vor lauter Aufregung nichts heruntergebracht.

Noch einmal durchrollte eine Welle der Übelkeit ihren Körper. Dann endlich löste sich der Knoten in ihrem Magen auf.

Mit zittrigen Fingern hob Grete den Emaillekrug mit dem Wasser an und ließ sich das kühle Nass über die heiße Stirn laufen. Anschließend wusch sie sich die Hände, spülte sich den Mund aus und legte sich zurück auf ihre Liege. Ihr Atem wurde langsamer und sie fiel in einen unruhigen, kurzen Schlaf.

12

Nachdem Grete völlig übermüdet und erschlagen aufgestanden war, stellte sie die ausgeliehene Nierenschale und das Skalpell zu den gebrauchten Instrumenten im Klinikum zurück. Das fiel am wenigsten auf, da diese ohnehin sterilisiert werden mussten.

Nun fehlte noch die Ampulle mit dem antiseptischen Mittel. Grete schlich über den leeren Gang in das Schwesternzimmer und schloss die Tür hinter sich.

Wachsam öffnete sie den quietschenden Glasschrank, in dem all die Tiegelchen und Fläschchen aufbewahrt wurden.

Ihr Blick streifte erneut die Zimmertür und sie vergewisserte sich, dass sie diese hinter sich geschlossen hatte. Dann nahm sie die kleine Flasche aus der Tasche ihrer Schwesterntracht, um sie zurückzustellen.

Ihre Hände zitterten und ihr Atem ging schnell.

Plötzlich stand Oberschwester Bernadette in der Zimmertür. Sie musste ihr gefolgt sein. »Was machen Sie da, Pflegerin Grete?«

Grete zuckte zusammen, das Fläschchen glitt ihr aus den Fingern und zerschellte auf dem harten Steinboden. Glassplitter stoben auseinander und die kostbare Flüssigkeit verteilte sich in einer kleinen Pfütze auf dem Boden. Voller Entsetzen betrachtete Grete die Überreste der Arznei und hob schließlich ihren Kopf zu

Schwester Bernadette. »Ich, ich ...«, geriet Grete ins Stottern. Warum hatte sie ihre Vorgesetzte nicht kommen hören?

Seit einiger Zeit befürchtete sie, dass Schwester Bernadette ihr absichtlich nachstellte, um ihr endlich den Fehler nachweisen zu können, der sie für immer vom Dienst als Viktoriaschwester ausschließen würde.

Grete holte kurz Luft und sammelte sich. Sie hatte nichts Unrechtes getan, sagte sie sich selbst. Dem Wohle der Menschen verpflichtet, galt dies auch dem ihres Bruders. Und wer weiß, ob sie ihn im Krankenhaus Friedrichshain behandelt hätten, wo doch Erkrankte an Cholera, Pocken, Krätze, Syphilis und Epilepsie in keinem Spital aufgenommen wurden?

»Ich wollte das gerade zurückstellen«, erklärte Grete mit überraschend sicherer Stimme.

Oberschwester Bernadette baute sich vor ihr auf. »Sie wagen es, mir ins Gesicht zu lügen? Sie wollten es stehlen!«

»Nein, wirklich! Ich habe es nur geliehen. Für meinen Bruder, er hat einen Abszess. Ich wollte die Ampulle gerade zurückstellen«, betonte Grete. Ihr Hals schnürte sich zu, als würde sie an einem Galgen baumeln.

»Sie wissen genau, dass Sie keine Medikamente *ausleihen* dürfen!«, entgegnete Oberschwester Bernadette scharf. »Sie warten hier!«, befahl sie und eilte davon.

Tränen stiegen in Grete auf. Und Wut. Wut auf ihre unbarmherzige Vorgesetzte, aber auch auf sich selbst. Wie hatte sie so unvorsichtig sein können?

Grete schluckte die bitteren Tränen herunter, strich wehmütig über den Glasschrank und wappnete sich für das, was jetzt folgen würde.

Keine fünf Minuten später kam Oberschwester Bernadette wieder – in ihrem Gefolge Dr. Trendelenburg.

Grete hatte inzwischen die Scherben aufgekehrt und entsorgt, befürchtete allerdings, selbst das würde ihr als Beseitigung der Spuren ausgelegt.

Dr. Trendelenburg musterte sie einen Moment und schien allein bei ihrem Anblick zu verstehen, dass die Vorwürfe gegen Grete nicht aus der Luft gegriffen waren. »Oberschwester Bernadette hat mir berichtet, dass Sie Medikamente entwendet haben. Stimmt das?«

»Ich habe mir eine Antisepsis-Ampulle ausgeliehen, um meinen Bruder damit zu behandeln. Er leidet an einem Abszess.«

»Warum haben Sie ihn nicht ins Krankenhaus gebracht?«

Grete schluckte. »Er wollte nicht. Er leidet an einer Deformation der Nase.«

Dr. Trendelenburg schüttelte den Kopf. »Sie haben ihn also selbst behandelt, obwohl Sie keine Ärztin sind, nicht einmal ausgebildete Krankenpflegerin?«

»Er hat kein Geld.«

»Sie wissen, dass wir auch mittellose Patienten behandeln, wenn es freie Kapazitäten gibt.«

Grete wagte nicht zu nicken.

»Es ist schade um Ihr Talent.« Dr. Trendelenburg seufzte und fuhr fort: »Aber das zeigt, dass Sie nicht bereit sind, die Grenzen einer Krankenpflegerin zu akzeptieren, von der Entwendung unserer Arzneimittel ganz abgesehen.«

»Stehlen wollte sie es!«, rief Oberschwester Bernadette dazwischen.

Dr. Trendelenburg ignorierte sie zwar, schüttelte aber erneut den Kopf. »Es tut mir leid um Sie als Jahrgangsbeste, aber ich hatte Sie gewarnt.«

Grete ballte ihre Fäuste.

Er musterte sie mit bedauerndem Blick. »Mir bleibt keine andere Wahl, als Ihre Ausbildung mit sofortiger Wirkung zu beenden.«

»Und damit ist auch Ihr Aufenthalt im Schwesternheim beendet«, sekundierte Oberschwester Bernadette, bevor Grete etwas erwidern konnte. »Packen Sie unverzüglich Ihre Sachen und verlassen Sie das *Viktoriahaus!* Noch heute!«

»Wenn Sie jetzt die Ausbildung abbrechen, wird mich kein anderes Krankenhaus mehr nehmen.« Grete schaute den Chirurgen mit flehendem Blick an. »Lassen Sie mich wenigstens die Prüfungen absolvieren.« Sie kämpfte mit den Tränen.

»Das haben Sie sich selbst zuzuschreiben«, zischte die Oberschwester.

»Aber ich habe kein Zuhause. Nichts, wo ich hinkönnte«, versuchte es Grete abermals.

»Umso wichtiger wäre es gewesen, sich unterzuordnen«, entgegnete Bernadette.

Grete sah auf den Boden. Sie fühlte bloß noch Leere in sich.

Die Tür schwang auf und Dr. Lichte kam mit wehendem Kittel hereingeeilt. Er musterte die Anwesenden und schien darauf zu warten, dass Dr. Trendelenburg ihm das Wort erlaubte. »Darf ich fragen, was passiert ist?«

»Ihre Lieblingsschwester hat Medikamente gestohlen«, giftete Oberschwester Bernadette. Der Triumph in ihrer Stimme war unüberhörbar.

»Stimmt das?« Er schaute Grete direkt in die Augen.

Sie erklärte ihm mit brüchiger Stimme, was vorgefallen war, ließ aber wie beim Leiter der Chirurgie das Skalpell und die Operation aus.

Oberschwester Bernadette deutete auf Dr. Trendelenburg. »Wir haben entschieden, dass Schwesternschülerin Grete das *Viktoriahaus* unverzüglich zu verlassen hat.«

»Ich bin überzeugt, dass Viktoriaschwester Grete nur Gutes im Sinn hatte. Auch wenn die dafür gewählten Mittel natürlich fehl am Platz waren, das sehen Sie doch ein, oder?« Dr. Lichte schaute Grete an.

Grete nickte.

»Es ist nicht die erste Verfehlung dieser Art«, entgegnete die Oberschwester. »Die Schülerin ist charakterlich als Viktoriaschwester ungeeignet.«

»Aber entscheidet nicht das Krankenhaus, ob die Ausbildung fortgesetzt wird?« Dr. Lichte nestelte an seiner Brille und sah seinen Vorgesetzten an.

»Es tut mir leid, aber mir bleibt keine andere Wahl.«

Dr. Trendelenburg wandte sich zur Tür. »Die Entscheidung ist gefallen. Schwesternschülerin Grete hat das Viktoriahaus unverzüglich zu verlassen.«

13

Weinend lief Grete ins *Viktoriahaus*. Da alle anderen Schwestern im Dienst waren oder schliefen, gab es niemanden, von dem sie sich hätte verabschieden können.

Sie zog ihre Schwesterntracht aus, legte sie zusammengefaltet auf ihre Liege und tupfte die Tränen darauf ab. Nachdem sie sich gesetzt hatte, hielt sie inne. Alles im Raum schien weit weg zu sein. Selbst ihre eigenen Gefühle. Grete empfand nichts als dumpfe, drückende Leere.

Schließlich öffnete sie ihren kleinen Pappkoffer mit den Holzleisten und packte ihre wenigen Habseligkeiten hinein. Zwei Kleider, das Apothekerbesteck, das sie von ihren Eltern geerbt hatte, und das Hochzeitsfoto ihrer Eltern.

Bei dem Blick darauf schluchzte sie laut. Das Foto war das Einzige, was sie vor dem großen Brand hatte retten können. Das Allerletzte, das sie von ihren Eltern noch besaß. Sie hatten zusammen mit ihrem Onkel und ihrer Tante geheiratet. Zwei Brüder, zwei stolze, glückliche Brautpaare.

Grete und Johann hatten sich fest vorgenommen, irgendwann auch zusammen zu heiraten, wenn sie – Bruder und Schwester – die Richtigen gefunden hatten.

Nach diesem Rückschritt waren sie jedoch weiter davon entfernt, eine Doppelhochzeit zu erreichen als jemals zuvor. Wieder schoss ein Schwall Tränen aus Gretes Augen.

Wütend auf sich selbst kniete sie sich vor die Liege und griff darunter. Sie zog einen Stapel Apothekerzeitschriften hervor und verstaute diesen ebenfalls in ihrem Gepäck.

Ihr Blick fiel dabei auf die Visitenkarte, die ihr der rasende Reporter auf dem Medizinischen Kongress zugesteckt hatte. Schnell steckte sie diese in die Tasche ihres Kleides.

Auf dem Waschtisch klaubte sie Zahnbürste und Seife zusammen und erschrak, als sie im Spiegel einen Blick auf ihr eigenes Gesicht erhaschte. Es sah fahl und grau aus. Als wäre jegliches Leben aus ihm gewichen.

Sie schluckte schwer, nahm ihren Pappkoffer und wankte aus dem Zimmer.

Als sie aus dem *Viktoriahaus* trat, wusste sie nicht wohin.

Niemand erwartete sie, denn außer Johann hatte sie niemanden. Und das *Städtische Obdach* war voll. Davon abgesehen wollte sie es gar nicht, so wie Johann im Männerheim behandelt wurde.

Unschlüssig stand sie da, schließlich setzte sie sich in Bewegung und wurde immer schneller.

Plötzlich packte jemand sie am Arm.

»Grete«, sagte der Mann atemlos. Da erst erkannte sie ihn durch den Tränenschleier. Es war Dr. Lichte, der junge Chirurg. »Ich habe alles versucht«, bekundete er kläglich. Als habe er selbst geweint.

Grete schüttelte seine Hand ab. »Bitte, lassen Sie mich gehen.« Eine tiefe Traurigkeit stieg in ihr auf.

Grete lief weiter.

Er eilte um sie herum und stellte sich vor sie. »Hören Sie mich an, bitte«, flehte er.

Grete schaute auf den Boden.

»Grete, Sie sind die beste Krankenschwester, die mir bisher untergekommen ist ...« Er stockte.

Grete spürte, dass er ihr nicht hinterhergelaufen war, um ihr das zu sagen.

»Ich weiß gar nicht, wie ich mein Tagwerk ohne Sie verrichten soll.«

»Die anderen Schwestern sind ebenso fleißig und nicht so vorlaut wie ich.« Grete drängte an ihm vorbei.

Er hielt sie am Arm fest. »Grete, ich ... Ich würde Sie schrecklich vermissen!«, platzte es aus ihm heraus.

Grete schaute ihn mit großen Augen an.

»Ich hätte Ihnen das gerne bei anderer Gelegenheit gebeichtet.« Er seufzte. »Aber wenn Sie jetzt gehen und ich sehe Sie womöglich nie wieder ...« Er stoppte mitten im Satz, schaute sie verzweifelt an.

Grete musterte ihn. Was wollte er von ihr? Wieso sie? Die Schwestern lagen ihm reihenweise zu Füßen.

»Ich ...« Grete biss sich auf die Lippe. Unsicher, was sie sagen sollte.

»Wo können wir uns wiedersehen?«, fragte er.

Grete schaute wieder auf den Boden.

»Wo wohnen Sie jetzt?«

Grete wusste nicht, was sie darauf sagen sollte, sie hatte ja selbst keine Antwort. Sie zuckte mit den Schultern.

»Schauen Sie, Fräulein Grete, ich hätte neben meiner Wohnung eine Kammer, in die Sie einziehen könnten.«

Grete schluckte. Sein Angebot wäre sicher an eine Bedingung geknüpft. Gewiss eine, die sich falsch anfühlte.

»Bitte, Fräulein Grete, sagen Sie doch etwas!«

Grete schüttelte den Kopf.

»Warum nicht?«, fragte er. »Nehmen Sie mein Angebot an. Es verpflichtet Sie zu nichts.«

Grete schüttelte abermals den Kopf. »Ich kann nicht«, sagte sie und rannte davon.

Er rief ihr hinterher, aber sie hörte nichts mehr und drehte sich nicht um.

Eisiger Wind schlug ihr ins Gesicht, den sie zuvor gar nicht bemerkt hatte. Trotzdem rannte sie weiter, den Pappkoffer fest in ihrer Hand. Sie fühlte sich, als wäre sie in einem Irrgarten gelandet, in dem jeder Ausweg ins Verderben führte.

Alles, was sie in den letzten Jahren erlebt hatte, all die Pein und die Rackerei bahnten sich ihren Weg aus ihrem zierlichen Körper und schüttelten ihn derart heftig, dass Grete taumelte. Und obwohl sie das Gefühl hatte, dass sich der Boden unter ihr auftat, rannte sie weiter.

Die Kälte brannte ihr in den Lungen. Sie wusste nicht, wohin ihre Füße sie trugen.

Nur eines war klar: Sie wollte weg von diesem Ort, an dem sie nicht sein durfte, wie sie war.

14

»Hallo junge Dame! Was dagegen, wenn ich Ihnen Gesellschaft leiste?«

Grete blickte verschlafen auf, schaute in das unrasierte Gesicht eines nach Schnaps stinkenden Mannes und zuckte unwillkürlich zurück.

»Ist da was zum Trinken drin?« Der Mann befingerte ihren Pappkoffer.

Grete riss ihm den Koffer aus den Händen und lief davon.

»Warten Sie!«, rief er ihr hinterher.

Aber Grete rannte weiter, bis sie ihn nicht mehr sehen konnte.

Es war nun drei Tage her, dass sie das Viktoriahaus verlassen hatte. Vergeblich hatte sie nach Arbeit gesucht, sich des Nachts in den Ecken diverser Hinterhöfe versteckt und kaum ein Auge zugetan. Heute hatte sie sich im Großen Tiergarten nur kurz auf eine Bank gelegt, war sofort eingenickt und nun zum wiederholten Mal belästigt worden.

Im letzten Abendlicht erkannte Grete müde einen Teich und lief an dessen Ufer. Die Insel inmitten des Teichs musste die Rousseau-Insel sein. Grete setzte sich an das Ufer und stellte den Pappkoffer ab.

Was sagte das über ihr Leben aus, wenn sie nicht einmal solch einen kleinen Koffer mit ihren Habseligkeiten füllen konnte?

Das Apothekerbesteck ihrer Eltern war das Einzige, was Wert besaß, aber mehr als ein paar Tage würde sie damit nicht über die Runden kommen. Wenn sie überhaupt jemanden fand, der es kaufen wollte.

Wieder schaute Grete zur Insel. Dort wäre sie in der Nacht zwar mutterseelenallein, aber sicherer als mitten im Park. Die Dämmerung hatte bereits viele zweifelhafte Gestalten angezogen. Und zwar nicht nur Obdachlose wie sie, die lediglich ein Heim für die Nacht suchten. Sondern auch Gauner, die selbst den Ärmsten ihr letztes Hemd stahlen. Unzählige Bauern, ganze Familien und Tagelöhner waren vom Land nach Berlin geströmt, in der Hoffnung, in der Stadt ein besseres Leben zu finden. Aber Träume hatten den Hang zu platzen, das wusste Grete selbst am besten.

Sie hatte nicht nur einmal darüber nachgedacht, zum *Krankenhaus Friedrichshain* zurückzugehen, Dr. Lichte abzupassen und sein Angebot anzunehmen. Nur die Tatsache, dass es in einer unverzeihlichen Lüge enden würde, hatte sie davon abgehalten.

Grete hielt ihre Hand in den Teich, das Wasser war verdammt kalt. Durchnässt würde sie sich vielleicht den Tod holen.

Im Park würde sie allerdings erneut vertrieben werden. Oder belästigt. Außerdem musste sie sich und das Kleid irgendwo waschen. Sie war unendlich müde und musste unbedingt schlafen, um wieder auf klare Gedanken zu kommen.

Überall, wo sie in den vergangenen Tagen nach Arbeit gefragt hatte, hatte man sie entweder fortgeschickt oder sie zu zweideutigen Tätigkeiten verleiten wollen.

Zögernd blickte sie auf das dunkle Rund gegenüber. Wenn sie auf die Insel schwamm, würde sie den Koffer nicht mitnehmen können. Also zog sie ihre Schuhe aus, legte sie hinein, nahm die Seife heraus und versteckte ihr Gepäckstück schließlich in einem Busch unter einem Haufen Blättern.

Sie hoffte, dass sie ihre Habseligkeiten dort noch vorfinden würde, wenn sie morgen wiederkam. Vor allem wegen des Hochzeitsfotos. Wenn das nass wurde, hätte sie die letzte Erinnerung an ihre Familie verloren.

Als es endgültig dunkel geworden war, versicherte sich Grete, dass sie nicht beobachtet wurde, und watete barfuß in das frostige Wasser.

Die Kälte biss, aber sie kämpfte sich weiter vor. Kaum hatte es ihre Knie erreicht, schwamm sie los.

Zitternd stieg sie auf der anderen Seite aus dem Wasser. Rasch

legte sie ihr Kleid ab, wrang ihre Haare aus. Danach nahm sie die Seife und schrubbte mit vollem Körpereinsatz über den Stoff, in der Hoffnung, dass ihr warm wurde.

Es gelang ihr nicht.

Sie hing das Kleid zum Trocknen über einen Ast, zog auch ihre Unterwäsche aus, wusch diese und sich selbst. Grete wusste, wie leichtsinnig das war. Es war fast schon Winter und die Temperaturen waren empfindlich kalt. So nass und nackt wie sie war, konnte das ihren Tod bedeuten. Aber sie würde nicht sterben, dessen war sich Grete sicher. Immerhin hatte sie einen Grund zum Leben und der hieß Johann.

Deshalb raffte sie etwas Laub zusammen und brach ein paar Tannenzweige ab. Sie legte sich auf die Blätter und deckte sich mit den Tannenzweigen zu.

Trotzdem vermutete Grete, dass ihre Haut bereits blau angelaufen war, denn nach wenigen Minuten schlotterte ihr Körper vor Zittern und sie bezweifelte, dass sie trotz ihrer Müdigkeit einschlafen konnte.

»Sie können hier nicht schlafen. Wie sind Sie überhaupt hierhergekommen?«, wurde Grete von einer sonoren Stimme geweckt.

»Bitte?« Grete öffnete ihre Augen, richtete sich auf und sah einen Wachmann in Uniform und mit Pickelhaube. Die Sonne blendete sie.

»Sie sind ja nackt!«, rief der Mann entsetzt.

Grete wollte sich bedecken, aber es gab nur Blätter und Tannenzweige.

Der Wachmann drehte sich um, entfernte sich ein paar Schritte von ihr. »Ich gebe Ihnen fünf Minuten, dann sind Sie angezogen und kommen mit mir mit dem Boot von der Insel und verlassen den Park.«

Grete nickte. »Ich musste meine Kleider trocknen.« Sie stand auf und versteckte sich hinter einer steinernen Säule. Sie strich sich die Blätter von der Haut und schlüpfte in ihre nach wie vor feuchte Unterwäsche. Auch ihr Kleid war kaum getrocknet, aber wenigstens roch es nicht unangenehm.

Als sie kurz darauf zum Wachmann lief, brummelte der gerade: »Das glaubt mir niemand!«

»Es tut mir leid«, beteuerte Grete.

»Also los, steigen Sie ins Boot.« Er zeigte auf ein kleines Ruderboot.

Als sie hineinstieg, schwankte es leicht, er kam hinzu und ruderte die paar Meter ans Ufer.

Zum Aussteigen reichte er ihr die Hand. »Suchen Sie sich eine Pension. Das ist nicht der richtige Ort für ein junges, hübsches Ding wie Sie.«

Grete biss sich auf die Lippe. »Ich muss noch meinen Koffer holen.« Eilig rannte sie zu dem Busch und sah sofort, dass jemand den Koffer geöffnet hatte. Das Foto! Im Koffer lag Laub, daneben ihre Schuhe. Hastig schob sie das Laub beiseite und sah erleichtert, dass das Foto ihrer Eltern unversehrt war.

Nur das Apothekerbesteck hatte der Dieb mitgenommen. Für ihre ausgetretenen Schuhe, Pappkoffer und Foto schien er keine Verwendung gehabt zu haben.

Fröstelnd zog sie ihre Schuhe an und eilte dem Wärter entgegen.

»Weil ich auch ein Herz hab, machen wir das heute ohne Anzeige«, sagte er. »Aber wenn ich Sie noch einmal hier antreffe, werde ich preußischer sein, als Sie sich das vorstellen können, junge Dame.«

Grete bedankte sich und lief schnellen Schrittes auf den Ausgang des Parks zu.

Wohin sie jetzt sollte, wusste sie nicht. Aber sie musste etwas ändern, das war ihr spätestens nach dieser Nacht klar geworden.

15

Ein Schleier aus grauen Wolken zog auf und bedeckte die gerade aufgegangene Sonne. Nieselregen benetzte Gretes ohnehin feuchte Kleidung. Sie zitterte.

In der Ferne erkannte sie das Brandenburger Tor. Als Johann und sie einst in Berlin angekommen waren, hatten sie es voller Stolz durchschritten.

Viel war von diesem Stolz nicht übrig geblieben. Aber immerhin wusste Grete inzwischen, was sie tun würde.

Sie lief schneller, weit konnte es nicht mehr sein.

An der Medizinischen Gesellschaft angekommen, ging sie die Treppe zum Eingang hoch und drückte die Klinke der Eingangstür hinunter. Die Tür war verschlossen.

Grete rieb ihre zitternden Hände aneinander und seufzte. Sie ging einmal um das Gebäude herum und entdeckte auf dessen Rückseite einen Lieferanteneingang, an dem eine mechanische Drehklingel aus Metall angebracht war.

Grete drehte an dem Griff und eine Glocke ertönte.

Kurz darauf hörte sie Schritte und ein Bediensteter im Anzug öffnete die Tür gerade so weit, dass er hinausschauen konnte. »Wie kann ich Ihnen helfen?«, fragte er, blickte aber nicht so, als meine er das ernst.

Grete kam sich ziemlich naiv vor, trotzdem nahm sie all ihren Mut zusammen. »Ich suche jemanden, der weiß, wo Dr. Joseph Abbel jetzt arbeitet. Er ist hier Mitglied.«

Der Bedienstete räusperte sich. »Wir sind doch kein Adressbüro.«

»Es wäre sehr wichtig«, bat Grete und lächelte milde.

»Er wollte eine neue Praxis eröffnen, aber die Adresse kenne ich ohnehin nicht.« Der Bedienstete winkte ab, wollte die Tür schließen.

Grete stellte blitzschnell ihren Fuß in die Tür. »Vielleicht wissen Sie, wo er wohnt?«

»Selbst, wenn ich es wüsste, dürfte ich Ihnen das nicht sagen.« Der Bedienstete musterte Grete. »Wer sind Sie überhaupt?«

»Ich bin eine Viktoriaschwester und müsste dringend einen medizinischen Sachverhalt mit Dr. Abbel besprechen.«

Der Bedienstete seufzte. »Also gut.« Er blickte sich um, als wolle er sich vergewissern, dass sie unbeobachtet waren. »Ich weiß nicht, wo seine Praxis ist«, sagte er schließlich. »Aber ich habe andere Ärzte über ihn reden hören und einer davon meinte, es sei keine gute Idee, eine Praxis in der *Plumpe* zu eröffnen.«

Grete nickte. »Sie meinen den Gesundbrunnen?«

Der Bedienstete hob eine Augenbraue. »Den Namen hat dieses Quartier wohl nur noch auf ironische Art und Weise verdient.«

Im Nieselregen lief Grete den ganzen Gesundbrunnen ab, vorbei am halb verfallenen Marienbad, dessen inzwischen versiegte Quelle der Ortsteil seinen Namen verdankte.

Auch an den dicht gedrängten Mietskasernen des Arbeiterviertels lief sie vorbei, einen Hinweis auf die Praxis von Dr. Abbel hatte sie jedoch nicht gefunden.

Der Stadtteil wirkte wahrlich nicht besser als sein Ruf.

Grete hatte unzählige Schilder an Häusern und Türen gelesen, doch ihre Hoffnung war bislang nicht erfüllt worden. Wen immer sie gefragt hatte, niemand hatte von Dr. Abbel gehört.

Hatte der Bedienstete in der Medizinischen Gesellschaft sie loswerden wollen und mit der Arztpraxis im Gesundbrunnen einen schlechten Scherz gemacht?

Um sich ein wenig vor dem Nieselregen zu schützen, setzte sie sich auf die Treppe eines Hauseingangs. Erschöpft vergrub sie ihren Kopf in den Armen und atmete tief aus. Das war der Tiefpunkt. Sie hatte alles verloren, weil sie sich nicht wie die anderen Pflegerinnen hatte unterordnen können.

Ihr war kalt, ihre Kleider nass und sie wusste nicht, was sie noch tun sollte.

Da kam ihr ein Gedanke. Vielleicht war sie einfach zu früh gewesen und Dr. Abbels Patienten kamen erst später.

Grete seufzte, stand auf und ging erneut los.

Kurz vor Ende des Arbeiterviertels eilte eine Frau in Schwesterntracht an ihr vorbei.

Grete setzte ein Lächeln auf. »Verzeihung! Wissen Sie, wo die Praxis von Dr. Joseph Abbel ist?«

Die Schwester runzelte erstaunt die Stirn und ihr Blick wanderte missbilligend an Grete hinab. »In dem Aufzug wollen Sie sich bewerben?«

Jetzt wurde Grete klar, weshalb sie die Praxis nicht hatte finden können. Sie hatte noch gar nicht eröffnet.

Grete blickte ebenfalls an sich herunter. Sie sah in der Tat alles andere als bewerbungstauglich aus und Kleider machten Leute. »Nun, es zählt die Qualifikation«, verteidigte sich Grete.

»Wie Sie meinen«, entgegnete die Schwester schnippisch und setzte ihren Weg fort.

Grete folgte ihr.

Am Ende der Straße bog die Schwester rechts ab und blieb vor einem Haus stehen, das Grete heute bereits zwei Mal passiert hatte.

Kein Schild daran deutete auf eine Praxis hin.

Die Haustür war angelehnt, wahrscheinlich war das Schloss kaputt. Die Schwester schob die Tür auf und trat in den Hausflur.

Grete hastete hinter ihr her.

Aus einer der Wohnungen im Untergeschoss drangen mehrere Frauenstimmen, die Wohnungstür war geschlossen und nicht beschriftet. An der gegenüberliegenden Tür stand der Name *Müller.*

Die Schwester klopfte an die unbeschriftete Tür.

Eine männliche, überfordert klingende Stimme rief: »Herein!«

Grete folgte der Frau in einen kargen Raum, in dem nur ein Schreibtisch, zwei Stühle und ein Aktenschrank standen. Gretes Blick fiel auf drei Frauen, die auf Dr. Abbel einredeten. »Also, wenn ich bei Ihnen Krankenpflegerin bin, werden die Patienten allein wegen meines freundlichen Wesens hereinspazieren«, sagte eine, die mit ihrem gerade einmal knielangen Rock auf Dr. Abbels Schreibtisch saß.

»Ich war in der *Charité*«, rief die andere dazwischen, während die dritte, eine ältere Schwester, mit ihrem Zeugnis wedelte. Und nun versuchte sich auch noch die Schwester, die mit Grete angekommen war, dazwischen zu drängeln.

»Meine Damen!«, rief Dr. Abbel. »Eine nach der anderen.«

Ohne Erfolg. Sofort setzten alle vier wieder an, auf ihn einzureden.

»Am besten gehen Sie in das Behandlungszimmer und rufen uns einzeln zu sich«, riet Grete.

Jetzt erst schaute Dr. Abbel sie an. Er stutzte, dann nickte er Grete zu. »Gut, beginnen wir gleich mit Ihnen.«

»Das ist ja unerhört!«, rief die Frau mit dem knielangen Rock. »Wir waren vor der da!«

»Genau!«, rief die Pflegerin, die mit Grete gekommen war.

»Und aus dem Vorsprung haben Sie nichts gemacht«, entgegnete Dr. Abbel. »Und wer mir jetzt noch einmal widerspricht, der kann gleich gehen.« Er öffnete die Tür zum Behandlungszimmer. Grete bemerkte einen weiteren Schreibtisch, ein Krankenbett, einen Behandlungsstuhl, diverse Schränke und Apparaturen. Im Gegensatz zum Vorzimmer war das Arztzimmer fertig eingerichtet.

Dr. Abbel schloss mit einem leisen Seufzer die Tür hinter sich und taxierte Grete. »Sie kenne ich doch aus der Medizinischen Gesellschaft, oder?«

Grete nickte zaghaft.

»So, so«, sagte er und sah sie prüfend an.

Grete fuhr sich unsicher über ihren nassen Rock und senkte den Blick.

»Wo haben Sie Ihre Bewerbungsunterlagen?«

»Also«, druckste Grete herum. »Ich bin eine Viktoriaschwester.«

Dr. Abbel rieb sich die Stirn. »Nun, die genießen einen hervorragenden Ruf. Haben Sie Berufserfahrung?« Er musterte sie.

»Ich war … ähm, ich komme frisch aus der Ausbildung.«

Dr. Abbel kratzte sich. »Aber die endet erst in zwei Wochen?«

Grete schluckte und lief rot an.

»Haben Sie wenigstens ein Zeugnis, das Sie mir vorweisen können?«

»Ich ...« Grete biss sich auf die Lippe und schüttelte ihren Kopf. »Nein«, sagte sie schließlich kleinlaut.

»Tut mir leid, ich brauche fähiges Personal.« Dr. Abbel erhob sich und ging zur Tür. »Die Nächste bitte.«

Grete schaute ihn entgeistert an. »Sie schicken mich einfach weg?«

»Ich kann Ihnen nicht helfen, es tut mir leid.«

Die Frau mit dem knielangen Rock trat ein.

»Aber ich habe noch eine andere Frage!«, rief Grete, wurde aber von der Frau übertönt, die so lautstark auf Dr. Abbel einredete, dass seine Aufmerksamkeit völlig okkupiert wurde.

Grete knirschte mit den Zähnen und stapfte enttäuscht in den Vorraum.

16

Gegen Mittag waren endlich alle Bewerberinnen gegangen und Dr. Abbel trat aus dem Behandlungszimmer in den Vorraum. »Was machen Sie noch hier?«, fragte er erstaunt, als er Grete erblickte.

»Erstens zähle ich zum fähigen Personal und zweitens wollte ich Sie vorhin noch bitten, meinen Bruder zu operieren«, antwortete Grete leise. »Er hat im Prinzip keine Nase, ein Abszess wuchert und es wird immer schlimmer. Und ich bin schuld daran.« Grete schluckte die aufkommenden Tränen herunter.

Dr. Abbel sah sie nachdenklich an und schüttelte den Kopf. »Wie Sie sehen, ist die Praxis gerade noch im Aufbau.«

»Ich bin sicher, allein Sie können meinem Bruder helfen«, versuchte Grete den Arzt bei seiner Eitelkeit zu packen.

»Hören Sie, nur weil ich einem Jungen die Ohren angelegt habe, heißt das nicht, dass ich auch eine Nase operieren kann.« Dr. Abbel zog seinen Mantel an. »Und ich muss jetzt auch los.«

»Sie waren es, der bei dem Vortrag gesagt hat, dass Sie die Vision haben, dass zukünftig niemand mehr unter seinem Aussehen leiden soll. Ich möchte Ihnen dabei helfen und meinem Bruder.«

Dr. Abbel hielt inne.

Grete konnte förmlich spüren, wie die Gedanken in seinem Kopf kreisten. »Die Zeit ist noch nicht reif dafür«, sagte er schließlich. »Man muss einen Schritt nach dem anderen tun.«

»Wie lange braucht es noch?«

Dr. Abbel zuckte mit den Schultern. »Vielleicht Jahre.«

»Aber es wäre möglich?« Grete schöpfte neue Hoffnung.

»Wenn Sie das wirklich wollen, muss ich Ihren Bruder natürlich erst einmal sehen und Sie brauchen Geduld.«

Grete nickte.

»Und wie wollen Sie mich bezahlen?«

Sofort schwand Gretes Hoffnung wieder. Sie blickte auf den Boden. »Ich ... deshalb wollte ich ja bei Ihnen arbeiten.«

Dr. Abbel räusperte sich. »Ich habe alle Stellen als Pflegerin bereits vergeben.« Dr. Abbel schob die Haustür auf, schüttelte den Kopf und hob seinen Hut. »Meine Dame.«

Grete schaute ihn flehend an und rührte sich nicht von der Stelle.

Dr. Abbel verzog sein Gesicht und räusperte sich. »Nun, es gäbe da eine Möglichkeit, wie Sie mich anderweitig behilflich sein könnten ...«

»Anderweitig?« Grete stemmte die Arme in die Hüfte und sah ihn schockiert an. »Für was halten Sie mich?«

Dr. Abbel schaute sie erschrocken an. »Nein, also ich meinte, ich bräuchte noch eine Reinemachefrau.«

»Aber ich bin eine Viktoriaschwester!«

Dr. Abbel schüttelte erneut den Kopf. »Ohne Zeugnis sind Sie gar nichts.« Er deutete zur Tür. »Und jetzt gehen Sie bitte, unverzüglich.«

Grete schossen die Tränen in die Augen. Und da sie nicht wollte, dass dieser Dr. Abbel sie in diesem Zustand sah, wendete sie sich ab und ging traurig davon, als habe man ihr das letzte bisschen Hoffnung genommen.

17

Am frühen Morgen lief Grete erneut zur Praxis. Noch eine Nacht im Ungewissen würde sie keinesfalls ertragen. Sie hatte auf dem Bahnhofsvorplatz übernachtet. Dort hatten ihr zwei Männer eine Schrippe und zwei Groschen angeboten für Dinge, die derart unsittlich waren, dass Grete nicht einmal daran denken wollte.

Da arbeitete sie lieber als Reinemachefrau, auch wenn es ihr in der Seele wehtun würde, die Schwestern bei ihrer Arbeit zu sehen.

Als Grete zur Praxis kam, stand eine Menschenschlange davor, die bis zur Haustür reichte.

Alle hatten irgendwelche Gebrechen.

»Ich arbeite hier«, sagte Grete entschuldigend und zwängte sich an der Schlange vorbei.

In der Praxis herrschte ein Tohuwabohu sondergleichen. Grete erkannte zwei der Schwestern wieder. Unter anderem die Kurzberockte, die hilflos versuchte, einen Patienten davon abzuhalten, einfach ins Behandlungszimmer zu stürmen.

Grete nickte der Pflegerin zu. »Ich bin zum Putzen gekommen. Wo finde ich die Reinemachutensilien?«

Die Schwester zuckte mit den Schultern. »Schauen Sie am besten selbst.«

Grete lief am Behandlungszimmer vorbei, in dem gerade zwei Patienten auf den bemitleidenswerten Dr. Abbel einredeten.

Grete klopfte an, wartete aber nicht darauf, dass sie hereingerufen wurde. Sie nahm den gerade Hineingelaufenen sanft am Arm und führte ihn zur Tür. »Sie sind noch nicht an der Reihe.«

Der Patient wollte etwas erwidern, aber Grete kam ihm zuvor. »Sie warten wie alle anderen im Wartezimmer oder draußen auf der Straße.«

Der Mann fluchte kurz, fügte sich jedoch.

Dr. Abbel schaute erst dankbar zu ihr auf, dann irritiert. Der andere Patient redete wieder auf ihn ein.

»Ich beginne jetzt mit dem Reinemachen, gut?«, fragte Grete.

Dr. Abbel nickte zwar, aber Grete war sich gar nicht sicher, ob es ihr galt. Trotzdem war sie fest entschlossen, ihren Auftrag zu erfüllen. Dr. Abbel würde noch früh genug merken, dass er nicht auf sie verzichten konnte.

Manchmal war der Weg zum Ziel eben verschlungen und man musste Geduld und Zähigkeit beweisen, um es zu erreichen. Sich selbst, den anderen und vielleicht sogar der ganzen Welt.

Grete krempelte die Ärmel ihres grauen Kleides nach oben. Sie spürte den rauen Stoff zwischen ihren Fingern, der absolut nicht mit der Feinheit einer Schwesterntracht zu vergleichen war. Dann band sie über ihrer Stirn einen dicken Knoten in ihr Tuch, um ihre Haare zu fixieren.

Nach kurzer Suche fand Grete auch die Abstellkammer der Praxis. Durch das kleine Fenster in der Kammer schien spärlich das Licht der Morgensonne. In dem schmalen Raum befand sich lediglich ein Besen mit schmutzigen Borsten und ein leerer Blecheimer mit einem ausgefransten Putztuch. Keine Reinigungsmittel, gar nichts.

Mitten im Flur stand eine Holzkiste, die vorhin geliefert worden war. Grete schob sie an die Seite und eilte weiter ins Bad. Eine emaillierte Wanne auf verzierten Füßen zierte die linke Wand, daneben befand sich der turmartige Kohleofen zur Warmwasserbereitung. Ein kleiner Leuchtturm der Zivilisation.

Am Wannenrand hingegen hatte sich bereits ein schwarzer Film gebildet. Grete rümpfte die Nase, drehte den Hahn auf und ließ den Eimer fast bis zum Rand volllaufen.

Direkt gegenüber der Tür waren zwei Waschbecken an den schwarz-weiß karierten Kacheln montiert, die den Waschtisch daneben arbeitslos machten.

Trotzdem weilte noch ein weißer Porzellankrug darauf. Zwischen dem Wasserklosett und dem Tisch thronte ein Metallschrank. Grete öffnete ihn und fand darin ein Stück Seife. Sie schnupperte daran.

Gallseife.

Daneben stand eine braune Flasche, die einer Bierflasche glich, laut Etikett handelte es sich allerdings um *Brennspiritus.*

Johann hatte ihr erzählt, dass ein paar seiner Leidensgenossen im *Städtischen Obdach* mit solchem Ethylalkohol versuchten, ihre seelischen Qualen zu dämpfen. Oder zu vergrößern, denn der Spiritus tötete zwar Organismen ab, vermochte dabei aber nicht zwischen Gut und Böse zu unterscheiden. Außerdem war er nicht für die innere Anwendung bestimmt, sondern für die äußere.

Für das Reinemachen fragte sie niemand nach einem Zeugnis und niemand hielt es für nötig, einer Reinemachefrau die grundlegenden Dinge ihres Aufgabenbereichs zu erörtern. Man ging einfach stillschweigend davon aus, dass Frauen per Geburt mit dem Besen umzugehen wussten.

Grete nahm das Putztuch, träufelte den Alkohol darauf und wienerte den schwarzen Wannenrand, bis er glänzte.

Dabei bemerkte sie nicht, dass Dr. Abbel sie durch den Schlitz der angelehnten Tür beobachtete. Sie träufelte noch ein paar Tropfen Spiritus auf das Tuch und putzte weiter.

Dr. Abbel drückte die Tür auf, deutete auf das Wasserklosett und räusperte sich. »Dürfte ich?«

Grete nickte und war längst an ihm vorbeigelaufen, als sie sich noch einmal umdrehte. »Haben Sie keinen Sterilisator?«

Dr. Abbel rieb sich die Stirn und sein Gesicht erhellte sich. »Draußen in der Holzkiste. Sie wissen, wie der aufzubauen ist?«

Grete nickte, obwohl sie keine Ahnung hatte. Aber wie schwer konnte das sein?

Als Dr. Abbel am Abend die Praxis abschließen wollte, saß Grete noch immer vor der Schimmelbuschtrommel, die nach ihrem Erfinder Curt Theodor Schimmelbusch benannt worden war und Gerätschaften mit heißem Wasserdampf sterilisieren sollte.

Immerhin hatte sie es geschafft, das Gerät anhand der beigefügten kryptischen Anleitung aufzubauen. Jetzt musste sie den Betrieb nur noch testen.

»Gut, dass Sie gewartet haben«, sagte Dr. Abbel. »Sie können gleich noch die Instrumente für morgen früh sterilisieren.«

Grete nickte und freute sich innerlich, obwohl sie wusste, dass dies die Aufgabe einer Krankenschwester war. Aber so konnte sie ihm immerhin zeigen, dass sie mehr konnte als Putzen.

Dr. Abbel reichte ihr einen Schlüssel. »Danach wischen Sie bitte einmal durch und schließen ab. Ich muss jetzt los.«

Grete nickte erneut.

Bevor sie nach ihrer Entlohnung fragen konnte, ließ Dr. Abbel die Tür ins Schloss fallen, und Grete war allein.

18

In den letzten Tagen war es ein Ritual geworden: Grete kam immer als Erste in die Praxis und ging als Letzte, weswegen Dr. Abbel ihr den Praxisschlüssel nicht wieder abgenommen hatte. Auch ein Kellerschlüssel zählte dazu. Als sie am ersten Abend mitten in der Nacht mit der erfolgreichen Sterilisation und dem Reinemachen fertig war, hatte sie dort kurzerhand übernachtet. Es roch zwar etwas modrig und der Boden war hart, aber wenigstens belästigte sie niemand.

Wenn sie Dr. Abbel um Geld für den Kauf von Reinigungsmittel bat, zeigte er sich immer freigiebig. Und sie hatte ihm durch geschicktes Verhandeln mit dem Verkäufer ein paar Groschen erspart, sodass sie die Hälfte für Essen behielt. Eine faire Angelegenheit, wie sie fand, denn einen Arbeitslohn hatte sie bislang nicht erhalten.

Trotzdem betrat Grete auch an diesem Morgen vor allen anderen die Praxis. Sie band ihr Haar zurück, nahm Eimer und Besen und begann mit ihrer Arbeit.

Als sie später die morgens gebrauchten und frisch sterilisierten Behandlungsinstrumente in das Behandlungszimmer bringen wollte, hörte sie von draußen einen Mann hysterisch keifen. »Nein, ich will doch nicht operiert werden!«

»Beruhigen Sie sich«, sagte Dr. Abbel zu dem Patienten, als sie nach kurzem Anklopfen in das Zimmer trat.

»Den Schnitt mit dem Skalpell werden Sie kaum spüren.«

»Das kann nicht sein!« Die Stimme des Mannes überschlug sich fast. Er lag in einem weißen Patientenhemd auf dem Behandlungstisch und verfügte über ausgeprägte Segelohren.

»Wenn Sie sich weiterhin so infantil aufführen, kann ich Ihnen nicht helfen. Aber sind Sie deshalb nicht gekommen?«

»Das muss doch auch anders gehen!«, rief der Mann voller Angst.

Dr. Abbel hielt sein Skalpell vor dessen Nase, während die anwesende Schwester versuchte, den Patienten mit ihren Armen auf die Liege zu drücken.

»Packen Sie mal mit an.« Dr. Abbel schaute Grete auffordernd an.

Die Schwester schenkte Grete keine Beachtung. Als wäre sie Luft. Oder eben eine Reinemachefrau.

Grete hingegen hatte sich die Namen aller Schwestern gemerkt. Diese hieß Ursula.

Nun legte Grete dem Patienten eine Hand auf dessen Schulter und lächelte ihn an. »Furcht ist etwas ganz Normales, aber Sie brauchen keine Bedenken zu haben. Dr. Abbel ist einer der besten Chirurgen im Deutschen Reich.«

Sie spürte, wie die Spannung in der Nackenmuskulatur des Mannes nachließ. »Jetzt atmen Sie einmal tief aus und wieder ein.«

Seine Atmung normalisierte sich.

»Und jetzt schließen Sie bitte die Augen und denken an etwas Schönes. Zum Beispiel wie attraktiv Sie mit

Ihren neuen Ohren aussehen werden und wie die Frauen Sie umschwärmen werden.«

Schwester Ursula räusperte sich abfällig, aber der Mann lehnte sich tatsächlich zurück, die Augen geschlossen.

Unzählige Male hatte Grete in den letzten Jahren Johann beruhigen müssen, den der Weltschmerz immer wieder überwältigte.

Dr. Abbel schaute Grete erstaunt an. »Gut, Sie können wieder gehen.«

Schwester Ursula lächelte mokant.

Der Mann richtete sich wieder auf. »Ich lasse mich nur behandeln, wenn die junge Dame an meiner Seite bleibt.«

Dr. Abbel runzelte die Stirn und seufzte. »Wie Sie wünschen.«

Schwester Ursula warf Grete einen feindlichen Blick zu, biss sich aber auf die Lippe und sagte nichts.

19

Es blieb in den nächsten Tagen bei diesem einen Einsatz von Grete als Krankenpflegerin, aber immerhin hatte der Patient die Operation problemlos überstanden und sich bei ihr sogar mit einem roten, glänzenden Apfel bedankt.

Selten hatte es ihr so blendend geschmeckt wie an diesem Abend nach getaner Arbeit.

Es war lange dunkel und Grete wollte gerade losgehen, um neue Reinigungsmittel und einen Laib Brot zu besorgen, da öffnete sich die Praxistür und Dr. Abbel trat ein. Im Hintergrund schlug die Haustür zu.

»Gut, dass Sie noch da sind«, sagte er, eine leuchtende Gaslaterne in seiner Hand.

»Ich wollte gerade gehen. Reinigungsmittel besorgen«, sagte Grete.

Er winkte ab. »Kommen Sie mal mit in den Keller.«

Grete schluckte und hoffte, dass sie nicht rot anlief. Ob er die beiden mit Stroh gefüllten Säcke bemerkt hatte, die seit Kurzem ihre Schlafstätte bildeten? Sie räumte diese zwar jeden Morgen weg, aber was versteckt wurde, konnte auch gefunden werden.

Dr. Abbel stieg die Treppen hinunter in den Keller.

Grete folgte ihm. Das Atmen fiel ihr schwer, denn irgendwie roch es noch strenger als sonst.

Dr. Abbel öffnete die hölzerne Kellertür und betrat den Raum dahinter, in dem ein riesiger Sack an der

Backsteinwand lag. Fast so groß wie ein Zentner Kartoffeln. Heute früh war der noch nicht dagewesen.

»Packen Sie mal mit an«, sagte Dr. Abbel und nahm ein Ende des Sacks.

Grete hob das andere Ende an. Irgendetwas Steifes lag in dem Sack. Etwas, das unangenehm roch und bleiern war. So massig, dass Grete das Bündel kaum hochbekam.

Sie brachten den Sack in das Behandlungszimmer und stellten ihn auf den Boden. Dr. Abbel wies Grete an, eine Decke auf die Behandlungsliege zu legen. Dann hievten sie den Sack auf die Liege.

»Sie können jetzt gehen«, sagte Dr. Abbel schließlich. »Aber morgen früh müssen Sie den Raum unbedingt putzen.«

»Bleiben Sie heute Nacht in der Praxis?«, fragte Grete schockiert und hoffte, dass sie sich nicht doch noch verraten hatte.

»Nein, nein«, antwortete Dr. Abbel. Er sah sie überrascht an, als habe sie ihn auf eine Idee gebracht.

Grete schluckte. Heute Nacht würde sie sich eine andere Unterkunft besorgen müssen.

»Ach ja, Schwester Bertha kommt ab morgen nicht mehr.« Sein Blick wanderte in Richtung des Sacks, als sei er der Grund dafür. »Sie war mit meinen Methoden nicht einverstanden.«

Grete nickte irritiert. Bertha Wagner war die Pflegerin, die zuvor in der *Charité* gearbeitet hatte. Eine unauffällige, altgediente Schwester, allerdings auch mit veralteten Methoden.

»Sie können jetzt gehen«, wiederholte Dr. Abbel und widmete sich wieder dem Sack.

Grete verließ das Behandlungszimmer. Kurz war sie versucht, die Tür offenstehen zu lassen, um hineinzulinsen, unterließ es aber, um den Arzt nicht gegen sich aufzubringen.

20

Grete kaufte die Reinigungsmittel, holte sich etwas zu essen und machte sich auf den Weg zurück zur Praxis.

Vom Hinterhof aus sah sie, dass kein Licht mehr brannte. Zudem war die Tür abgeschlossen.

Grete schloss auf. Bevor sie die Reinigungsmittel in der Abstellkammer deponierte, streifte sie durch die Räume.

Dr. Abbel war nicht mehr da und auch von dem Sack oder dessen Inhalt fehlte jede Spur. Dafür roch es nach wie vor unangenehm.

Grete hatte einen Verdacht, was sich in dem Sack befunden hatte, wagte aber nicht, daran zu denken. Und da sie wusste, dass sie nach der Aufregung ohnehin nicht schlafen konnte, putzte sie die Behandlungsliege und weichte die Decke ein.

Erschöpft stieg sie schließlich hinab in den Keller. Bei dem Gedanken, was hier gelegen hatte und vor lauter Angst, entdeckt zu werden, machte sie kaum ein Auge zu.

Den ganzen Tag über war Grete unendlich müde und als endlich der Abend hereinbrach, wollte sie nichts sehnlicher, als sich schlafen zu legen. Aber an diesem Abend blieb Dr. Abbel besonders lange.

Heute war das Ende der dritten Arbeitswoche und Grete hatte bisher noch immer keinen Lohn erhalten.

Von sich aus hatte er das Thema nie angesprochen, weil sie davon ausgegangen war, dass der Wochenlohn am Ende derselben bezahlt wurde. Gefragt hatte sie allerdings nicht danach aus Angst, dass er sie gleich wieder fortschicken würde.

Stillschweigend hatte sie deshalb drei ganze Wochen ohne Lohn gearbeitet. Lediglich das Restgeld der Einkäufe, das sie ihm hatte wiedergeben wollen, hatte er ihr überlassen.

Eigentlich hatte Grete ihn heute nach dem Lohn fragen wollen, aber die zunehmende Müdigkeit hatte ihr jeden Mut dazu genommen. Ihr größter Wunsch war es, dass Dr. Abbel endlich ging, damit sie im Keller schlafen konnte.

Der Arzt hingegen wälzte im Behandlungszimmer irgendwelche Unterlagen.

Gerade als Grete aufbrechen wollte, um sich auf einer Parkbank ein wenig auszuruhen, kam eine junge Frau mit beneidenswerter Wespentaille in die Praxis.

Ihre Hände steckten in Stulpenhandschuhen und ihren Hut über pechschwarzem Haar schmückten Federn eines exotischen Vogels.

Eine Wolke *Kölnisch Wasser* umwaberte sie. Laut den Schwestern der Praxis war dies ein ganz exquisiter Geruch. Grete hingegen fand, er roch wie Nähmaschinenöl.

Dennoch, das Gesicht der Frau sah makellos aus. Sie wirkte äußerst attraktiv und stolzierte aufrecht, wie es Grete nicht einmal bei einer Adeligen gesehen hatte.

Irgendetwas faszinierte Grete an der Dame. Sie wusste nur nicht, ob es an ihrem Äußeren lag, ihrem gepflegten Umgang oder beides zusammen. Ihre Kleidung wirkte auf den zweiten Blick etwas gekünstelt, geradezu operettenhaft.

Aber vielleicht war das jetzt modern. Was wusste sie schon von Mode? »Sie wünschen?«, fragte Grete bemüht, die Frau, die ungefähr in ihrem Alter war, nicht anzustarren.

»Ich möchte den Herrn Doktor sprechen.« Die feine Dame zog die Handschuhe von ihren Fingern und reckte sie Grete entgegen. »Valerie Pavlowa.«

Grete meinte einen Akzent herauszuhören, konnte diesen aber nicht einordnen. Ihre Hand fühlte sich zart und doch dominant an. »Grete Brückner«, stellte sie sich zögernd vor. »Aber ich denke nicht, dass Dr. Abbel zu dieser Zeit eine Patientin ...«

Grete hatte ihren Satz noch nicht beendet, da trat Dr. Abbel aus dem Behandlungszimmer in den Flur und strahlte die Besucherin an. »Sie sind spät, Fräulein Pavlowa.«

Grete neigte verdutzt ihren Kopf.

»Bitte, entschuldigen Sie meine Verspätung, Herr Dr. Abbel«, antwortete Valerie Pavlowa gekünstelt.

»Bereits verziehen«, entgegnete Dr. Abbel. Er führte die Frau in sein Behandlungszimmer und schloss die Tür.

Grete fragte sich, warum schönen oder reichen Menschen immer alles vergeben wurde.

Keine fünf Minuten später öffnete sich die Tür zum Arztzimmer wieder.

Dr. Abbel nickte Grete zu. »Fräulein Grete, darf ich Ihnen unsere neue Reinemachefrau Valerie Pavlowa vorstellen?«

»Reine ... mache ... frau?«, stammelte Grete.

»Ganz genau«, bestätigte Dr. Abbel. Er nahm Valerie Pavlowa den Mantel ab und deutete in die Praxis. »Darf ich Ihnen die Räumlichkeiten zeigen?«

Während Dr. Abbel dieser Pavlowa mit ausschmückenden Worten die Praxis zeigte, sank Grete sprachlos auf einen der Stühle im Wartebereich. All die Faszination, die diese Frau ausgestrahlt hatte, war verflogen. Eine Reinemachefrau, die sich aufführte wie eine Gräfin!

Nachdem sich Grete etwas gefasst hatte, stand ihr Entschluss fest: Sie würde um ihre Stellung kämpfen. Auf keinen Fall würde sie sich die Blöße vor dieser Fremden geben und klein beigeben.

Endlich verabschiedete Dr. Abbel Frau Pavlowa und verschwand in sein Zimmer. Valerie Pavlowa lächelte Grete freundlich an und reichte ihr abermals die Hand! »Bis morgen.«

Grete war verdutzt. Sie schüttelte dem Fräulein kurz die Hand und schaute ihr nach, bis die Tür ins Schloss fiel.

»Kommen Sie bitte noch zu mir!«, rief Dr. Abbel aus dem Behandlungszimmer.

Grete war sich sicher, dass er ihr die Kündigung aussprechen würde und das, obwohl sie sich nichts vorzuwerfen hatte.

Dr. Abbel bedeutete ihr, sich ihm gegenüber an seinen Schreibtisch zu setzen. Nachdem sie platzgenommen hatte, schob er ihr einen dünnen, braunen Umschlag über den Tisch. »Es ist leider nicht viel, aber als Krankenpflegerin kann ich Sie ein wenig üppiger bezahlen.«

»Das heißt, ich bin nicht entlassen?« Grete schaute ihn überrascht an.

Dr. Abbels Stutzen verwandelte sich schnell in ein Lächeln. »Doch. Entlassen als Reinemachefrau und wieder angestellt als Krankenschwester.«

Grete wäre ihm am liebsten um den Hals gefallen, was sie nur unterließ, weil sich das nicht geziemte.

»Erst war ich skeptisch, weil Sie sich einfach eingeschlichen haben«, sagte Dr. Abbel. »Aber Sie sind morgens als Erste da, gehen abends als Letzte und haben alle Aufgaben, auch die medizinischen, zu meiner vollsten Zufriedenheit erledigt.«

Grete schaute verlegen auf den Boden. »Aber ich habe noch immer kein Zeugnis.«

»Wollen Sie die Anstellung nun oder nicht?« Dr. Abbel deutete auf den Umschlag. »Los, öffnen Sie ihn.«

Grete öffnete das Kuvert und warf einen kurzen Blick hinein.

Es waren gerade einmal zwölf Mark. Ein Zehnmarkschein und zwei Münzen. Das war selbst für eine Reinemachefrau wenig für drei Wochen Arbeit. Sie versuchte, ihre Enttäuschung zu verbergen und brachte ein gequältes Lächeln über ihre Lippen.

»Wie gesagt, momentan kann ich nicht mehr aufbringen«, sagte Dr. Abbel. »Wie Sie mitbekommen haben, informieren sich viele Patienten zunächst über eine Operation, entscheiden sich schlussendlich aber dagegen. Sicher kommen bald bessere Zeiten.«

Grete nahm den Zehnmarkschein und schob ihn Dr. Abbel entgegen. »Das ist die Anzahlung für die Operation meines Bruders.«

Dr. Abbel kniff überrascht die Augen zusammen und schob ihr den Schein zurück. »Stellen Sie mir Ihren Bruder doch erst einmal vor. Oder meinen Sie, dass ich jemanden operiere, den ich noch nie gesehen habe?«

21

Als Grete Johann abholte, um ihn zu Dr. Abbel zu bringen, war ihr Bruder ungewöhnlich gesprächig. Er erzählte ihr, er habe am Hausvogteiplatz für die Gebrüder Gehrlicher gearbeitet, die als Zwischenmeister die dortigen Konfektionshäuser belieferten. Er habe die edelsten Kleidungsstücke aus deren Lieferdroschke in die Geschäfte getragen und schwere Stoffballen wieder hinaus.

Und er habe dem jüngeren der beiden, Clemens Gehrlicher sogar eine Karikatur seines dicklichen, grummeligen Bruders Wolfgang Gehrlicher gemalt, gegen Entgelt natürlich.

Das hoffe er jedenfalls, denn bezahlt werde er erst, wenn er nächste Woche wieder komme. Als sie ihn fragte, wie es im Bedürftigenheim lief, schwieg Johann.

Und obwohl Grete sich freute, dass ihr Bruder eine Arbeit gefunden hatte, war sie mit den Gedanken woanders.

Denn heute wollte Dr. Abbel sich Johanns Nase anschauen.

Zur vereinbarten Stunde kamen sie bei der Praxis an. Hoffentlich hatte Dr. Abbel an ihren Termin gedacht. Manchmal vergaß er über seinen Experimenten die Zeit.

Grete stieß die Haustür auf. Johann blieb unsicher dahinter stehen« und schob seinen Schal vor seine Nase. »Mir hat noch kein Doktor helfen können.«

»Dr. Abbel ist nicht nur ein Arzt, er ist ein Chirurg.«

»Aber es ist mir unangenehm, meine Nase zu zeigen. Das ist, als bestände ich ausschließlich aus ihr.«

Grete nahm Johann an die Hand und führte ihn in den Flur. »Wenn er deine Nase nicht operiert, wird das immer so bleiben.«

Grete hatte zwar einen Schlüssel, blieb heute aber vor der Praxistür stehen und klopfte. »Dr. Abbel?«

»Die Sprechstunde ist vorbei!«, brummte es von drinnen.

»Ich bin es, Schwester Grete.« Sie öffnete die Tür und verzog unwillkürlich das Gesicht. Ein merkwürdiger Geruch nach Verwesung hing in der Luft.

Die Tür zum Operationsraum war angelehnt, Licht drang heraus. Grete öffnete die Tür behutsam. Ihr Blick fiel auf einen menschlichen Kopf, der vor Dr. Abbel auf der stählernen Anrichte stand. Er hielt ein Skalpell in den Händen.

Als Johann den Kopf erblickte, trat er einen Schritt zurück und wendete sich schockiert ab.

Dr. Abbel deutete auf den Kopf, aus dessen Schädel mehrere Maden schauten. »Ich war wieder im pathologischen Institut. Leider konnten sie mir dieses Mal nur einen Kopf geben, den sie ohnehin entsorgen wollten.«

Grete schluckte. Ihr Verdacht von vor ein paar Tagen war damit bestätigt. In dem Sack war eine Leiche gewesen.

»Kommen Sie jetzt rein oder wollen Sie in der Tür stehen bleiben?«, fragte Dr. Abbel.

Johann tat wie ihm geheißen, Grete trat andächtig neben ihn. Johann blickte Dr. Abbel angewidert und gleichfalls fasziniert an. »Sie experimentieren mit Toten?«

»Nun, dafür wurde das pathologische Institut ins Leben gerufen. Der Mensch ist das beste Modell«, antwortete Dr. Abbel. »Für die Korrektur der Segelohren konnte ich an Schweinsohren üben. Aber für eine Operation der menschlichen Nase kommt eine vom Schwein wohl kaum infrage.«

Grete fiel überhaupt kein Tier ein, das über ein ähnliches Riechorgan wie der Mensch verfügte.

»Fräulein Grete, ich meine Schwester Grete, ich wäre froh, wenn Sie nachher die Beseitigung des Untersuchungsobjekts übernehmen könnten.«

Grete fühlte, wie ihr unwohl wurde. »Ich bin wegen meines Bruders hier.«

Dr. Abbel nickte. »Das eine schließt das andere nicht aus, oder?«

Grete atmete tief aus. »Selbstverständlich.«

»Na, dann zeigen Sie mir mal den Patienten.«

Grete bemerkte erst jetzt, dass Johann stoßartig atmete. Sie nahm seine Hand und zog ihm sachte den Schal vor der Nase ab.

Dr. Abbel lupfte eine Augenbraue, griff nach Pinzette und Lupe und trat näher an Johann heran. »Das Nasenbein ist inexistent«, brummelte er. »Ebenso wie das Knorpelgewebe.« Er zog einen Teil des Abszesses mit der Pinzette beiseite.

Johann schrie auf, sodass Grete seine Hand fester hielt.

»Die Nasenscheidewand ist unvollständig, die Nasenmuscheln samt Riechkolben intakt.« Er musterte Johann. »Sie riechen noch etwas, oder?«

Johann, der sich schmerzverzerrt auf die Zähne biss, nickte leicht.

»Wenn es unangenehm riecht, ja«, antwortete Grete für ihren Bruder. Von angenehmen Gerüchen hatte Johann jedenfalls nach dem Unfall nie wieder gesprochen. Andererseits hatte es auch nicht viele davon in ihrem Leben gegeben.

»Die Nasenschleimhäute sind zurückgebildet«, brummelte Dr. Abbel weiter. »Nasensekret hingegen ist im Überfluss vorhanden.« Er seufzte. »Der Abszess muss erst heilen, bevor wir überhaupt an eine Operation denken können.« Er legte seine Instrumente beiseite. »Aber die größte Herausforderung ist, wie wir das Nasenbein ersetzen, ohne dass der Körper das Substitut abstößt.« Er sah Johann eindringlich an. »Die Operation wird sehr schmerzhaft sein. Das eben war nicht mal die Ouvertüre.«

Johann legte den Schal an. »Wird man mich danach wenigstens wieder anschauen können?«

»Es ist eine Herausforderung«, sagte Dr. Abbel. »Und keine, die zu unterschätzen ist. Aber das Ziel ist klar. Am Ende lohnt sich das nur, wenn Sie eine Nase haben, die man auf den ersten Blick nicht von einer normalen unterscheiden kann. Denn nur das ist all die Strapazen und Pein wert.«

Johann nickte und Grete glaubte zum ersten Mal seit Langem etwas wie Zuversicht in seinem Gesichtsausdruck zu erkennen.

Auch sie verspürte eine Art Erleichterung. Wie ein Pfad, der sich nach langer Suche auftat und ein Licht, das die Dunkelheit vertrieb.

Dr. Abbel wendete sich wieder dem madigen Kopf zu. »In einer halben Stunde sollte ich mein Experiment beendet haben. Dann kümmern Sie sich bitte um ihn, ja?« Er deutete auf den Schädel und in Grete schwappte eine Welle der Übelkeit empor.

22

Als Grete am nächsten Morgen die Praxis betrat, glaubte sie, den Verwesungsgeruch noch immer riechen zu können. Sofort wurde ihr wieder übel.

Zum Glück wusste sie, zu welchem Schinder das Krankenhaus Friedrichshain seinen Abfall brachte und hatte sich schnell mit dem Diensthabenden auf ein geringes Entgelt einigen können, um den Kopf loszuwerden, an dem Dr. Abbel gestern experimentiert hatte.

Grete eilte ins Operationszimmer und riss trotz der morgendlichen Kälte die Fenster auf. Sie hatte zwar den Kopf entsorgt, aber weil sie hundemüde gewesen war, nicht die stählerne, mit Blut verschmierte Anrichte gereinigt, die der Arzt einfach hatte stehen lassen. Vermutlich hatte er erwartet, dass sie sich auch darum kümmerte. Aber warum eigentlich sie und nicht die neue Reinemachefrau?

Schlussendlich half alles Denken nichts. Dr. Abbel würde bald in die Praxis kommen und diese Pavlowa war noch nicht da.

Grete nahm einen Schwamm und einen Eimer Wasser und wollte gerade das Schlimmste beseitigen, als sich die Tür zur Praxis öffnete.

Absätze klapperten und Grete atmete erleichtert auf. Das konnte nur die Pavlowa sein.

Und tatsächlich stolzierte die Reinemachefrau wie eine Königin in die Praxis, stoppte allerdings abrupt in der Eingangstür. »Hier riecht es wie im Schlachthaus!«

Grete zog angesichts der ehrlichen Worte erstaunt die Augenbrauen hoch. »Dr. Abbel hat wieder experimentiert.« Grete winkte sie zu sich.

Die Reinemachefrau trug selbst zur Arbeit ein Korsett und zog nun lediglich einen weißen Kittel darüber, um ihr Kleid zu schützen. »Was war das, ein Ziegenkopf oder warum stinkt das so?«, fragte die Pavlowa.

Grete staunte, denn das passte gar nicht zu jener feinen Dame, welche die Pavlowa vehement zu verkörpern versuchte. »Das wollen Sie gar nicht wissen.«

»Ich bin übrigens Valerie«, sagte die Pavlowa. »Und ich will immer alles wissen.«

Grete musste lachen und verschluckte sich fast. »Und ich bin Grete.«

Die beiden nickten sich zu.

»Wir beiden werden das hinbekommen, oder?« Valerie nahm einen Eimer und eine Flasche, auf der Javelwasser stand und begann, die metallene Anrichte abzuwischen. Sofort roch es streng nach Chlor. »Weißt du, Grete, irgendwann wird eine Zeit kommen, in der man hübsche Frauen wie mich nicht brauchen wird, um zu putzen, sondern um die schönsten Kleider vorzuführen.«

Grete lachte. »Du hast ja lustige Ideen.«

Valerie wischte das vertrocknete Blut ab und lächelte. »In Paris ist man längst so weit. Nur Berlin lebt hinter dem Mond.«

»Woher weißt du das?«

»Ich ... ähm ... blättere gern in Modemagazinen.«

Grete schaute Valerie mit großen Augen an.

»Meine Mutter kauft sie. Als ich sieben war, meinte sie, ich würde irgendwann entweder *Männekin* werden oder einen Offizier heiraten.«

»Einen Offizier?«, fragte Grete. Im Gegensatz zu dem merkwürdigen Wort, das Valerie davor verwendet hatte, wusste sie wenigstens, was ein Offizier war.

Valerie winkte ab. »Die wollen doch alle nur eine gute Partie machen. Aber ich hab nur mich zu bieten. Geld hab ich keins.« Sie seufzte wieder. »Deswegen muss ich als Reinemachefrau arbeiten.«

»Ich dachte, du machst das gern, so fröhlich, wie du bist?«

Valerie nahm den Eimer und schüttete den Inhalt durch das Fenster in die Gasse. »Meine Mutter zwingt mich dazu. Sie hat die Gicht und kann nicht arbeiten.« Valerie schloss das Fenster. »Aber was ist mit dir? So hübsch, wie du bist, hast du sicher viele Verehrer?«

Grete biss sich verlegen auf die Lippe. Sie wollte Valerie nicht sagen, dass sie sich geschworen hatte, der Liebe erst eine Chance zu geben, wenn ihrem Bruder geholfen war. Sie wollte ihr überhaupt nicht von Johann erzählen.

Nicht davon, dass er derart verunstaltet war. Dieses eine Mal nicht. Valerie würde es noch früh genug erfahren. »Erst sollte mein Bruder unter die Haube«, antwortete sie deshalb. »Er ist drei Jahre älter.«

»Wenn er so hübsch ist wie du, wird er bald eine finden. Und dann kommst du dran.«

Grete lief rot an. »Ich weiß nicht«, sagte sie und trotzdem ließen Valeries Worte ihr Herz aufgehen.

23

Erschöpft von der Arbeit erreichte Valerie ihr Zuhause. Sie blickte hoch zum Fenster in der zweiten Etage, in dem eine Kerze brannte. *Mamuśka* war also zu Hause.

Ihr Haus war nicht das Schönste, aber immerhin lag ihre kleine Wohnung nicht in einem Hinterhof. Die Haustür stand offen und auf der Treppe angelangt, legte sie die linke Hand auf den Handlauf. Ihre Handballen fühlten sich ungewohnt rau an. Putzen entfernte nicht nur Spuren, sondern hinterließ auch welche. Aber die Anstellung bei Dr. Abbel brachte immerhin mehr als ihre vorherige Arbeit.

Valerie überlegte, ob sie ein klitzekleines Stückchen der teuren Butter benutzen könnte, um den Höcker des Zeigefingers zu fetten, denn dieser war am rissigsten und hatte heute Morgen geblutet.

Auf ihre Scheibe Brot würde sie dann halt die Butter dünner streichen. Auf der ersten Etage angelangt, blieb Valerie kurz stehen, nahm einen tiefen Atemzug und nestelte umständlich an ihrem Rücken herum, denn das Korsett drückte. Mit ihren Fingerspitzen konnte sie allerdings keine der Schlaufen ihres Mieders erreichen.

Nur noch eine Etage, dann würde ihr *Mamuśka* beim Ablegen behilflich sein und ihr wieder Luft zum Atmen schenken. Das war das Mindeste, was sie tun konnte. Schließlich war es ihre Mutter, die immer wieder betonte, dass Schönheit ihren Preis hatte und das fast jeder, der schön sein möchte, leiden musste. *Du weniger als andere, Valerie, weil du von Natur aus schön,* ergänzte ihre Mutter dann oft wie zum Trost.

Valerie klopfte an die hölzerne Wohnungstür, doch ihre *Mamuśka* öffnete nicht und gab selbst beim zweiten Mal Klopfen keinen Mucks von sich.

In Valerie erwachte eine Befürchtung. Erst als ihr Klopfen in ein Hämmern überging, hörte Valerie ein klägliches Jammern hinter der Tür. »*Mamuśka, bist du da?*« Valeries Stimme brach.

Tief in der Manteltasche fanden ihre zittrigen Finger den schweren Eisenschlüssel, den sie erst beim zweiten Versuch im Schloss versenken konnte.

Es klackte, Valerie stieß die Tür auf und ein kalter, süßlicher Rauch zog ihr aus der Wohnung entgegen. Valerie wedelte ihn mit der flachen Hand von ihrer Nase weg, doch sie roch es trotzdem. Ihre Mutter hatte wieder eine ihrer Orient-Zigaretten in der Wohnung gepafft, obwohl Valerie unzählige Male gebettelt hatte, dies zu unterlassen.

Drinnen huschte Valerie schnell an dem Vorhang der Abstellnische vorbei, hinter dem allerhand Gerümpel herausschaute und stürmte ins Wohnzimmer. In banger Erwartung fand sie ihre Mutter wie einen toten Paradiesvogel auf der Chaiselongue ausgebreitet. Ihre mit Kohle geschwärzten Augen sahen zum Fürchten aus, denn die Farbe war verlaufen und hatte sich in Schlieren über ihre Wangen verteilt.

»Wo du gewesen?«, fragte Ewa kläglich lallend, gefolgt von einem ungenierten Aufstoßen, das säuerlich roch.

»Ich war in der Praxis putzen, das weißt du doch.«

Ihre Mutter stützte sich auf den Armen ab und versuchte sich zu erheben, fiel aber wie ein Sack Kartoffeln zurück in die Polster.

»Frau putzt nur für Mann.« Ewa ließ eine Hand über das Sitzkissen der Chaiselongue streifen und griff nach dem Teller neben ihrer Mutter. Auf diesem lag ein aufgeschnittener Laib Brot, dick mit Butter beschmiert und angebissen, wie vom Fraß riesiger Mäuse. »Hast du Essen für *Mamuśka gebracht?*«

Die Worte stachen wie kleine, stumpfe Messer in Valeries Brust. Sie wendete sich ab. *Mamuśka* hatte es wieder getan. Sie hatte zügellos und ohne Scham fast alles in sich hineingestopft, was sie hatten und verlangte nach mehr.

»Nein, *Mamuśka.* Wer soll das denn alles bezahlen, wenn nur ich arbeiten gehe?«, fragte Valerie und ihre Stimme überschlug sich.

Auf dem Boden vor der Chaiselongue entdeckte Valerie eine leere Flasche Fusel. Sie stemmte ihre Arme in die Seiten und blickte Ewa vorwurfsvoll an.

»Valerie, *Mamuśka* musste essen und trinken«, sagte Ewa. »Bauchweh war groß!«

Valerie nahm die leere Flasche in die Hand und hielt ihrer Mutter die Flasche wie ein offenes Geheimnis hin. »Du hast Bauchschmerzen vom Fusel und vom Fett, nicht vom Hunger.«

Ewa kommentierte dies mit einer verächtlichen Handbewegung und drehte sich schwerfällig von Valerie ab, begleitet von den quietschenden Federkernen der Chaiselongue. »Wenn du reiche Mann haben, könnte Arzt kommen statt Wein.«

Valerie räumte das restliche Brot und die kläglichen Überreste der Butter weg und bemühte sich, ruhig zu bleiben. »Das hatten wir doch schon so oft. Ich werde nicht irgendeinen Mann heiraten, nur damit du ungeniert weiteressen kannst.«

»Ich nur essen, weil hier leer«, tönte Ewa und klopfte sich auf die Brust.

Valerie hatte fast schon Mitleid mit ihrer Mutter, die ihre Flucht aus Polen und den Verlust ihres Status nicht verarbeiten konnte. Dennoch machte es sie wütend, dass sich ihre Mutter so gehen ließ, während sie schuften ging, um ihnen ein Dach über dem Kopf und etwas zum Kauen im Mund zu besorgen.

»*Mamuśka* bitte, ich tue, was ich kann. Und was machst du?«, verteidigte sich Valerie. Sie hatte große Lust einfach zu gehen, starrte in Richtung Flur. Sie fragte sich, wie sie jemals aus diesem Käfig ausbrechen konnte. Ewa jedenfalls machte es unmöglich, Geld zur Seite zu legen, da konnte man sich abrackern, wie man wollte.

Ewa nahm trotzig den Kanten Brot, biss hinein und begann schluchzend zu kauen. Das war zu viel für Valerie. Nicht nach diesem Tag. Reflexartig riss sie ihrer Mutter das Brot aus der Hand und schleuderte es mit voller Wucht auf den Boden.

Ewas Augen wurden groß und größer, ihr Schluchzen verstummte und ein paar Brotkrumen quollen aus ihrem Mund.

Valerie, die sich bereits für ihren Ausbruch schämte, eilte dem rollenden Kanten Brot hinterher, hob ihn auf und strich behutsam über ihn, als würde es sich dabei um einen kostbaren Schatz handeln. Und in der Tat war er das für sie.

Nachdem sie ihn sorgsam in der Küche verstaut und ihren Groll auf ihre Mutter heruntergeschluckt hatte, trat sie zurück ins Zimmer, um sie zu bitten, ihr beim Öffnen des Korsetts behilflich zu sein.

Als Ewa sie bemerkte, schloss sie schlagartig die Augen und ein gurrendes Schnarchen erklang. Valerie wusste genau, dass ihre Mutter nur so tat, als würde sie schlafen. Das war ihre Art, ihr zu zeigen, dass sie beleidigt war.

Und wie immer ertrug es Valerie nicht, dass der einzige Mensch, den sie auf dieser Welt hatte, sie verschmähte.

»Entschuldigung, *Mamuśka*«, flüsterte sie reumütig und wusste dennoch, dass sie in den nächsten Stunden nicht auf Hilfe hoffen konnte.

Valerie stellte sich mit dem Rücken zur Tür und versuchte eine Öse ihres Korsetts im Türgriff zu verfangen. Erst nach mehreren Versuchen gelang es ihr. Sie hatte das schon ein paar Mal so machen müssen, wenn ihre Mutter wegen der Völlerei im Delirium lag. Und das war in der letzten Zeit immer häufiger der Fall.

24

Grete sperrte gerade die Tür zur Praxis ab, als jemand hinter sie trat.

Sie erschrak.

Wer lauerte ihr im dunklen Hausflur auf?

Vor Schreck glitt ihr der Schlüssel aus den Fingern und fiel scheppernd auf den Boden. Sie versuchte, die anschwellende Panik zu drosseln, indem sie tief einatmete. Schwerfällig drehte sie sich um und sah in das verhüllte Gesicht ihres Bruders.

»Ich wollte dich nicht erschrecken.« Johann trat aus der Dunkelheit des Treppenaufgangs in das spärliche Licht des Hausflurs hervor. Er rieb sich die Hände. »Aber es war kalt draußen.«

Grete nickte. Der Winter war frostig wie lange nicht und hatte in wenigen Tagen unzählige Menschen in den Tod gerissen. Wenn ihr Bruder hier auftauchte, musste etwas Schlimmes passiert sein. Sie brauchte einen Moment, um sich dafür zu wappnen und bückte sich, um den Schlüssel aufzuheben. Nachdem sie ihn ins Schloss gefingert hatte, drehte sie ihn zweimal um.

»Was machst du hier?«, fragte sie, nachdem sie sich gesammelt hatte.

Johann kniff seine Augen zusammen und trat näher. Noch immer rieb er sich seine Handflächen aneinander. »Ich … ich …«, setzte er an und stockte. Stattdessen hob er seine Hände vor den Schal und pustete, so gut es durch den Stoff eben ging, hinein.

»Was ist passiert?« Grete trat näher an ihren Bruder heran.

Sie ergriff wie gewöhnlich seine schmalen, kalten Hände. Ganz anders als sonst hatten sie ein paar Schwielen bekommen. Das musste an der Arbeit liegen, der er seit Neuestem nachging.

»Sie haben mir alles abgenommen«, sagte Johann endlich und sah seine Schwester schief an.

»Warum?«

Johann schaute seine Schwester flehend an. »Kann ich heute bei dir übernachten?«

Grete wich seinem Blick aus. »Du kannst nicht mit zu mir«, presste sie tonlos hervor. Wie gut, dass er bei der Dunkelheit nicht sehen konnte, dass sie rot anlief.

»Warum nicht?«, fragte er leise. Verzweiflung schwang darin mit. In seine wässrigen Augen mischte sich ein Ausdruck von Angst und Beschämung.

»Niemand weiß, dass ich hier übernachte«, erklärte Grete und zwängte sich an ihm vorbei in den hinteren Teil des Hausflurs.

»Umso besser, dann musst du auch niemanden um Erlaubnis fragen.« Johann rang sich ein Lächeln ab.

»Was ist im Obdach passiert?«, fragte Grete genauer nach.

»Sie haben mich rausgeworfen, Kunstbanausen sind das!« Johann ballte eine Faust.

»Was hast du angestellt?«

»Ich habe ein Bild mit einem Kartoffelstempel ...«

»Die Leute hungern dort und du nimmst eine Kartoffel?«

»Die war aus meiner Ration und ich brauche die Kunst wie andere das Essen.«

Grete atmete tief aus. Sie öffnete eine niedrige Holztür und deutete Johann nach ihr einzutreten. »Aber nur für eine Nacht«, sagte sie. Sie duckte ihren Kopf und stieg den schmalen Treppengang hinab. Es war stockduster und Grete tastete sich mit den Händen an den Wänden entlang.

Hin und wieder hielt sie kurz inne, um sich zu vergewissern, dass ihr Bruder folgte. Nicht, dass sie ihn in der Dunkelheit hätte sehen können, aber sie hörte seinen Atem.

Gebückt liefen sie den Gang entlang. Es roch nach Moder und Schimmel, die Wände unter ihren Händen waren feucht. Sie kannte den Weg inzwischen in- und auswendig, ihr Bruder nicht.

Schließlich stoppte Grete vor dem Bretterverschlag und stieß die notdürftig zusammengehämmerte Holztür auf, die in das kleine Kellerabteil der Praxis führte.

Fahles Mondlicht fiel durch eine Luke, die zur hinteren Gasse wies. An den Wänden türmten sich Holzkisten und eigenartige Gerätschaften. Grete drängte an den Kisten vorbei in den hinteren Teil des Kellers und hielt vor den Strohsäcken, die sie heute Morgen nicht weggeräumt hatte. Auf ihrem Pappköfferchen, das neben den Säcken stand, tastete sie nach einer Streichholzschachtel. Kurz darauf erhellte eine Kerze den Raum.

»Hier schläfst du?«, fragte Johann in die Stille hinein.

Grete nickte ertappt, denn Johann hatte sie nur erzählt, dass sie in der Praxis nächtigen konnte. »Draußen ist es zu kalt«, flüsterte sie, als könne sie irgendjemand belauschen, legte sich auf einen der Strohsäcke und schob Johann den anderen hin.

»Aber ich dachte, du hast Arbeit bei dem Arzt gefunden.«

Sie nickte.

»Zahlt er so schlecht?«

Grete seufzte. »Ich lege Geld für deine Operation zurück.« Sie deutete auf die Strohsäcke. »Davon darf niemand wissen, verstehst du?«

Johann stand unschlüssig vor ihr und lächelte schließlich. »Meine Schwester macht schon wieder etwas Verbotenes. Und alles nur wegen mir.«

25

Aus einer Nacht waren mehrere Nächte geworden. Eine Dauerlösung war das allerdings nicht. Aber Grete konnte Johann jetzt, wo die Temperaturen immer kühler wurden, ja nicht auf der Straße übernachten lassen.

Dr. Abbel hatte es sich zur Gewohnheit gemacht, noch lange nach den Sprechzeiten in den Räumlichkeiten zu bleiben. Stundenlang vertiefte er sich in seine Forschung, schnippelte und operierte oder schrieb seine Ideen und Gedanken dazu auf.

»Es ist halb neun«, erinnerte Grete den Chirurgen an die fortgeschrittene Zeit und trat an seinen spärlich beleuchteten Schreibtisch.

Der nickte gedankenversunken und wühlte in den losen Blättern, die seinen Arbeitstisch übersäten. Grete legte sie jeden Morgen fein säuberlich auf einen Stapel, um sie am nächsten Tag in einem ähnlichen Chaos vorzufinden.

Es störte sie nicht. Denn das, was sie darauf zu sehen und zu lesen bekam, war Entschädigung genug. Bald könnte Dr. Abbel seine erste Nasenkorrektur durchführen, da war sie sich sicher. Was ihren Bruder Johann anbelangte, würde es hingegen noch dauern. Dafür war weit mehr als eine Operation notwendig.

Endlich hob Dr. Abbel seinen Blick. »Ich erwarte noch Besuch.«

Wie zur Bestätigung klopfte es an die Tür.

Grete sah den Chirurgen verwundert an. Besuch? Um diese Uhrzeit? Erwartete er etwa eine Dame? Dr. Abbel machte keinerlei Anstalten, selbst aufzustehen. Stattdessen nickte er Grete auffordernd mit seinem Kopf zu.

Also doch keine Dame, dachte Grete und lief zur Tür. So viel Anstand würde sogar ihr häufig abwesend wirkender Chef besitzen.

Bevor Grete die Klinke ergreifen konnte, flog die Tür mit Schwung auf und sie prallte mit einem Mann zusammen. Eine Wolke aus Alkohol- und Zigarettenduft wehte Grete um die Nase und sie strauchelte.

Glücklicherweise bewahrten sie die Hände des Hereinstürmenden vor dem Fall und ließen sie sanft wieder ins Gleichgewicht kommen.

Jetzt erst erblickte Grete ein ihr bekanntes Gesicht.

Es war der Journalist, der ihr auf dem Medizinischen Kongress seine Karte zugesteckt hatte. Wie hieß er noch gleich?

Grete führte den Mann in Dr. Abbels Arbeitszimmer.

Auch der Schreiberling schien sie zu erkennen, nachdem er sie von unten bis oben gemustert hatte. Sein Blick blieb an ihrem Gesicht hängen und seine Mundwinkel schnellten zu einem Lächeln empor. »Arthur Kessler«, sagte er und reichte ihr die Hand. »Schön Sie wiederzusehen, Fräulein ...?« Er beendete seinen Satz, indem er seine Stimme fragend nach oben zog.

»Grete Brückner«, stellte sich Grete vor und trat einen Schritt beiseite, damit sich die beiden Männer ebenfalls begrüßen konnten.

Dr. Abbel erhob sich aus seinem Stuhl und musterte Grete. »Sie kennen sich?«

»Aber natürlich! Der medizinische Kongress, Sie erinnern sich?«, antwortete der Journalist mit einer Gegenfrage. Mit einer leichten Verbeugung trat er zu Dr. Abbel an den Schreibtisch. »Deswegen habe ich schließlich mit Ihnen Kontakt aufgenommen.« Er reichte Dr. Abbel seine Hand. »Schön, dass Sie mich empfangen.«

Dr. Abbel deutete mit dem Kopf auf den Stuhl auf der anderen Seite seines Schreibtisches. Kessler setzte sich und legte seinen Hut auf den Schoß. »Nun, Dr. Abbel, ich werde Sie berühmt machen.«

Grete konnte sehen, wie die Augenbrauen des Arztes zeitgleich mit den ihren nach oben schnellten. Sie wusste, dass es Dr. Abbels sehnlichster Wunsch war, von den Medizinern anerkannt zu werden. Doch etwas schien ihm nicht zu passen.

»*Sie* werden *mich* berühmt machen?«, fragte Dr. Abbel.

»Lassen Sie es mich anders ausdrücken«, sagte Kessler. »Ich möchte Sie gern auf Ihrem Weg zum Ruhm begleiten. Ich möchte Berlin und über dessen Grenzen hinaus von Ihnen und Ihren Errungenschaften berichten. Glauben Sie mir, wenn erst das ganze Volk hinter Ihnen steht, können sich die Mediziner nicht gegen Sie stellen.« Kesslers Stimme überschlug sich fast.

Grete musterte den Journalisten. Er hatte sich ihr gegenüber wie ein Edelmann verhalten und trotzdem wurde sie das Gefühl nicht los, dass er vor allem sich selbst zu adeln versuchte.

»Wenn Sie mich dabei nicht in meiner eigentlichen Tätigkeit behindern«, grummelte Dr. Abbel, »dann tun Sie, was Sie nicht lassen können.«

»Fein«, sagte Kessler und klatschte in die Hände. »Ich würde Sie gern bei der Arbeit begleiten. Dokumentieren, was Sie machen.« Der Journalist fingerte einen Notizblock aus seiner Tasche. »Ein Präzedenzfall wäre am besten. Einen, der es in sich hat.«

Grete starrte zunächst den Schreibblock, dann Dr. Abbel an. Das konnte ein langer Abend werden. Ein leises Seufzen stieg ihre Kehle empor. Was ihr allerdings erst bewusst wurde, als sich die beiden Herren zu ihr umdrehten.

Grete schluckte. Wiederholt hatte sie ein Männergespräch unterbrochen. Dr. Abbel sah sie mit nachdenklichem Blick an. Dachte er bei dem Präzedenzfall etwa an ihren Bruder Johann?

Dr. Abbel erhob sich von seinem Schreibtisch. Er zog sich seinen Kittel aus und hängte ihn über seinen Stuhl. »Ihr Eifer in Ehren, aber gönnen wir uns allen zunächst etwas Schlaf«, sagte er.

»Selbstverständlich.« Kessler stand so schnell von seinem Stuhl auf, als hätte ihn soeben eine Biene in seinen Hintern gestochen. Umständlich steckte er den Notizblock in seine Manteltasche zurück.

Im Vorraum nahm Kessler Gretes Mantel vom Haken und hielt ihn ihr geöffnet entgegen. »Fräulein Brückner!«

Grete schlüpfte hinein und bedankte sich mit einem Nicken.

Zu dritt verließen sie die Praxis und traten in die eisige Winternacht hinaus auf die Straße. Grete blieb stehen. Sie fröstelte in ihrem dünnen Mantel. Die kalte Winterluft schnitt ihr ins Gesicht wie ein Messer.

»Melden Sie sich, wenn Sie so weit sind«, sagte Kessler zum Abschied zu Dr. Abbel. »Aber warten Sie nicht zu lange. Sie wissen ja, ich bin der rasende Reporter und sogar schneller als die gerade entstehende Untergrundbahn!«

Der Arzt nickte pikiert und schlug seinen Nachhauseweg ein.

Unschlüssig blieb Grete vor dem Hauseingang stehen.

Da Kessler keine Anstalten machte, vor ihr loszugehen, zog sie den Kragen ihres Mantels nach oben, verabschiedete sich und lief los. Schnell bog sie in die nächste Straße ein und blieb stehen. Sie wartete einen Moment und lugte schließlich ängstlich um die Ecke. Dr. Abbel war außer Sichtweite und auch der Journalist war verschwunden. Grete verharrte, bis ihr die Kälte in die Glieder kroch. Erst als sie sich sicher war, dass die beiden Herren nicht zurückkämen, kehrte sie um.

Voller Müdigkeit lehnte sie sich gegen die schwere Eingangstür, trat in den Hausflur und tastete sich in der Dunkelheit bis zur Kellertür vor.

»Du kannst die Kerze anzünden«, flüsterte Grete, kaum dass sie das Kellerabteil erreicht hatte. Sie bahnte sich ihren Weg durch die Kisten. Inzwischen schaffte sie es, fast ohne ihre Hände dabei als Schutzschild zu benutzen.

Kurz darauf erleuchtete eine Kerze den Raum und Johann rutschte von seinem Strohsack. Er klopfte auf den Sack, nahm stattdessen auf einer umgedrehten Holzkiste Platz und rieb sich die Hände über der Kerze.

Vor Müdigkeit konnte Grete kaum noch stehen. Erschöpft beugte sie sich nach vorn, um ihre Schnürsenkel zu lösen. Schwerfällig strich sie sich die abgelatschten Schuhe von den Füßen und hielt sich dabei an einer der Kisten fest. Selbst das Aufrichten fiel ihr schwer, ihr gesamter Körper war steif.

Mit schmerzverzerrtem Gesicht rieb sie sich ihre Lendengegend und drückte ihren Rücken durch. Für einen Moment lang schloss sie die Augen und stellte sich vor, wie die feinen Damen in einer Wanne zu liegen.

Was wäre die Wärme für eine Wohltat für ihre geschundenen Glieder.

Grete öffnete wieder ihre Lider und blickte in das versteinerte Gesicht ihres Bruders. Als hätte er einen Geist gesehen. Langsam drehte sich Grete in die Richtung, die Johann anvisierte und erstarrte ebenfalls. Dort stand jemand im Türrahmen des Kellerabteils. Und selbst im schummrigen Licht der Kerze wusste Grete sofort, wer es war. Er verriet sich durch den Geruch von Alkohol und Zigaretten.

26

Hastig blies Grete die Kerze aus. Ein paar Tropfen Wachs flogen durch die Luft, die kleine Flamme wog im Wind und erlosch. Gerne hätte sie sich wie das Licht im Nichts aufgelöst und ihren Bruder mitgenommen.

Sie und Johann verhielten sich regungslos wie die Schaufensterpuppen im Kaufhaus *Gerson*, aber es war zu spät. Kessler hatte sie längst gesehen.

Grete hörte es knistern und rascheln. Kurz darauf entflammte ein Zündholz in den Händen des Reporters. Er kam, die Flamme mit einer Hand schützend, auf Grete und Johann zu und hielt das Streichholz an den eben erloschenen Kerzendocht. Als die Kerze erneut entflammte, wedelte er das Hölzchen aus und legte es daneben.

»Im Dunklen ist zwar gut munkeln, aber das Licht der Wahrheit ist mir allemal lieber.« Kessler nahm eine Schachtel Zigaretten aus seiner Manteltasche.

»Sind Sie mir etwa gefolgt?«, fragte Grete erbost. Sie trat einen Schritt zur Seite, um Johann vor Kesslers neugierigen Augen zu verstecken. Johann saß noch immer regungslos auf seinem Strohsack.

Grete konnte nicht glauben, dass ihr das Leben erneut derart übel mitspielte. Schlimm genug, dass ihr Bruder und sie diesen Keller als Unterschlupf benötigten. Aber musste ausgerechnet ein Journalist sie entdecken?

Im Grunde schadeten sie mit ihrem Obdach niemanden, außer sich selbst. Sie wegen ihrer Anstellung, Johann wegen dieser feuchten Luft.

Kessler lehnte sein Gesicht über die Kerzenflamme und zündete die Zigarette an. »Sie sind vorhin gerannt, als ob es um Ihr Leben ginge. Das befeuert die Neugier eines jeden Journalisten. Vor allem die des *rasenden Reporters*. Ich kam nicht umhin, Ihnen wie ein Löwe seiner Beute zu folgen.« Kessler formte die freie Hand zu einer Kralle. »Und als ich sah, wohin Ihre Füße Sie trugen, bin ich natürlich vor Neugier geplatzt.« Er nahm einen tiefen Zug seiner Zigarette.

»Das gibt Ihnen aber längst nicht das Recht, unaufgefordert in jemandes Heim einzudringen«, verteidigte sich Grete stur, um sich kurz darauf ertappt auf die Lippe zu beißen. Jetzt hatte sie das Offensichtliche auch noch bestätigt.

»Heim? Für mich sieht es aus wie ein Keller. Sie und Ihr Verlobter wohnen hier?« Kessler deutete auf die beiden Säcke und sah zu Johann. »Möchten Sie mich nicht vorstellen?«

Grete schüttelte ihren Kopf. »Ich bin nicht verlobt.« Sie schaute verlegen zu Johann. »Das ist Johann, mein Bruder.«

Johann senkte den Kopf, um seine Nase zu verstecken.

Kessler steuerte auf ihn zu und reichte ihm die Hand. »Angenehm. Sie müssen stolz sein, eine so faszinierende Schwester zu haben.« Der Reporter wendete sich zufrieden grinsend zurück an Grete. »So eine schöne Frau wie Sie ist nicht vergeben? Das Leben ist ein Mysterium.«

Johann war offensichtlich erleichtert, dass der Mann anscheinend keinerlei Interesse an seiner verstümmelten Nase hatte und hob den Blick.

Grete fummelte nervös an ihrem Kragen und ignorierte Kesslers Avancen. Sie brauchte eine Ausrede, und zwar schnell. »Nun, mein Bruder hat hier vorübergehend Zuflucht gefunden.«

Kessler runzelte sorgenvoll seine Stirn.

Grete vermochte nicht zu sagen, ob diese Falten nur aufgesetzt waren oder ob dieser Mann tatsächlich etwas wie Mitgefühl besaß.

»Ja, wo sollen denn alle hin?« Kessler schüttelte den Kopf. »Immer mehr Menschen strömen in die Stadt.«

»Dr. Abbel wird Johann operieren«, sagte Grete schnell.

»Nun, sehr antiseptisch ist es hier unten aber nicht.« Kessler beäugte die beiden Strohsäcke.

»Es ist ja vorübergehend«, ergänzte Grete rasch, obwohl sie sich bewusst war, dass der Reporter die Indizien richtig gedeutet hatte.

»Sicher«, antwortete Kessler, nickte und musterte Johanns Nase mit einem Seitenblick. »Ich habe letztens einen Artikel über Berlins prekäre Wohnverhältnisse geschrieben. Leben kann man so jedenfalls nicht. Diese Keller sind feucht und lediglich für Ratten geeignet.« Kessler sah Johann direkt ins Gesicht. »Leider brachte der Artikel keinen Erfolg. Niemand möchte vom Elend der anderen lesen. Das Glanzvolle hingegen und der Ruhm üben Reiz aus.«

Grete schaute beunruhigt zwischen ihrem Bruder und Kessler hin und her.

»Wissen Sie was? Von mir erfährt der Doktor kein Sterbenswörtchen, was Sie hier treiben.« Kessler drückte seinen Glimmstängel auf einer der Holzkisten aus.

Grete wollte widersprechen, weil sie nicht zugeben wollte, dass Dr. Abbel nichts von dem Arrangement ahnte, befürchtete allerdings, sich in weitere Widersprüche zu verstricken.

Noch dazu vermochte sie nicht zu sagen, was sie von Kessler halten sollte. So wie sie ihn vorhin erlebt hatte, gehörte er zu der Kategorie Mensch oder Reporter, der vermutlich auch einen Artikel über den Tod der eigenen Mutter schreiben würde. Aber im Gegensatz zu dem weichherzigen Dr. Lichte hatte Kessler Biss.

Und sie konnte nicht abstreiten, dass dieser Kessler mit seinen kantigen Zügen durchaus etwas Einnehmendes an sich hatte. Daran konnten selbst seine gelben Zähne nicht rütteln.

»Setzen Sie sich doch, wo Sie einmal da sind.« Grete zeigte auf einen der Strohsäcke. Sie hielt es für angebrachter, Kessler in ein Gespräch zu verwickeln in der vagen Hoffnung, die Situation unter Kontrolle zu bringen.

Die Kerze war mittlerweile bis zur Hälfte abgebrannt. Kessler saß mit ausgestreckten Beinen neben Johann auf dem Strohsack. Grete hatte sich auf den anderen gesetzt und hielt mit ihren Armen die Knie umschlungen. Sie konnte in Kesslers Schuhsohlen zwei Löcher sehen, aus denen etwas Zeitungspapier lugte. Damit hatte er wohl versucht, sie notdürftig zu flicken.

Kessler bemerkte Gretes Blick. Er setzte sich aufrecht hin und stellte seine Füße auf den Boden, dass sie die

Schuhsohlen nicht länger sah. Er nahm eine Zigarette aus der Schachtel und hielt sie Johann hin. Johann schüttelte den Kopf und zeigte auf seine Maske. Dorthin, wo sich seine Nase befunden hätte.

Kessler räusperte sich. »Sie glauben ja gar nicht, wie viele Menschen wegen der desaströsen hygienischen Umstände zu Schwindsüchtigen geworden sind. Und man tut immer noch so, als ob etwas wie die Cholera in Hamburg Gottes Werk wäre.« Kessler betrachtete nachdenklich die abgebrannte Kippe in seiner Hand. »Sie stammen also aus Werneuchen, sagten Sie?« Er musterte Grete und zündete sich selbst die Zigarette an, die er Johann eben angeboten hatte.

Grete und Johann nickten im Gleichklang und Grete fragte sich, ob sie Kessler nicht zu viel erzählt hatte. Sie wollte kein offenes Buch sein, aus dem er seine Geschichten abschreiben konnte. Aber möglicherweise konnte ihnen dieser Mann noch hilfreich sein, denn zielgerichtet war er ganz offensichtlich.

»Unsere Eltern hatten dort eine Apotheke. Ein Feuer hat sie uns genommen. Unsere Eltern auch ...« Grete schluckte.

»Nachdem auch die Großmutter von uns gegangen war, hat meine Schwester sich um alles gekümmert«, fuhr Johann fort.

»Es blieb mir ja nichts anders übrig. Johann hatte einen Unfall. Das Schicksal hat es nicht gut mit uns gemeint«, fügte Grete hinzu.

»Daher Ihre ... Nase?«, fragte Kessler ohne Ekel oder Sensationslust.

Grete biss sich auf die Lippe und schaute zu ihrem Bruder. Sie wollte Johann und sich nicht verwundbar machen. Daher suchte sie krampfhaft nach etwas, um vom Thema abzulenken. »Johann ist stark und sehen Sie, obendrein sehr begabt.« Sie öffnete ihren kleinen Koffer und holte eine Zeichnung von Johann heraus, welche die alte Apotheke ihrer Eltern zeigte.

Kessler pfiff durch die Zähne und bestaunte die Zeichnung länger. »Sehr akkurat und detailliert.«

Johann drehte sich verlegen zur Seite und löste damit sofort ein Gefühl der Bestürzung in Grete aus.

Kessler legte die Zeichnung auf die Kiste und wandte sich an Johann. »Ich möchte Ihnen ein Angebot machen. Kommen Sie zu mir. Im Souterrain haben Sie mehr Licht und Platz für Ihre Arbeit ... Und Ihre Schwester kommt gleich mit.« Vor ihm krabbelte eine Schabe über den Boden. Blitzschnell trat er zu. Es knirschte.

Grete hoffte, dass Kessler sie nicht mit seinem Loch in der Schuhsohle erwischt hatte. Diese Viecher wurden selbst von den Ratten verschmäht. Und die hatte sie im Keller unlängst entdeckt.

»Und es ist menschenwürdiger«, fügte Kessler hinzu und zeigte auf die Schabe unter seinem Schuh.

Grete wedelte mit ihren Händen. »Herr Kessler, ich brauche keine Unterkunft, nur mein Bruder.« Vielleicht war es falscher Stolz, aber sie wollte den Schein wenigstens für sich selbst wahren.

»Wie Sie meinen, aber Ihr Bruder kann unmöglich hier im Keller verkümmern. Wenn ich ihm die richtigen Leute vorstelle, kann aus ihm ein richtiger Künstler werden.«

»Ich will gar nicht damit an die Öffentlichkeit«, sagte Johann bestimmt und sah hilfesuchend zu Grete.

»Oh doch, glauben Sie mir. Ich habe ein Gespür dafür, wissen Sie. Bei mir sind Sie an der richtigen Adresse. Von der Pike auf habe ich mein Handwerk gelernt. Bereits als Schüler habe ich die *Arthur-Kessler-Rundschau* publiziert.«

Grete konnte in Johanns Augen ein Funkeln erkennen.

»Aber womit haben wir das verdient?«, fragte Grete argwöhnisch. Sie konnte sich nicht vorstellen, dass einer wie Kessler einfach aus Nächstenliebe handelte.

»Nun, sicherlich werden Sie Ihren Bruder ab und an besuchen kommen, oder? Und Sie könnten ein gutes Wort bei dem Herrn Doktor für mich einlegen«, legte Kessler unverblümt seine Forderungen dar. »Und ich habe da auch eine Idee, wer das Demonstrationsobjekt sein könnte.«

»Grete, ich denke, Herr Kessler hat recht«, sagte Johann. »Wir sollten uns das Souterrain zumindest ansehen.«

Grete zögerte. Erst als Johann sich erhob und dem Schreiberling für einen Handschlag die Hand entgegenstreckte, gab auch sie sich einen Ruck. Immerhin ging es um Johann und es war seine Entscheidung. Außerdem wäre es um einiges besser, wenn sie sich nicht beide im Keller der Praxis verstecken müssten.

»Angucken kostet ja nichts«, sagte Grete und lächelte.

Kessler schlug in die Hand ein, nahm die von Grete und legte sie obenauf. »Gut, worauf warten wir dann noch? Lassen Sie uns gleich losgehen. Es ist gar nicht weit.«

27

Kessler legte ein beeindruckendes Tempo vor. Auf seiner Visitenkarte stand völlig zurecht *Rasender Reporter*, aber ob er tatsächlich schneller war, als die Untergrundbahn nach ihrer Eröffnung sein würde, wusste Grete nicht. Denn sie hatte keine Ahnung davon, wie schnell eine Untergrundbahn fuhr. Sie selbst war ja noch nicht einmal mit der Hochbahn gefahren.

Johann hatte seine Pestmaske angelassen und Grete bemerkte, wie er sie öfters anhob, um Luft in seine Lungenflügel zu bekommen.

Kessler deutete links in eine prächtige Chaussee. »Dort entlang, wir haben es gleich geschafft.«

Herrschaftliche Häuser säumten die Straße und auf dem Grünstreifen in der Mitte flanierten trotz fortgeschrittener Stunde ein paar wohlgekleidete Passanten unter den lichtspendenden Gaslaternen. Andere hatten in einem piekfeinen Café Platz genommen und unterhielten sich angeregt, wie Grete durch das große Schaufenster der Lokalität beobachten konnte.

Grete prüfte reflexartig ihren Mantel nach Flecken oder Fusseln. Zwar saß ihr keine Oberschwester im Nacken, aber sie hatte gelernt, dass es in gewissen Situationen vorteilhaft war, nicht aufzufallen. In dieser Straße residierte das Geld. Erstens waren die Wege blitzblank und zweitens roch es frisch. Ob das der Duft des Geldes war, von dem viele sprachen?

Kessler bog in die nächste Straße ein und die sah nur noch halb so gepflegt aus. In der darauffolgenden gab es neben recht gut erhaltenen Häusern auch einige zerfallene.

Kessler machte vor einem neuen, gelb getünchten Bau halt, der fraglos auch zwei Straßen weiter vorn hätte stehen können. »Da wären wir«, sagte er nicht ohne Stolz.

Grete starrte auf zwei Löwenskulpturen mit menschlichen Gesichtern, die links und rechts über der Haustür angebracht waren und den Balkon darüber auf ihren Schultern zu tragen schienen.

Kessler zündete eine weitere Zigarette an.

»Sechs Etagen, aber kein Aufzug. Berlin ist schließlich nicht New York«, erörterte Kessler, zeigte auf das Dach und auf die großen Fenster hinter der Balkonbrüstung gleich über dem Eingangsbereich. Kessler stieg die Stufen zur Eingangstür empor. »Kommen Sie.«

Grete wusste nicht viel über Architektur. Aber das musste sie auch gar nicht, um zu verstehen, dass es sich bei diesem Haus um keine Mietskaserne für Arbeiter handelte.

Johann nickte seiner Schwester erfreut zu. Die beiden folgten Kessler, der ihnen die massive Eingangstür aufhielt.

Er ließ Grete und Johann eintreten. Im Treppenhaus brannte Licht und man hätte allein dort problemlos eine Kleinfamilie unterbringen können. Breite und mit rotem Teppich ausgelegte Stufen führten zu den oberen Stockwerken.

Kessler deutete allerdings hinter die Treppe. »Zum Souterrain müssen wir dort entlang.« Der Reporter öffnete eine kleine Tür, hinter der eine schmale, laut knirschende Holztreppe nach unten führte.

Grete und Johann folgten ihm und sahen sich irritiert an.

»Mir ist das Souterrain allemal lieber als die Beletage«, sagte Kessler. »Hier unten ist man besser vor neugierigen Blicken geschützt und Diebe vermuten erst gar nicht, dass es etwas zu holen gibt.«

In Grete keimten Zweifel auf, ob es die richtige Entscheidung war, Kesslers Angebot in Augenschein zu nehmen.

Sie liefen einen langen Gang entlang. Kessler schob mit seinem Schuh ein Stück Kohle auf dem Boden beiseite und zeigte auf eine Tür auf der rechten Seite. »Dort geht es runter in den Kohlenkeller«, erwähnte er wie auf einer Führung. Am Ende des Gangs angelangt, öffnete er mit einem Schlüssel eine Tür und machte eine einladende Geste. »Hereinspaziert.«

Er ließ den Geschwistern den Vortritt und folgte zuletzt in den Raum. Er ging zu einem Vorhang und schob ihn zur Seite. Durch ein kleines Fenster bahnte sich etwas Mondlicht ins Zimmer. Aber zu sehen gab es nichts hinter der Glasscheibe, außer einer Mauer, die ein paar Meter entfernt emporragte.

»Na, habe ich zu viel versprochen? Es ist geräumig und luftig.« Kessler öffnete das Fenster. »Und wie Sie hören, hören Sie nichts. Die Wohnung liegt zum Hinterhof.«

Kessler holte die Zigarettenschachtel aus seiner Tasche und lugte enttäuscht hinein. Verärgert zerknüllte er die Schachtel und warf sie auf eine Kiste, die an einer Wand lagerte. Er zeigte darauf. »Das ist meine Fotoausrüstung. Man darf sich dem Fortschritt nicht in den Weg stellen. Die Fotografie wird den Journalismus grundlegend ändern.«

Johann ließ seinen Blick durch den Raum streifen. »Worin liegt eigentlich der Unterschied zwischen einem Keller und einem Souterrain?«, fragte er schließlich.

Der Journalist deutete auf das Fenster. »Am Tageslicht. Es macht natürlich einen Unterschied, ob man sich ganz unter der Erde befindet oder halb.« Kessler hob den Kopf und schnüffelte demonstrativ. »Spüren Sie nicht, dass die Luft in diesem Raum viel trockener und frischer ist?« Er deutete auf einen Stapel gebündelter Zeitungen, der an der Wand stand. Er strich mit seiner Hand über sie. »Ist überall ein Artikel von mir drinnen und sehen Sie, keine ist gewellt.«

Johann nickte und schaute seine Schwester verunsichert an.

Grete kratzte ihre Stirn, zeigte auf ein wackeliges Bettgestell mit Matratze und Filzdecke. »Ich sehe nur ein Bett. Und ein kleines dazu.«

»Ich bin ohnehin meist unterwegs.« Kessler lächelte. »Und das Zimmer für Ihren Bruder ist nebenan.« Er öffnete eine kaum mannshohe Tür zu einem weiteren Raum, nur wenig größer als eine Abstellkammer. Dort stand eine Matratze an die Wand gelehnt, daneben ein kleiner Tisch samt Stuhl und eine Kommode mit Spiegel.

Darauf stand eine Toilettentasche, aus der ein Puderpinsel und Lippenstift schauten. Kessler nahm das

Täschchen schnell an sich, schob Tisch und Stuhl zur Seite und ließ die Matratze auf den Boden plumpsen. »Voilá!«

Staub wirbelte auf und Grete hustete.

Kessler öffnete das kleine halbhohe Fenster im Raum.

»Aber Herr Kessler, meinen Sie nicht, dass es sich nicht ziemt, dass zwei Männer so eng beieinander wohnen?«, fragte Grete.

Johann stieß sie leicht in die Seite und auch Kessler winkte ab. »Bei den heutigen Verhältnissen? Da kräht doch kein Hahn nach.« Er lächelte Grete an. »Außerdem gehört mein Herz ausschließlich dem schönen Geschlecht«, er grinste sie süffisant an.

Grete schluckte, aber sie wusste, dass Johann dieses Angebot nicht ausschlagen durfte.

»Grete, ich gebe Herrn Kessler recht«, sagte Johann. »Es wäre blöd, sein Angebot nicht anzunehmen.«

Dieses Souterrain entsprach zwar nicht dem, was sie nach Kesslers vollmundigen Versprechungen erwartet hatte, aber es würde Johanns Heilung begünstigen. Und zugleich die Gefahr mindern, dass sie bei Dr. Abbel im Keller auffliegen würde.

»Also ziehen Sie ein?«, fragte Kessler sichtlich erfreut.

Johann nickte. »Es ist sicherlich von Vorteil, wenn ich meiner Schwester nicht länger zur Last falle.«

»Ach, das tust du doch nicht«, sagte Grete schnell. »Wie können wir Ihnen danken, Herr Kessler?«

»Warum begleiten Sie mich nicht morgen in dieses nette Café gleich um die Ecke, Fräulein Brückner?«

Grete bekam große Augen. »Dort kostet ein Kaffee sicher ein kleines Vermögen. Das kann ich nicht annehmen und außerdem helfen Sie uns bereits genug.«

Kessler sah sie enttäuscht an, aber in der nächsten Sekunde zogen sich seine Mundwinkel wieder in die Höhe. »Nun gut. Sie werden auch sicher nicht vergessen, bei Dr. Abbel ein gutes Wort für mich einzulegen?« Er sah Grete tief in die Augen und schien auf eine bejahende Antwort von ihr zu warten.

»Sicher. Mein Bruder und ich waren nie undankbar.«
Der Reporter klatschte in die Hände. »Perfekt! Aber glauben Sie nicht, dass ein Arthur Kessler jemals aufgibt. Meine Kollegen nennen mich auch den Wadenbeißer. Eines Tages werden wir zusammen einen Kaffee trinken gehen.« Kessler lächelte und präsentierte dabei seine gelben Zähne.

Grete lächelte ebenso, aber sie kam nicht umhin, Kesslers Äußerung als eine Art Bedrohung zu empfinden.

28

Grete freute sich jeden Morgen, wenn sie Valeries hohe Absätze hörte und sie die Einsamkeit in der Praxis vertrieb. Außerdem mochte sie die quirlige Schöne, die die Stille der Räumlichkeiten so herrlich durchbrach.

Genauso freute sie sich, wenn Valerie ging – allerdings aus anderen Gründen. Denn selbst Valerie ahnte nicht, dass Grete im Keller übernachtete.

Seit Grete selbst nicht mehr putzte, musste sie stets Gründe finden, warum sie jeden Tag als Erste in der Praxis war und als Letzte ging. Daher hatte sie die Organisation der Patienten in die Hand genommen und eine Kartei aufgebaut, in der die Behandlung jedes Kranken und deren Leiden dokumentiert waren. Sie trug das häufig abends nach und übernahm morgens die Sterilisation der Gerätschaften, weil das ohnehin Schwesternarbeit war.

Valerie war ihr dankbar dafür, denn sie hatte zwar viel Ahnung vom Putzen, von der Welt, der Mode, aber sicher nicht von Asepsis.

Grete mochte Valeries direkte Art. Selbst ihr pompöses Auftreten, das stets mit ein wenig Selbstironie gepaart war, gefiel Grete inzwischen mehr, als sie zugeben mochte. Manches Mal versuchte sie es sogar heimlich nachzuahmen.

Jetzt, da Johann bei Kessler in dessen sogenanntem Souterrain schlief, hatte sich die Situation zumindest entschärft. Die Hälfte des Lohns, die Dr. Abbel ihr zahlte, reichte gerade, um für sie und Johann einfachstes Essen zu kaufen, die andere legte sie zur Anzahlung für Johanns Operation zurück.

Noch eine Wohnung anzumieten, war damit nicht möglich. Zumal die Mieten wegen der vielen Zugereisten in Berlin immer teurer wurden. Inzwischen war es deshalb üblich, an *Schlafgänger* unterzuvermieten, die dann im heimischen Bett schliefen, wenn der eigentliche Mieter auf der Arbeit war. Aber das war gerade für junge Frauen wie sie ein heikles Unterfangen. Sie hatte erst letztens von einigen Schlafmädchen gehört, die von ihrem Vermieter oder anderen Schlafgängern belästigt worden waren.

Außerdem fand Grete, falls Dr. Abbel sie einmal im Keller entdeckte, könnte sie immer noch behaupten, dass sie bis spät in die Nacht gearbeitet und sich der Heimweg deshalb nicht mehr gelohnt hatte. Weil ja auch am Morgen die Praxis organisiert werden müsse. Jetzt, wo Johann eine Bleibe gefunden hatte, war das wenigstens halbwegs glaubhaft.

Grete hoffte inständig, dass die Lösung mit Kessler von Dauer war und der Journalist nicht anfing, irgendwelche Forderungen zu stellen, die sie nicht erfüllen konnten oder wollten.

So charmant der Mann sein konnte, so undurchsichtig und nebulös blieb er auch.

Wenn er heute Abend in die Praxis kam, um Johann zu fotografieren, schwieg er hoffentlich wie vereinbart über Gretes Nachtlager.

Valerie musste bis dahin auch gegangen sein, denn Grete wollte auf keinen Fall, dass sie Johann begegnete.

Aber Valerie putzte seit einer halben Ewigkeit im Bad der Praxis und Grete fragte sich, was sie dort so lange trieb.

Sie mochte ein einziges Mal nicht als die Schwester wahrgenommen werden, die sich für ihren Bruder aufopferte, sondern als eigenständige Frau.

Warum ihr das bei Valerie wichtig war, vermochte sie selbst nicht zu sagen. Und sie wollte es auch nicht genauer wissen.

Grete sah auf die Standuhr. Johann würde in einer halben Stunde zusammen mit Kessler kommen.

Grete klopfte an die Badezimmertür. »Alles in Ordnung, Valerie?«

»*Ja, Schérie*«, antwortete Valerie von drinnen.

»Wie bitte?«, fragte Grete.

»Das war Französisch«, erklang es aus dem Bad.

Grete kam sich unglaublich dumm vor. Nur einen Augenblick später sprang die Tür auf und Valerie stand vor ihr. Sie hatte ihr Haar aufgesteckt und die Lippen blutrot geschminkt. Ihr Gesicht schien perlmuttweiß und ebengleich schön. Beinahe vergaß Grete zu atmen.

»Was ist, Schätzchen? Hast du noch nie eine geschminkte Frau gesehen?« Valerie drehte ihr den Rücken zu, die Schnüre ihres Korsetts hingen locker herab. »Kannst du mal festziehen?«

Grete zog daran.

Valeries ohnehin schmale Taille verengte sich Stück für Stück. »Fester!«, rief sie. »Ich bin nicht aus Zucker.«

Grete zog fester und Valerie stöhnte auf.

Die einfachen Frauen trugen kein Korsett, weil sie kein Geld dafür hatten. Grete war ausnahmsweise froh darüber, dass ihr Geldbeutel die Frage nach einem Mieder stets mit einem empörten *Nein* beantwortete.

»Wenn ich mir ein besseres Korsett leisten könnte, könntest du noch enger schnüren«, sagte Valerie.

»Vielleicht eines aus echtem Fischbein?«, fragte Grete nach.

»Fischbein? Stammt das nicht aus dem Bart großer Wale?«, erkundigte sich Valerie interessiert.

»Nicht Bart, Barten«, belehrte Grete sie und fügte hinzu: »Das elastischste Material, das man in der Natur finden kann.«

Endlich knüpfte Grete die letzten Knoten des Korsetts und Valerie drehte sich mit Schwung zu ihr. »Wie sehe ich aus?«, fragte sie kokett.

»Zauberhaft«, brachte Grete hervor.

»Das will ich hoffen.« Valerie lächelte. »Ich gehe heute nämlich in die *Letzte Instanz.*«

»Wohin?«

»Eines der schicksten Restaurants in ganz Berlin«, flötete Valerie.

Grete sah sie erstaunt an. »Und das kannst du dir leisten?«

»Ach iwo.« Valerie winkte ab. »Die Kunst ist, dort einen Mann zu finden, der es sich leisten kann, mich einzuladen.«

Mit diesen Worten stolzierte Valerie davon und Grete sah ihr fasziniert hinterher.

29

Eine Viertelstunde später kam Johann zusammen mit Kessler in die Praxis. Johann hatte seine Pestmaske, die er meist in der Öffentlichkeit anzog, gegen den Schal getauscht und um seine Nase gelegt. Er trug ein hölzernes Stativ. Der Reporter zog wiederholt an seiner Zigarette, dann gab er Grete die Hand. In der anderen umklammerte er einen Koffer, vermutlich der Fotoapparat.

Grete war in ihrem Leben erst einmal fotografiert worden, ein Gruppenbild ihres Jahrgangs als Viktoriaschwester.

Der Gedanke an das *Viktoriahaus* versetzte ihr einen Stich.

Sie umarmte Johann und führte die beiden Männer in das Behandlungszimmer.

Dr. Abbel saß über ein paar Zeichnungen gebeugt. Wie immer wirkte er wie in seiner eigenen Welt und brauchte eine kleine Erinnerung. »Dr. Abbel«, sagte Grete leise und trat näher. »Der Journalist Arthur Kessler ist da, damit wir die Ausgangslage der Behandlung für meinen Bruder Johann dokumentieren können.«

Der Arzt nickte abwesend.

Johann stellte seine Füße schief, wie er es oft tat, wenn er eine Situation so schnell wie möglich verlassen wollte. Grete nahm ihn an die Hand. »Heute wird nur fotografiert«, flüsterte sie. »Das tut zum Glück nicht weh.«

Johann sah sie an, als sei er sich nicht einmal dessen sicher.

Kessler baute derweil das Stativ auf und schraubte die Kamera darauf. »Ich mache immer eine Fotografie zum Testen, ob die Apparatur funktioniert«, sagte er und deutete auf Grete. »Würden Sie sich zur Verfügung stellen?«

»Ich?« Grete sah ihn verdutzt an.

»Etwas Hübscheres sehe ich im Raum nicht.« Kessler lächelte sie charmant mit seinen gelben Zähnen an und bedeutete ihr, sich zwei Meter vor der Kamera zu postieren.

Grete stellte sich kerzengerade auf die Stelle, die er ihr gezeigt hatte.

Er grinste. »Nun stellen Sie sich vor, ich wäre ein Mann, dem Sie imponieren wollten. Also posieren Sie mal ein wenig.«

Grete sah ihn verständnislos an, woraufhin er hinter der Kamera hervortrat und wie eine Dame die Hände in die Hüfte stemmte, ein Bein angewinkelt.

Grete lachte und nahm die vorgezeigte Haltung an, worauf Kessler auf den Auslöseknopf der Kamera drückte.

Dr. Abbel räusperte sich. »Können wir jetzt zur Sache kommen?« Er deutete auf den Fotoapparat. »Und überhaupt, ich verstehe nicht, was Sie mit den Fotografien wollen. Die Zeitungen drucken doch alle nur Text.«

Der Journalist lächelte überlegen. »Nicht die *Berliner Illustrirte Zeitung*«, sagte er stolz über das wöchentlich erscheinende Blatt, für das er arbeitete. »Die ist noch neu, aber ich sage Ihnen, bald wird keine Tageszeitung mehr ohne Fotografien auskommen.«

»Wenn Sie meinen.« Dr. Abbel klang nicht sehr überzeugt und wendete sich an Johann. »Nehmen Sie bitte den Schal ab.«

Johann tat, wie ihm geheißen und der Arzt nickte zufrieden. »Wie ich sehe, hat Ihre Schwester ganze Arbeit geleistet. Der Abszess ist gut abgeschwollen.«

Grete war erleichtert, wie gut sich die Nase entwickelt hatte. Es hatte sicher geholfen, dass Johann endlich eine trockene Unterkunft gefunden hatte.

Kessler postierte Johann vor der Kamera und schoss ein Profilbild von beiden Seiten sowie eines von vorn.

In den Pausen zwischen den Fotos vermaß Dr. Abbel die Überreste von Johanns Nase und machte sich Notizen.

Schließlich klatschte Kessler in die Hände. »Dann hätten wir alle Fotos.« Er nickte Dr. Abbel zu. »Meinen Sie, in einem Monat kann ich die Geschichte bringen?«

»Was wollen Sie denn da veröffentlichen?«, fragte Dr. Abbel.

Kessler stutzte. »Nun, wie die Operation gelaufen ist und die Nase wiederhergestellt wurde.«

Der Arzt sah ihn verschnupft an. »Glauben Sie, ich kann zaubern? Da wird nicht nur eine Operation von Nöten sein.« Er schüttelte den Kopf. »Erst müssen wir das Nasenbein neu aufbauen. Sobald das verwachsen ist, kommt der Knorpel, dann der Nasenrücken und schlussendlich muss Haut transplantiert werden. Wenn es nicht vorher zu Komplikationen kommt.«

»Und wie lange dauert das alles?« Kessler schaute desillusioniert zwischen Johann und Dr. Abbel hin und her.

Dr. Abbel zuckte mit den Schultern. »Zunächst müssen wir ein geeignetes Ersatzmaterial für das Nasenbein finden. Dann schauen wir weiter.«

Kessler verzog genervt das Gesicht. Schweigend packte er Stativ und Kamera zusammen.

Grete kaute besorgt auf ihrer Lippe und schaute Johann voller Mitgefühl an, der gar nichts mehr sagte.

Kessler verließ das Behandlungszimmer und Dr. Abbel wollte gerade fortfahren, bei Johann weitere Gesichtsmaße zu nehmen, als Grete Stimmen aus dem Wartezimmer hörte.

Die eine von Kessler, die andere von einer Frau.

In diesem Moment öffnete sich der Durchgang zum Arztzimmer und eine junge Dame, deren ausladendes Kleid gerade noch durch den Türrahmen passte, stolzierte ungebeten herein. Ihren Hut musste sie an den Seiten herunterdrücken, um hindurch zu gelangen. Die Dame musterte Grete kurz, dann sah sie demonstrativ zur Seite.

Grete rieb sich die Stirn. Irgendetwas an dieser Person kam ihr bekannt vor.

»Guten Abend«, sagte die Dame zu Dr. Abbel.

Der Arzt verbeugte sich. »Und mit wem habe ich das Vergnügen?«

»Mein Name tut nichts zur Sache.«

»Nun denn.« Dr. Abbel bedeutete ihr, sich zu setzen.

Gretes Blick suchte Johann, konnte ihn jedoch nicht entdecken. War er vorhin hinausgestürmt?

»Wie kann ich Ihnen zu Diensten sein, gnädige Frau?«, fragte der Doktor.

»Mir wurde zugetragen, Sie seien der beste Chirurg, wenn es um kosmetische Veränderungen geht.«

»Nun, ich bin Mediziner. Genauer gesagt Chirurg und ...«

Die Dame winkte ab. »Ich denke, es wäre eine Ehre für Sie und sehr vorteilhaft für Ihr Geschäft, wenn Sie mich operieren dürften.«

Grete glaubte, sich verhört zu haben, und musterte die Dame. Da gab es auf den ersten Blick keinen Makel, den man mit einem Skalpell hätte beseitigen müssen.

Dr. Abbel räusperte sich. »Was haben Sie für ein Leiden?«

Die Dame seufzte. »Ich kann auf Ihre Diskretion zählen, oder?« Jetzt erst sah sie Grete an, respektive ein wenig über sie hinaus.

»Selbstverständlich«, antwortete Dr. Abbel und nickte. »Der Eid des Hippokrates verpflichtet mich zu Stillschweigen. Es sei denn, der Patient entbindet mich davon.«

»Und das gilt auch für Ihre ...« Die Dame machte eine abwertende Pause. »... für Ihre Pflegerin?«

»Selbstverständlich«, antwortete Dr. Abbel. »Alle, die im Medizinbetrieb tätig sind, unterliegen der Schweigepflicht.«

Die Dame nickte und drehte ihren Kopf zur Seite. »Sie haben ihn sicher gleich gesehen«, sagte sie. »Der Höcker auf meiner Nase beschämt mich.«

Grete hätte beinahe laut losgelacht und auch Dr. Abbel lupfte erheitert eine Augenbraue.

Die Dame schien überrascht, dass niemand reagierte. »Die Operation würde das Renommee Ihrer Praxis stärken.«

»Bitte verstehen Sie mich nicht falsch, Gnädigste, aber wie soll der Eingriff die Reputation meiner Praxis steigern, wenn ich Diskretion wahren soll?«

Die vornehme Frau rieb sich die Stirn. Daran schien sie nicht gedacht zu haben. »Nun, einer Person meines Standes zu helfen, bleibt trotzdem eine Ehre. Das ist wichtiger als Geld.«

»Sicher«, entgegnete Dr. Abbel. »Aber Ihre Operation ist medizinisch nicht notwendig. Und wenn ich mir die Bemerkung erlauben darf, aus seelischen Gründen offenbar auch nicht.«

»Bitte?« Die Dame verschränkte ihre Arme und sah den Arzt vorwurfsvoll an. »Jedes Mal, wenn ich in den Spiegel schaue, sehe ich diesen furchtbaren Nasenhöcker. Kein Wunder, dass mich meine Eltern noch nicht haben verheiraten können!« Sie schluchzte affektiert.

Dr. Abbel seufzte. »Gut, es ist vielleicht keine perfekte Nase, aber ...«

»Ich zahle Ihnen eintausend Mark.«

Dr. Abbel schluckte und Grete glaubte wiederholt, sich verhört zu haben. Sie verdiente als Pflegerin gerade einmal zehn Mark in der Woche.

»Ihr Angebot ehrt mich, Verehrteste, aber ...«

»Eintausendfünfhundert Mark.«

»Sie müssen sich aber darüber im Klaren sein, dass es ein wenig dauert, bis die Wunde ausgeheilt und die Narbe verschwunden ist.«

»Zweitausend – und Sie führen die Operation heute noch durch.«

Dr. Abbel schluckte. »Das bedarf normalerweise umfangreicher Vorbereitungen. Manchmal entwickle ich sogar eigene Instrumente für eine anstehende Operation ...«

»Zweitausend ist mein letztes Wort. Sie machen es jetzt oder ich gehe zu einem anderen Arzt.«

Dr. Abbel atmete tief aus. »Wenn es Ihr Wunsch ist, Verehrteste, fügen wir uns. Eine Garantie kann ich aber nicht übernehmen.«

Die Dame strahlte derart selbstsicher, als hätte sie den letzten Satz überhört.

»Legen Sie bitte Ihren Hut ab«, bat Dr. Abbel.

Die Dame hielt Grete ihren Kopf hin, als sei diese ihr Dienstmädchen. Grete zog die langen, spitzen Hutnadeln heraus und legte sie auf den Tisch, den Hut daneben. Sie war sich inzwischen sicher, sie kannte diese Person. Nur woher?

»Schwester Grete, besorgen Sie einen frischen Operationsumhang«, holte Dr. Abbel sie aus den Gedanken und wendete sich der Patientin zu. »Verehrteste, es wird nicht ohne Blut abgehen.«

»Ich bin eine starke Frau«, antwortete die Dame. »Außerdem habe ich das hier dabei.« Sie holte ein Fläschchen Heroin aus ihrer Handtasche.

Dr. Abbel winkte ab. »Wir betäuben mit Äther, Sie werden das nicht benötigen.«

»Dieses Medikament ist der neueste Stand der Forschung«, entgegnete sie entrüstet.

Dr. Abbel seufzte. »Glauben Sie mir, Gnädigste, wenn es um Rhinoplastiken geht, bin ich der neueste Stand der Forschung.«

»Eine was?«, fragte die Dame konsterniert nach.

»Eine Rhinoplastik, eine operative Korrektur der Nase.«

Grete holte den Umhang, Johann war nirgends zu sehen. Dann lief sie zurück in das Behandlungszimmer, die Dame ignorierte sie nach wie vor.

»Sie müssen das Korsett aufschnüren«, sagte Dr. Abbel. »Damit Sie mir während der Operation nicht in Ohnmacht fallen.« Dr. Abbel bedachte die Dame mit einem Blick, der keinen Widerspruch duldete.

»Wenn es nötig ist«, mokierte sich die Dame und drehte Grete ihren Rücken hin. Grete knöpfte das Korsett auf, doch als sie Anstalten machte, es ihr auszuziehen, schlug ihr die Dame auf die Hand.

»Finger weg. Die Rede war von Aufmachen, nicht ausziehen«, keifte sie.

Grete zog ihre Hand zurück, tauschte einen Blick mit Dr. Abbel und ließ schließlich von der Dame ab.

Die Dame legte sich auf die Operationsliege, richtete sich aber kurz darauf wieder auf. »Und wie erkläre ich die Wunde auf meiner Nase?«, fragte sie. »Wäre ein Unfall glaubhaft?«

»Sie könnten behaupten, eine Bedienstete habe Sie versehentlich mit der Hutnadel dort getroffen«, sagte Dr. Abbel ungerührt.

Die Dame nickte. »Ich sehe, Sie haben viel praktische Erfahrung.«

Grete bereitete den Äther und alle anderen Utensilien vor, um sich danach mit Dr. Abbel die Hände mit Sublimat zu behandeln.

»Verehrteste, sind Sie bereit?«

»Ich hoffe doch.«

Grete nahm eine *Schimmelbusch-Maske,* bedeckte damit den Mund der Patientin und tränkte anschließend ein Tuch mit Äther, um es auf die Maske zu legen. Kurze Zeit später war die Dame narkotisiert.

Grete musterte sie. Wenn sie dieser Dame bereits früher begegnet war, musste es lange her sein. Immerhin verkehrte Grete nicht in derart feinen Kreisen. Gleichzeitig fragte sie sich, warum Dr. Abbel diese Patientin einfach operierte und Johann nicht.

Dr. Abbel räusperte sich und Grete wusste, sie wurde gebraucht.

Der Arzt nahm das Skalpell, öffnete die Haut über dem Höcker mit einem senkrechten Schnitt und Grete hielt diese mit zwei Klammern offen. Im Anschluss griff Dr. Abbel zu dem Knochenraspel und schabte den Knochen ab.

Es knirschte und Grete musste sich beherrschen, nicht wegzuschauen, sondern die Operation weiter zu begleiten.

Endlich legte Dr. Abbel die Raspel beiseite, schloss die Haut wieder, nähte sie und Grete verband die Wunde.

Schließlich nahm Grete alle Utensilien und gab sie direkt in den Sterilisator.

Als sie wiederkam, war die Dame erwacht und blickte sich geschockt im Spiegel an. »Der Verband, muss das sein?«

»Wenn Sie nicht verbluten wollen?«, antwortete Grete mit einer Gegenfrage und brachte die Dame dazu, ihr in die Augen zu sehen.

Da wusste Grete, wer es war. Sie erschrak und wendete sich ab.

Es war Baroness Therese von Callenberg. Mit zittrigen Fingern schnürte Grete der Dame ihr Mieder zu und war froh, ihr nicht weiter in die Augen sehen zu müssen. Aber vermutlich musste sie sich keine großen Sorgen machen, dass die von Callenberg sie erkannte, denn sie hatte schon damals nur Augen für sich selbst gehabt. Und Grete hatte sich mit den Jahren doch ziemlich verändert.

Erst als die Adelige endlich gegangen war und Dr. Abbel ein Drittel des Geldes in bar angezahlt hatte, fiel die Anspannung von Grete ab und sie ließ sich geschockt in den Behandlungsstuhl fallen.

30

Nach dem Besuch der Baroness war Grete aufgewühlt. Sie konnte nicht anders und musste Dr. Abbel zur Rede stellen, obwohl sie sich geschworen hatte, nicht die gleichen Fehler zu begehen wie im *Krankenhaus Friedrichshain*. Ungerechtigkeit ging ihr einfach gegen den Strich. Empört stemmte sie die Hände in die Hüfte. »Wissen Sie, wer das war?«

Dr. Abbel zuckte mit den Schultern. »Fraglos eine Adelige.«

»Das war Baroness von Callenberg. Und da Ihnen die Dame nicht persönlich bekannt ist, ist es wohl wegen des Geldes, dass Sie die Baroness sofort operieren und meinen Bruder warten lassen.«

Dr. Abbel schaute sie erstaunt an. »Die beiden Eingriffe sind überhaupt nicht vergleichbar. Ihr Bruder benötigt verschiedene Operationen.«

»Wie soll ich das von meinem Gehalt jemals aufbringen?«

»Schwester Grete, ein bisschen mehr Respekt bitte!«

Zu spät. Dafür war sie zu erregt und hatte sich viel zu lange zurückgehalten. »Jetzt verstehe ich auch, warum viele Patienten kommen, sich dann aber nicht behandeln lassen!«

Dr. Abbel lief vor Ärger rot an. »Das System der Krankenkassen ist neu. Viele kennen es daher nicht und glauben, die Kassen würden jede Behandlung beim

Arzt übernehmen. Aber die Krankenkassen zahlen ausschließlich bei einem Kassenarzt. Und das bin ich nicht. Also gehen viele wieder, weil sie kein Geld haben.«

»Ich dachte, es soll niemand mehr wegen seines Aussehens leiden müssen?«

»Selbst, wenn ich ein Kassenarzt wäre, würden die Krankenkassen keine Schönheitsoperationen bezahlen und als solche gelten selbst die Operationen Ihres Bruders, auch wenn ich das persönlich anders empfinde.«

»Sie schieben die Verantwortung nur von sich weg.«

»Wovon wollen wir alle leben, wenn ich jeden umsonst operiere?« Dr. Abbel verschränkte die Arme. »Sie reden wie diese Sozialisten.«

»Mit welchem Recht kann die Baroness sich eine Operation leisten und mein Bruder nicht?«, trotzte Grete weiter.

»Ich habe die Frau nicht zur Baroness gemacht und für den Zustand Ihres Bruders kann ich auch nichts.«

Grete schluckte. Tränen schossen ihr in die Augen. Da war sie wieder, diese Schuld. Die sie spürte und die einfach nicht gehen wollte, egal, was sie tat.

Dr. Abbel seufzte. Es dauerte einen Moment, bis er offensichtlich seinen Ärger heruntergeschluckt hatte und sich zu ihr lehnte. »Schwester Grete, ich wollte Sie nicht verletzen, das tut mir leid.« Er räusperte sich. »Ich habe für die Einrichtung der Praxis einen Kredit aufgenommen. Mit dem Geld der Baroness kann ich den zu einem Viertel abbezahlen. Das konnte ich mir nicht entgehen lassen, auch wenn ich die Operation fragwürdig fand.« Er reichte Grete ein Taschentuch. »Aber darf diese Frau nicht selbst entscheiden, wie sie aussehen möchte?«

»Mein Bruder kann das nicht.«

»Das ist aber noch lange kein Grund, der Baroness dieses Recht zu verwehren.« Dr. Abbel zuckte mit den Schultern. »Außerdem war ihre Operation nahezu ohne Risiko. Einen Höcker verkleinern kann jeder Pferdemetzger.«

»Und bei meinem Bruder ist es nicht ohne Risiko?«

Dr. Abbel schüttelte den Kopf. »Alles andere als das.« Er sah sich um. »Wo ist er überhaupt?«

»Er ist einfach verschwunden.«

Dr. Abbel rieb sein Kinn. »Dann bringen Sie ihn die Tage noch einmal vorbei.«

Grete nickte. »Ich glaube Ihnen ja, dass Sie nicht wollen, dass jemand unter seinem Aussehen leidet, aber was ist, wenn sich das ausschließlich die Reichen leisten können? Machen wir die Welt damit nicht noch ungerechter, als sie ohnehin ist?«

Dr. Abbels Stirn legte sich in Falten. »Hm, hm«, brummelte er.

Im nächsten Moment hellte sich sein Gesicht wieder auf. »Nun, ich bin zwar kein Sozialist, aber wie wäre es, wenn wir jeden das zahlen lassen, was er kann?«

»Sie meinen, die Reichen bezahlen viel und die Armen wenig?« Dr. Abbel nickt.

Grete begann zu strahlen. »Das wäre geradezu christlich.«

»Christ bin ich auch nicht.« Er grinste. »Davon abgesehen haben die Christen die Mildtätigkeit nicht erfunden. Das machen wir Juden seit Langem. Und wir waren sicher nicht die Ersten.« Er reichte Grete die Hand.

»Je länger ich drüber nachdenke, desto besser ist das Gefühl, wenn die reichen Herren und Damen nicht nur im Operationssaal bluten, sondern auch aus ihrem Geldbeutel.«

»Je länger ich drüber nachdenke, desto besser ist das Gefühl, wenn die reichen Herren und Damen nicht nur im Operationssaal bluten, sondern auch aus ihrem Geldbeutel.«

31

Als Dr. Abbel endlich ging, war Grete völlig übermüdet. Trotzdem musste sie unbedingt noch mit Johann reden. Sie schloss die Praxis ab und machte sich zu Fuß auf den Weg durch die dunklen Gassen. Es beunruhigte sie, dass Johann derart panisch geflüchtet war. Das war nicht seine Art. Meist erduldete er alles still und zog sich in sich zurück.

Endlich kam Grete beim Haus von Kessler an. Dessen Rolle in diesem ganzen Spiel war ihr auch nicht klar. Kannte er die Baroness? Hatten sie sich deswegen im Wartezimmer unterhalten? Wohlmöglich hatte er sie sogar in die Praxis gelassen und ihr die Behandlung empfohlen? Andererseits, wenn ihr Diskretion wichtig war, warum sollte sie dann mit einem Reporter zusammenarbeiten?

Grete seufzte. So viele Fragen und nicht eine einzige Antwort.

Sie stieg die Treppe in das Souterrain hinab und klopfte an die Tür. Niemand antwortete, aber sie glaubte, ein Rascheln zu hören. Sie betrat Kesslers Souterrainwohnung und klopfte an die Tür zu Johanns Kabuff.

»Johann, bist du da?«, fragte sie.

Stille, dann ein leises Seufzen.

»Johann?«

»Geh weg!«

Grete öffnete die Tür. Johann saß in einer Ecke und schaute sie kurz an, bevor er sich zur Seite drehte. Er hatte die Wände mit Kohle bemalt. Es sah aus wie das Werk eines Verzweifelten. Abstrakt, wirr und düster. Grete glaubte, einen geköpften Mann zu erkennen und schaute schnell weg.

»Was ist denn?«, fragte sie, obwohl sie es ahnte.

»DU hast sie zu Dr. Abbel geschickt!«

»Ich?« Grete schüttelte den Kopf. »Ich hatte keine Ahnung, dass sie kommt.«

»Ich dachte, du koordinierst die Termine für den Arzt?«

Grete atmete tief aus. »Therese kam ohne Anmeldung.« Sie wollte Johann die Hand auf die Schulter legen, aber er schüttelte sie ab.

Ihr Mitgefühl schwand und Wut überkam sie. »Weswegen sollte ich die Baroness mit dir zusammen in die Praxis kommen lassen?«

»Weshalb hast du mich damals überredet, auf den Baum zu klettern?«

Am liebsten hätte sie ihrem Bruder eine Ohrfeige verpasst, damit er zur Besinnung kam. Aber sie tat es nicht, sondern starrte ihn ausdruckslos an. Es kränkte sie, dass er ihr zutraute, ihn absichtlich vorzuführen.

»Ich will, dass du jetzt gehst«, sagte Johann bestimmt.

Grete spürte sich nicht mehr. Es war, als sei sie zu keinerlei Bewegung fähig.

»Wenn du jetzt nicht gehst, schmeiß ich dich raus!« Johann stand auf. Seine Augen blitzten, seine Nase war ungeschützt. Er sah aus wie ein Monster. Alles Liebenswerte, das von ihm übrig geblieben war, schien verschwunden. So kannte sie ihn nicht und das jagte ihr Angst ein.

Grete stand auf und ging ohne ein Wort des Abschieds.

<h1 style="text-align:center">32</h1>

Grete hatte sich die Nacht zunächst stundenlang auf ihrem Strohsack hin und her gewälzt, bis sie endlich in einen unruhigen Schlaf gefallen war. Und nun hatte sie ein intensiver Traum ereilt, der sie schweißgebadet aufschrecken ließ. Sie hatte Mühe, sich zu orientieren.

Seit Tagen hatte sie nichts von Johann gehört und selbst auch nicht gewagt, zu ihm zu gehen. Der Disput mit ihm hatte ihr zugesetzt. Noch nie hatten sie sich derart gestritten.

Grete war tief verletzt, dabei hatte sie nichts falsch gemacht. Wie um alles in der Welt kam Johann auf die Idee, dass sie die Baroness in die Praxis bestellt hatte? Obwohl er wusste, dass sie den Kontakt zu den Callenbergs abgebrochen hatte, seit sie sich verweigert hatten, Johann nach dem Unfall medizinische Hilfe zu leisten.

Nicht sie, sondern die von Callenbergs hatten das Leben ihres Bruders auf dem Gewissen!

All seine Träume hatte er wegen ihnen aufgeben müssen. Nicht einmal als Taglöhner hatte man ihn einstellen wollen. Stets hatte man sie beide weggeschickt und gesagt, dass man einen Auswürfling wie ihn nicht anstellen würde.

Erst später war Johann die Idee gekommen, seinen Makel unter einem Tuch zu verstecken. Aber immer hatte sie für ihn gesorgt. Bis heute.

Wie also konnte Johann so von ihr denken? Grete war zutiefst verletzt. Obendrein spürte sie Wut. Nach allem, was sie für ihren Bruder getan und geopfert hatte, traute er ihr so etwas zu.

Grete wusste nicht, welches Gefühl schlimmer war: die Verletzung, die Wut oder die Melange aus beidem.

Als Grete auf die Treppe vor dem Keller trat, merkte sie am aufkommenden Tageslicht, dass sie verschlafen hatte.

Schnell hastete sie zur Praxis, Valerie stand vor der Tür. »Schätzchen, wo kommst du her?«

»Hab noch etwas im Keller besorgt.«

Valerie blickte sie skeptisch an. »Und Praxis nicht aufgeschlossen?«

»Hab zur Sicherheit abgesperrt.« Grete schloss die Praxistür auf und huschte in das kleine Badezimmer.

Der Blick in den Spiegel versetzte Grete einen Stich. Ihre Wangen wirkten schlaff und blutleer. Sie sah schrecklich bleich und müde aus.

Grete kniff sich mehrfach in die Backen, doch die Farbe kehrte nicht zurück. Sie spritzte sich kaltes Wasser ins Gesicht, aber auch das fühlte sich an, als träfe es jemand anderen.

Vielleicht würde ihr die Arbeit dabei helfen, ihre Gedanken in den Hintergrund zu drängen.

Als Grete die Tür zum Badezimmer aufsperrte und in den Gang hinaustrat, lehnte dort Valerie an der Wand und musterte sie aufmerksam. Grete fühlte sich ertappt unter ihrem Blick und endlich kehrte die Farbe in ihre Wangen zurück.

Valerie reichte ihr eine Tasse. »Trink! Das wird dir helfen!«

»Was ist das?«, fragte Grete skeptisch, denn bei Valerie konnte man nie wissen.

»Nur ein Malzkaffee.« Sie schmunzelte. »Der wird dich wieder auf die Beine bringen. Und heute Abend erzählst du mir bei einem richtigen Kaffee, was dir auf dem Herzen liegt, in Ordnung?«

Grete nickte, auch wenn sie nicht vorhatte, Valerie von ihrem Bruder zu erzählen. Aber ein wenig Ablenkung würde ihr guttun.

Auch wenn sie nicht wusste, wie Valerie zwei Tassen echten Kaffee bezahlen wollte.

Dr. Abbel wehte zur Tür herein und sah sich entgeistert um. »Warum ist noch nichts vorbereitet?«

Grete schluckte. »Ich bin spät dran, aber die Sprechstunde beginnt erst in einer halben Stunde.«

»Haben Sie die Operation heute Morgen vergessen?«

Grete schlug erschrocken die Hand vor den Mund.

Dr. Abbel sollte heute bei einem Patienten das Skalpell ansetzen, den Kessler vermittelt hatte. Oder besser gesagt, aufgedrängt hatte, damit er einen Ersatzartikel für den über Johanns Nasenaufbau schreiben konnte, der für den Reporter Lichtjahre entfernt war, wie er mehrfach betont hatte. Selbstredend durfte bei dieser Operation absolut nichts schiefgehen. Sonst war der Ruf von Dr. Abbel zerstört, bevor er überhaupt aufgebaut war.

Grete war dabei, die Instrumente zu sterilisieren, als der besagte Patient das Zimmer betrat.

Julius Dorm war um die dreißig und schlank – ein ansehnlicher Mann, hätte nicht diese Hasenscharte sein Gesicht verunstaltet.

Dorm legte sich auf die Behandlungsliege und Dr. Abbel untersuchte ihn. »Sie haben Glück im Unglück«, sagte der Arzt nach einer eingehenden Prüfung.

Dorm erhob sich vom Krankenbett und sah Dr. Abbel verständnislos an.

»Bei Ihnen liegt keine komplette Lippen-Kiefer-Gaumenspalte vor, sondern eine isolierte Lippenspalte«, erklärte Dr. Abbel. »Alles andere hätte verschiedene Operationen und eine langjährige Behandlung beim Kieferchirurgen erforderlich gemacht.« Er deutete mit einem Metallstab auf die Spalte. »Da der betreffende Nasenflügel nicht fehlgebildet ist, muss ich lediglich die Lippe chirurgisch korrigieren.«

»Weswegen wollte mich dann kein anderer Arzt operieren?«

»Nun, Sie können normal atmen, riechen, schmecken und sprechen. Es besteht also keine medizinische Notwendigkeit.«

»Aber ...«, setzte Dorm an.

»Alles andere zählt für die meisten Ärzte nicht. Für mich schon.« Dr. Abbel lächelte den Mann vertrauensvoll an.

Grete war in dem Moment unheimlich stolz auf den Chirurgen und auch ein wenig auf sich, dass sie bei ihm arbeiten durfte. Sie nahm die Instrumente aus dem Sterilisator. Schließlich kam auch Schwester Hanna hinzu, die älteste der angestellten Pflegerinnen, die das beste Abschlusszeugnis vorgewiesen hatte. Gemeinsam bereiteten sie alles für die Operation vor.

Wenn Dorm Glück hatte, würde dieser Eingriff ausreichen. Und die Narbe, die durch den Lippenspaltverschluss im Bereich der Oberlippe entstehen würde,

würde nach etwa einem Jahr weitestgehend unauffällig sein.

»Es kann durch eine Wundheilungsstörung im Rahmen des operativen Verschlusses zu deutlichen Asymmetrien im Bereich der Oberlippe kommen«, erklärte Dr. Abbel dem Patienten. »Sollte dies der Fall sein, können wir diese Beeinträchtigung ebenfalls chirurgisch korrigieren.« Er klopfte dem Mann auf die Schulter. Danach wendete er sich Gretes Kollegin zu. »Schwester Hanna, bitte bereiten Sie die Narkose vor.« Sein Blick hüpfte zu Grete. »Kommen Sie, Schwester Grete. Ich zeige Ihnen derweil ein neues Instrument, das ich einsetzen möchte.«

Dr. Abbel führte Grete in ein Hinterzimmer, das er sich eingerichtet hatte, um ungestört seinen Experimenten nachgehen zu können.

»Kommt Herr Kessler auch?«, fragte Grete.

»Nein, ich habe ihn darauf hingewiesen, dass bei der Operation ausschließlich medizinische Fachpersonen anwesend sein dürfen. Das stimmt zwar nicht, aber der steht uns sonst nur im Weg.« Dr. Abbel räusperte sich. »Er hat Dorm vorab fotografiert und macht erst wieder Fotos, wenn die Wunde ausgeheilt ist.« Er nahm ein Skalpell von einem Metallschrank, dessen Handgriff so geformt war, das Dr. Abbel ihn besser umgreifen konnte. »Eine Sonderanfertigung. Habe ich heute früh abgeholt. Würden Sie das noch sterilisieren, damit wir es direkt einsetzen können?«

Grete nickte und legte das neue Skalpell in den Sterilisator. Aus dem Behandlungszimmer hörte sie aufgeregte Stimmen, dachte sich aber nichts dabei.

Die Operation verlief reibungslos. Gerade nähte Dr. Abbel die korrigierte Lippenspalte zu, da krümmte sich der Patient vor Schmerzen und riss die Augen auf.

Grete lief es kalt den Rücken hinunter. Trotzdem blieb sie ruhig. Hanna hingegen kreischte entsetzt auf. Zugegeben war es erschreckend, wenn ein Narkotisierter mitten in der Operation plötzlich erwachte.

Als der Patient schreien wollte, warf Dr. Abbel das Operationsbesteck in die Nierenschale und hielt dem Mann den Mund zu. »Wenn er schreit, reißt die Narbe auf!« Dr. Abbel warf Schwester Hanna einen strengen Blick zu. »Haben Sie ihm vorhin die richtige Dosis Narkotika gegeben?«

»Das war nicht einfach mit seiner Gaumenspalte. Er hat sich beklagt, dass es brennt, und das Tuch eher vom Mund entfernt, als er sollte«, verteidigte sich Hanna.

»Worauf warten Sie?«, fauchte Dr. Abbel und sah die Pflegerin auffordernd an. Diese griff völlig überfordert nach dem Anästhetikum und träufelte es auf das Tuch.

»Haben Sie kein Neues? Auf diesem könnten sich bereits Keime gebildet haben«, schimpfte Dr. Abbel.

Der Patient zitterte weiterhin und blickte mit aufgerissenen Augen um sich.

Grete lief zu dem kleinen Blechschrank in der Ecke, zerrte die Narkosetücher hervor und eilte zurück an den Operationstisch. Schnell träufelte sie Narkosemittel darauf und wandte sich dem Patienten zu.

»Halten Sie es nur leicht über Nase und Mund, damit die Dämpfe in seine Atemwege gelangen können«, wies Dr. Abbel sie an.

Grete nickte und während Schwester Hanna paralysiert in der Ecke stand, ließ das Zucken des Patienten endlich nach.

»So etwas darf nicht noch einmal passieren«, erklärte Dr. Abbel und setzte schließlich mit knallrotem Kopf das Vernähen der Operationsnarbe fort.

33

»Fräulein Brückner, darf ich bitten?« Valerie hielt Grete ihren Arm hin, als diese das Badezimmer der Praxis verließ. Sie hatte sich nach dem anstrengenden Arbeitstag schnell frisch gemacht.

»Wohin gehen wir?«, fragte Grete neugierig.

»Ins *Café Kranzler.*« Valerie lächelte und warf Grete einen verschwörerischen Blick zu.

Grete schaute verlegen zu Boden. Sie war noch nie ausgeführt worden. Restaurants, Kaffeehäuser, Tanzlokale und Spelunken kannte sie allein aus den Erzählungen anderer. Wie gern würde sie mit der feinen Valerie bei einem Getränk im *Café Kranzler* sitzen, aber wie sollte sie sich das von ihrem spärlichen Gehalt leisten? Das *Café Kranzler* war über die Stadtgrenzen hinweg eines der bekanntesten Kaffeehäuser Berlins. Es befand sich in der Friedrichstraße, Ecke Unter den Linden und damit mitten in der Hautevolee. Dem Dreh- und Angelpunkt der Schönen und Reichen.

»Ich habe kein Geld«, gestand Grete kleinlaut.

Valerie hob Gretes Kinn an, sodass sie ihr in die Augen blicken musste, und strahlte sie an. »*Mond Schérie,* ich doch auch nicht!«, flüsterte sie. Dann lachte sie so, wie sie es immer tat. Mit den kleinen Glucksern, an denen sich Grete gar nicht satthören konnte. Weil sie so ungezwungen und mädchenhaft wirkten und damit einen völligen Kontrast zu Valeries damenhaften Aussehen darstellten.

»Aber ...«, setzte Grete an, aber Valerie legte ihr den Zeigefinger an die Lippen.

Augenblicklich wurde Grete schummerig, als würde eine Horde Käfer durch ihren Körper marschieren. Halt suchend, tastete sie nach der Wand hinter sich. Was war das nur für ein Gefühl, was sie da übermannte? Ob es am fehlenden Schlaf lag? Oder war es der Aufregung der letzten Wochen und Monate zuzuschieben?

Grete wusste es nicht. Aber eines war sicher: Sie wollte diesen Abend mit Valerie verbringen. Obwohl sie sich neben ihr grau vorkam, wenn sie an sich herunterblickte.

Valerie musste ihren Blick bemerkt haben, denn sie zog das gehäkelte rote Schultertuch von ihren Schultern und legte es Grete um.

»Aber nicht, dass du danach hübscher bist als ich«, sagte sie. Grete musste unwillkürlich lachen. Dabei stellte sie fest, dass sie sich trotz der Abgeschlagenheit lange nicht so gut gefühlt hatte. Ja, bei der Vorstellung, mit Valerie in einem feinen Kaffeehaus zu sitzen, hüpfte ihr Herz.

Versonnen strich sie über die weiche Wolle des Schultertuchs, straffte ihren Rücken durch und reckte ihr Kinn nach oben. Das hatte sie sich von Valerie abgeschaut.

Die nickte zustimmend mit ihrem Kopf und schürzte die Lippen.

Grete platzte förmlich vor Neugierde, endlich mehr über die geheimnisvolle Valerie und ihr Leben zu erfahren. Wie oft hatte sie sich das gewünscht, seitdem die Schöne in die Praxis gekommen war. Und sie wagte zu hoffen, dass Valeries Aura ein bisschen auf sie abfärben würde.

Als Grete und Valerie das *Café Kranzler* erreichten, postierte sich Valerie ein paar Meter vor dem Eingang, anstatt hineinzugehen.

Grete bestaunte die hohen, großzügigen Fenster, die das reflektierte Licht des Nachmittags in sanften Streifen auf das Pflaster warfen. Säulen aus hellem Sandstein flankierten den Eingang, und die Verzierungen über der Tür wirkten wie kunstvolle Arabesken, die von geschickten Händen in den Stein graviert worden waren. Vor dem Gebäude war die Straßenterrasse mit kleinen Marmortischen bestückt, die aufgrund der immer noch winterlichen Kälte jedoch unbesetzt waren. Grete konnte sich dafür lebhaft vorstellen, wie die feinen Damen Berlins im Sommer mit ihren Sonnenschirmen dort das süße Leben genössen.

Leicht fröstelnd zog sie den Umhang enger um ihren Leib. »Warum gehen wir nicht hinein?«, fragte Grete, deren Lippen bereits blau angelaufen waren. Der Frühling stand schon lange wartend vor der Tür, aber der Winter ließ sich dieses Jahr nicht so leicht vertreiben.

»Nur Geduld, *Mond Schérie.*« Valerie setzte einen Gesichtsausdruck auf, den Grete noch nie an ihr gesehen hatte.

Valerie ließ ihren Blick über die herumstehenden Männer gleiten und klimperte mit den Wimpern. Als sie die Aufmerksamkeit eines älteren Herrn auf sich gezogen hatte, der Rauchwölkchen in die Luft paffte, lächelte sie ihn breit an.

Er trug einen schwarzen Anzug sowie einen grauen Schnäuzer und war geschätzt dreimal so alt wie Valerie.

»Haben Sie auch eine für mich?«, flötete Valerie und deutete mit ihrem Kopf auf den Glimmstängel in seiner Hand.

Der Mann nahm einen kräftigen Zug, ließ die Fluppe zwischen seinen Lippen und fingerte in seiner Hosentasche herum. Er beförderte eine Schachtel Zigaretten sowie eine Packung Streichhölzer hervor und hielt Valerie das Päckchen hin.

»Vielen Dank, *Mond Schérie*«, säuselte Valerie und versetzte Grete damit einen Stich.

Warum hatte sie sich eingebildet, dass diese wohlklingenden Worte für sie bestimmt waren? Grete sah betreten zur Seite, als der Herr Valerie Feuer gab und diese ihn dafür mit einem Augenaufschlag belohnte.

Nachdem Valerie einen tiefen Zug inhaliert und geräuschvoll Rauch ausgestoßen hatte, hielt sie Grete den Glimmstängel hin. Grete schüttelte den Kopf und zog ihren Umhang ein Stückchen enger um ihre Schultern. Mittlerweile kroch ihr die einbrechende Dunkelheit in die Glieder.

Derweil hatte Valerie den Herrn in ein Gespräch verwickelt. Sie lachte und kicherte bei jedem Wort, das er sagte.

Grete fand das befremdlich. Bevor sie sich Gedanken darüber machen konnte, fasste Valerie sie bei der Hand und zog sie hinter sich her zur Tür des Cafés.

Sie folgten dem Herrn mit den Zigaretten ins Innere der Konditorei. Der Geruch von altem Holz, Zigarettenrauch und Kaffee schlug ihnen entgegen und entführte Grete in eine andere Welt. Das Stimmengewirr und die Geräusche von klapperndem Geschirr taten ihr Übriges.

Grete musterte beeindruckt das Ambiente. Die Tapeten, reich verziert mit floralen Mustern in warmen Tönen, wirkten einladend, und die Kronleuchter tauchten den Raum in ein goldenes Licht. Die Samtpolster auf den dunklen Holzstühlen und die weißen Tischdecken mit filigraner Stickerei versprühten Eleganz. An den Wänden hingen gerahmte Spiegel, die den Raum größer und heller wirken ließen. Im Hintergrund dampften mit Spiritus betriebene Kaffeemaschinen und adrett gekleidete Bedienungen nahmen leckere Kuchenstücke aus der Theke, die sie wohlgenährten Damen und Herren brachten. Eine Mischung aus Ehrfurcht und Aufregung pulsierte durch Gretes Adern – sie war nun Teil einer Welt, die ihr bis dahin verschlossen geblieben war.

Später, wenn sie ein höheres Gehalt bekommen würde und Johann endlich seine Nase hatte, würde sie ihn in ein solches Kaffeehaus ausführen. Dann stünde ihrem Traum, sich nach einem Menschen umzusehen, mit denen sie ihr Leben verbringen wollten und diesen Weg gemeinsam anzutreten, nichts mehr im Wege.

»Komm«, raunte ihr Valerie über die Geräuschkulisse hinweg zu. Sie nahm Grete abermals bei der Hand und zog sie hinter sich her an den Tisch des Mannes, der sie gerade eingeladen hatte.

Grete erhaschte im Gehen einen Blick in das Raucherzimmer, in dem sich eine kleine Gruppe Herren mit Zylindern versammelt hatte.

»Ich nehme einen Kaffee, schwarz wie die Nacht«, säuselte Valerie und sah Grete fragend an.

»Einen Kakao«, sagte Grete, aber es klang wie eine Frage.

»Aber *Schérie*, wir sind in einem Kaffeehaus. Du musst unbedingt den Kaffee probieren«, wisperte Valerie.

Grete nickte, auch wenn sie sich nicht sicher war, ob Bohnenkaffee in ihrem Zustand das Richtige war.

»Wir nehmen zwei Kaffee«, erklärte Valerie dem Herrn im Anzug, der sofort eine Bedienung herbeirief, um die Bestellung aufzugeben.

Grete sah Valerie kopfschüttelnd an. »Du bist mir eine«, sagte sie liebevoll.

»Von mir kannst du noch viel lernen«, gluckste Valerie. Ihr Blick blieb an den verstrebten Fenstern hängen, die auf das gegenüberliegende *Café Bauer* zeigten, das noch angesehener war als das *Café Kranzler*. Sehnsüchtig schaute Valerie hinüber. »Irgendwann werden wir da drüben sitzen«, sagte sie schwärmerisch.

»Ach du«, erwiderte Grete. Ihre Augen hatten einen hellen, menschenleeren Raum entdeckt, der durch einen halb geöffneten Bogen zu erkennen war. »Was versteckt sich da hinter?«, fragte sie neugierig und zeigte auf den Türbogen.

»Wohl das erste Mal hier?« Der Herr, der sie eingeladen hatte, räusperte sich gnädig. »Das ist das Eiszimmer!«

Grete sah den Mann schuldbewusst an. Zum Glück wurde sie in diesem Moment von der Bedienung erlöst, die drei Tassen dampfenden Kaffee auf den Tisch stellte.

Grete befühlte ehrfürchtig das feine Porzellan und sog genüsslich den Duft ein, bevor sie behutsam an dem schwarzen Getränk nippte. Das war tatsächlich kein Vergleich zu der hellen Ersatzbrühe, die es hin und wieder in der Praxis gab. Valerie hatte nicht zu viel versprochen.

Als sich ihr spendabler Gönner schließlich erhob, schnellte Grete ebenfalls in die Höhe.

Valerie rührte sich nicht vom Fleck. »Wir bleiben.« Sie deutete mit ihrem Kopf auf ihre Kaffeetasse, die noch immer halb voll war. Nun war Grete auch klar, warum.

Grete reichte dem Alten förmlich die Hand. »Vielen Dank für die Einladung.« Sie deutete einen Knicks an.

»Bei zwei aparten Damen wie Ihnen habe ich zu danken«, erwiderte der Mann galant, hatte aber nach wie vor nur Augen für Valerie, die ihm gönnerhaft zunickte.

Nachdem ihr Begleiter gegangen war, rückte Valerie ein Stück näher an Grete heran und flüsterte: »Also, was ist los mit dir, *Mond Schérie*?«

Grete nestelte nervös an ihrem Rock. Sie hatte keine Lust, über Johann zu sprechen. Einmal wollte sie nicht an ihn denken und einfach nur Grete sein. Dennoch hatte sie das Gefühl, Valerie eine Antwort schuldig zu sein.

»Ach, es ist nur ... Ich habe mich mit meinem Bruder gestritten«, sagte sie leise.

»Den du mir noch immer nicht vorgestellt hast«, ereiferte sich Valerie und Grete meinte einen vorwurfsvollen Unterton herausgehört zu haben. Wieder durchfuhr sie ein Stich, dessen Ursache sie nicht ausmachen konnte.

»Wir haben uns noch nie gestritten«, erwiderte Grete, ohne auf Valerie einzugehen.

Valerie lachte. »Du Glückliche. Ich streite mich jeden Tag mit meiner Mutter. Und das mehrfach.« Sie seufzte so laut, dass sich ein paar der Kaffeegäste zu ihnen umdrehten.

»Warum?«, fragte Grete betroffen.

Valerie druckste. »Sie hat Schmerzen, weißt du, und ist ziemlich dünnhäutig.«

»Was für Schmerzen?«, fragte Grete, die trotz des unschönen Themas froh war, da es von ihrem Bruder ablenkte.

Als hätte Valerie auf eine Aufforderung gewartet, sich der Wehleidigkeit ihrer Mutter Luft zu machen, erzählte sie ihr, dass diese regelmäßig heftige Bauchschmerzen habe.

Grete hatte Mühe, ihr zu folgen. Nicht, dass sie nicht verstand, was Valerie da sagte. Auch wenn sich ihr Akzent stärker bemerkbar machte, wenn sie so hastig sprach wie jetzt. Nein, sie war vielmehr abgelenkt, hing mit ihrem Blick an Valeries Lippen fest. Wie schön kirschrot und wohlgeformt sie waren. Und wie sie sich bewegten, wenn sie sprach. Ganz zu schweigen von den Grübchen, die sich neben ihren Mundwinkeln bildeten, wenn Valerie lachte. Und wieder dieses Glucksen. Immer wieder drehten sich Gäste amüsiert zu ihnen um.

»Hast du eine Ahnung, warum sie die Schmerzen hat?«, fragte Valerie. Grete reagierte nicht, da sie ununterbrochen auf Valeries Mund starrte.

»Bist du wieder bei Johann?« Valerie wedelte mit ihrer Hand vor Gretes Augen hin und her.

Grete schüttelte sich.

»Wie ist er so, dein Johann?«, stellte Valerie gleich die nächste Frage.

»Er ist …«, Grete überlegte, ob sie Valerie sagen sollte, wie sie ihren Bruder wirklich sah. Aber aus irgendeinem Grund wollte sie nicht, dass Valerie, die fröhliche Valerie, auch nur in Berührung mit Johanns trüber Gedankenwelt kam.

»Er ist Künstler«, sagte Grete stattdessen und erntete dafür einen neugierigen Blick von Valerie. Schließlich besann sie sich auf Valeries ursprüngliche Frage. Nicht zuletzt, um deren Aufmerksamkeit wieder von ihrem Bruder wegzulenken. »Ich könnte ihr ein paar Tropfen zur Linderung der Schmerzen herstellen, aber noch besser wäre es, sie zu sehen. Nur so können wir herausfinden, wie genau sich ihre Beschwerden anfühlen, wann und wo sie auftreten«, erklärte Grete.

Valerie schien nachzudenken.

»Ich komme gern bei euch vorbei«, wagte Grete einen Vorstoß, denn es interessierte sie brennend, wie Valerie lebte, wenn sie nicht in diesem Aufzug und mit ihrer gewöhnlichen Duftwolke durch die Stadt wehte.

»Lieber nicht, meine Mutter mag keinen Besuch«, antwortete Valerie, ergriff aber im nächsten Moment Gretes Hand und führte diese zu ihrem Bauch. Dort hielt sie inne und presste Gretes Hand seitlich an ihren rechten Unterbauch. »Da hat sie Schmerzen. Krämpfe, Stiche.«

Der Magen ist es demnach nicht, dachte Grete. Der saß weiter oben. *Es könnte der Blinddarm sein oder der Darm,* mutmaßte sie in Gedanken, denn sie brachte kein einziges Wort mehr heraus.

Die Hitze schoss ihr in die Wangen und da waren sie wieder: die Käfer, die auf ihrem Marsch quer durch ihren Körper ein eigenartiges Kribbeln hinterließen. Nein, wenn sie genauer in sich hinein hörte, fühlte es sich dieses Mal eher an wie ein Blitz, der durch sie hindurchschoss. Schnell zog sie ihre Hand von Valeries Bauch weg und schaute sich beschämt um. Es war ein Reflex. Sie verspürte das Bedürfnis, sie für immer dort ruhen zu lassen, aber genau das machte ihr Angst.

34

Es war dunkel, als Grete und Valerie das *Café Kranzler* verließen. Das war Grete ganz recht, denn die Röte brannte unnachgiebig auf ihren Wangen. Sie setzte an, um Valerie erneut zu fragen, ob sie sich ihre Mutter nicht ansehen sollte, da hastete diese davon. Angeblich verlangte ihre Mutter, dass sie stets zur vereinbarten Zeit nach Hause kam.

»Wir sehen uns morgen!«, rief Valerie, während sie sich noch einmal zu ihr umdrehte und ihr einen Luftkuss zuwarf.

Grete winkte ihr kurz hinterher, blieb selbst aber stehen. Verstohlen sah sie Valerie nach. Sie war müde, erschöpft und abgekämpft. Aber in den nassen, muffigen Keller der Praxis wollte sie nach diesem Abend nicht zurück.

Die Aussicht, sich eine weitere Nacht auf dem Strohsack hin und her zu wälzen, war alles andere als verlockend.

Selbst wenn ihr Körper müde war, ihre Gedanken tobten.

Kurz bevor Valerie aus Gretes Sichtfeld verschwand, folgte sie ihr. Einfach, weil sie Valerie noch ein paar Sekunden länger beobachten wollte. Ihren anmutigen Gang, ihre schöne Erscheinung im schummrigen Licht der hereinbrechenden Nacht.

Aus Sekunden wurden Minuten und Grete folgte der schönen Valerie in gebührendem Abstand durch die Straßen Berlins.

Grete zog ihren Mantel fester um sich, während sie die belebte Kantstraße entlanglief. Vor ihr erhob sich das Theater des Westens wie ein Palast aus einer anderen Welt. Die Fassade war reich verziert mit Türmen und Statuen, die hoch in den grauen Himmel ragten. In den Fenstern spiegelte sich das schwache Abendlicht, und die massiven Türen aus dunklem Holz, mit goldenen Beschlägen versehen, wirkten so, als würden sie ausschließlich die Privilegierten einlassen.

Direkt vor dem *Theater* blieb Valerie urplötzlich stehen und schaute mit großen, sehnsüchtigen Augen auf die dort aushängenden Plakate der neuen Varieté-Shows.

Schnell versteckte sich Grete hinter einer Ecke. Valerie schien trotzdem etwas bemerkt zu haben, denn sie drehte ihren Kopf in ihre Richtung.

Grete hörte vor lauter Schreck auf zu atmen. Nicht bevor Valerie ihren Blick wieder abwendete und ihren Weg fortsetzte, traute sich Grete Luft zu holen.

Sie musste jetzt wirklich umkehren und im Keller der Praxis etwas Schlaf abgreifen. Andererseits war es spannend und prickelnd, was sie gerade tat.

Grete kam sich grotesk in der Rolle der Verfolgerin vor und dennoch lief sie Valerie weiter hinterher bis in eine kleine dunkle Seitenstraße. Valerie steuerte auf einen Hauseingang zu, was Grete dazu veranlasste, stehen zu bleiben.

Kaum, dass sie ihren eigenen Atem nicht länger hörte, dröhnten Valeries klackernden Absätze durch die Stille der Nacht. Das Dröhnen verblasste jäh, während sie in einem Hauseingang verschwand und Grete endlich zu sich kam.

Sie war Valerie tatsächlich bis nach Hause gefolgt. Nun musste sie eine weitaus größere Strecke zurücklegen, um an ihren Schlafplatz zu gelangen. Egal, ihr Geist war ohnehin viel zu überdreht nach dem ausgelassenen Abend mit Valerie. Noch nie zuvor hatte sie eine Freundin gehabt, mit der sie ausgegangen war. Und viel zu lange war es her, dass sie so herzhaft gelacht hatte wie heute mit Valerie.

Nachdem sich im zweiten Stockwerk ein Fenster erhellte, wandte sich Grete endlich zum Gehen.

35

Seit ein paar Jahren lebte Valerie inzwischen mit ihrer Mutter in Berlin, aber sie hatte es noch nicht auf eine einzige Modefotografie geschafft oder in eine Revue, nicht mal als Statistin. Am Anfang hatte sie gehofft, in Berlin auf einer Modenschau auftreten zu können, aber die Berliner wussten gar nicht, was das war. Nur in Paris kannte man das.

Ihre Mutter hatte ihr davon aus einem Modemagazin vorgelesen und sofort war ihnen klar geworden, dass dieser Beruf für Valerie erfunden wurde.

In Berlin allerdings schien das noch niemanden zu interessieren und Valerie wusste nicht recht, wie sie es anstellen sollte. Aber ihre Mutter drängelte, sie hielt Valeries Stelle als Reinemachefrau für unwürdig. Dort würde sie sich ihre schöne, zarte Haut verderben.

Deswegen marschierte Valerie an einem Samstag zum Hausvogteiplatz, dem Zentrum der Berliner Mode. Wenn jemand wüsste, wie sie es in die Modewelt schaffen könnte, dann die Menschen, die in den großen Modehäusern arbeiteten. Wie jene von *Gerson*, das weit über das Deutsche Reich hinaus bekannt war und sich nicht hinter den Parisern verstecken musste.

Valerie betrat das außen mit Säulen geschmückte Modehaus zum ersten Mal und blieb ehrfürchtig stehen. Mit offenem Mund musterte sie die mit Stuck verzierte, hohe Decke und war von der beeindruckenden

Einrichtung erschlagen. Überall hingen vergoldete Spiegel und an einer langen Theke klackerten gleich mehrere Registrierkassen.

»Womit kann ich Ihnen behilflich sein?«, fragte eine Verkäuferin.

Valerie kam sich ertappt vor. Einen Moment hatte sie nicht auf ihre sonst perfekte Fassade geachtet und es war sofort aufgefallen. Sie hatte sich direkt als unerfahrene Kundin zu erkennen gegeben. Wenn sie jetzt den Konfektionär sprechen wollte, würde man sie sofort abweisen. Aber sie konnte auch nicht behaupten, etwas käuflich erstehen zu wollen, ohne Geld und ohne Gönner. »Ich wollte mich bei Ihnen bewerben«, sagte sie kurz entschlossen.

»Als Probiermamsell?«

Valerie nickte, obwohl sie keine Ahnung hatte, was das war. In Paris gab es das jedenfalls nicht.

Die Verkäuferin musterte sie. »Sie könnten ein Gelbstern sein, oder?«

Valerie zuckte mit den Schultern.

»Nun, hübsch genug wären Sie. Kommen Sie, ich bringe Sie zum Arbeitsdirektor.«

Sie führte Valerie durch einen Nebeneingang in das Treppenhaus und schritt mit schnellen Schritten die Treppe empor.

»Was ist ein Gelbstern?«, fragte Valerie unsicher.

»Das wissen Sie nicht?« Die Verkäuferin schaute sie irritiert an. »Nun, es wäre für unsere Kundinnen sehr unschicklich, wenn sie sich in einer Umkleide umziehen müssten und die Kleider probieren.«

Valerie nickte.

»Daher haben wir auf jeder Abteilung Probiermamsells, die anstelle der Kundinnen die Kleidung anprobieren. Je nach Figur der Kundin bekommt sie eine passende Probierdame zugeteilt, die je nach Größe mit einem andersfarbigen Stern gekennzeichnet ist.«

Sie erreichten das zweite Stockwerk und stiegen die Treppe weiter hinauf. »Die Büstenweite 44 ist die beliebteste und attraktivste Größe, deren Stern ist in Gelb. Daher nennt man diese Probierdamen Gelbsterne.«

»Oh, da habe ich ja Glück.«

Die Verkäuferin nickte. »Größe 40 beispielsweise für Backfische ist der Blaustern und 50 der Rotstern für die etwas fülligeren Frauen, dazwischen gibt es noch den Weißstern und den Grünstern.«

Valerie bedankte sich und kurz darauf erreichten sie das oberste Stockwerk. Vor einer dunklen Holztür blieb die Verkäuferin stehen und klopfte an.

Jemand brummelte etwas, das wie *herein* klang.

Die Verkäuferin öffnete die Tür und knickste. Hinter einem massiven Schreibtisch saß ein älterer Herr und sah mürrisch auf.

Die Verkäuferin biss sich auf die Lippe. »Herr Direktor, ich habe eine Kundin, die sich als Probiermamsell bewerben möchte.«

Nickend bedeutete er der Verkäuferin zu gehen. Danach wies er mit dem Zeigefinger auf einen Stuhl vor seinem Schreibtisch.

Valerie setzte sich, lächelte ihn schüchtern an.

Er zuckte nicht einmal mit der Wimper. »Haben Sie Referenzen?«

»Ich bin neu in Berlin«, log Valerie und schenkte ihm einen Augenaufschlag.

»Fremdsprachen?«, fragte er kühl.

»Ich spreche Polnisch.«

»Russisch auch?«

Valerie schüttelte den Kopf.

»Wir haben viele russische Kunden auf Durchreise, wissen Sie.« Er räusperte sich. »Weswegen glauben Sie, wären Sie als Probiermamsell geeignet?«

»Nun, ich interessiere mich für Mode. Viele sagen, ich sei hübsch, wäre ein Gelbstern.«

Er nickte bedächtig.

»Allerdings finde ich, auch in Berlin sollte man auf *Männekins* setzen wie in Paris«, sagte sie.

Schlagartig verdüsterte sich seine Miene. »Erstens heißt das Mannequin und zweitens sind wir nicht in Paris.« Er deutete zur Tür. »Sie können jetzt gehen. Ich denke, das ist nicht der richtige Ort für Sie.«

Valerie stand auf, hielt inne und sah ihn herausfordernd an. »Darf ich fragen, weswegen?«

»Wie Sie bereits sagten, sind wir in Berlin. Nicht in Paris.« Er räusperte sich. »Außerdem ist Ihr Kleid seit mindestens fünf Jahren aus der Mode. So können Sie keinesfalls die neuesten Kreationen verkaufen.«

»Dann geben Sie mir ein neues Kleid. Sie sitzen doch an der Quelle.« Sie lächelte spitzbübisch.

»So läuft das aber nicht.« Der Arbeitsdirektor schüttelte den Kopf. »Sie müssen selbst mit der Mode gehen, den Puls der Zeit spüren. Nur so können Sie unsere Kundinnen voller Überzeugung auch die exklusivsten Kreationen verkaufen.«

»Aber das kann ich lernen.«

»Das können Sie gerne bei der Konkurrenz. Bei uns arbeiten nur die Besten.« Er zeigte wiederholt zur Tür. »Auf Wiedersehen.«

Valerie biss sich auf die Lippe und drehte sich um. Noch bevor sie die Tür erreicht hatte, schossen ihr Tränen in die Augen.

Sie trat heraus auf den Flur und schluchzte los. Dabei bemerkte sie den schmalen Mann gar nicht, der ihr ein Taschentuch reichte.

»Was ist passiert, wertes Fräulein?«

»Ach nichts«, sagte sie, nahm das Schnupftuch, wischte sich die Tränen aus dem Gesicht und gab es dem Mann zurück. Jetzt erst bemerkte sie den dicklicheren Mann neben ihm, der aussah wie er, nur älter.

Der Jüngere, Schmalere reichte ihr die Hand. »Clemens Gehrlicher.«

Sie schlug ein. »Valerie Pavlowa.«

Derweil stieg der Dicklichere die Stufen hinab.

»Müssen Sie auch nach unten?« Clemens Gehrlicher zeigte auf die Treppe.

Valerie nickte und folgte ihm.

Er nahm höflich ihre Hand und stützte sie. Schweigend gingen sie hinab.

»Und sagen Sie mir jetzt, was Ihnen auf dem Herzen liegt?«, fragte er schließlich.

»Ich wollte als Probiermamsell bei Gerson arbeiten, aber man wollte mich nicht.«

Clemens Gehrlicher nickte. »Sehen Sie, und wir wollten unsere Kleider verkaufen und man hat uns ebenfalls abgewiesen. Wir seien zu künstlerisch.« Sie kamen im Erdgeschoss an, er hielt ihr die Ausgangstür auf.

»Besitzen Sie auch ein Modehaus?« Valerie bekam neue Hoffnung.

»Noch nicht«, antwortete er. »Aber sobald wir eines haben, können Sie sich gern bei uns bewerben.«

»Was erzählst du da wieder?«, sagte sein rundlicher Bruder, der draußen wartete.

Clemens Gehrlicher zuckte mit den Schultern. »Nun, ich dachte ...«

»Ohne Referenzen stellen wir niemanden ein«, sagte dessen Bruder und musterte Valerie. »Außerdem muss die sich in der heutigen Mode kleiden, sonst können wir sie nicht gebrauchen.«

36

Grete erwachte im Keller vom Lärm der Stadt. Es war ein Sonntag, die ersten Sonnenstrahlen des Frühlings kitzelten ihre Glieder, von draußen stank es nach diesen neuartigen Automobilen.

Sie setzte sich auf, hielt sich die Ohren zu und schloss die Augen. In ihrem Kopf blitzten die Gesichter von Johann, Dr. Abbel, Valerie, Kessler und Dr. Lichte auf. Sie drehten sich wie auf einem Karussell.

Grete spürte, dass sie raus musste. Raus aus dem Keller, raus aus dieser Stadt. Sie schnappte sich ihren Mantel, legte ihn über den Arm und lief auf die Straße.

Sie rannte zu den Straßenbahngleisen und setzte sich in die *Elektrische*. Grete drückte dem Schaffner einen Groschen in die Hand, nahm Billett und Wechselgeld entgegen, zählte es nach und steckte es weg.

Nachdem die Straßenbahn das lärmende Zentrum der Stadt verlassen hatte, legte der Straßenbahnfahrer einen Zahn zu. Die Räder des Waggons fauchten auf den Schienen. Nach einer Weile stoppte die Bahn abrupt und der Schaffner rief: »Endstation!«

Grete verließ als letzter Passagier den Wagen. Hier draußen vor den Toren der Stadt roch es nach Wald. Eine Frische, gegen die selbst der Duft der mondänsten Berliner Chausseen nicht ankam.

Hoch am Himmel kehrte ein Schwarm Schwäne zurück aus seinem Winterquartier und läutete endlich den Frühling ein.

Grete lief in Richtung des Waldes und stand nach einigen Kilometern mitten im *Stadtforst.* Das Hämmern eines Spechts hallte durch das Geäst. Kleine Äste lagen auf dem Boden. Grete spürte, wie ein Ast unter ihrem Gewicht brach und sie trat schnell auf einen weichen Laubteppich. Sofort fühlte sie sich in die Zeit vor dem Sturz von Johann zurückversetzt.

Werneuchen, die Eltern, die Großmutter – es war ein anderes Leben gewesen. Viel ruhiger. Ohne die Hektik Berlins und den Möglichkeiten einer großen Stadt, in denen man sich eher verlaufen konnte als im dichten Gestrüpp des Waldes.

Grete strich über die Rinde einer kräftigen Eiche. Einst landete an dieser Stelle ein kleiner Samen, hatte gekeimt und war nun zu einem prächtigen Baum herangewachsen.

Das strahlte etwas Beruhigendes aus. Grete atmete mit offenem Mund ein und schaute zum Kronendach hoch über ihrem Kopf. Ihr wummerndes Herz verlangsamte endlich seinen Schlag. Es war, als hätte der tiefe Atemzug sie mit der ursprünglichen Kraft des Waldes vereint.

Möglicherweise gab es tatsächlich etwas wie Miasmen und wenn, mussten sie nicht zwangsläufig von schädigender Natur sein. Zumindest nicht mitten im Wald. In der Stadt verhielt es sich unter Umständen anders.

Grete ging weiter und gelangte an eine Lichtung, in deren Mitte ein großer Stamm lag. Sie setzte sich auf ihn und erfreute sich an einem funkelnden Hirschkäfer, der den Stamm hinauflief. Sie entdeckte weißgelbe Blümchen, die sich inmitten allerlei Unkrauts ihren Weg an das Licht gebahnt hatten. Sie bückte sich, pflückte eine der Blüten und schnupperte daran. Der Geruch erinnerte sie an den Tag, an dem ihr Großmutter Hertha den Unterschied zwischen Kamille und Bertramwurzel erklärt hatte.

Dies war eindeutig Bertramwurzel. Der Geruch war unverkennbar. Grete lächelte zufrieden. Ihr Besuch im Wald hatte sich ausgezahlt, denn die Bertramwurzel eignete sich hervorragend zur Behandlung von indifferenten Bauchschmerzen. Ihre Großmutter hatte ihr damals erzählt, dass das bereits Hildegard von Bingen gewusst hatte. Gemischt mit Pfefferminz und Salbei zum Tee aufgebrüht, war das ein superbes Heilmittel.

Grete stand auf, gewiss, dass sich die fehlenden Kräuter noch finden würden. Mit diesen würde sie Valerie und ihre Mutter besuchen und hoffte, dass diese sich freuen würde. Summend ging Grete mit der Bertramwurzel in ihrer Hand weiter und hielt Ausschau nach Salbei und Pfefferminz. Endlich war der Frühling zurück und mit ihm auch das erste Grün der Natur, das alle Lebensgeister weckte.

37

Am nächsten Abend nach der Arbeit fühlte sich Grete bereit, ihren Bruder Johann zu besuchen. Es war an der Zeit sich zu vertragen. So lange hatten sie noch nie nichts voneinander gehört. Grete atmete tief ein und dachte mit Wohlwollen an den Nachmittag im Stadtforst zurück, der friedvoll und frei von Angst gewesen war. An der Tür des Souterrains angekommen, stellte Grete ihren Korb ab. Darin lag ein kleines Einmachglas mit aus Löwenzahn gewonnener gelber Farbe. Die Natur hatte ihr Unterschlupf gewährt und ihr ein üppiges Angebot von Kräutern und Pflanzen geboten. Der gesammelte Löwenzahn war gleich in zweierlei Hinsicht ein Geschenk. Sie hatte aus dessen Sud Farbe hergestellt, den Rest hatte sie der Medizin für Valeries Mutter hinzugemengt.

Nach kurzem Zögern hämmerte Grete an die Tür zu Kesslers Souterrain.

Wie immer schien er ausgeflogen. Deshalb ging sie durch dessen Raum und klopfte an Johanns Tür.

»Herein«, hörte sie ihren Bruder sagen.

Grete trat ein und hielt inne. Johann stand mit einem Stück Kohle in seinen schwarzen Händen vor der bemalten Wand, an der sie beim letzten Besuch gemeint hatte, eine geköpfte Gestalt erkannt zu haben.

Die abstrakten Linien schienen nun gar keinen Sinn mehr zu ergeben. Zumindest für Grete. Sie konnte nichts weiter ausmachen als lauter schwarzchangierende Striche, die ziellos im Nichts verliefen und bedrohlich wirkten. Sie hoffte, dass diese Linien nicht Johanns innere Verfassung widerspiegelten.

Grete holte das Einmachglas mit der Löwenzahnfarbe aus ihrem Korb und hielt es ihrem Bruder hin. »Meinst du nicht auch, dass deinem Werk etwas hellere Töne guttäten? Das ist düster.«

Johann nahm das Glas und beäugte es mit einem kritischen Blick. »Dieses Gelb hat nichts mit dem Bild zu schaffen und mit mir erst recht nicht. Ich bleibe bei der Kohle.« Er stellte die Farbe vor der Wand auf den Boden.

»Wo hast du die denn her?«, fragte Grete.

Johann nickte in Richtung Eingang. »Aus dem Kohlenkeller.«

Grete runzelte die Stirn, Erinnerungen an das Städtische Obdach drangen in ihr hoch. »Hast du Herrn Kessler gefragt, ob er damit einverstanden ist?«

Johann schüttelte den Kopf. »Wegen ein paar Stückchen Kohle wird niemand erfrieren. Und du, woher hast du die gelbe Farbe?«

Grete trat einen Schritt zurück. »Ich war im Wald und habe Löwenzahn gesammelt. Du kannst dir gar nicht vorstellen, wie viel Kraft ich dort geschöpft habe.«

Johann zog einen kräftigen, gezackten Strich über die Wand, ein Stückchen Kohle brach ab und fiel auf den Boden. »Ich habe dich in aller Herrgottsfrühe im Keller der Praxis gesucht, aber du warst nicht da«, sagte er. »Ich wollte dir sagen, dass ich es nicht so gemeint habe.« Er schaute auf den Boden.

Gretes Herz stolperte. Ihr Bruder war nicht mehr sauer und er hatte die Versöhnung zur selben Zeit herbeigesehnt wie sie. Das zeigte mal wieder, wie verbunden sie waren.

»Kannst du dir vorstellen, was für Sorgen ich mir gemacht habe, als du nicht da warst?«, fügte Johann hinzu.

Er hatte die Worte kaum ausgesprochen, da fühlte Grete wieder dieses Pflichtgefühl. Diesen Druck in ihrer Brust, der sich im Wald im Nichts aufgelöst hatte. An die Angst vor der Operation wollte sie gar nicht erst denken. Grete trat zu ihrem Bruder, umarmte ihn fest und spürte das leichte Beben seines Körpers. Er weinte.

»Ich hab mich plötzlich so allein gefühlt«, schniefte Johann.

Grete fuhr durch sein Haar und flüsterte ihm ins Ohr. »Das musst du nicht, versprochen.«

In ihren Frieden hinein klopfte es an der Tür und sie schwang auf und Kessler trat ein. »Störe ich?«

Grete ließ schlagartig von ihrem Bruder ab und erwartete ein Donnerwetter, weil dieser die Wände bemalt hatte.

Kessler schien jedoch keinerlei Notiz von den Wänden zu nehmen. Als habe er sie bereits zuvor gesehen. Er hielt zwei Fotografien in der Hand, deren Motive verdeckt waren.

Sie waren etwas größer als das Hochzeitsfoto ihrer Eltern.

In Kesslers Mundwinkel steckte wie immer ein glühender Zigarettenstummel, an dem er zog und den Rauch wie ein Drachen durch seine Nasenflügel ausblies. Er grinste schelmisch, nahm den Stummel aus dem Mund, ließ ihn zu Boden fallen und drückte ihn mit seiner löchrigen Schuhsohle aus.

Kessler deutete auf die Fotografien und warf seine Stirn in Falten. »Die Porträts von Johann.«

Johann ließ das Kohlestückchen in seiner Hosentasche verschwinden.

»Die Bilder aus der Praxis?«, fragte Grete höflich, obwohl sie verärgert war, dass Kessler so unwirsch in ihre Versöhnung mit Johann geplatzt war.

Kessler sah Johann mitleidig an. »Mir ist erst beim Entwickeln bewusst geworden, was für ein Schicksal Sie mit sich herumtragen.«

Kessler reichte Johann die Bilder und sein Blick wanderte zu dem Tuch in seinem Gesicht.

Johann sah auf das erste, auf dem sein flaches Profil zu erkennen war und seine Atmung wurde schwer.

Grete trat an ihn heran, hielt sich aber im Hintergrund.

»Herr Brückner, ich weiß, wie sehr Sie leiden müssen. Bilder zeigen stets die Wahrheit, denn sie sind deren unbestechliche Zeugen.« Kessler hielt kurz inne, schien zu überlegen. »Aber Sie müssen das auch als Chance betrachten. Wenn ich Sie zu einem Präzedenzfall mache, wird Ihr Schicksal in die Zeitungsgeschichte eingehen und somit auch Sie, Herr Brückner.«

»Aber Sie haben doch Ihren Bekannten zu Dr. Abbel geschickt, um dessen Heilung zu dokumentieren«, sagte Grete.

Kessler fummelte eine neue Zigarette aus der Schachtel, zündete sie sich an und winkte ab. »Das ist lediglich der Appetitmacher.«

Johann beäugte derweil das zweite Foto – ein Porträt, in der seine Deformierung sogar im Mittelpunkt stand. Nun rang er um seine Fassung.

Grete war sich sicher, dass er am liebsten beide Fotos genommen und in Stücke gerissen hätte. Aber auch das hätte an der Realität nichts geändert.

»Ihre Kunst wird mit Ihnen weltberühmt werden.« Der Reporter deutete auf die Wand. »Dann müssen Sie keine Kohle stehlen und meine Wände bemalen, sondern können so viel davon kaufen, dass eine Dampflokomotive ganz neidisch wäre oder damit den gesamten Berliner Dom schwärzen.«

Grete war erstaunt, dass Kessler ruhig blieb.

»Außerdem wird Ihnen die Damenwelt zu Füßen liegen, wenn Dr. Abbel Ihre Nase wieder hergerichtet hat. Sie werden so hübsch wie Ihre Schwester aussehen.« Kessler wandte sich Grete zu und lächelte sie schleimig an. »Wissen Sie, die *Berliner Illustrirte Zeitung* hat eine Dunkelkammer, in der ich die Fotos höchstpersönlich entwickelt habe.« Er grinste. »Vielleicht möchten Sie mir in der Kammer mal assistieren? Ich kann Ihnen zeigen, wie dieses Wunder der Chemie funktioniert. Dort brennt ein alle Sinne anregendes rotes Licht.« Kessler nahm Grete die Fotos aus der Hand und berührte sie dabei an ihren Fingern.

Grete hätte am liebsten laut aufgeschrien, damit Kessler mit seinen Anzüglichkeiten aufhörte. Frauen würden sich so etwas nie herausnehmen, selbst die freche Valerie nicht. »Herr Kessler, ich weiß wirklich zu schätzen, was Sie für uns tun, aber Sie suchen einen ganz anderen Typ Frau, als ich es bin.«

»Vielleicht kennen Sie sich selbst noch nicht richtig?«
Kessler winkte ab. »Wie auch immer, Fräulein Brückner, Sie müssen Dr. Abbel von der Dringlichkeit der Operation überzeugen. Je früher Ihr Bruder wieder ein normales Leben führen kann, umso besser für uns alle.«

Johann blickte auf den Boden. Seit der Episode mit der Baroness schien der Gedanke an eine Operation für ihn wieder in weite Ferne gerückt.

Kessler bemerkte es nicht, er hatte nur Augen für Grete. »Wie geht es dem Mann mit der Hasenscharte?«, fragte er.

»Sind Sie nicht mit dem Patienten verwandt?«

Kessler schüttelte den Kopf. »Oh, Gott bewahre, wie kommen Sie darauf? Er ist mir auf der Straße aufgefallen und ich wollte ihm helfen. So wie Ihrem Bruder auch.«

»Ich nehme an, ihm geht es gut?«, fragte Grete.

Kessler nickte und klatschte in die Hände. »Fräulein Brückner, es ist jetzt wirklich an der Zeit, sich näher kennenzulernen, meinen Sie nicht auch? Haben Sie bereits zu Abend gegessen?«

Er wartete gar nicht erst ihre Antwort ab. »Ich lade Sie ein und diesmal lasse ich keine Ausrede gelten.« Er hielt ihr den Arm hin, auf dass sie sich bei ihm unterhaken sollte.

Grete zögerte. Sie dachte daran, dass ihre Großmutter erzählt hatte, dass man seine Freunde nahe halten sollte, aber seine Feinde noch näher. Das hielt sie zwar für übertrieben, aber sie konnte Kessler nicht ständig abweisen. Vor allem nicht, falls Johann bei der Operation doch einen Rückzieher machte.

Außerdem würde Kessler in einem Restaurant kaum wagen, ihr Avancen zu machen. »Gut, Herr Kessler, aber heute Abend geht es nicht. Ich habe noch zu tun«, sagte sie mit fester Stimme, nahm ihren Korb und blitzte ihn an. Sie kam sich fast ein wenig wie Valerie vor.

38

Als Grete ein paar Tage später bemerkte, wohin Kessler sie ausführte, staunte sie nicht schlecht. *Café Bauer* stand in großen goldenen Lettern an der Ecke des Hauses. Davor hatte sich eine Menschentraube gesammelt und wartete darauf, einen Platz im Inneren zu ergattern. Wenn das Valerie sehen könnte. Die würde Augen machen.

Aber Valerie war nicht da. Und das bedauerte Grete zutiefst. Mit ihr wäre sie lieber an diesem Ort anstatt mit Kessler.

Der Reporter marschierte an den Wartenden vorbei, als täte er täglich nichts anderes. Als sie ihm nicht folgte, blieb er stehen und drehte sich nach ihr um. »Die anderen brauchen uns nicht zu interessieren, Fräulein Brückner.« Er lächelte. »Bekannte Reporter wie ich müssen nirgendwo warten.«

Grete nickte beeindruckt von seiner Selbstgefälligkeit und beeilte sich, ihm hinterherzukommen.

Als sie durch den dicken roten Samtvorhang ins Innere des Gastraumes traten, war Grete überwältigt.

Leise pfiff sie durch die Zähne, was Kessler zu einem heiteren Lachen animierte. »Sowas können Sie?«

»Das kann jeder, der auf dem Dorf groß geworden ist«, spielte Grete ihren Gefühlsausbruch herunter.

»Sie haben nie davon erzählt«, bekundete Kessler interessiert. Grete ging nicht darauf ein. Ihre Aufmerksamkeit galt wieder dem luxuriösen Interieur der Belle Époque.

Die hohen Decken waren mit Stuckornamenten versehen, die Tische mit polierten Marmorplatten gedeckt, umrahmt von Stühlen mit kunstvoll geschnitzten Lehnen, deren Polster in tiefem Bordeauxrot schimmerten.

Die Konditorei auf der anderen Seite der Straße wirkte dagegen geradezu altbacken, denn im Café Bauer gab es sogar Kronleuchter, die mit elektrischem Licht betrieben wurden.

Grete betrachtete sie fasziniert. Die Lampe leuchtete derart hell und klar, dass sie den Eindruck hatte, direkt in die Zukunft zu schauen.

Kessler legte seine Hand auf ihre Schulter und zeigte auf eine Reihe Wandgemälde, deren Szenen von vergoldeten Stuckleisten eingerahmt wurden. »Die sind von Anton von Werner und die Stuckatur-Kunstwerke stammen vom Berliner Künstler Otto Lessing.«

Er schien ihren fragenden Blick zu bemerken.

»Ihr Bruder kennt die beiden sicherlich.«

Grete wünschte sich, dass in Etablissements wie diesen irgendwann Johanns Bilder hängen würden. Sie war sich in diesem Moment sogar sicher, dass Johann das schaffen konnte. Sie hätte nicht sagen können, woher diese Sicherheit kam, aber sie spürte diese ganz deutlich.

Kessler führte Grete weiter hinein in den Gastraum. Über einer Anrichte, auf der prächtige Torten in Glasschalen thronten, prangte neben einer filigranen Messinguhr ein großer Spiegel, dessen Rahmen aus dunklem Holz kunstvoll verziert war. Ein paar Gäste hatten einige der unzähligen Zeitungen aufgeschlagen, die in hölzernen Zeitungshaltern auf den Tischen auslagen. Die Ränder der Seiten sorgfältig gebogen, um sie beim Lesen nicht zu beschädigen.

»Wie viele sind das?«, fragte Grete und strich mit ihren Fingerspitzen über eines der Blätter.

»Dutzende! Beeindruckend, nicht wahr? Die größte Auswahl an nationalen und internationalen Publikationen aus dem gesamten Abendland, die Sie in Berlin bekommen können«, erklärte Kessler.

»Und die kann man alle einfach so lesen?« Gretes Blick blieb an einer Zeitung hängen, deren Sprache ihr fremd war. Die vielen Striche über den Buchstaben ließen sie vermuten, dass es sich hierbei um eine französische Tageszeitung handeln könnte.

»Nicht ganz, der Bauer lässt sich's bezahlen. Allein der türkische Mokka, den Sie im Übrigen unbedingt probieren müssen, kostet ganze fünfundzwanzig Pfennig«, bemerkte Kessler und holte Grete damit aus ihren Gedanken zurück.

Grete schluckte. Fünfundzwanzig Pfennig? Was sie sich davon alles kaufen könnte.

»Kommen Sie.«

Grete griff nach dem Arm, den ihr Kessler entgegenstreckte und folgte ihm in den hinteren Bereich des Gastraumes. Neugierig lugte sie dabei in einen Billardraum und diverse Damenzimmer, die Kaffeehäuser wie dieses auch für das weibliche Geschlecht salonfähig machten.

An einem Tisch nahe den großen Fenstern, durch die das Abendlicht fiel und die filigranen Muster der Spitzenvorhänge betonte, nahm Kessler Platz und nickte seinen Tischnachbarn zu. Ob er die alle kannte?

Die Bedienung reichte ihnen eine Speisekarte. Kessler winkte ab und bestellte einfach zwei Rollmöpse mit Spreewälder Gurken. Grete sah von der silbernen Zuckerdose auf, die im Licht glänzte, und wollte noch einwerfen, dass sie keinesfalls Hund essen würde, als ihr Kessler bedeutete zu schweigen.

Das Essen wurde serviert und Grete war gleichzeitig schockiert und erleichtert. Hering, das mochte sie sogar, aber wie sollte sie von dieser zugegebenermaßen nett arrangierten, aber recht überschaubaren Portion satt werden?

Nach dem exquisiten Mahl verlangte Gretes Magen nach frischer Luft. Kessler hingegen nötigte sie erst, den Mokka zu trinken. Danach wollte er ihr sogar ein Glas Champagner aus dem eigens eingerichteten Champagnerkeller des Cafés bestellen.

Grete lehnte ab. Nie zuvor hatte sie Alkohol getrunken.

Kessler lächelte generös. »Champagner schmeckt wie der Himmel auf Erden. Außerdem ist es der einzige Wein, der eine Frau noch schöner macht, nachdem sie ihn geschlürft hat«, sagte er. »Das hat auch Madame de Pompadour gewusst, die Mätresse des französischen Königs Louis XV.«

Grete ließ sich überreden und bereits nach dem ersten Schluck war ihr Widerstand verflogen. Dieses edle Getränk schmeckte angenehm herb und kühl, doch das

Beste daran war, wie es ihre Kehle hinunter prickelte. Und da war noch etwas: Es ließ sie herrlich unbeschwert werden.

Nach kurzer Zeit brach Grete bei jedem Witz von Kessler in kindisches Kichern aus.

»Passen Sie auf«, sagte er. »Jetzt kommt mein bester Witz. Aber ich muss ihn leise erzählen, sonst verhaftet man mich noch.« Er beugte sich näher zu Grete und flüsterte. »Irgendeiner seiner Höflinge hat Kaiser Wilhelm II. eingeredet, er habe seinen Namen wegen Wilhelm Tell erhalten. Also lässt sich der Kaiser bei schönstem Kaiserwetter einen Jungen bringen, legt ihm im Park Sanssouci einen Apfel auf den Kopf und zielt mit seinem Gewehr auf den Apfel.« Kessler lächelte. »Der Kaiser ist allerdings nicht ausschließlich wegen seines verstümmelten linken Arms ein miserabler Schütze, doch niemand traut sich, ihm das zu sagen.«

»Wirklich?«

»Stellen Sie sich vor, man hat seinen krüppeligen Arm in ein frisch geschlachtetes Kaninchen eingenäht, um ihn zu beleben.«

»Oh, nein.« Grete nahm einen weiteren Schluck Champagner.

»Aber zurück zu unserem kleinen Witz. Der Kaiser schießt also und trifft das rechte Auge des Jungen.«

Grete hielt sich erschrocken die Hand vor den Mund. »Oh nein, der Arme.«

Kessler lächelte. »Das ist noch nicht alles. Der Kaiser schießt erneut und trifft das linke Auge.«

Grete schniefte und nahm einen großen Schluck.

»Der Junge wendet sich ab, doch der Kaiser ruft ihm zu. ‚Warte Junge, einen Schuss noch!‘ ‚Geht nicht‘, antwortet der Junge. ‚Meine Mama hat gesagt, ich soll nach Hause kommen, wenn es dunkel ist‘.«

Kessler lachte laut auf und Grete musste trotz der Geschmacklosigkeit mitlachen.

Kessler sonnte sich in ihrem Gelächter wie die Echse in der Sonne. Er bestellte zwei weitere Gläser Schaumwein. Angeblich nur, um ihr zu zeigen, wie viel vollmundiger der Champagner gegenüber profanem Sekt sei. Nach den beiden Gläsern hörte Grete auf zu zählen. Viel zu früh schlug die Standuhr elf Uhr abends und Grete schreckte auf. »Ich sollte gehen.« Sie stand auf und bemerkte, dass das Sprudelgetränk nicht nur ihre Stimmung gelockert hatte, sondern auch ordentlich in ihre Glieder schoss. Mit einem hastigen Griff an die Tischkante konnte sie sich gerade noch vor dem Umkippen bewahren und fegte dabei fast eines der Gläser vom Tisch.

Sofort war Kessler zur Stelle und hielt Grete seinen Arm hin. Grete kicherte und nuschelte etwas an seine Schulter, von dem sie nach ein paar Sekunden vergessen hatte, was es gewesen war. Einige Gäste blickten auf, wovon Grete kaum Notiz nahm.

Kessler führte sie aus dem *Café Bauer.* Die Berliner Nachtluft schlug Grete so heftig ins Gesicht, dass sich die Wirkung des Alkohols verdoppelte. Sie sackte fast in sich zusammen. Wieder war Kessler zur Stelle.

»Wehe, Sie nuzzzen die Situazzzion aus«, stammelte Grete und zauberte damit ein vergnügtes Grinsen in das Gesicht des Journalisten.

»Aber Fräulein Grete, für wen halten Sie mich?«, fragte er gespielt entrüstet.

Grete spielte das Spiel mit. Nur, dass sie jedes ihrer Worte auch meinte. »Für einen, der es Fausss-tick hinta den Ohan hat«, lallte Grete und bekam einen Schluckauf.

»Da gebe ich Ihnen recht. Allein von Berufs wegen. Aber ich weiß, was sich gehört. Und eine Dame, deren Sinne benebelt sind, zu kompromittieren, gehört ganz sicher nicht dazu. Aber erlauben Sie mir, Sie nach Hause zu bringen.« Kessler setzte einen unschuldigen Blick auf.

Grete starrte ihn an und kroch ihm dafür fast ins Gesicht. Um zu prüfen, ob sie ihm Glauben schenken konnte. Dann drehte sie sich um und schwankte in die Richtung, in der die Praxis lag. Kessler folgte ihr und wäre fast gegen sie geprallt, als sie abrupt stehen blieb. Ihr wäre fast ein großer Fehler unterlaufen.

Grete steckte haltsuchend ihre Hände in die Manteltaschen und ihre Finger ertasteten etwas Glattes. Sie hatte das kleine Fläschchen mit der Medizin für Valeries Mutter ganz vergessen. Dabei hatte sie es Valerie längst geben wollen.

»Ist alles in Ordnung?« Kessler hielt ihren Arm, als befürchte er, sie könne nun endgültig umkippen.

Grete nickte. Sie versuchte, ihre Gedanken zu ordnen, was gar nicht einfach war, da der Alkohol das Denkorgan umhüllte wie der Kokon einen Schmetterling.

Hatte sie nicht vor Kessler im Keller der Praxis behauptet, dass sie lediglich ihren Bruder Johann im Keller verstecke? Richtig. Aber wohin sollte sie gehen?

Grete dachte nach, was schwer war, wenn sich der Kopf anfühlte wie eine Waschtrommel. Schließlich drehte sie sich schwungvoll in die entgegengesetzte Richtung um, soweit das mit Kessler am Arm ging. Dann wankte sie mit ihm davon.

Vor dem Haus, in das sie Valerie nach ihrem Kaffeehausbesuch hatte verschwinden sehen, machte sie halt.

»Hier wohnen Sie?«, fragte Kessler und schaute an der dunklen Hauswand empor.

Grete nickte. »So wahr isch Grete Brückner heisssse.« Sie hob ihre Finger zum Schwur. »Sie könn' jezzz gehen«, erklärte sie, als Kessler keine Anstalten machte, ihren Arm loszulassen. Schließlich machte sie sich selbst von ihm los, straffte die Schultern und stolzierte, so gut es in ihrem Zustand ging, auf den dunklen Hauseingang zu.

Die Haustür stand offen.

39

Grete schleppte sich die Treppen des Hauses in das zweite Stockwerk hinauf. Wenn sie nicht alles täuschte, musste das die Wohnung von Valerie und ihrer Mutter sein. Und tatsächlich entdeckte sie ein kleines Namensschild mit der Aufschrift *Pavlowa* am rechten Eingang.

Ohne nachzudenken, klopfte Grete an die schwere Holztür.

Stille. Sie klopfte erneut.

»Chichy!«, ertönte es von drinnen. Die Stimme klang unfreundlich.

»Valerie. Ich bin's, Grete!«, rief Grete verzweifelt. Für kein Geld der Welt hätte sie jetzt bis zur Praxis laufen können.

Von drinnen war wildes Getuschel und Geraschel zu hören, mehr tat sich nicht. Grete wollte es sich vor Erschöpfung gerade auf dem Fußabtreter bequem machen, da flog die Tür hinter ihr auf und sie kippte wie ein nasser Sack ins Innere der Wohnung. Schließlich wurde sie zur Seite gedreht und erkannte über sich Valeries verdutztes Gesicht. »Valerie. Wie schön du bisss«, lallte Grete und strahlte Valerie an.

Ihr Lächeln erstarb, als sich ein zweites Gesicht in ihr Blickfeld schob. Eines, dass alles andere als schön aussah, weil es der mürrische Blick darauf eigenartig verzerrte.

»Wer ist Frau?«, giftete das finstere Gesicht.

»Ich wa im Cafeee Baueeer«, antwortete Grete auf eine Frage, die ihr gar nicht gestellt worden war.

»*Mamuśka*, das ist Grete, meine Kollegin«, erklärte Valerie. »Sie ist Pflegerin bei Dr. Abbel. Ich habe dir von ihr erzählt.« Sie wandte sich wieder an Grete. »Grete, was machst du hier?«, fragte sie und versuchte, sie aufzusetzen.

Grete klammerte sich an Valerie. Aus dem Augenwinkel nahm sie wahr, dass Valeries Mutter abfällig den Kopf schüttelte. »Sowas arbeitet für Gesundheit von Menschen? Ich kann nicht glauben!«

Grete unterdrückte ein Kichern und zog verwirrt ihre Augenbrauen hoch. Sprach Valeries Mutter komisch oder machte das der perlende Champagner in ihren Adern?

»Sie ist sonst nicht so«, erklärte Valerie. »Grete ist die zuverlässigste und anständigste junge Frau, die ich kenne.«

»Du kennst falsche Fraue«, sagte die Mutter barsch.

Gretes Schluckauf setzte erneut ein. »Schuldigung«, stammelte sie. Ihr Hoch war verflogen und plötzlich füllten sich ihre Augen mit Tränen.

»Sch«, machte Valerie und strich Grete beruhigend über die Stirn. »Wer hat dir das angetan? Der kann was erleben«, fauchte sie den unsichtbaren Übeltäter an, zog Grete in die Wohnung und schloss die Tür.

Valeries Mutter hob entsetzt ihre Hände zum Mund. »Die nicht bleibt hier.« In ihrem langen weißen Nachtgewand und der Nachthaube auf dem Kopf sah sie aus wie Witwe Bolte.

»*Mamuśka*, nur eine Nacht. Wir können sie doch in diesem Zustand nicht auf die Straße schicken.« Valerie schnurrte mit ihrem Kopf um den Hals ihrer Mutter, wie es sonst Kätzchen taten, die um Milch bettelten.

»Ich gesagt Nein.« Valeries Mutter verschränkte ihre Arme.

»Willst du schuld sein, wenn morgen in der Zeitung steht, dass eine junge Frau auf der Straße ermordet wurde?«, funkelte Valerie ihre Mutter an.

Die reckte beleidigt die Nase in die Luft und stolzierte davon.

Grete starrte Valerie noch immer an und vergrub ihren Kopf in ihrem Schoß. Sie kippte zur Seite und streckte sich aus, als wolle sie dort die Nacht verbringen.

»Auf dem Boden schlafen bei uns nur die Kakerlaken«, sagte Valerie und half Grete beim Aufstehen. Obwohl sie sich alle Mühe gab, wollten ihre Beine sie kaum noch tragen.

An einer kleinen abgesessenen Chaiselongue setzte Valerie sie ab. Grete sank darauf nieder und schlief augenblicklich ein.

40

Am nächsten Morgen schlug Grete die Augen auf und blickte in das Gesicht einer ihr fremden Person. Die Frau mochte Ende dreißig sein. Ihre schwarzen Haare hatte sie zu einer turmartigen Frisur nach oben gesteckt und starrte Grete finster an.

Erschrocken fuhr Grete hoch, sofort hämmerte ein stechender Schmerz durch ihren Kopf. Sie fasste sich mit der Hand an die Stirn.

»Fräulein, gehabt zu viel Schnaps?«, fragte die Frau mit den schwarz umrundeten Augen und den Perlenohrringen.

Zäh kam Gretes Erinnerung zurück. Zumindest Teile dessen.

Das musste Valeries Mutter sein. Die hohen Wangenknochen, die vollen, geschwungenen Lippen, die Eleganz. All das erinnerte sie an Valerie. Allein ihre Statur war eine völlig andere.

»*Mamuśka*«, sagte Valerie mahnend, als sie zu ihrer Mutter an die Chaiselongue trat.

Gretes Gesicht hellte sich ein wenig auf. Bis ihr klar wurde, was sich gestern Abend abgespielt hatte. »Es tut mir alles unendlich leid«, murmelte sie, auch wenn sie sich nur lückenhaft erinnerte.

»Schon gut«, sagte Valerie. Sie kniete sich vor Grete und tätschelte ihr den Arm.

»Nichts gut«, krähte Valeries Mutter aus dem Hintergrund.

Grete traten Tränen in die Augen, was Valerie wohl dazu bewog, ihrer Mutter einen vernichtenden Blick zuzuwerfen. »Könnte ich kurz aufs Örtchen?«, fragte Grete kleinlaut.

»Da raus, Treppe unten.« Valeries Mutter nickte in Richtung Flur.

Nachdem Grete sich erleichtert hatte und zurück in den vollgestopften Wohnraum der kleinen Wohnung trat, winkte ihr Valerie aus der Küchenecke zu.

Valeries Mutter bedeutete Grete, sich an den Tisch zu setzen und stellte ihr eine Tasse Tee vor die Nase. »Trinken!«, befahl sie. »Körper braucht Wasser.«

Grete nickte dankbar, der warme Tee tat wirklich gut.

Nachdem sie eine Weile schweigsam beisammen gesessen hatten, nahm Grete all ihren Mut zusammen. »Ich danke Ihnen, Frau Pavlowa, dass Sie mich bei Ihnen haben nächtigen lassen. Wie kann ich mich erkenntlich zeigen?«

Als Valeries Mutter nichts erwiderte, fuhr Grete sachte fort. »Valerie hat mir von Ihren chronischen Bauchschmerzen erzählt. Wo tut es weh? Vielleicht kann ich helfen.«

Valeries Mutter langte an ihre Bauchmitte. »Wenn ich viel gegessen, besonders schlimm.«

»Sie schlingt immer«, sagte Valerie und kassierte sogleich einen vorwurfsvollen Blick ihrer Mutter.

Grete tastete den Bauch ab und stellte ein paar Fragen. Anschließend stand sie auf und holte das kleine Fläschchen aus ihrer Manteltasche. »Ich habe Ihnen ein paar Tropfen zur Schmerzlinderung mitgebracht. Bertramwurzel, Salbei, Teufelskralle und Pfefferminz.«

Valeries Mutter legte den Kopf schief und sah Grete mit zusammengekniffenen Augen an, wie um zunächst zu prüfen, ob sie Grete und ihren Fähigkeiten trauen konnte. »Hätte ich wie reiches Mann Geld für Medizin, dann Arzt besuchen«, sagte sie knapp.

Grete war sich nicht sicher, ob sie Valeries Mutter richtig verstanden hatte, antwortete aber trotzdem. »Das sollten Sie ohnehin. Es könnte der Blinddarm sein. Damit ist nicht zu spaßen. Oder eine chronische Darmentzündung. Oder ...«

»Ich nix will hören«, sagte Valeries Mutter. »Aber was gegen Schmerz ist gut.«

Grete reichte ihr die Tinktur, die sie mit den Kräutern aus dem Wald hergestellt hatte. »Nur drei Tropfen«, sagte Grete gerade, da hatte die Mutter mindestens fünf geschluckt.

Valeries Mutter hielt kurz inne und nickte. »Geht besser.« Sie musterte Grete. »Wenn Sie machen meine Bauchschmerzen weg, können Sie, wie sagen, als Schlafgang ...« Valeries Mutter schaute hilfesuchend zu ihrer Tochter.

»Schlafgängerin, *Mamuśka*«, half Valerie aus.

»Können hier schlafen, Schlafgängerin sein.«

Grete sah sie erstaunt an.

»Wenn Valerie Arbeit ist«, schob Valeries Mutter schnell hinterher. »Und Miete natürlich, damit ich Geld für Arzt.«

Grete sah überrascht zu Valerie. Woher wusste sie und demnach auch Valerie, dass sie auf ein Bett angewiesen war?

»Das ist sehr freundlich von Ihnen, aber meine Arbeitszeiten überschneiden sich mit denen Ihrer Tochter.« Grete lächelte Valerie schüchtern an.

Valeries Mutter schien erneut zu überlegen. Schließlich stemmte sie sich behäbig und unter Stöhnen von ihrem Sitz hoch. Sie schlurfte in die hinterste Ecke der Küche und zog einen Vorhang auf. Dahinter befand sich eine kleine Nische, die mit allerlei Gerümpel zugestellt war, darunter ein völlig ramponierter Standspiegel. Valeries Mutter schob mit dem Fuß ein paar Kisten beiseite und deutete einladend mit ihrer Hand in die Nische. »Kann deine sein. Matratze kann Valerie finde. Aber immer Vorhang zumache«, brummelte sie.

»Ich? Wo soll ich denn eine Matratze herbekommen, *Mamuśka*?« Valerie riss entgeistert die Augen auf.

»Kindchen, ich immer sage, du schön wie Prinzessin, kannst alles haben«, sagte Valeries Mutter und Valerie senkte verlegen ihren Kopf.

»Kostet aber mehr«, wandte sich Valeries Mutter nun wieder an Grete.

Grete überlegte. Eine richtige Matratze und ein Ort, an dem es nicht feucht und modrig war, wäre ein Traum. Ein Ort, an dem sie sich nicht verstecken musste. An dem sie in Valeries Nähe sein konnte.

Sie seufzte. »Wie viel?« Sie erhob sich nun ebenfalls vom Tisch.

»Zwei Mark fünfzig Woche. Ohne Essen«, erklärte Valeries Mutter. »Aber vier, wenn Bauchweh bleibt.«

»Aber *Mamuśka*, wir zahlen doch ...« Weiter kam Valerie nicht, weil ihre Mutter sie mit einem strengen Blick strafte und ihr damit zu verstehen gab, dass sie schweigen solle.

Grete rechnete kurz im Kopf zusammen. Sie verdiente zehn Mark die Woche, fünf davon legte sie für Johanns Operation beiseite. Vier Mark würde sie nicht für Miete ausgeben können, aber zwei Mark fünfzig wären machbar. Würde sie eben etwas weniger essen. Und Johann musste selbst etwas dazuverdienen.

Außerdem hatte Dr. Abbel ihr versprochen, dass ihre Lohntüte dicker ausfallen würde, sobald mehr Geld in die Praxis kam. Sie musste sich also etwas überlegen, damit die Arztpraxis höhere Einnahmen hatte.

»Dann werde ich Ihr Bauchweh wohl heilen müssen«, sagte Grete und reichte Valeries Mutter die Hand. »Einverstanden.«

»Ewa«, sagte Valeries Mutter und drückte Gretes Hand mit einem Glänzen in den Augen.

Grete wusste gar nicht, wie ihr geschah. Dankbar und dennoch mit einem gewissen Misstrauen schüttelte sie die Hand der Frau und lächelte Valerie schüchtern zu.

41

Der Tag in der Praxis zog sich wie ein Gummiband, denn Grete spürte die Nachwirkungen des Champagners deutlich. Nur schwer konnte sie sich auf die Arbeit konzentrieren.

Vielleicht lag es aber auch daran, dass ihre Gedanken zwischen Valerie, Ewa und Kessler hin und her wanderten. Das gebrochene Deutsch von Valeries Mutter war ihrer Herkunft geschuldet und ließ Valerie in Gretes Augen noch pfiffiger erscheinen. Schließlich sprach sie fließend Deutsch. Ihren Akzent merkte man nur, wenn man genau hinhörte.

Und sie fügte ihrem Wortschatz sogar öfter spielerisch französische Floskeln hinzu. Diese klangen bei ihr noch schöner als bei anderen. Fand zumindest Grete.

Wenigstens durfte sie heute zum ersten Mal in Ewas Abstellkammer schlafen und musste nicht länger auf den Keller der Praxis zurückgreifen.

Valerie hatte tatsächlich irgendwoher eine gebrauchte Matratze besorgt. Sie mussten diese heute nach der Arbeit nur abholen und gemeinsam zu ihr tragen.

Grete freute sich wahnsinnig auf ihr Bett, so müde war sie.

Hoffentlich beanspruchte Dr. Abbel sie heute nicht allzu lange für seine abendlichen Experimente.

Gerade legte Grete die Instrumente in den Sterilisator, da öffnete sich die Tür zur Praxis, ohne dass jemand zuvor angeklopft hätte.

Die Leute besaßen kein Benehmen.

Grete schluckte, als sie sah, wer das Behandlungszimmer betrat. Es war die Baroness Therese von Callenberg.

Ihre Nase war noch verbunden, der Verband sah allerdings nicht so aus, als habe ihn eine erfahrene Krankenpflegerin angelegt.

»Es ist eine Katastrophe!«, rief sie in Dr. Abbels Richtung, ohne ihn oder Grete zu begrüßen.

Dr. Abbel sah überrascht auf. »Verehrteste Baroness, was ist passiert?«

Die Adelige nahm sich mit ungeschickten Fingern den Verband ab. »Schauen Sie doch, diese Narbe! Die ist ganz rot und knubbelig.«

Dr. Abbel erhob sich und musterte das Wundmal. »Das ist ein völlig normaler Heilungsverlauf nach einer Nasenverkleinerung.«

»Ich sehe aus wie eine Aussätzige!«

»Nun, Sie wollten unbedingt gleich operiert werden. Inzwischen habe ich ein Instrument entworfen, mit dem ich den Höcker leichter abschaben und die Haut weniger hätte verletzen müssen.« Er deutete auf die Zeichnung eines Operationsinstrumentes.

Die Baroness schüttelte den Kopf. »Und das sagen Sie mir jetzt?«

»Verehrteste, die Narbe wird sich mit der Zeit zurückbilden und ...«

»Mit der Zeit? Was heißt das?«

»Nun, in einem Jahr wird man nichts mehr sehen.«

Die Baroness hielt sich affektiert den Handrücken an die Stirn. »In einem Jahr?«

Grete räusperte sich. »Ich könnte Ihnen eine Narbensalbe mischen ...«

»Eine Narbensalbe?« Therese von Callenberg verzog angeekelt ihr Gesicht.

»Die beschleunigt die Heilung.«

»Ist die Salbe von *Yardley* aus London?«

Grete sah sie verständnislos an.

»Das sind seit hundert Jahren die Hoflieferanten des britischen Königshauses, die bekannteste Kosmetikmarke der Welt«, erklärte die Baroness. »Auch Kaiserin Auguste Viktoria nutzt sie.«

»Nun, ich mische die Salbe aus Kräutern, die ich im Wald sammle. Es ist keine kosmetische, sondern eine medizinische Creme.«

Die Baroness seufzte. »Im Wald? Das ist wohl kaum das Richtige für meine zarte Haut.« Sie wendete sich wieder an Dr. Abbel. »Ich denke, Ihnen ist klar, dass ich die restliche Zahlung unter diesen Umständen nicht leisten werde.«

»Also, ich muss doch sehr bitten ...«

»Sie können froh sein, dass ich die Anzahlung nicht zurückverlange, um einen Skandal zu vermeiden.«

Dr. Abbel atmete tief aus. »Dann werde ich bei der Nachsorge der Wunde auch nicht für Sie verfügbar sein.«

»Das scheint mir ohnehin besser.« Die Baroness schüttelte den Kopf. »Narbensalbe. Wenn ich das höre. Und dann noch aus dem Wald!« Sie drehte sich um und stolzierte davon.

42

Valerie hatte am Hausvogteiplatz gefragt, wo sie die Gebrüder Gehrlicher finden konnte, da diese kein eigenes Modehaus besaßen, sondern als Zwischenmeister für andere Konfektionshäuser tätig waren. Leider konnte oder wollte ihr allerdings niemand sagen, wo die Schneiderei der Brüder beheimatet war. Und einstellen wollte sie auch keines der Modehäuser, in denen sie sich nach den Brüdern erkundigt hatte.

Immerhin hatte ihr eine Verkäuferin von einem *Adreßhaus* erzählt, in dem man die Adresse jedes Geschäfts bekommen könnte.

Genau davor stand Valerie nun. Sie öffnete die Haustür und hüpfte von einer bimmelnden Klingel begleitet in das beeindruckende Gebäude. Eine Art Lesesaal mit mehreren Schreibtischen erwartete sie. Am Ende des Raums befand sich eine hölzerne Theke, hinter der ein älterer Mann stand, dessen Haupt nur noch wenige graue Haare schmückten. Hinter ihm türmten sich mehrere Aktenschränke, ebenfalls aus Holz. »Wie kann ich Ihnen helfen, junge Dame?«

»Ich suche die Adresse der Gebrüder Gehrlicher«, antwortete Valerie. »Das sind Zwischenmeister in der Konfektion.«

Der Mann schüttelte den Kopf. »Wie stellen Sie sich das vor, junge Dame? Dass ich Ihnen einfach die Adresse aushändige?«

Valerie nickte milde. »Ich bin doch hier im *Adreß-haus*, oder?«

Der Mann nickte ebenfalls. »Ja, das sind Sie und uns gibt es seit über zweihundert Jahren.«

»Und warum bekomme ich diese Adresse dann nicht?«

»Sie bekommen natürlich Adressen, junge Dame, aber nur von jenen Firmen oder Privatpersonen, die bei mir eine Anzeige aufgegeben haben.«

»Und haben die Gebrüder Gehrlicher das nicht getan?«

»Das darf ich Ihnen nicht sagen, die Privatsphäre unserer Kunden verbietet mir das.« Er deutete auf die Registratur hinter sich. »Schauen Sie, junge Dame, wir handeln mit Informationen und Adressen, verweisen auf neu erschienene Bücher und vermitteln Mitfahrgelegenheiten bei Reisen. Ebenso sind wir in der Verkaufsvermittlung tätig, der Arbeitsvermittlung, der Kreditvergabe oder dem Botendienst.«

»Also kann ich bei Ihnen eine Anzeige beauftragen, wenn ich als *Männekin* arbeiten möchte?«

Der Mann sah sie schief an. »Als was bitte?«

»*Männekin*, eine Dame, die Kleider vorführt ...«

»Frauen dürfen bei uns nicht inserieren, sonst könnten wir uns wegen Kuppelei strafbar machen.«

Valerie stemmte ihre Arme in die Hüfte. »Was sind das bitte für Unterstellungen?«

Der Mann hob abwehrend seine Hände. »Ich mache die Verordnungen nicht.« Er räusperte sich. »Inserate einsehen dürfen Sie aber. Also, Sie sagen mir, welches Themengebiet Sie interessiert, zahlen einen kleinen Obolus und ich gewähre Ihnen Einblick.«

»*Obulus?*«, wiederholte Valerie, was sie verstanden hatte. Das klang französisch in ihren Ohren. Das musste sie sich unbedingt merken, wie ein paar andere geheimnisvoll klingende Worte, die sie mit der Zeit aufgeschnappt hatte.

»Der Obolós war eine kleine Münze in Griechenland, die viele im Mund mit sich trugen, aber ich schweife ab. Heute steht der Obolus in unseren Breitengraden gleichbedeutend für Gebühr«, erklärte der Mann hinter der Theke.

»Ah, Griechenland«, gab Valerie erstaunt und etwas enttäuscht von sich. »Aber ich weiß doch gar nicht, ob die Gebrüder Gehrlicher bei Ihnen eine Anzeige aufgegeben haben.«

Der Mann seufzte. »Nun, es gibt eine zweite Möglichkeit.« Er reichte Valerie eine Zeitung, auf deren Titelseite *Berliner Intelligenzblatt* stand. »Sie können das Heft für fünf Pfennige kaufen und schauen, ob eine der darin aufgegebenen Anzeigen für Sie passt.«

»Intelligenzblatt?« Valerie schaute ihn irritiert an. »Wird man vom Lesen etwa intelligent?«

Der Mann lachte. »Das Wort Intelligenz kommt aus dem Lateinischen von *intellegere*, also Einsicht nehmen oder verstehen. Heute sagt man mancherorts zum Intelligenzblatt auch Amtsblatt. Darin werden die eben erwähnten Verordnungen, Gerichtstermine, Ausschreibungen, Konkurse und Zwangsversteigerungen veröffentlicht.«

Valerie nickte desinteressiert.

Der Mann sprach schnell weiter. »Aber wir publizieren auch Listen der in den Hotels abgestiegenen Fremden sowie geschäftliche und private Anzeigen für Vermietung, Verkauf oder um eine Familienangelegenheit bekanntzumachen.« Der Mann zwinkerte ihr zu. »Früher gab es sogar den Intelligenzzwang.«

»Was heißt das jetzt schon wieder?« Valerie schwirrte bereits der Kopf. Sie hatte es mit jener Spezies Mann zu tun, für die noch ein Wort erfunden werden musste. Die Gattung, die einer Frau alles erklärte.

»Nun, geschäftliche Inserate mussten zuerst bei uns veröffentlicht werden, bevor sie öffentlich gemacht werden durften.« Er seufzte glückselig. »Das waren Zeiten, sage ich Ihnen. Mein Vater schwärmt noch heute davon. Der Intelligenzzwang wurde aber mit der Gewerbefreiheit 1848 abgeschafft.«

»Es ist wirklich beeindruckend, was Sie alles wissen«, sagte Valerie, obwohl sie nicht gerade begeistert war. »Aber eigentlich brauche ich nur eine Adresse.« Sie riss sich zusammen, lächelte und klimperte mit ihren Wimpern. »Und da kann ein intelligenter Mann wie Sie bestimmt etwas machen, oder?«

Er biss sich auf die Lippe, sah sich verstohlen um, ob sie unbeobachtet waren. »Eigentlich darf ich Ihnen das ja nicht sagen.«

»Ich kann schweigen wie eine Mumie.«

Er lächelte und beugte sich näher zu ihr. »Es könnte durchaus sein, dass die Gebrüder Gehrlicher im aktuellen *Berliner Intelligenzblatt* Schneiderinnen für Heimarbeit suchen.«

Valerie musterte ihn. »Fünf Pfennige sagten Sie?«

Er nickte. »Sie werden es nicht bereuen.«

Valerie legte ihm die abgezählten Pfennige auf die Theke und er gab ihr die Zeitung, die aus vier eng bedruckten Seiten bestand. »Schauen Sie mal auf Seite zwei«, sagte er und zwinkerte ihr zu.

Valerie nahm das Pamphlet, schlug es auf und beugte sich darüber. »Ich habe meine Brille nicht dabei. Können Sie mir die Adresse vielleicht kurz vorlesen?«

Er nahm ihr die Zeitung ab, las ihr die Adresse zweimal vor und zeigte ihr anschließend in einem Stadtplan, wo sie diese fand. »Ich finde, dafür könnten Sie mir jetzt Ihre Adresse geben«, sagte er schließlich.

Sie schenkte ihm ein Lächeln, ohne auf seine Unverschämtheit einzugehen. Schließlich wendete sie sich ab und verließ das *Adreßhaus*. Draußen atmete sie erleichtert aus.

Sie war es leid, allen immer schöne Augen machen zu müssen, wenn sie etwas wollte.

43

Grete lag in ihrer Abstellkammer und wunderte sich, wo Valerie blieb. Es war mitten in der Nacht und sie war nicht nach Hause gekommen. Ewa war längst schlafen gegangen, zuvor hatte sie über ihre Tochter geschimpft wie ein Rohrspatz.

Und jetzt schnarchte Ewa dermaßen, dass an Schlaf auch ohne die Angst um Valerie nicht zu denken war.

Gretes Herz zerplatzte beinah bei dem Gedanken daran, dass Valerie etwas zugestoßen sein könnte. Sie war immer zu allen offen, auch zu fremden Männern. Wenn sie an den Falschen geriet, könnte das böse Folgen haben.

Es regnete bereits den ganzen Abend. War Valerie nur deshalb nicht heimgekommen, weil ihr Kleid unterwegs nass geworden wäre?

Grete würde ihr das durchaus zutrauen.

Endlich – es musste weit nach Mitternacht sein – hörte sie einen Schlüssel im Schloss, der sich langsam drehte.

Sofort schoss Grete hoch und lief zur Tür. Ewa schnarchte zum Glück noch immer.

Valerie stand in der Tür, klatschnass. Grete bemerkte die Tränen, die Valerie über das Gesicht liefen, dennoch.

»Was ist passiert? Wo kommst du so spät her?«

Valerie schluchzte leise und Grete nahm sie in den Arm.

»Niemand will mich in den Modehäusern«, schniefte Valerie.

»So spät arbeiten die noch?«, fragte Grete.

»Ich war noch im Adreßhaus und bin herumgelaufen.«

»Aber du bist doch hübsch?«, kam Grete auf Valeries Absagen zurück.

»Ich trage die falschen Kleider. Jeder sieht sofort, dass ich arm bin.« Wieder kullerte ein Schwall Tränen ihre Wangen hinab. »Und deshalb denken sie, ich weiß mich nicht zu benehmen.«

»Du?« Grete blickte sie erstaunt an. »Aber du kennst doch alle Umgangsformen! Ich wüsste nicht, wie ich mich benehmen müsste.«

»Das hättest du schnell gelernt.« Trotz erwachte in Valeries Stimme. »Wenn ich nur wüsste, wie ich ihnen zeigen kann, wie ich in den richtigen Kleidern aussehe!«

»Kennst du einen Kostümverleih?«, fragte Grete.

»Vergiss es, die haben lediglich alte Fummel.«

»Vielleicht kann Arthur Kessler dich fotografieren?«

Valerie schüttelte den Kopf. »Dann brauche ich trotzdem noch Kleider.« Plötzlich hellte sich ihr Gesicht auf. »Dein Bruder ist doch Künstler, er kann mich zeichnen!« Valerie packte Grete und rüttelte an ihrer Schulter.

»Ich weiß nicht«, sagte Grete. »Er lebt sehr zurückgezogen.«

»Ich werde ihn sicher überzeugen.« Valerie grinste. »Du weißt ja, wie gut ich mit Männern kann.«

Grete schluckte. »Es ist mein Bruder, kein Spielzeug!«

Valerie gähnte. »Na komm, wir schlafen drüber und morgen findest du die Idee gut, du wirst sehen.« Sie lächelte Grete an, wendete sich ab und schlich zufrieden ins Schlafzimmer zu ihrer Mutter.

Grete hingegen wusste schon jetzt, dass sie auch morgen auf keinen Fall zustimmen würde, dass Johann und Valerie sich kennenlernten.

Am nächsten Morgen war Ewa schlecht gelaunt und bereitete nicht einmal ein Frühstück zu. Sie blieb im Bett liegen und schimpfte über Valeries Eskapaden.

Grete schwieg und hoffte, Valerie habe die Idee, sich von Johann zeichnen zu lassen, wieder verworfen.

Erst als beide die Wohnung verließen und zur Praxis liefen, sprach Valerie das Thema erneut an. »Und wann bringst du mich zu deinem Bruder?«

»Er malt viel zu abstrakt. Wie die modernen Künstler.«

»Die können alle gut zeichnen, sie wollen es nur nicht.«

Grete biss sich auf die Lippe. »Aber er ist auch arm, hat kein Papier.«

»Ich besorg ihm einen Block.« Valerie grinste. »Und dann zeichnet er mich.«

Grete hätte dem am liebsten widersprochen, aber sie wusste, wie sehr Johann auf Papier angewiesen war. Und wie sauer er auf sie wäre, wenn er erfahren würde, dass sie ihm diese Gelegenheit vorenthalten hatte. Außerdem konnte sie Valerie irgendwie keine Bitte abschlagen.

»Wie willst du ihm denn einen Zeichenblock besorgen?«, fragte Grete.

»Nach der Arbeit zeige ich es dir.«

»Wenn du ihn stiehlst, gilt unsere Abmachung nicht«, sagte Grete.

»Also haben wir eine Vereinbarung?« Valerie lächelte. »Ich habe es nicht nötig zu stehlen, wirst sehen.«

Nach Feierabend spazierten Grete und Valerie zu einem Geschäft für Künstlerbedarf, das Grete bereits von Johanns Besuchen kannte. Vor dem Laden blieb Grete stehen. »Du darfst mich auf keinen Fall blamieren, sonst kann ich mit meinem Bruder da nicht mehr rein.«

»Du denkst also auch, dass ich keine Umgangsformen habe?« Valeries Stirn legte sich in Falten.

»Nein, tue ich nicht!«

»Ich stelle mich einfach ein wenig dumm an, frage einen anderen Kunden etwas und er wird es mir erklären. Und zwar in allen Details, die ich gar nicht wissen will. Aber Männer sind so.« Valerie lächelte.

Grete sah sie skeptisch an.

»Jedenfalls, wenn er fertig ist und ich ihm ständig zugestimmt habe, ist er wie Wachs in meinen Händen.«

Beide betraten den Laden und Valerie musterte die anderen Kunden, die vor der Theke darauf warteten, bedient zu werden. Darunter waren einige Männer, aber Valerie ging nicht auf sie zu, sondern stellte sich hinter sie in die Schlange.

»Warum nicht der?«, flüsterte Grete und deutete auf einen älteren Mann im Gehrock zwei Wartepositionen vor ihr. »Der sieht aus, als ob er sich einen Block mühelos leisten kann.«

Valerie schüttelte den Kopf. »Ich muss dem Mann ganz von allein auffallen und wenn er mich verschämt ansieht, weiß ich, der würde alles für mich tun.« Sie nickte in Richtung des älteren Mannes. »Der hier hat nur Augen für seine Kunst.« Sie deutete in die Regale hinter dem Tresen, in denen unzählige Waren lagen. »Siehst du einen Block, den dein Bruder haben möchte?«

»Der an der Seite aufgehängt ist, sieht gut aus«, sagte Grete. »Aber wahrscheinlich ist er zu teuer.«

Valerie nickte und ein weiterer Kunde betrat das Geschäft. Er sah sich um, blieb kurz an Valerie hängen. Sie zwinkerte Grete zu.

Der Mann stellte sich hinter den beiden an, musterte sie verstohlen.

Valerie drehte sich zu ihm um. »Entschuldigung, Sie sehen aus, als ob Sie sich auskennen würden. Können Sie mir eine Frage zu dem Malblock an der Wand beantworten?«

Der Mann nickte erfreut.

Grete lief rot an. Es war ihr peinlich, dem Gespräch beizuwohnen. Außerdem befürchtete sie, dass sie laut auflachen oder Valerie anderweitig verraten könnte, wenn sie dem Palaver zuhören müsste. Deshalb nickte sie Valerie zu und verließ den Laden.

Grete traute sich nicht, um den Häuserblock zu laufen, weil sie erwartete, dass Valerie jeden Moment aus dem Geschäft kam. Daher postierte sie sich auf der anderen Straßenseite.

Nach fünf Minuten ging Grete wieder hinüber, lief an dem Schaufenster des Ladens vorbei und sah im Augenwinkel, dass Valerie dem Kunden heftig nickend zuhörte.

Es dauerte weitere fünf Minuten, bis Valerie aus dem Laden kam, den Zeichenblock in der Hand. Der Mann hielt ihr die Tür auf, gesellte sich neben sie.

Valerie sagte etwas zu ihm und kam zurück zu Grete. »Kannst du den kurz halten?« Sie reichte Grete den Zeichenblock, drehte sich ohne ein weiteres Wort um und lief zurück zu dem Mann. Sie deutete auf eine Häuserecke und die beiden verschwanden dahinter.

Grete wurde es heiß und kalt. Sie wusste nicht, ob sie hinterherlaufen sollte oder ob das genau das Falsche wäre.

Unruhig tippelte sie hin und her, um schließlich zu der Häuserecke zu laufen und zu lauschen.

Sie hörte aus der Ferne Kinder lachen, aber nichts, was nach Valerie klang.

Argwöhnisch linste Grete um die Ecke. Sie sah weder Valerie noch den Mann.

Rechts ging es in einen Hinterhof ab.

Wieder lauschte Grete, konnte aber nichts hören.

Sie biss sich auf die Lippe und überlegte sich gerade in den Hof zu gehen, als der Mann hinaus schritt. Er schien unaufgeregt, hatte ein Lächeln im Gesicht und schlenderte in die andere Richtung davon, weg von Grete.

Sie lief zum Hinterhof. Bevor sie ihn erreichte, kam ihr Valerie entgegen. Sie grinste.

»Was habt ihr gemacht?«, fragte Grete.

Valerie zuckte mit den Schultern. »Ich habe nur meinen Rock für ihn angehoben.«

»Du ... du hast deinen Rock gelupft?«

»Wenn du damit hochgezogen meinst, ja. Viel hat er nicht gesehen, den Unterrock habe ich nicht bewegt.« Valerie grinste. »Aber er war zufrieden. Ich glaube, der hat noch nie einen nackten Knöchel gesehen.« Valerie lachte glucksend los und Grete wusste nicht, ob sie den Kopf schütteln oder mitlachen sollte. Sie fand es gefährlich, was Valerie tat.

Was, wenn ein Mann einmal mehr wollte?

44

»Ich weiß nicht, ob das eine gute Idee ist«, sagte Grete, als sie mit Valerie vor dem Haus stand, in dem Kessler wohnte.

»Aber warum denn nicht? Das ist großartig und kann ihn bekannter machen!« Valerie war fest entschlossen.

Grete hatte Valerie noch nichts von der deformierten Nase und dem traurigen Gemüt ihres Bruders erzählt. Sie befürchtete, dass gleich zwei Welten aufeinanderprallen würden, die nicht zusammengehörten. »Er ist eben ... anders.«

»Wer ist das nicht?« Valerie gab leichthin ihr glucksendes Lachen preis. »Außerdem hast du gesagt, wenn ich den Malblock besorge, zeichnet er mich.«

Grete sah ein, dass sie nicht die Spur einer Chance hatte, Valerie umzustimmen. Erst recht nicht, wenn sie ihr keinen triftigen Grund dafür lieferte. Das war es ja eigentlich auch, was sie an ihr mochte. Was Grete mit Valerie verband. Hatten sie sich etwas in den Kopf gesetzt, ließen sie sich nicht so leicht davon abbringen. Schon gar nicht, bevor sie es nicht wenigstens einmal probiert hatten. Kneifen war schließlich etwas für Feiglinge und diese Zeit schenkte einem nichts.

»Na gut«, seufzte Grete, »aber ich spreche vorher kurz allein mit ihm.«

Valerie nickte und betrat hinter Grete das Treppenhaus.

Betulich stieg Grete die Treppen zum Souterrain hinab.

»Er wohnt im Keller?«, fragte Valerie verwundert.

»Souterrain«, antwortete Grete und machte vor der Wohnung von Kessler halt. Sie gab Valerie ein Zeichen, dass sie warten sollte und klopfte zaghaft an die Tür. »Johann?«

»Hm ...«, brummte es kaum hörbar von drinnen.

Grete schob die Tür einen spaltweit auf und schlüpfte hinein.

Kessler war wie immer ausgeflogen, die Tür zu Johanns Abstellkammer stand offen. Er lag auf seiner Matratze. Als er sie sah, richtete er sich sofort auf und kam ihr entgegen.

Grete biss sich auf die Lippe. »Ich habe jemanden mitgebracht«, flüsterte sie.

Johanns Stirn legte sich in Falten. Schnell zog er das Tuch um seinen Hals über die Nase.

»Ich konnte sie einfach nicht davon abbringen«, erklärte Grete schuldbewusst. Nervös nestelte sie an ihrem Mantel. »Es ist Valerie. Ich habe dir von ihr erzählt.« Grete sah ihren Bruder abwartend an.

Als der nichts erwiderte, fuhr sie fort. »Sie braucht ein paar Zeichnungen von sich und hat dabei an dich gedacht. Sie wird sie den Gebrüdern Gehrlicher geben!«

»Den Gehrlichers?«, fragte Johann und zog seine Augenbrauen nach oben.

»Ja, man hat sie aufgrund ihrer Kleidung in den Konfektionshäusern abgewiesen. Da hatte sie die Idee, dass du sie malen könntest. In schönen Kleidern, wie jene in dieser Modezeitschrift.« Grete reichte ihrem Bruder ein Magazin, das Valerie ihr gegeben hatte.

Johann nahm es nicht mal in die Hand. »Ich habe kein Papier.«

»Das hat sie bereits besorgt. Einen ganzen Block, den besten vom Künstlerbedarf. Und du darfst ihn danach behalten«, flüsterte Grete. »Es könnte bei den Gehrlichers auch deinen Einsatzbereich und deine Reputation erhöhen.«

Johann rang mit sich. Grete bemerkte, dass die Adern unter seinen Schläfen leicht hervortraten.

»Sie ist durch nichts aus der Ruhe zu bringen und du kannst ja hinter deiner Leinwand bleiben.«

Endlich schaute Johann sie an. Die Adern unter seinen Schläfen hatten sich wieder verzogen. Er ging in die Abstellkammer, nahm die selbst gebaute Staffelei und stellte sie direkt vor das Fenster in Kesslers Souterrainwohnung.

»Was machst du?«, fragte Grete.

»Hier ist das Licht etwas besser. Wir machen es so oder gar nicht.«

Grete nickte.

»Aber sie bleibt da vorn.« Johann deutete auf den vorderen Bereich des Zimmers.

Grete schlang erleichtert ihre Arme um Johann. »Du bist der Beste!«

Grete öffnete die Tür zum Souterrain und nickte Valerie zu. Valerie verdrehte gespielt die Augen. »Na endlich! Ich dachte, ihr habt euch derweil aus dem Keller gegraben und mich stehen lassen.« Mit neugierigem Blick trat sie zu Grete in die Souterrainwohnung. Als sie Johann entdeckte, steuerte sie direkt auf ihn zu. Er hatte sich so hinter seine Leinwand gesetzt, dass man seinen Kopf nur von den Augen aufwärts sah. Zwei weitere Schritte in seine Richtung und sie würde sein Tuch entdecken, das den unteren Teil seines Gesichts verhüllte.

»Stopp«, tönte Johann mit fester Stimme.

Valerie blieb vor Erstaunen wie angewurzelt stehen.

Grete nahm Valerie den Block Papier aus der Hand und grinste sie schulterzuckend an. Sie war selbst überfordert mit der Situation, denn sie hatte weder Johann noch Valerie jemals derart erlebt. Johann willentlich und Valerie folgsam. Das passte gar nicht zu den beiden. Als hätten sie ab dem Moment, in dem Valerie das Zimmer betreten hatte, ihre Rollen getauscht. Grete reichte Johann den Block sowie das Modemagazin, stellte sich seitlich zwischen die beiden und ließ Valerie nicht aus dem Blick.

»Sie möchten also den Gehrlichers imponieren?« Johann schlug den Block auf und strich versonnen mit den Fingern über das weiße Papier.

»Ich glaube, man muss sie zu ihrem Glück zwingen.« Valerie schälte sich aus ihrem Mantel.

»Den können Sie anbehalten, es ist kalt«, sagte Johann zu ihr.

Valerie hielt in ihrer Bewegung inne und sah Johann fragend in die Augen.

»Aber Sie müssen doch wissen, wie ich aussehe«, sagte sie erstaunt.

»Ich sehe alles, was ich sehen muss. Außerdem wollen Sie in unterschiedlichen Kleidern gezeichnet werden, die Sie nicht besitzen.« Er positionierte sich hinter der Staffelei und nahm Valerie ins Visier. »Es reicht, dass Ihr faszinierendes Gesicht der Realität entspricht«, setzte ihr Bruder mit einem neckenden Unterton nach, der Grete aufhorchen ließ.

Was ging hier vor? Sie kannte ihn weder schlagfertig noch, dass seine Stimme solcherlei Klangfarben annehmen konnte.

Inzwischen schien er Gefallen an dem Spiel aus Worten zu haben, dass zwischen ihm und Valerie entbrannt war.

Johann zwinkerte Valerie über die Leinwand hinweg zu. Sie konnte weiterhin nur seine Haare und Augen sehen. Er blätterte durch das Modemagazin, schlug eine Seite auf und das kratzende Geräusch hinter der Leinwand ließ darauf schließen, dass er zu zeichnen begonnen hatte.

Während sich Johann und Valerie immer wieder mit Blicken und Worten neckten, zogen sich die Minuten für Grete in die Länge. Sie nahm auf einer Kiste an der Wand Platz und blätterte in den Zeitungen, die Kessler sammelte. Sie musste sich ablenken.

Warum beunruhigte es sie, dass sich Valerie und Johann gut verstanden?

Da lag etwas zwischen den beiden in der Luft. In jedem Satz, den sie einander gesagt hatten, schienen zehn weitere Botschaften versteckt, die nicht für Gretes Ohren bestimmt waren.

Es war ungewöhnlich für Grete, nicht die volle Aufmerksamkeit ihres Bruders zu haben. Und sie wollte sich nicht daran gewöhnen, die von Valerie mit jemandem zu teilen.

Als Johann nach einer gefühlten Ewigkeit immer noch nicht fertig war und Valerie nicht müde wurde, ihn mit ihrem Wimpernaufschlag anzuschmachten, hielt Grete es nicht länger aus. Sie erhob sich und trat zu Johann hinter die Leinwand.

Johann sah nicht einmal zu ihr. Sein Blick wanderte weiterhin konzentriert zwischen Valerie und seinem Block hin und her.

Was Grete sah, erstaunte sie. Sie war davon ausgegangen, dass Johann lediglich eine Skizze von Valerie malte, um ihr Gesicht und ihre Aura einzufangen. Deshalb hatte sie angenommen, dass er erst später Zeichnungen mit verschiedenen Kleidungsstücken anfertigen würde.

Aber hier lag bereits ein Dutzend Zeichnungen mit unterschiedlichen Posen, Gesichtsausdrücken und Gewändern.

Grete war beeindruckt. Sie konnte es nicht anders sagen. Er hatte Valerie perfekt getroffen, ihr Wesen auf Papier gebannt. Sie sah edel und damenhaft aus und trotzdem konnte man in seinen Bildern auch das Mädchen in ihr erkennen. Sie wirkte keck und unerschütterlich und gleichfalls zart und zurückhaltend, manchmal sogar ein wenig zerbrechlich.

»Was ist?«, fragte Valerie aus der anderen Ecke des Raumes und machte Anstalten zu ihnen zu kommen.

Johann hob seinen Blick und fixierte sie so, dass sie augenblicklich stehen blieb und ihm stattdessen ein undurchschaubares Lächeln schenkte.

»Das ist unglaublich«, sagte Grete zu Johann und sah erneut zwischen ihm und Valerie hin und her.

45

»Er ist scheu wie ein Reh, dein Bruder Johann«, sagte Valerie, als sie endlich wieder auf der Straße im Tageslicht standen und sich auf den Weg nach Hause machten. »Und so geheimnisvoll. Wie ein echter Künstler eben.« Sie drückte die Zeichnungen in ihrer Hand fest an ihre Brust.

Grete sah Valerie fragend von der Seite an. Es beschäftigte sie nach wie vor, was sich da eben zwischen Valerie und ihrem Bruder Johann abgespielt hatte. Seit dem Unfall hatte sie ihn nicht so erlebt und konnte sich nicht erklären, warum ausgerechnet Valerie derartiges Verhalten in ihm weckte. Hätte er sich durch ihre Schönheit nicht unendlich klein und schamhaft fühlen müssen? Stattdessen wirkte er fast ausgelassen und spitzbübisch.

»Wie meinst du das? Heute war er außerordentlich selbstbewusst und gesprächig«, sagte Grete.

»Na, wie er da versteckt hinter seiner Leinwand saß und sich nicht gezeigt hat«, schwärmte Valerie. »Ich habe mich ihm nah gefühlt, obwohl ich ihn kaum kenne. Ich habe ihn ja nicht einmal gesehen. Nur seine Augen ...«

»Ja und?« Grete sah Valerie mit hochgezogenen Augenbrauen an.

»Die sind unsagbar traurig und doch auch ganz wach und voller Leidenschaft«, legte Valerie noch einen obendrauf.

Grete stampfte mit ihrem Fuß auf wie ein bockiges, kleines Kind. »Jetzt ist aber genug. Johann ist ein ganz normaler junger Mann mit einem, einem ...« Sie biss sich auf die Lippen. Fast hätte sie Johanns Geheimnis ausposaunt. »... mit einem besonderen Talent. Du musst dich ihm also gar nicht derart anbiedern«, schob sie wütend hinterher.

Diese Gefühle von Neid und Eifersucht, die sie plötzlich von innen aufzufressen schienen, kannte sie nicht von sich. Sie erschreckten Grete, machten ihr Angst.

Dabei gönnte sie Johann alles Glück der Welt. Auch für Valerie wünschte sie sich, dass sie ihren Traum, als Mannequin entdeckt zu werden, endlich verwirklichen könnte. Sie gehörte nicht in eine Arztpraxis an den Feudel.

Aber Grete war froh, neben ihrem Bruder endlich eine Freundin zu haben. Das Valerie nun Johanns gesamte Aufmerksamkeit von ihr abzog und so begeistert von ihm war, gab ihr das Gefühl, etwas teilen zu müssen, was sie nicht teilen wollte.

Valerie sah Grete erstaunt an, weil diese urplötzlich stehen geblieben war und ihre Hände zu Fäusten verkrampfte.

»Was ist?«, fragte Valerie.

»Ich, ich ... habe einen Krampf«, redete sich Grete heraus.

»Das macht das lange Sitzen, das bist du nicht gewöhnt«, lachte Valerie, nahm Grete beim Arm und zog sie weiter.

»Also, dein Bruder wird ganz sicher berühmt. Dass sein Talent noch niemand erkannt hat, ist nicht zu glauben. Wenn ich Galerist wäre, ich würde ihn sofort bei mir ausstellen lassen«, plapperte Valerie wie ein Wasserfall.

»Man kann nur entdeckt werden, wenn man sich und seine Kunst der Welt zeigt«, gab Grete leicht pampig zurück. »Außerdem kennst du Johanns Werke nicht. Du bist nur in dich selbst verliebt und in die Bilder, die er von dir gemalt hat, weil sie dich so zeigen, wie du gern wärst. Aber so malt er sonst nicht. Seine Gemälde sind düster und böse.« Sie erschrak selbst, weil sie realisierte, was sie da gesagt hatte. In jedem ihrer Worte schwang die Eifersucht mit, die sie hatte verbergen wollen.

Valerie schaute sie irritiert an. »Ich bin also in mich selbst verliebt?«

Grete sah sie entschuldigend an. »Das meinte ich nicht so.«

»Na und. Dann ist das eben so«, sagte Valerie zu Gretes Erstaunen und zuckte mit den Schultern. »Wenigstens eine, die mich liebt.« Valerie grinste.

Sofort machte Gretes Herz einen kleinen Hüpfer. Genau das war es, was sie an Valerie mochte. Sie war unberechenbar. Mit ihr wurde es nie langweilig und sie war immer für eine Überraschung gut.

»Tschuldigung«, nuschelte Grete trotzdem und beeilte sich mit Valerie Schritt zu halten.

»Ich jedenfalls finde deinen Bruder interessant. Er ist wie du und trotzdem ganz anders«, schwärmte Valerie. »Und wer weiß, irgendwann heirate ich ihn vielleicht«, sagte Valerie leichthin und brachte damit den Vulkan in Grete zum Explodieren, den sie krampfhaft versucht hatte, vor einer Eruption zu bewahren.

»Heiraten? Meinen Bruder?« Ihre Stimme hatte sich zu einem scharfen, zornigen Flüsterton gewandelt, der fast bedrohlich klang. Ihr Gesicht verfärbte sich in ein gefährliches Rot, das von innen her zu brennen schien und ihre Augen blitzten.

Valerie schüttelte, völlig überrascht von der plötzlichen Explosion, verdutzt ihren Kopf. »Was hast du auf einmal?«, fragte sie mit einer Mischung aus Unverständnis und Verwirrung.

Grete schnappte nach Luft, wandte sich ab und lief einige Schritte voraus. »Du wirst meinen Bruder nicht heiraten!«, blaffte Grete.

»Und warum nicht?«, fragte Valerie und packte Grete am Arm. Grete schlug ihre Hand weg und funkelte Valerie böse an.

Nun trübte sich auch Valeries Blick. »Ah, ich verstehe. Ich bin nicht gut genug für ihn«, sprach die Verletzung aus ihr.

Grete bemerkte, dass sie zu weit gegangen war, und stimmte einen versöhnlichen Ton an. »Nein, das ist es nicht. Du verstehst das nicht.«

»Dann erklär es mir!«, forderte Valerie.

»Darum geht es nicht. Aber du ... ich ...« Gretes Stimme versagte, um kurz darauf wieder aufzubrausen. »Er ist mein Bruder.«

Valerie starrte sie mit hochgezogenen Augenbrauen an. Ihr Blick verriet Grete, dass sie nicht verstand. Aber sie begriff ja selbst nicht, weshalb sie der Gedanke, dass Valerie ihren Bruder heiraten könnte, derart verletzte. Sie mochte Valerie doch.

46

Mit schlaftrunkenen Augen schlich Grete an Valeries Bett vorbei. Sie schien noch zu nächtigen, oder gaukelte es vor.

Sie waren sich am gestrigen Abend nach dem Heimkommen aus dem Weg gegangen.

Grete überreichte Ewa eine neue Tinktur und zahlte die Miete. Zu Gretes Überraschung gab sich die Mutter mit zwei Mark fünfzig zufrieden. Obwohl die Schmerzen laut Ewa nicht vollständig verschwunden waren.

Ohne auf Valerie zu warten, lief Grete zur Praxis.

Als sie dort ankam, saß Dr. Abbel zu ihrer Überraschung an seinem Schreibtisch. Er hatte den Kopf in seinen Händen vergraben, vor ihm lag die aufgeschlagene *Berliner Illustrierte Zeitung.*

Grete begrüßte ihn. Er reagierte kaum, zeigte lediglich mit dem Finger auf ein paar Namen, darüber die Überschrift *Verstorbene.*

Grete las die Namen in der Liste, blieb bei einem stehen und schluckte.

Julius Dorm.

»Das ist sicher ein Zufall«, sagte Grete.

Dr. Abbel schüttelte den Kopf. »Dieser Reporter hat mich gestern Abend noch informiert.« Er seufzte. »Offensichtlich hatte sich seine Gaumenspalte nach der

Operation entzündet und er hat einen Wundbrand entwickelt. In der *Charité* haben sie ihm nicht mehr helfen können.«

»Sie meinen, er ist an unserem Eingriff gestorben?«

»Das kann ich leider nicht ausschließen.«

Grete schlug die Hände vor den Mund.

»Jede Operation birgt ein Risiko. Das sollten wir nie vergessen.«

Sie musste an Johann denken. »Und was hat Herr Kessler dazu gesagt?«

»Er war geschockt.« Dr. Abbel seufzte laut auf. »Ich hoffe, er dreht uns keinen Strick daraus.«

Grete schloss die Augen.

»Nun, ändern können wir es nicht mehr.« Dr. Abbel erhob sich. »Für heute sagen Sie bitte alle Operationen ab.«

Grete hatte nur noch wenige Hundert Meter bis zum Souterrain ihres Bruders vor sich. Ihre bedrückenden Gedanken schienen wie Bleigewichte an ihren Beinen zu hängen und verlangsamten jeden Schritt.

Dorm war vermutlich nicht gestorben, weil er sich operieren ließ, sondern weil er in ärmlichen, einer Wunde nicht zuträglichen Verhältnissen gelebt hatte. Umstände, in der ein kleines Wundmal den Tod bedeuten konnte. Ja, seine Lippenspalte war ein ästhetisches Problem und kein lebensbedrohliches. Mit ihr hätte er noch Jahre, wenn nicht gar Jahrzehnte leben können. Sein Tod hatte Gretes bisheriges Weltbild ins Wanken gebracht. Denn entstellt zu sein, erschien ihr immer noch besser als der Tod.

Grete erreichte das Haus und stieg die Treppe hinab. Die Tür zum Souterrain stand einen Spalt weit offen und durch diesen konnte Grete ihren Bruder vor der Staffelei stehen sehen. Er tunkte einen Pinsel in die gelbe Farbe, die sie für ihn hergestellt hatte. Zufrieden strich Johann ein paar Pinselschwünge auf das, was auf der Staffelei lag.

Obwohl sie das Resultat nicht sehen konnte, wurde Grete warm ums Herz. Dass er die Farbe jetzt doch benutzte, erfüllte sie mit Stolz.

Unter dem sachten Trommeln ihrer Fingerkuppen auf der Tür vergrößerte sich der Spalt. Johann war so in seine Arbeit vertieft, dass er Grete nicht hörte.

»Johann, ich bin's!«, rief sie.

Erschrocken wandte ihr Bruder seinen Blick zur Tür und schien unsicher, was er jetzt tun sollte.

»Komm rein«, sagte er und wischte seine Hände an der Hose ab. Er lächelte verlegen und kam seiner Schwester entgegen.

Grete trat in das Zimmer ein und deutete auf die Staffelei. »Was hast du gerade gemalt?«

»Nichts, nur eine Studie.« Er stellte sich vor sie, sodass sie nicht hinter die Staffelei gucken konnte, selbst wenn sie gewollt hätte. »Gut, das du kommst. Ich möchte dir etwas sagen.« Johann strahlte mit dem Gelb der Farbe um die Wette. So hatte Grete ihren Bruder lange nicht erlebt. Als wäre das Leben in ihm erwacht. Normalerweise hätte sie sich mit ihm zusammen gefreut, aber der Tod von Dorm lag wie ein Schatten über ihr.

»Grete, ich war ein Narr.« Johann strahlte sie an. »Natürlich hast du die ganze Zeit recht gehabt.« Er deutete auf seine Nase. »Ich werde mich nicht länger verstecken. Verstehst du?«

Gretes Herz stolperte und etwas schien ihr die Kehle zuzuschnüren. Sie verspürte den Drang zu schlucken, doch konnte es nicht.

»Dr. Abbel soll mich so bald wie möglich operieren!«, rief Johann entschlossen. »Das wolltest du doch immer.«

Grete sah ihren Bruder wie gelähmt an. Das Einzige, was sie jetzt wollte, war, dass alles wieder war wie vor einer Woche. Oder noch besser wie vor vielen Jahren vor dem Feuer in Werneuchen.

»Freust du dich nicht?«, fragte Johann.

Grete schaute ihrem Bruder tief in die Augen, ihre Lider flatterten. »Der Patient, den uns Herr Kessler gebracht hat, ist an den Folgen der Operation verstorben.«

Johann erwiderte Gretes stechenden Blick irritiert und sagte nichts. Er fing sich schnell wieder. »Das war eine ganz andere Operation, oder?«

Grete nickte. »Vielleicht sollten wir trotzdem noch abwarten.«

»Wie viele Jahre denn noch?«, fragte Johann. »Ich bin es leid, das Leben eines Aussätzigen zu führen.«

Grete musterte ihn skeptisch. »Letztens bist du noch aus der Praxis weggelaufen und jetzt kann es dir nicht schnell genug gehen? Weshalb?« Sie trat einen Schritt näher zur Staffelei. Jetzt wollte sie wissen, was er da gemalt hatte.

Johann versperrte ihr entschlossen den Weg. »Ich habe meine Entscheidung getroffen.«

Grete rieb sich das Kinn. »Jetzt sag aber nicht, dass es wegen Valerie ist.«

Johann sah sie erstaunt an und gestikulierte verneinend mit seinen Armen. »Schnickschnack, es geht lediglich um mich und meine Kunst. Die Welt soll Johann Brückner und seine Werke zu Gesicht bekommen!«

47

Während Grete die Praxis betrat, hörte sie laute aufgebrachte Stimmen. Es waren die von Dr. Abbel und Schwester Hanna.

»Bei aller Liebe, so geht das nicht, Dr. Abbel. Wir müssen auch unsere Miete bezahlen und die hungrigen Mäuler unserer Kinder stopfen.«

»Dann hätten Sie bei der Operation von Dorm nicht solchen Pfusch fabrizieren dürfen!«

Noch ehe Grete sich versah, stürmte Schwester Hanna an ihr vorbei und befreite sich im Gehen von ihrer Schwesternschürze. Sie schmiss diese auf den Empfangstresen und rannte die Tür knallend aus der Praxis.

Grete lugte unsicher in das Behandlungszimmer. Dr. Abbel stand am Fenster. Er hatte die Hände auf das Fensterbrett gestützt und den Kopf an die beschlagene Scheibe gelehnt.

»Was ist passiert?«, fragte Grete.

Dr. Abbel fuhr zusammen, lief gebückt an seinen Schreibtisch und ließ sich mit einem lauten Stöhnen auf seinen Stuhl plumpsen.

Grete faltete ihre Hände vor ihrem Schoß und wartete, dass er ihr die Situation erläutern würde. Anstelle einer Erklärung schob Dr. Abbel ihr einen Briefumschlag über den Schreibtisch.

Grete nahm das Kuvert und wog es in ihrer Hand. Sie konnte spüren, dass es leichter war als beim letzten Mal.

»Aber in letzter Zeit hatten wir doch viele Patienten?«, fragte Grete.

Der Arzt hob seinen Kopf. »Ich musste dem Bruder von Julius Dorn eine Remuneration zahlen, damit er den Fall auf sich bewenden lässt.« Hilflosigkeit schwang in seiner Stimme mit. »Und dann die Forschung. Wissen Sie eigentlich, was das alles kostet?«

Grete sah ihren Vorgesetzten mitfühlend an. Noch nie hatte sie ihn derart in sich zusammengesunken gesehen. Fieberhaft überlegte sie, wie sie ihm helfen konnte, nur leider war das nicht ihr Metier.

»Wissen Sie, alle wollen den Fortschritt, aber zahlen will niemand!«, schnaufte Dr. Abbel und schob ein paar Blätter auf seinem Schreibtisch hin und her.

»Und der Kaiser? Kann der nicht dafür zahlen?«

Dr. Abbel lachte verächtlich. »Der hat nur Augen für seine Marine. Und ich sage Ihnen etwas: Das wird uns noch etliche Versehrte bringen.«

»Ja, aber gibt es denn sonst keine Forschungsgelder, die wir beantragen können?«, fragte Grete.

»Habe ich längst versucht.« Dr. Abbel winkte ab.

»Dann versuchen wir es eben wieder. Und wieder. Bis sie uns das Geld geben. Erinnern Sie sich doch nur an Ihren Vortrag beim medizinischen Kongress, die Doktoren waren begeistert.« Grete legte so viel Zuversicht in ihre Stimme, wie sie konnte.

»Nicht alle, Schwester Grete. Nicht alle«, sagte Dr. Abbel. In seiner Stimme schwang etwas Verschwörerisches mit.

Grete hielt vor lauter Anspannung die Luft an.

»Aber ein Versuch wäre es wert.« Er stand auf und rieb sich das Kinn. »Der nächste Kongress der *Medizinischen Gesellschaft* ist in drei Wochen«, sagte Dr. Abbel mit festerer Stimme. »Wenn Sie mich unterstützen, könnte das gehen.«

»Das werde ich!«, bekräftigte Grete umgehend, doch Dr. Abbel hörte längst nicht mehr zu, schien mit den Gedanken bereits bei dem Kongress zu sein.

48

Es dämmerte, als Valerie endlich in Rixdorf eintraf – ein Stadtteil, der nicht gerade den besten Ruf in Berlin genoss. Deswegen dachte man darüber nach, ob man ihn in Berlin Neucölln umbenennen sollte. Ob das helfen würde? Valerie hatte ihre Zweifel, denn die Gebäude wirkten noch verfallener als in ihrem heruntergekommenen Quartier. Das einzige neue Objekt, das sie entdecken konnte, war eine Litfaßsäule.

Valerie wollte schon vorbeigehen, als ihr ein Plakat mit einer Dame auffiel, die zwischen einem Schminkspiegel und einem riesigen, gut gefüllten Kleiderschrank stand. Valerie sah sich um. Ein älterer Mann lief in ein paar Metern Abstand vorbei. »Entschuldigung«, sagte Valerie. »Ich hab meine Brille daheim statt auf dem Kopf. Wie heißt diese Revue?« Sie deutete auf das Plakat.

Der Mann räusperte sich. »*Die Dame mit den tausend Toiletten.* Die neue Konfektionsrevue.« Etwas Abschätziges lag in seinem Blick. »Diese Schrift auf dem Plakat ist nun wirklich sehr groß«, sagte er.

Valerie ignorierte seine Bemerkung. »Wieso Toilette?«, fragte sie stattdessen. »Muss die Schauspielerin in der Revue ständig aufs Örtchen?«

Der Mann lachte. »Der Begriff kommt aus dem Französischen – *toile* ist das Tuch und eine Toilette bezeichnet das Schminken, Frisieren und Ankleiden einer Hofdame.«

Valerie nickte und bedankte sich. Kaum war der Mann gegangen, ahmte sie die etwas gestelzte Haltung der Frau auf dem Plakat nach. Sie sah an sich herab. Auch wenn sie in Sachen Schönheit mit der gezeichneten Dame mithalten konnte, gegen deren Kleid war das ihre eine Peinlichkeit.

Valerie umfasste die Mappe mit Johanns Zeichnungen etwas fester, lief schnell weiter und hoffte, dass niemand sie beim Posieren beobachtet hatte. Sie würde alles dafür geben, in einer solchen Moderevue mitzuspielen! Auch wenn das momentan ein Luftschloss war.

Ihr Blick richtete sich wieder zur Straße und blieb an mehreren heruntergekommenen Fassaden hängen. Was, wenn das Modehaus der Gehrlichers auch ein Luftschloss war? Ein Traum, dem sie nachjagte, der aber nie wahr werden würde? Sie wollte lieber gar nicht darüber nachdenken.

Endlich kam sie zu einem einstöckigen, lang gezogenen Gebäude. Mit den hohen Sprossenfenstern sah es aus wie eine kleine Fabrikhalle. Die Fenster waren mit blickdichten Vorhängen abgehängt.

Ein Firmenschild konnte Valerie nicht entdecken, aber Hausnummer und Straße stimmten mit dem Inserat aus dem Adreßhaus überein. Sie ging zur Eingangstür. Sie war verschlossen.

Eine Türglocke gab es nicht, nur einen einfachen Türklopfer.

Valerie klopfte damit drei Mal.

Es dauerte einen Moment, bis sie Schritte hörte. Ein Riegel hinter der Tür wurde aufgeschoben und eine Frau Anfang dreißig schob ihren Kopf durch den Türspalt. Dahinter war ein mit Vorhängen abgehängter Vorraum zu erkennen. »Was wünschen Sie?«

»Ich möchte zu Clemens Gehrlicher.«

»Um welche Angelegenheit geht es?«

»Ich habe Zeichnungen von mir machen lassen ...«

Die Frau sah sie irritiert an. »Der Meister ist nicht zu sprechen.«

»Aber ich bin die Beste, um die Kleider der Gehrlichers vorzuführen.«

»Das müssen die Gebrüder Gehrlicher entscheiden.«

Valerie nickte. »Deshalb bin ich gekommen. Meine Zeichnungen werden dabei helfen.«

»In Gottes Namen, geben Sie her.«

Valerie schüttelte den Kopf. Keinesfalls würde sie dieser stutenbissigen Frau die Zeichnungen von Johann geben. Wer wusste, was sie damit anstellte? »Clemens Gehrlicher wollte meine Porträts persönlich haben.«

»Er ist aber nicht mehr im Hause.«

»Was ist mit seinem Bruder?«

Die Frau seufzte. »Wenn er die Abrechnung macht, wird er sehr ungern gestört.«

»Aber ich störe ihn doch nicht«, blieb Valerie hartnäckig. »Ich gebe ihm die Zeichnungen und verschwinde wieder.«

Die Frau rieb sich die Nasenspitze und öffnete die Tür. »Warten Sie im Vorraum.« Sie schob einen der blickdichten Vorhänge beiseite und gab kurz den Blick auf eine fast leer stehende Halle frei, in der ein paar Werkbänke und Nähmaschinen standen.

Nach ein paar Minuten hörte Valerie Schritte auf sich zukommen, traute sich jedoch nicht, den Vorhang zu öffnen.

»Ist es wegen der Fotoaufnahmen?«, fragte ein Mann mit tiefer Stimme, während seine Schritte näherkamen.

»Nein, wegen irgendwelcher Zeichnungen«, antwortete die Frau.

Die Schritte des Mannes verstummten. »Haben wir nicht angefordert, bezahlen wir nicht.«

Valerie trat nach vorn, ihre Hand am Vorhang. »Die müssen Sie nicht bezahlen«, sagte sie schnell. »Sie wollten doch wissen, wie ich in modernen Kleidern aussehe.«

Ehe sie den Vorhang öffnen konnte, erklang die Stimme des älteren Gehrlichers erneut. »Gehen Sie bitte wieder in den Vorraum«, wies er sie an. »Auch wir haben unsere Geheimnisse.«

»Natürlich.« Valerie trat zwei Schritte zurück. Einen Augenblick später kamen die Frau und Wolfgang Gehrlicher zu ihr in den Vorraum. »Die Probiermamsell«, sagte der ältere Gehrlicher, als er Valerie erkannte.

Valerie nickte und reichte ihm die Mappe mit den Zeichnungen. Er nahm sie, warf aber keinen einzigen Blick darauf. Vermutlich hätte sie Rechnungen anschleppen müssen, um seine Aufmerksamkeit zu erhaschen. Er nickte ihr distanziert zu, drehte sich um und ging.

»Bitte geben Sie die Zeichnungen Ihrem Bruder! Meine Adresse steht mit in der Mappe!«, rief Valerie ihm hinterher, als Wolfgang Gehrlicher hinter dem Vorhang verschwand.

49

Grete blieb zögernd vor dem Langenbeck-Haus stehen, in dem sich die *Berliner Medizinische Gesellschaft* befand. Sie stellte den bleischweren Koffer ab und sah verschämt auf das imposante Backsteingebäude samt gläserner Kuppel.

»Kommen Sie«, sagte Dr. Abbel, der zwei weitere und noch schwerere Koffer trug. »Wir wollen uns nicht verspäten.«

Grete nickte und hob den Koffer wieder an. Sie eilte hinter Dr. Abbel her und erinnerte sich daran, wie sie vor einiger Zeit in der *Medizinischen Gesellschaft* aus dem Saal verwiesen worden war, einfach weil sie kein Mann war.

»Meinen Sie wirklich, dass ich Ihnen bei Ihrem Vortrag assistieren sollte?«, fragte sie.

»Sie können das doch!«

»Aber ich bin eine Frau.«

»Wer mir assistiert, bestimme immer noch ich«, antwortete Dr. Abbel. »Und wenn ich einen Schimpansen dafür nehme, müssen die Herren das auch akzeptieren.«

Das war nicht gerade eine Antwort, die Grete glücklich machte, aber sie wusste, dass Dr. Abbel es nicht negativ gemeint hatte. »Ich hoffe nur, dass meine Anwesenheit unsere Chancen nicht verschlechtert.«

Dr. Abbel wischte ihren Einwand mit einer Handbewegung beiseite und zeigte dem Hausangestellten seine Einladung. Dieser warf einen kurzen Blick auf das Schreiben und einen langen auf Grete. »Und die Dame?«

»Sie assistiert mir«, sagte Dr. Abbel knapp, kam damit jedwedem Einwand zuvor und stieg mit Grete ins Foyer.

Dort angekommen, eilte Dr. Abbel so leichtfüßig die Treppe in die Wandelhalle hinauf, als spüre er sein Gepäck nicht. Grete hingegen mühte sich mit dem Koffer ab und schaffte es bis zur zweiten Stufe. Endlich erbarmte sich einer der älteren Männer und trug den Koffer die Treppe hinauf und durch die Wandelhalle. Schließlich stellte er ihn neben Dr. Abbels Koffern hinter die Bühne.

Grete verbeugte sich und dankte dem Mann. Er nickte ihr zu und ging zurück zu seinen Kollegen.

Professor Virchow kam auf Dr. Abbel zu und musterte Grete argwöhnisch. Er schien kurz nachzudenken und wendete sich schließlich kopfschüttelnd zu Dr. Abbel.

Dr. Abbel reichte ihm die Hand. »Professor Virchow, es ist mir eine außerordentliche Freude ...«

»Schon gut, sparen wir uns die Formalitäten. Wir sind knapp in der Zeit.« Professor Virchow atmete tief aus. »Ich habe Ihren Vortrag ans Ende der Veranstaltung legen lassen. Die Bitte um finanzielle Unterstützung ist in diesen unseren medizinischen Kreisen arg ungewöhnlich.«

Dr. Abbel nickte eilig. »Nun, ich dachte, wer sonst sollte die Bedeutung meiner Forschungen erfassen, wenn nicht dieses besonders erlesene Publikum ...«

»Wir werden sehen«, antwortete der Professor knapp und bedeutete Dr. Abbel mit einem Fingerzeig Platz zu nehmen.

Dr. Abbel wollte noch etwas sagen, aber Professor Virchow hatte sich bereits abgewendet und musterte die Unterlagen auf seinem Stehpult konzentriert. Nur ein Wahnsinniger würde es wagen, ihn anzusprechen.

Grete setzte sich auf den ihr zugewiesenen Platz. Sie fühlte sich unwohl, denn sie merkte wiederholt, wie unerwünscht sie in dieser Gesellschaft voller Männer war. Und obwohl Dr. Abbel einen anderen Grund haben musste, bemerkte sie an seiner verkrampften Körperhaltung, dass es ihm in diesem Moment genauso ging.

Es dauerte ein halbes Dutzend Vorträge und etliche Stunden, bis Dr. Abbel endlich an die Reihe kam. Das Auditorium hatte sich mittlerweile zu einem Drittel geleert, was sicherlich auch an dem Vorredner lag. Der hatte bei seinem Referat nicht ein einziges Mal von seinem Manuskript aufgeblickt und dieses so stockend vorgetragen, dass Grete das Zuhören fast wehgetan hatte.

Grete öffnete ihren Koffer und holte das aus Wachs bestehende anatomische Modell einer Nase heraus, bei der man einzelne Elemente wie Nasenbein, Knorpel und Haut entfernen konnte. Sie stellte es auf den Koffer und entnahm dem nächsten ein anatomisches Modell eines menschlichen Kopfs, das sie daneben platzierte. Aus dem dritten Koffer nahm sie den Querschnitt einer Nase in Form verschiedener Scheibenplastinate, die sie nebeneinander an einer beweglichen Ständerkonstruktion aufhängte.

Dr. Abbel wartete, bis sie alle Exponate platziert hatte, dann räusperte er sich und schaute in das Auditorium. »Sehr geehrte Mediziner und Studenten, ich möchte Ihnen heute eine neue Methode vorstellen, mit der wir eine Nasenkorrektur intranasal vornehmen könnten, entsprechende Forschung vorausgesetzt.«

Ein Raunen ging durch das Publikum.

»Durch die intranasale Operation wird die Außenhaut der Nase nicht beeinträchtigt. Sie bleibt unversehrt und es entstehen keine optisch unschönen Narben.«

»Narben sind doch eine Ehre!«, rief ein Mann aus dem Publikum, auf dessen rechter Gesichtshälfte ein breiter Schmiss prangte.

»Nun, es gibt sicher auch Personen, die gern auf eine Narbe verzichten würden«, entgegnete Dr. Abbel.

»Ich trage meine Narbe aus dem Deutsch-Französischen Krieg mit Stolz«, sagte ein anderer. »So kann jeder sehen, was ich für das Vaterland geleistet habe.«

»Niemand will Ihnen Ihre Narbe nehmen«, erwiderte Dr. Abbel. »Es geht darum, dass Narben bei kosmetischen Operationen gar nicht erst entstehen.«

»Dann operieren Sie am besten gar nicht!«, rief der mit dem Schmiss dazwischen und erntete für seinen Spruch von einigen Gelächter, aber auch Applaus.

»Sollen wir nicht besser das Modell zeigen?«, fragte Grete in Dr. Abbels Richtung, denn wenn sie nicht bald das Thema wechselten, endete das in einem Debakel.

Dr. Abbel nickte unmerklich und trat zu den Scheibenplastinaten an der Seite. Grete drehte den Ständer, auf dem diese montiert waren, in verschiedene Richtungen, sodass jeder im Auditorium sie sehen konnte.

»Wie wir an dem Modell sehen, reichen die Nasenlöcher auf der einen Seite hoch bis an die Stirnhöhle, zum Riechkolben und auf der anderen Seite bis zur Keilbeinhöhle.« Dr. Abbel zeigte mit einem Metallstab auf die Plastinate. »Führt man nun ein entsprechend geformtes Operationsinstrument in die Nase ein, sind intranasal diverse Bereiche zugänglich, die von außen schwer zu erreichen sind.«

»Aber man sieht in der Nase doch von außen nichts, wie soll man da operieren?«, fragte ein Zuhörer.

»Das ist eine der Aufgaben, die zu lösen sind«, antwortete Dr. Abbel. »Aber ich habe Ansätze. Sind diese erfolgreich, wäre eine minimal-invasive Chirurgie möglich, was geringere Folgewirkungen für den Patienten hätte. Auch die Augenheilkunde dürfte auf lange Sicht von dieser neuen Operationstechnik profitieren.«

Grete zeigte an dem Modell des menschlichen Kopfes, wie nah die Nasenhöhlen an das Auge heranreichten.

Dr. Abbel trug seine Methode weiter vor, während Grete alles parallel am Modell veranschaulichte. So, wie sie es eingeübt hatten. Das Publikum wurde immer unruhiger.

Einige verließen den Saal.

Dr. Abbel setzte zu einem Fazit an, doch kaum hatte er die ersten beiden Sätze gesprochen, stand der Mann mit dem Schmiss auf. »Was behelligen Sie uns mit Ihren Theorien?«, rief er. »Zeigen Sie uns Resultate wie die anderen Vortragenden, sonst ist das nur modernes Gewäsch.«

Dr. Abbel blieb trotz des Angriffs besonnen. »Nun, ich benötige Forschungsgelder, um diese Resultate erzielen zu können.«

Ein Raunen ging durch das Publikum, einige lachten abweisend. »Das ist unerhört!«, rief jemand dazwischen.

»Lassen Sie den Doktor und seine Assistentin doch bitte ausreden!«, rief ein anderer.

Grete warf ihm zunächst einen kurzen, dankbaren Blick zu, blieb dann aber an ihm hängen. Es war Dr. Lichte aus dem *Krankenhaus Friedrichshain*. Der Arzt, der ihr Avancen gemacht hatte. Beschämt schaute sie wieder weg und versuchte, sich nichts anmerken zu lassen. Ihr Körper machte leider nicht mit, sie lief rot an wie die Fahne der Sozialisten.

Dr. Abbel räusperte sich. »Es sind ja auch Vertreter der *Königlich-Preußischen Akademie der Wissenschaften* anwesend, die sich vielleicht zur Förderung des Unterfanges äußern möchten.«

Ein hagerer Mann aus dem Vorstand der *Medizinischen Gesellschaft* erhob sich, nahm sein Monokel ab und nickte Dr. Abbel zu. »Wir von der *Königlich-Preußischen Akademie der Wissenschaften* prüfen alle Begehren nach Förderung mit Umsicht und Bedacht. Aber mit Verlaub, wir fördern nur ernsthafte wissenschaftliche Unternehmungen, die umfassender Natur sind.« Er schüttelte seinen Kopf. »Und das kann ich hier beim besten Willen nicht erkennen.«

Er setzte sich wieder. Dr. Abbel war ganz bleich geworden und klammerte sich an das Rednerpult. »Ich danke Ihnen für Ihre Aufmerksamkeit«, sagte er kraftlos.

Grete musste ihn stützen und ihn auf seinen Platz geleiten.

Erst als sie sich setzten, merkte sie, dass auch ihre eigenen Knie zitterten und ihr Atem flatterte. Ob es wegen dieses Fiaskos war oder wegen Dr. Lichte hätte sie nicht sagen können.

50

Grete folgte Dr. Abbel aus dem Hörsaal der *Medizinischen Gesellschaft*. Sie waren gescheitert und das ärgerte sie maßlos. Sie konnte Dr. Abbels Scham und Wut geradezu körperlich spüren und es tat ihr in der Seele weh, dass die Herren Mediziner so wenig für den Fortschritt übrighatten.

Wer waren sie, dass sie darüber entscheiden durften, was eine notwendige und was eine nicht erforderliche Operation war? Wer meinten sie zu sein, dass sie sich über das psychische Leid verunstalteter Personen erhoben und festlegten, dass ihr Elend keinen Behandlungsbedarf besaß?

Schnellen Schrittes eilte Dr. Abbel die Treppe zur Eingangshalle hinab, zwei Koffer in seinen Händen. Grete kam gar nicht hinterher, zumal Dr. Abbel aus Versehen den schwersten Koffer stehen gelassen hatte.

In der Hast stolperte Grete über ihre eigenen Füße. Zum Glück griff eine Hand nach ihr und bewahrte sie vor dem Sturz. Als sie aufblickte, sah sie in die grauen, bebrillten Augen von Dr. Lichte.

»Schön, Sie wiederzusehen, Schwester Grete«, sagte er, nachdem Grete sich aufgerichtet hatte.

Verlegen blickte sie zur Seite. Ausgerechnet Dr. Lichte. Und er wusste trotz der langen Zeit noch immer ihren Namen. Ihr schoss die Schamesröte ins Gesicht und sie wäre am liebsten davongeeilt, aber mit dem schweren Koffer war das ein Ding der Unmöglichkeit. Dr. Lichte nahm den Koffer. »Darf ich Ihnen behilflich sein?«

Grete nickte, halb erleichtert, halb unangenehm berührt. Dr. Lichte trug den Koffer die Treppe hinunter in das Foyer und lächelte sie an. »Ich bin froh, dass es Ihnen gut geht.«

Wieder kam Grete ihre letzte Begegnung in den Sinn. Sie hatte ihn stehen lassen, sein Angebot ausgeschlagen und trotzdem schien er ihr nicht böse zu sein. Sehr edel. Und Edelmänner wie ihn gab es in diesen Zeiten nicht oft.

»Die Freude ist ganz meinerseits«, hörte sich Grete sagen.

»Wie ich sehe, haben Sie Ihren Beruf nicht aufgeben müssen?«, fragte der junge Mediziner und schaute Grete auffordernd an.

Grete nickte.

»Konnten Sie Ihre Ausbildung abschließen?«, fragte Dr. Lichte weiter nach, wohl um die Konversation in Gang zu halten.

Grete überlegte. Sie wollte offen zu ihm sein. Immerhin war er stets ehrlich und gut zu ihr gewesen.

Trotzdem hatte Grete Angst, dass es sie am Ende wieder ihre Anstellung kosten würde, wenn herauskäme, dass Dr. Abbel sie ohne Abschluss beschäftigte.

»Sie kennen mich, ich gebe nicht so schnell auf«, sagte sie stattdessen und strich sich eine Haarsträhne aus dem Gesicht.

»Ich gebe zu, dass ich mir ernsthafte Sorgen um Sie gemacht habe, Fräulein Grete. Aber Sie haben recht – wenn ich es einer zugetraut hätte, nach einer solchen

Niederlage wieder auf die Füße zu kommen, dann Ihnen. Darf ich Ihnen meine größte Bewunderung dafür aussprechen?« Dr. Lichte ergriff Gretes Hand und küsste sie.

Wiederholt schoss Grete die Röte ins Gesicht. Als der Arzt ihre Finger wieder freigab, wanderte ihr Blick zu Dr. Lichtes rechter Hand.

Diese wies noch keinen Ehering auf. Dr. Lichte hatte ihren Blick bemerkt und schielte nun ebenfalls zu ihrer rechten Hand. Fast beschämt lächelte er Grete an.

»Mir ist seither keine begegnet, die Ihnen das Wasser reichen konnte, werte Grete.« Er faltete seine Hände hinter dem Rücken.

Grete wusste vor lauter Verlegenheit nicht, was sie sagen sollte. Derlei Komplimente brachten sie aus der Fassung, auch wenn sie durch Kessler in letzter Zeit öfter in diesen Genuss gekommen war.

Die Schmeicheleien von Dr. Lichte schienen jedoch anderer Natur. Sie klangen rein und ehrlich. Er selbst war durch und durch gut. Bei Kessler hingegen wusste sie nie, was er wirklich bezweckte, wenn er ihr Honig ums Maul schmierte.

»Dr. Lichte, bringen Sie mich bitte nicht in Verlegenheit«, presste Grete hervor. Über Dr. Lichtes Schulter hinweg erblickte sie Dr. Abbel, der noch einmal in das Foyer zurückgekehrt war.

Als er sie zusammen mit Dr. Lichte sah, nickte er wissend und gab Grete ein Zeichen, dass er draußen auf sie wartete. Grete schielte um Dr. Lichte herum, was ihn dazu bewog, sich umzudrehen.

»Dr. Abbel wartet auf mich«, sagte Grete.

»Einen Moment noch, Fräulein Grete.« Dr. Lichte nestelte nervös an seinem Jackett. »Dieses Mal lasse ich Sie nicht einfach gehen. Ich möchte Sie wiedersehen.«

Grete lächelte den Chirurgen schüchtern an. »Dr. Lichte, ich ... ich arbeite viel. Und ich kann Ihnen nichts versprechen«, versuchte sie sich herauszuwinden.

»Ich habe Karten für die Uraufführung dieser neuen Konfektionsrevue im *Theater des Westens*. Ursprünglich wollte ich meiner Mutter damit eine Freude machen, aber die meinte, ich würde mein Geld aus dem Fenster werfen. Sie findet eine solche Veranstaltung viel zu neumodisch.«

»Sie weiß gar nicht, was sie verpasst!«, entgegnete Grete.

»Eben.« Dr. Lichte nickte zustimmend. »Nun, es wäre mir eine Freude, wenn Sie mich begleiten.«

»Ich?«, fragte Grete, die sofort daran dachte, dass sie gar keine passende Kleidung für einen solchen Anlass hatte.

Auf der anderen Seite konnte sie nicht leugnen, dass ihr die Einladung schmeichelte und sie gern einmal bei einer Veranstaltung wie dieser im Publikum sitzen würde.

Valerie hatte die letzten Tage von nichts anderem gesprochen.

Nachdenklich legte sie den Kopf schief, was Dr. Lichte als mögliche Absage zu interpretieren schien, denn er kam ihrer Antwort zuvor.

»Ich werde am Eingang auf Sie warten. Nächsten Sonntag, Schlag Sieben«, sagte er, trug ihr den Koffer aus dem Gebäude und schaute Grete in die Augen. »Von der Revue werden Sie wochenlang erzählen können.«

Grete lächelte und erwischte sich dabei, wie sie zustimmend nickte.

»Also, nicht vergessen, diesen Sonntag, Schlag Sieben«, wiederholte Dr. Lichte. Er schob seine Brille den Nasenrücken nach oben und eilte winkend in das Foyer zurück.

Grete winkte ihm nach und irgendwie fühlte sich das gut an.

51

Grete hatte kaum die Wohnung betreten, da kam ihr Valerie bereits entgegengerannt. »Und habt ihr es geschafft?«, fragte sie.

Grete schälte sich aus ihrem Mantel und schüttelte den Kopf. Sie war in Gedanken noch immer bei den Ereignissen dieses Tages. Die Niederlage vor der versammelten Ärzteschar saß auch bei ihr tief. Trotzdem hatte sie ihr Bestes gegeben und Dr. Abbel auf dem Weg zurück in die Praxis gut zugeredet. Sie hatte geschworen, dass ihnen eine andere Möglichkeit einfallen würde, um an Geld für die Forschung zu kommen. Sie hatte gar keine Wahl, wenn sie ihre Anstellung nicht verlieren und ihrem Bruder seinen nunmehr sehnlichsten Wunsch erfüllen wollte, endlich von seinem Leid erlöst zu werden. Auch wenn sie nach Dorms Tod anhaltend große Angst um ihn hatte.

Und dann war da noch Dr. Lichte, der weiterhin Interesse an ihr zu haben schien. Er hatte es geschafft, ihre Laune zu heben. Denn mit seiner Aufmerksamkeit und seiner Einladung bewies er, dass es Wunder gab. Selbst für sie, Grete Brückner.

Argwöhnisch zog Valerie ihre Augenbrauen zusammen und musterte Grete nachdenklich. »Und warum strahlst du dann so?«

Grete genoss Valeries volle Aufmerksamkeit und beschloss, sich noch ein wenig darin zu sonnen. »Jetzt lass mich doch erst einmal ankommen«, zögerte sie die Antwort heraus. Valerie hatte mehrfach versucht, Karten für diese neue Konfektionsrevue zu bekommen, war allerdings stets gescheitert.

Die Männer, die an Valerie Interesse hatten, zeigten keins an der Revue. Wie würde Valerie nun reagieren, wenn sie erfuhr, dass sie dorthin eingeladen war?

Grete zog sich ihre Schuhe aus, stellte diese ordentlich an die Wand und machte sich auf den Weg in die Küche. Valerie folgte ihr und tänzelte um sie herum wie eine Katze, die um Futter bettelt.

Grete zog den Vorhang zu ihrer Nische beiseite und ließ sich erschöpft auf die Matratze sinken. »Wo ist eigentlich Ewa?«, fragte sie und massierte ihre Füße.

»Ich weiß es nicht. Sie war bereits weg, als ich heimkam«, erklärte Valerie. Ihr Ton verriet, dass sie nicht über ihre Mutter sprechen wollte. Vermutlich hatten sie sich mal wieder gestritten, weil Ewa rauchte und trank, was das reinste Gift für ihren ohnehin vermaledeiten Magen-Darm-Trakt war.

Grete warf Valerie einen aufmunternden Blick zu und erhob sich wieder, um sich in der Küche etwas zu essen zu machen. Sie holte ihr Brot aus dem Schrank und musste feststellen, dass kaum noch etwas davon übrig war. Auch ihre Butter hatte innerhalb eines Tages rapide abgenommen.

Grete warf Valerie einen sorgenvollen Blick zu. Die hob ernüchtert die Schultern und machte ein langes Gesicht. Sie wussten beide, dass es Ewa gewesen war. Ewa, die in regelmäßigen Abständen regelrechte Essanfälle bekam und selbst vor Gretes knapp bemessenen Vorrat nicht Halt machte.

Grete schnitt sich eine dünne Scheibe Brot ab, kratzte Butter darauf und ließ sich mit dem Butterbrot wieder auf ihre Matratze fallen.

Valerie, die bis eben noch am Küchentisch gelehnt hatte, setzte sich neben Grete und zog ihre Beine an.

»Also ...«, begann Grete und Valeries Blick hellte sich auf. Sie rutschte so nahe heran, dass ihr ganz anders wurde.

Grete biss in ihre Stulle und kaute. »Die Herren Mediziner haben unseren Antrag abgelehnt, weil ...«

»Weiß ich doch«, fuhr Valerie dazwischen. »Sag mir lieber den Grund für deine gute Laune.«

Grete warf ihr einen strengen Blick zu. Zumindest versuchte sie es, denn sie konnte Valerie nie lange böse sein. Valerie schaffte es immer wieder, Grete um den Finger zu wickeln.

»Dr. Lichte war ebenfalls dort«, ließ Grete die von Valerie sehnlich erwartete Nachricht platzen und ihre Stimme wurde dabei immer leiser.

»Wer ist das? Sollte ich den kennen?« Valerie setzte sich kerzengerade auf und kniff die Augen zusammen. Zum zweiten Mal an diesem Tag hatte es Grete geschafft, Valeries uneingeschränkte Aufmerksamkeit zu besitzen. Sie schüttelte den Kopf und schob sich den Rest der Stulle in den Mund. »Er hat am *Krankenhaus Friedrichshain* gearbeitet, während ich dort als Viktoriaschwester gelernt habe und sich für mein Bleiben eingesetzt.« Sie kaute zu Ende und sprach weiter. »Als ich trotzdem entlassen wurde, hat er mir ein Zimmer bei sich angeboten ... um mich vor der Straße zu bewahren.« Gretes Stimme hatte einen melancholischen Unterton angenommen und ihre Augen wurden ein wenig glasig.

»Der hätte dich bestimmt geheiratet!«, rief Valerie fassungslos aus. Und da schwang noch etwas in ihrer Stimme mit, das Grete nicht deuten konnte. Sie nickte und streckte ihre Füße aus.

»Und mir hast du kein Sterbenswörtchen davon erzählt?« Valerie verschränkte die Hände vor ihrer Brust und schmollte Grete an.

»Es fühlte sich nicht richtig an mit ihm.«

Valerie schnaubte und schüttelte belustigt den Kopf. »Ach *Schérie*, eine wie du ist mir echt noch nie begegnet«, sagte sie ungläubig. Etwas wie Bewunderung lag in ihrem Blick. Grete legte den Kopf schief und grinste Valerie verstohlen an.

»Aber warum feixt du dann jetzt?« Valerie musterte sie.

»Er hat mich eingeladen.« Grete setzte sich ebenfalls auf. Ihr Gesicht war dem von Valerie ganz nah. Sie hielt die Luft an, senkte den Blick und lehnte sich ein Stück zurück, um etwas Raum zwischen sich und Valerie zu bringen.

»Aber das ist doch toll!«

Valeries Euphorie versetzte Grete einen Stich. Nervös nestelte sie an ihrem Rock und machte sich daran aufzustehen. Valerie hielt sie zurück.

»Wohin? Erzähl, wohin geht der Doktor mit dir?«

»Ich habe ihm nicht direkt zugesagt«, erklärte Grete und verschränkte ihre Arme. Sie konnte es nicht länger herauszögern. »Zur Premiere der neuen Konfektionsrevue«, nuschelte sie und wich Valeries Blick aus.

Valeries Pupillen weiteten sich und sie schnappte nach Luft. »Sag das noch mal!«

»Na, diese neue Konfektionsrevue«, wiederholte Grete.

»Die Dame mit den tausend Toiletten?«

Grete nickte. »Aber ist der Titel nicht ein wenig merkwürdig?«

Valerie grinste. »Du Dummerchen. Toilette kommt aus dem Französischen, *Toile* ist das Tuch und die Toilette ist das Schminken, Frisieren und Ankleiden einer Dame.« Valerie nahm Gretes Arm und schmiegte ihren Kopf an Gretes Hals.

Grete lief ein Schauer über den Rücken. Die kleinen Härchen in ihrem Nacken und an ihren Armen stellten sich auf wie die Soldaten bei einer Parade. Wieso passierte ihr das immer wieder, wenn Valerie sie berührte? Was hatte das zu bedeuten? Und warum geschah das nicht, wenn Dr. Lichte sie eindringlich ansah oder Kessler sie bei der Hand fasste und mit sich zog?

»Du musst mich mitnehmen«, säuselte Valerie und vergrub ihren Kopf an Gretes Halsbeuge, sodass Grete ihren Atem auf ihrer Haut spürte.

»Und wie soll ich das anstellen?«, fragte Grete. Ihre Stimme bebte. Nein, sie zitterte am ganzen Leib.

Himmelherrgott noch mal, schalte sich Grete innerlich selbst und schüttelte sich.

Valerie setzte sich wieder kerzengerade auf und ergriff Gretes Hände. »Wir gehen einfach gemeinsam hin und du sagst, dass ich deine Anstandsdame bin«, antwortete Valerie keck.

»Das kann ich nicht tun!«, rief Grete empört.

»Wo steht das? Du kannst alles tun, was nicht verboten ist.«

Ein Grinsen umspielte Gretes Mundwinkel. Wenn Valerie etwas wollte, sprudelten die Ideen geradezu aus ihr heraus. Und irgendwie gefiel ihr die Idee. Vermutlich würde sie nie wieder in den Genuss kommen, einer solchen Revue beizuwohnen.

Grete stellte sich vor, wie schön es wäre, diesen wunderbaren Moment für alle Zeit mit Valerie teilen zu können. Valerie wäre die schönste Frau des Abends. Und wenn Valerie mitkäme, bräuchte sie nicht zu befürchten, dass Dr. Lichte ihr in irgendeiner Weise zu nahe kam.

»Aber wovon willst du eine Karte bezahlen?«, fragte sie.

Valerie hob ihre Schultern und ließ sie wieder fallen, als würden sie hundert Kilo wiegen. »Na, dein Herr Doktor legt für dich sicher noch eine Karte obendrauf?«, fragte Valerie leichthin.

Nun war es Grete, die mit den Schultern zuckte.

»Für einen Arzt ist das sicher kein Problem, oder?« Wieder schmiegte sich Valerie an Grete.

»Ich weiß nicht«, sagte Grete, doch im Grunde war es längst entschieden. Denn sie wollte am Sonntag unbedingt die erste Revue ihres Lebens sehen. Und das Wissen, dass sie dort nicht allein antanzen musste, machte es ihr leicht, die Einladung von Dr. Lichte anzunehmen.

»Gut, aber du musst mir ein Kleid leihen«, sagte Grete. »Damit ich auch aussehe wie eine echte Dame.« Sie warf ihren Kopf in den Nacken und amte Mimik und Gestik der feinen Fräuleins nach.

Valerie lachte und gluckste, bis die Tür zur Wohnung aufflog und Ewa polternd den Raum betrat.

Grete und Valerie huschten wie beim Klauen erwischt wieder aus der Nische.

»Vaaaalerie!«, krähte Ewa quer durch den Raum und stützte sich schwerfällig an der Wand ab.

Valerie warf Grete einen genervten Blick zu. Grete fasste ihre Hand und drückte sie. Schließlich gingen sie Ewa entgegen, die auf die Chaiselongue sank. Sie nickte erst ihrer Tochter zu, dann auf ihr Schuhwerk. Valerie kniete sich nieder und zog ihrer Mutter die Schuhe aus.

Grete staunte, wie immer, wenn sie Valerie und Ewa zusammen erlebte.

Die sonst so lustige, nicht auf den Mund gefallene Valerie wurde in Gegenwart ihrer Mutter stets zu einem anderen Menschen. Angepasst und aufopfernd. Jeder Aufforderung folgend und trotzdem innerlich rebellierend.

»Valerie, musst endlich machen was aus dir. Das ist kein Leben für uns. Du brauchen Mann. Reichen Mann«, klagte Ewa und sah ihre Tochter fast strafend an.

»Aber *Mamuśka*, ich tue schon alles. Berlin ist noch nicht reif für das, was sie in Paris kennen.«

»Wer will, der muss tun was dafür«, klugmeierte Ewa. »Grete vielleicht Grips in Kopf.« Sie tippte auf ihre Schläfe. »Aber damit Tür zu wie ohne Schlüssel. Mein Kind, du musst benutzen deine Schönheit. Das ist wie Schlüssel für alle Tür, auch Große.« Sie stemmte sich auf Valerie gelehnt in die Höhe.

Valerie senkte ihren Blick beschämt nach unten.

Grete konnte sehen, wie Valerie sich an einen anderen Ort wünschte. Die Arme, das hatte sie nicht verdient.

52

Eine Traube Menschen hatte sich vor dem *Theater des Westens* versammelt. Alle hatten sich herausgeputzt und strahlten mit vor Aufregung erhitzten Gesichtern um die Wette.

Und obwohl Grete nicht zum ersten Mal vor dem Gebäude stand, überkam sie das gleiche einladende und einschüchternde Gefühl, das der imposante Bau mit seinem riesigen Eingangsbogen und der steinernen Treppe in ihr auslöste. Der Ruf in eine verheißungsvolle Welt.

Neben ihrer Aufregung schnürte ihr das Korsett ihres geliehenen Kleides den Atem ab. Einen ausladenden Hut hatte sie abgelehnt. Sie fasste sich in die Hochsteckfrisur, an der Valerie eine halbe Unendlichkeit lang gearbeitet hatte. Danach war sie selbst überrascht gewesen, wie adrett und damenhaft sie auf einmal aussah.

Der seidige Stoff mit der leichten Schleppe, die Puffärmel, die durch das Korsett wohlgeformte Taille und die Rüschen über der Brust machten das Bild einer feinen Dame komplett.

Natürlich hatte Valerie es ausgesucht und sie darauf eingeschworen, dass sie es völlig unversehrt zurückgeben musste.

Grete ließ ihren Blick über die Wartenden schweifen und entdeckte Dr. Lichte, der sich am Eingang neben die Stufen postiert hatte. Er trug einen schwarzen Frack und trat ungeduldig von einem Bein auf das andere. Immer wieder schaute er sich nervös um. Er schien sich keineswegs sicher, ob sie erscheinen würde.

Grete drosselte ihr Tempo, sodass Valerie ein paar Schritte vor ihr lief. Valerie schnatterte aufgeregt vor sich hin, weswegen sie Gretes Fehlen nicht gleich bemerkte. Als sie es registrierte, blieb sie stehen und sah sich nach Grete um.

Da Grete keine Anstalten machte, ihr zu folgen, kam Valerie ein paar Schritte zurück.

»Was ist?« Valerie zog an Gretes Ärmel.

»Ich weiß nicht, ob das eine gute Idee ist«, flüsterte Grete.

»Ach *Schérie*, das hatten wir alles schon. Du siehst in dem geborgten Kleid sehr hübsch aus. Niemand wird sich darüber wundern. Dein Doktor gleich gar nicht«, sagte Valerie mit fester Stimme, die in ihr glucksendes Lachen überging.

Grete strich das Kleid zurecht.

»Du siehst toll aus«, wiederholte Valerie und fasste Grete bei den Händen.

»Das ist es nicht. Es fühlt sich nur irgendwie nicht richtig an«, erklärte Grete, ihre Handflächen waren schweißnass.

Valerie machte eine beschwichtigende Geste, kam Gretes Kopf mit ihrem Gesicht ganz nahe und flüsterte verschwörerisch. »Hast du deinen Doktor entdeckt?«

Grete nickte kaum merklich. »Da vorn bei den Stufen.«

Valerie drehte sich neugierig um und ließ ihren Blick über die Wartenden am Eingang schweifen. Sie entdeckte den jungen Arzt, der gerade aus seiner Weste eine Taschenuhr nahm und darauf linste.

Valerie taxierte den Mediziner. Anerkennend nickte sie Grete zu. »Ist ganz flott, dein Doktor.« Sie zwinkerte Grete zu.

Noch ehe Grete etwas erwidern konnte, fasste Valerie sie an der Hand und zog sie Richtung Eingang.

Grete sträubte sich wie eine mürrische Ziege, doch Valerie hatte nur noch Augen und Ohren für diese Veranstaltung.

Zielgerichtet marschierte sie weiter in Richtung des Arztes und nickte den Wartenden und Palavernden zu, als würde sie jeden Einzelnen von ihnen kennen.

Grete wollte sich gerade losreißen, da entdeckte Dr. Lichte sie und winkte ihr zu.

»Fräulein Grete, hier bin ich.« Er kam auf Grete zu, während Valerie sich hinter sie stellte, ihre Hand auf Gretes Schulter legte und sie ruhig, aber drängend in Dr. Lichtes Richtung dirigierte.

Schließlich verbeugte sich der Arzt vor Grete und nahm ihre Hand, um sie zu küssen. »Schön, dass Sie gekommen sind!«

In seinem Tonfall lag so viel Zuneigung, dass Grete am liebsten im Boden versunken wäre. Grete machte einen Knicks vor ihm und senkte ihren Blick. »Ich danke Ihnen vielmals für Ihre Einladung. Ich hoffe, es ist in Ordnung, dass ich meine Kollegin und Freundin Valerie mitgebracht habe?« Grete trat einen Schritt zur Seite und traute sich kaum, ihre Verabredung anzuschauen.

»Angenehm, Valerie Pavlowa.« Valerie streckte dem Arzt kokett ihre Hand entgegen.

Dr. Lichte schüttelte sie, hielt seinen Blick jedoch weiter auf Grete gerichtet. Seine stechenden, hinter den Brillengläsern vergrößerten, grauen Augen schienen Grete geradewegs zu durchbohren. Trotzdem hätte sie nicht sagen können, was hinter seiner Stirn vor sich ging. Jedenfalls schaute er nur Grete an und beachtete Valerie noch immer nicht. So, als ob sie gar nicht anwesend wäre.

Grete war es nicht gewohnt, dass die Aufmerksamkeit eines Mannes in Gegenwart ihrer Freundin auf ihr lag. Sie biss sich verlegen auf die Lippe.

Valerie schien ebenfalls irritiert. Mit fliegenden Fingern machte sie sich an ihrer Handtasche zu schaffen und räusperte sich mehrfach.

»Sie können doch bestimmt eine weitere Karte besorgen?«, nahm Valerie Grete die Frage ab, die sie nicht zu stellen wagte.

Dr. Lichte schob irritiert seine Brille den Nasenrücken nach oben. Grete legte ihren Kopf schief und lächelte Dr. Lichte verlegen an. »Sie verstehen sicherlich, dass ich nicht allein zu …«, setzte sie an. Grete beendete ihren Satz aber nicht, als sie Dr. Lichte verständnisvoll nicken sah.

»Ich werde sehen, was ich tun kann«, antwortete er. »Aber Sie beide warten hier, versprochen?«

Valerie und Grete nickten eifrig, woraufhin Dr. Lichte ins Innere des Theaters eilte.

Valerie strahlte über das ganze Gesicht. Grete hingegen war eher zum Heulen zu Mute. Diese Situation überforderte sie. Sie hatte sich auf den Abend mit Valerie gefreut, in diesem Moment bereute sie ihre Entscheidung trotzdem. Der arme Dr. Lichte.

Nicht nur, dass sie ihn für eine weitere Karte um sein schwer verdientes Geld brachten, nein, sie betrogen ihn regelrecht darum. Sie wollte dem Arzt keine falschen Hoffnungen machen, aber genau das tat sie. Was hatte sie sich bloß dabei gedacht? Hatte sie geglaubt, dass sich ihre Gefühle für ihn ändern würden, wenn sie seine Einladung annehmen und Valerie als Anstandsdame mitnehmen würde?

Valerie hingegen beobachtete das Geschehen mit leuchtenden Augen, als wüsste sie gar nicht, was ein schlechtes Gewissen war. Grete hatte sie nie so strahlen sehen und ihre eben noch aufkeimende Wut darüber, dass sie sich von Valerie hatte überreden lassen, verflog.

»Das ist unglaublich toll, *Mond Schérie*«, hauchte Valerie und sah Grete glücklich an.

Grete konnte bereits an Dr. Lichtes Gesicht erkennen, dass sein Ausflug an die Kassen des Theaters nicht den gewünschten Erfolg erzielt hatte. Seine Stirn lag in Falten und seine Arme baumelten schlaff an ihm herab.

Grete war fast erleichtert, als sich Dr. Lichte wieder zu ihnen gesellte. »Ausverkauft! Es ist keine einzige Karte übrig.«

Grete atmete beruhigt aus, denn es war sehr vermessen gewesen, Dr. Lichte um eine dritte Karte zu bitten. Als sie jedoch bemerkte, wie Valerie neben ihr in sich zusammensank, versetzte ihr das einen Stich. Sie hatte Valerie enttäuscht. Das Strahlen in deren Augen erlosch, wie durch das Betätigen eines Schalters.

»Aber Sie können gern Ihre Freundin mit in die Revue nehmen. Ich warte draußen auf Sie«, erklärte Dr. Lichte, als hätte er Valeries Stimmungsschwankung ebenfalls bemerkt. Seine rechte Hand glitt in die Tasche seines Fracks und zog zwei Eintrittskarten heraus.

Augenblicklich hellte sich Valeries Blick wieder auf und sie fiel dem Chirurgen ohne Vorwarnung um den Hals.

Grete und Dr. Lichte blickten beschämt zu Boden.

»Valerie!«, zischte Grete und diese ließ den Arzt wieder los.

»Entschuldigen Sie, aber ich freue mich so«, hauchte Valerie erneut und schenkte dem schüchternen Doktor einen Augenaufschlag erster Güte.

»Aber das können wir Ihnen nicht zumuten«, sagte Grete und erntete dafür einen Seitenhieb von Valerie.

»Gehen Sie. Wir holen das ein anderes Mal nach. Ich möchte Ihnen eine Freude machen. Und ich wiederum freue mich, im Anschluss ein Glas Sekt mit Ihnen trinken zu dürfen.« Der Arzt hielt Grete die Eintrittskarten hin.

Grete griff zaghaft nach ihnen. Das alles war ihr äußerst peinlich, aber sie hatte es sich selbst eingebrockt. Sie umschloss die Karten und steckte sie in ihre Manteltasche. »Sind Sie sich wirklich sicher?«

Ein Gong ertönte, die Massen setzten sich in Bewegung und strömten ins Innere des hell erleuchteten Theaters.

Valerie ergriff Gretes Hand und drängte ebenfalls in Richtung Eingang. Grete hielt sie zurück. Sie legte ihren Kopf schief und warf dem Arzt einen Blick zu, der wortlos *letzte Chance sagte*.

Dr. Lichte lächelte ihr zu. »Na los, beeilen Sie sich. Jetzt habe ich ein Rendezvous mit Ihnen gut, auf das ich mich freuen kann.« Als Grete keine Anstalten machte, neigte er sich zu ihr und flüsterte: »Nur zu, sonst fängt die Revue ohne Sie an.«

Gretes schlechtes Gewissen lichtete sich. Wie die Wolken nach einem Regenschauer verschwanden ihre trüben Gedanken und ebneten der Vorfreude ihren Weg. Abermals ertönte ein Gong und Grete ließ sich von Valerie in Richtung Eingang ziehen. Bevor sie die große Halle betraten, drehte sich Grete noch einmal zu Dr. Lichte um. Er stand dort, wo sie ihn eben verlassen hatten, und winkte ihr zu. Grete konnte nicht umhin, ihn für einen ungewöhnlich guten Mann zu halten. *Er hat etwas Besseres als mich verdient,* dachte Grete, als sie schließlich das Gebäude betrat. Die Wärme des Innenraums vertrieb die Kälte des Berliner Winters sofort. Der Geruch von poliertem Holz, Parfüm und leichtem Rauch lag in der Luft. Vor ihr erstreckte sich das Foyer, ein Meer aus glänzendem Marmor und geschwungenen Treppen, die zu den Rängen hinaufführten. Grete bemerkte die hohen Decken, verziert mit Fresken von tanzenden Figuren, die lebendig wirkten. Überall funkelten Kristalllüster, die ein weiches Licht warfen, das die Gesichter der elegant gekleideten Gäste in sanfte Schatten tauchte. Die Farben ihrer bodenlangen Roben aus Seide, Taft oder Samt schienen aus einem Gemälde zu stammen: schimmerndes Smaragdgrün, tiefes Rubinrot und elegantes Elfenbeinweiß. Verziert mit Perlenstickereien und Spitze legten sie sich wie ein zarter Schleier über ihre Körper. Einige von ihnen trugen lange Handschuhe aus feinem Leder oder Satin, die mit kleinen Knöpfen bis über die Ellenbogen reichten. Ihre Hüte, kunstvoll mit Federn, Blumen oder sogar Schleiern geschmückt, vollendeten die Anmut ihrer Erscheinungen.

Grete schluckte. So viel Pracht und Eleganz hatte sie noch nie aus der Nähe gesehen. Ein wenig unsicher zupfte sie an ihrer eigenen Garderobe, die plötzlich fehl an ihr wirkte.

»Fräulein Grete, Sie hier?«, hörte sie eine Stimme hinter sich. Sie erkannte diese sofort: Es war die von Arthur Kessler. Er lächelte sie an, wie immer eine Zigarette im Mund. Grete winkte ihm kurz zu und huschte mit Valerie die Haupttreppe empor. Andächtig fuhr sie dabei mit den Fingern über das Geländer. Das Holz fühlte sich glatt und kühl an und bot einen sicheren Halt bei allem, was Grete den Boden unter den Füßen wackelig machte. Die goldenen Verzierungen entlang der Wände, die kunstvollen Spiegel, die die Eleganz des Raumes vervielfachten, und die schweren Vorhänge, welche die Eingänge zum Zuschauerraum verbargen. Schließlich betraten sie den Saal und Grete hielt einen Moment lang inne, um alles aufzunehmen. Der Raum schien endlos groß – eine Welle aus Rot und Gold, mit Balkonen, die sich in geschwungenen Linien übereinanderstapelten. Das hufeisenförmige Arrangement der Logen wirkte, als umarme der Raum die Bühne.

Valerie und Grete saßen in der zweitvordersten Reihe des Theaters. Valerie freute sich diebisch. »Im Krieg und in der Kirche sind die besten Plätze hinten, in einer Konfektionsrevue aber vorn«, sagte sie. »Dein Doktor hat sich nicht lumpen lassen.« Sie musterte Grete. »Warum gefällt er dir nicht?«

Grete zuckte mit den Schultern. »Sollte es nicht kribbeln, wenn man sich sieht?«

»Ach ja«, seufzte Valerie. »Die, die man kriegt, die will man nicht und die, die man will, die kriegt man nicht.«

Grete wollte nachfragen, wen Valerie wollte, aber in dem Moment wurde der Vorhang aufgezogen und das Orchester stimmte eine beschwingte Melodie an.

Endlich gab der schwindende Vorhang den Blick auf die Bühne frei, deren Bühnenbild einen Pariser Salon zeigte. Grete erkannte Wände mit aufgemalten Blumenranken, einen massiven Kamin, aus dem unechtes Feuer flackerte, mit Brokat bezogene Stühle und diverse Schränke. Letztere wirkten regelrecht fehl am Platz und Grete fragte sich, wofür sie gut waren.

Eine Sekunde später glitt die erste Modelgruppe auf die Bühne, und Gretes Atem stockte. Die Frauen vor ihren Augen bewegten sich wie auf Wolken, gehüllt in Roben aus Seide und Tüll, die bei jeder Bewegung im Licht aufblitzten. Grete fragte sich, wie viele Stunden es wohl gedauert haben musste, die Kleider mit den unzähligen Perlen und glitzernden Steinen zu verzieren.

Eine hübsche Blondine sang: »Die Dame, das ist ein Beruf, den Gott an einem Sonntag schuf.« Sie trällerte von ihren Verehrern, die sie mit Kleidern überhäufen würden. Dabei lief sie an den drei Kleiderschränken vorbei und öffnete jeden galant. Die Schränke waren vollgepackt mit edelsten Kleidungsstücken. Aus dem einen nahm sie ein geblümtes Kleid heraus, aus dem anderen eines aus Brokat, aus dem dritten eines ganz in Weiß, dazu mehrere Hüte, Schuhe, Sonnenschirme und Fächer.

Grete war fasziniert von der nicht enden wollenden Menge an Kleidern, mit denen man das gesamte Theater hätte neu einkleiden können. Zumindest die weiblichen Gäste, so kam es ihr jedenfalls vor.

Sie sah zu Valerie, die völlig gebannt auf die Bühne schaute.

Es war überdeutlich, dass Valerie sich sehnlichst wünschte, anstelle der Blondine auf der Bühne zu stehen.

Und Grete wünschte es sich auch für sie. Sie erschrak, als mit einem Mal das Licht auf der Bühne erlosch. Nur, um im nächsten Moment einen anderen Teil der Bühne auszuleuchten, in der sich eine leuchtend blaue Kulisse wölbte, die eine imaginäre Gartenszene darstellte. Dort präsentierten die Tänzerinnen luftig-leichte Sommerkleider, die bei jedem Schritt wie Schmetterlingsflügel flatterten.

Die Musik wurde flotter und weitere Damen tänzelten auf die Bühne. Jede trug ein anderes aufgeplustertes Kleid, während die Hauptdarstellerin hinter einen Paravent schlüpfte und kurz darauf mit einer neuen Garderobe heraustrat, die sie in weniger als einer Minute angelegt haben musste.

Die Frauen im Publikum rissen begeistert ihre Augen auf und Valerie juchzte vor Freude.

Nun sprangen drei Herren im Frack auf die Bühne und scharwenzelten um die Frauen herum. Grete beobachtete, dass Valerie kaum die Augen von dem Mittleren der Männer lassen konnte, der neben seinem Adoniskörper auch noch eine betörende Stimme hatte. Das passte ihr gar nicht.

Schließlich tanzten die Männer abwechselnd mit den Damen und sangen *Von Sternen umgeben* aus der Operette *Frau Luna* von Paul Lincke.

Bei den Zeilen *Und stellen sich Sorgen im Tageslauf ein, gibt Hoffnung auf Morgen ein silberner Schein* wippte Grete unwillkürlich mit den Fußspitzen mit. Sie strahlte Valerie an, die begeistert in die Hände klatschte. Kurz darauf griff sie nach Gretes Hand und schwenkte sie im Rhythmus mit. Es war ein Fest für die Augen und eine Flucht aus der Tristesse ihres Alltags – und für einen Moment fühlte sich Grete selbst wie Teil dieses glanzvollen Märchens.

<h1 style="text-align:center">53</h1>

Grete stand allein im Vorraum, weil Valerie nach wie vor versuchte, von irgendwelchen Herren zwei Gläser Champagner spendiert zu bekommen. Grete wäre lieber direkt zu Dr. Lichte gegangen, weil ihr der Arzt leidtat, aber Valerie wollte jeden verfügbaren Moment maximal auskosten.

»Na, jetzt laufen wir uns erneut über den Weg«, sagte jemand von hinten.

Grete drehte sich um. Es war Kessler, der ihr galant die Hand küsste und mit wachsamem Blick direkt in die Augen schaute. »Fräulein Grete, wie schön, Sie zu treffen. Wer führt Sie heute aus?«

Grete legte ihren Kopf schief. »Nun, Sie offensichtlich nicht.« Sie sah den Journalisten herausfordernd an. »Und wen führen Sie aus?«

Kessler blickte ertappt zu Boden. »Ich bin natürlich geschäftlich hier. Und der Verlag erlaubt keine privaten Verquickungen, sonst hätte ich Sie natürlich gern eingeladen.«

»Vielleicht hätte ich abgelehnt.«

»Wo wir doch so viel zusammen erlebt haben«, entgegnete Kessler und klang dabei gewohnt selbstsicher, scharrte aber mit seiner Schuhspitze auf dem Boden herum.

Grete fiel auf, dass es dieselben kaputten Schuhe waren, die er ständig trug und dachte an Valerie, die ihre

Kleider für diesen Abend organisiert hatte. Grete fragte sich noch immer, wie sie das gemacht hatte, ohne einen einzigen Groschen dafür bezahlt zu haben.

Aber Valerie hatte ihre Tricks nicht preisgeben, damit Grete ihr nicht irgendwann Konkurrenz machte. Grete war bei diesem Kompliment rot angelaufen und hatte die nächsten Sätze gestammelt.

»Außerdem suche ich nach Interessenten für die Bilder Ihres Bruders«, sagte Kessler. Wohl, um keine Gesprächspause entstehen zu lassen. Er beugte sich näher zu Grete. »Philipp Freudenberg ist anwesend. Der Inhaber von Gerson.« Stolz schwang in Kesslers Stimme mit. »Stellen Sie sich mal vor, er würde Johanns Bilder in seinem exquisiten Warenhaus präsentieren!«

Kaum musste sie an ihren Bruder denken, fiel Grete Dorm ein – der Patient, der von Kessler vermittelt worden und verstorben war. Sie schluckte. »Planen Sie noch immer einen Artikel über Dr. Abbel zu schreiben?«, fragte sie wachsam.

Kessler seufzte. »Das liegt an Ihnen und Dr. Abbel. Aber erlauben Sie mir, Ihnen nach dem Vorfall mit Herrn Dorm einen Ratschlag zu geben. Die Praxis müsste etwas tun, um positive Aufmerksamkeit zu erregen. Eine Anzeige zum Beispiel bei uns in der Zeitung.«

»Wir haben momentan kein Geld.«

»Wer nicht wirbt, stirbt.« Kessler hob seinen Blick und grinste sie mit seinen gelben Zähnen breit an. »Die Anzeigen für medizinische Dienstleistungen in unserer Zeitung sind sehr erfolgreich. Jedenfalls, wenn sie entsprechend formuliert sind. Sanatorien, Gerätschaften, selbst obskure Mittelchen, deren Wirkung höchst zweifelhaft ist, werden dadurch vielfach gekauft.«

Grete biss sich auf die Lippe. Sie hatte in den letzten Tagen lange überlegt, wie sie und Dr. Abbel die weitere Forschung finanzieren könnten. Vielleicht würde eine Anzeige wirklich helfen und die Praxis fand neues Klientel und dementsprechend auch Geld. »Aber eine Annonce ist sicherlich sehr teuer.«

»Nun, ich kann für Dr. Abbel die Anzeige entwerfen«, entgegnete Kessler. »Damit sie auch ganz sicher erfolgreich ist. Dann bekommen Sie das Geld im Handumdrehen zurück. Und ich habe ein Argument nach dem Vorfall mit Herrn Dorm, um den Artikel über Ihren Bruder dennoch zu bringen.«

Grete nickte. »Ich rede mit Dr. Abbel.«

Kessler strahlte und nahm Gretes Hand. »Aber nun verraten Sie mir, mit wem Sie da sind!«

Grete entzog ihm ihre Hand und schaute sich in der Menge um. Sie musste Dr. Lichte suchen und Valerie ebenfalls.

»Dr. Lichte«, presste Grete hervor. »Er wartet bestimmt auf mich.« Sie wandte sich zum Gehen und sah noch, wie Kessler ihr enttäuscht nachblickte.

Grete suchte in der Menge nach Valerie und Dr. Lichte. Valerie entdeckte sie bei einer Gruppe Damen, die eben für die Revue auf der Bühne gestanden hatten. Lebhaft nickte und lachte sie. Sie schien jedes Wort der Frauen wie ein Schwamm in sich aufzusaugen. Ihr Versuch, Champagner zu ergattern, schien nicht weiter von Belang.

Grete lächelte bei ihrem Anblick und wollte gerade zu Valerie gehen, um sie zu bitten, sie zu Dr. Lichte zu begleiten, als ihr erneut jemand von hinten auf die Schultern tippte.

Mit einem strahlenden Lächeln und zwei Gläsern stand Dr. Lichte vor ihr. »Wie hat Ihnen die Revue gefallen?« Er hielt ihr einen der Kelche hin. »Und darf ich Ihnen ein Glas Sekt anbieten?«

Grete machte im ersten Moment keine Anstalten. Als sie sein enttäuschtes Gesicht bemerkte, konnte sie nicht anders und ergriff eines der Gläser. Ihre Anspannung vom Beginn des Abends war sofort wieder zurück.

Wieso war sie in Anwesenheit von Dr. Lichte immer derart verstockt? Verstohlen sah sie zu Valerie.

»Die Revue war atemberaubend. Noch nie zuvor habe ich so etwas Schönes gesehen«, antwortete Grete schließlich und die beiden prosteten sich zu.

Dr. Lichte nestelte nervös an seinem Frack. »Darf ich anmerken, dass Sie die schönste Frau des Abends sind.« Er warf Grete bewundernde Blicke zu.

Grete stieg erneut die Röte ins Gesicht. Dieser Mann war so offensichtlich an ihr interessiert, dass es wehtat. »Sie sehen aber auch ganz hervorragend aus in diesem Frack«, gab sie das Kompliment zurück. Sie meinte es, wie sie es sagte. Dr. Lichte war ein nett anzusehender Mann und der Frack stand ihm ausgezeichnet. Was hätte sie dafür gegeben, seine Gefühle erwidern zu können. Zu zweit war Verliebtsein immerhin schöner. Glaubte sie zumindest.

Grete hatte erneut ein schlechtes Gewissen ihm gegenüber, denn er hatte teure Karten für eine Revue gekauft und sie ihretwegen nicht einmal gesehen. Damit stand sie tiefer in seiner Schuld, als sie es jemals gutmachen könnte.

»Sie haben meiner Freundin mit der Revue einen großen Traum erfüllt, wissen Sie? Sie möchte selbst einmal Mannequin werden.«

»Wo ist Ihre Freundin überhaupt?«, erkundigte sich der Doktor, schien aber nicht wirklich Interesse an der Antwort zu haben. »Aber ich freue mich, ein paar Minuten ungestört mit Ihnen reden zu können, Fräulein Grete.«

Grete wurde es heiß und kalt. Sie musste das Gespräch zurück auf ein unverfängliches Thema lenken. Rasch nahm sie einen Schluck Sekt. »Kennen Sie sich mit medizinischer Forschung aus?«

Dr. Lichte wiegte den Kopf hin und her. »Sie fragen, weil Ihnen die Forschungsgelder der Medizinischen Gesellschaft nicht bewilligt wurden, richtig?«

Grete nickte und schaute ihn hoffnungsvoll an.

Dr. Lichte seufzte und knetete sich das Kinn. »Sie könnten einen privaten Finanzier auftun«, sagte er schließlich.

»Diese Überlegung hatten wir auch schon«, antwortete Grete. Die Enttäuschung, dass Dr. Lichte keinen anderen Ansatz hatte, war ihr an der Nasenspitze anzusehen.

»Ich bin mir sicher, dass Dr. Joseph Abbel die richtigen Leute kennt«, sagte Dr. Lichte, der Gretes Ernüchterung bemerkt haben musste.

»Er ist ein außerordentlicher Chirurg, aber wenn es um das Drumherum geht ...« Grete sprach den Satz nicht zu Ende, sondern fuhr abwägend mit ihrem Kopf hin und her.

»Ich verstehe«, lachte Dr. Lichte breit und Grete konnte einen Blick auf seine blendend weißen Zähne erhaschen. Das komplette Gegenteil von Kessler, dachte Grete und es schüttelte sie leicht bei dem Gedanken an dessen gelbe Gebissleiste.

»Ich meine, er ist Jude, oder?«, fügte Dr. Lichte hinzu.

Grete schaute ihn prüfend von der Seite an. Was wollte er damit sagen?

Dr. Lichte bemerkte ihr Stirnrunzeln und fügte schnell hinzu: »Viele Juden sind arm wie eine Synagogenmaus«, sagte er. »Aber einige Juden sind auch sehr vermögend. Es wäre doch gelacht, wenn Dr. Joseph Abbel nicht jemanden kennen würde, der den Fortschritt seiner Forschung erkennt!«

»Das vielleicht«, erwiderte Grete. »Aber warum sollte uns ein vermögender Jude solche Summen an Geld schenken?«

»Vielleicht, weil er selbst Verwandte hat, die einer Operation bedürfen«, antwortete Dr. Lichte, hakte sich bei Grete unter und zog sie mitten in die Menge. »Aber nun genug der Arbeit. Sie sollten auch einmal abschalten und an sich denken, Fräulein Grete«, sagte der Arzt plötzlich mit einer solchen Bestimmtheit, die sie noch nie an ihm beobachtet hatte und der sie sich nicht widersetzen mochte.

Wenn Sie wüssten, dachte Grete und ließ sich von ihm in die schnatternde Masse ziehen.

54

Am nächsten Morgen erwachte Grete mit einem brummenden Schädel, als sei darin eines dieser Automobile am Umherfahren. Außerdem schmerzten ihre Glieder. Der Abend mit Dr. Lichte war nett gewesen. Er hatte darauf bestanden, dass sie ihre Adressen austauschen, damit er sich melden könne, um ein weiteres Treffen mit ihr abzustimmen. In der Champagnerlaune gestern hatte sie eingewilligt. Aber jetzt hoffte sie, dass er sich nicht mehr melden würde.

Als sie Valerie wecken wollte, brabbelte die etwas von Schönheitsschlaf und drehte sich auf die Seite. Fünf Minuten später, als Grete es erneut versuchte, behauptete Valerie, sie sei krank und Grete solle sie bei Dr. Abbel entschuldigen.

Grete traute sich nicht, sich ebenfalls krank zu melden, deshalb schleppte sie sich aus dem Haus und stapfte müde los.

Der Weg zur Praxis kam ihr doppelt so lang vor wie sonst und alles schien wie in Watte gehüllt. Hatte sie etwa noch mehr getrunken als bei ihrem Besuch mit Kessler im *Café Bauer*?

Bei ihrer Ankunft in der Praxis herrschte dort geschäftiges Treiben. Mühevoll zog sie sich um und nahm sich vor, es in Zukunft bei einem Glas zu belassen. Denn ihr Ziel, ihrem Bruder endlich die Operation seiner

Nase ermöglichen zu können, war wichtiger als ein kurzweiliges Vergnügen.

»Schwester Grete, wo bleiben Sie?«, rief Dr. Abbel aus dem Operationsraum.

Grete hastete zu ihm. Auf dem Operationstisch lag ein hagerer Mann, die Nase ähnlich deformiert wie die ihres Bruders. »Syphilis«, sagte Dr. Abbel knapp und nahm Grete beiseite. »Das ist Geheimrat Karl. An ihm können wir mit der Operationsmethode für Ihren Bruder experimentieren.« Er deutete auf ein Stück, das aussah wie ein knorpeliger Knochen. »Sterilisieren Sie das zwanzig Minuten lang mit Sublimat.«

Grete legte das knochenartige Ding in die quecksilberhaltige Sublimatlösung und deutete darauf. »Was ist das?«

»Das Brustbein einer Ente«, antwortete Dr. Abbel. »Der Patient möchte nicht, dass ich ihm einen Knochen entnehme und für seine Nase verwende. Fremde menschliche Knochen stößt der Körper aber ab. Also probieren wir es damit.«

»Und der Patient ist damit einverstanden?«

Dr. Abbel nickte. »Er hat mich geradezu angefleht, es zu versuchen.«

Grete rieb sich die Stirn, dieses verdammte Kopfweh ging einfach nicht weg. Sie trat an den Medikamentenschrank, nahm ein wenig Lavendelöl und träufelte sich drei Tropfen auf die Oberlippe. Gegen die Gliederschmerzen würden Wadenwickel helfen, aber die konnte sie unmöglich bei der Arbeit anlegen. Zumal Dr. Abbel abermals nach ihr rief. Wenigstens half das Lavendelöl ein wenig.

Grete bereitete den Geheimrat auf die Operation vor, nahm schließlich das Brustbein der Ente aus dem Sublimat und ließ es trocknen. Anschließend betäubte sie den Patienten mit Äther und desinfizierte seine Nasenpartie. Die Ätherdämpfe machten auch Grete ein wenig benommen. Sie stützte sich am Operationstisch ab.

»Wo ist die Reinemachefrau?«, fragte Dr. Abbel.

Grete lief rot an. »Frau Pavlowa ist krank. Ich hab vergessen, Ihnen Bescheid zu geben.«

Dr. Abbel musterte Grete. »War sie etwa auf dieser unsäglichen Konfektionsrevue?«

Grete schluckte. Hatte Dr. Abbel ihre Gespräche darüber mitbekommen? »Ich glaube, Frau Pavlowa hat sich bereits gestern Abend nicht wohlgefühlt«, antwortete Grete, was nicht einmal gelogen war, jedenfalls wenn man in den Abend auch die Nacht einbezog.

»Nun, den Tag werde ich ihr vom Lohn abziehen müssen«, sagte Dr. Abbel, damit schien das Thema für ihn erledigt.

Inzwischen war das Brustbein vollständig getrocknet. Dr. Abbel schnitt es mit dem Skalpell in die passende Form und begann routiniert den Nasenraum des Patienten mit gezielten Schnitten vorzubereiten, als habe er die Operation bereits mehrfach geübt.

Wahrscheinlich hatte er das auch an diversen Studienobjekten menschlicher und tierischer Herkunft. Grete attestierte ihm bei jedem Schnitt. Wie immer, wenn Dr. Abbel operierte, fand sie es faszinierend und vergaß sogar ihre Unpässlichkeiten. Sie half ihm zuverlässig und konzentriert, wie er das von ihr erwartete und wohl auch an ihr schätzte.

Grete merkte ihre Erschöpfung erst wieder, während sie das Rollgestell an das Krankenbett anbrachte und den Geheimrat mit Hilfe einer anderen Schwester in den Warteraum schob. Darin würde er bleiben, bis er aufwachte, woraufhin sie ihn nach Hause entlassen würden, damit er sich dort auskurieren konnte. Ein paar Tage später sollte er zur Nachsorge erscheinen.

55

Die Sonnenstrahlen kitzelten Grete und sie öffnete langsam ihre Augen. Sie hatte gestern extra den Vorhang zu ihrer Nische offengelassen, um sich von der Sonne wecken zu lassen.

Sie hatte davon geträumt, dass Johann geheilt war und auf der Konfektionsrevue im Mittelpunkt stand. Lag es an der gelungenen gestrigen Operation? Die konnte in der Tat Auswirkungen auf Johanns Zukunft haben.

Auch Valerie war wieder auf dem Damm und begleitete sie zur Arbeit. »Manchmal hilft nichts außer im Bett bleiben«, hatte Valerie erklärt und nichts von Gretes Hausmittelchen wissen wollen.

Als sie in der Praxis ankamen, war Dr. Abbel nicht anwesend. Grete holte gerade die Instrumente aus dem Dampfsterilisator, da wurde die Tür zur Praxis unsanft aufgestoßen. Sie eilte in das Wartezimmer und wollte den Patienten zurechtweisen, dass die Sprechstunde erst in einer halben Stunde begann, als sie bemerkte, dass es der Geheimrat war. Er stützte sich an einem Wartestuhl ab und fiel Sekunden später wie ein nasser Sack auf den Boden.

Grete holte Valerie zur Hilfe und sie hoben den hageren Mann auf das Operationsbett. Grete sprang zum Medikamentenschrank, nahm Riechsalz heraus und hob es dem Geheimrat unter die Nase. Er reagierte nicht.

Da sie die Erfahrung gemacht hatte, dass lautes Ansprechen und Rütteln an der Schulter genauso gut wirkten, stieß sie ihn an und rief: »Geheimrat Karl!«

Die Augenlider des Mannes flatterten und er stöhnte.

Grete atmete erleichtert auf. Sie musterte den Nasenverband des Patienten, durch den an zwei Stellen Eiter durchgesickert war. »Die Wunde hat sich entzündet.« Sie legte ihre Hand auf die Stirn des Mannes. »Der Patient hat hohes Fieber.«

»Wo ist Dr. Abbel?«, fragte Valerie.

»Der kommt bestimmt gleich«, antwortete Grete. »Ich habe ihm nicht zum ersten Mal gesagt, dass die Patienten die Asepsis daheim nicht gewährleisten können.«

»Aber wir können sie doch nicht alle in ein Krankenhaus bringen?«, fragte Valerie.

»Bei ihm wird uns nichts anderes übrig bleiben.« Grete schob das Rollgestell an das Bett. »Ich lege ihm fiebersenkende Wadenwickel an und wechsele den Verband, mehr können wir nicht für ihn tun.«

»Und wie sollen wir ihn ins Krankenhaus bringen? Das Nächste ist ziemlich weit weg.«

»Darüber denken wir nach, wenn es so weit ist.« Grete deutete auf einen metallenen Bottich. »Hol mir bitte lauwarmes Wasser und Essig.«

Grete wechselte dem Geheimrat den Verband, auch seine Wunde war wieder aufgebrochen und Blut lief über Gretes Schürze. Sie legte ihm einen neuen Druckverband an und die Blutung stoppte.

Endlich kam Valerie wieder, hatte aber lediglich einen Krug mit Essig in der Hand. »Ich habe Wasser aufgesetzt, aber das dauert noch.«

»Dann muss es mit Essig und kaltem Wasser gehen.« Grete gab zu fünf Teilen kaltem Wasser einen Teil Essig hinzu, legte darin zwei Handtücher ein, schob die Hosenbeine des Mannes nach oben und legte diese an.

Der Mann stöhnte erneut, blieb aber bei Bewusstsein.

Dr. Abbel war noch nicht gekommen, auch keine der anderen Krankenschwestern.

Grete nahm ein modernes Fieberthermometer und wollte es dem Mann zwischen die schlaffen Lippen schieben. Der geriet beim Anblick des ihm unbekannten Utensils in Panik und neigte mit letzter Kraft den Kopf zur Seite.

Grete legte ihre Hand beruhigend auf seine Schulter. »Keine Angst, das ist ein Fieberthermometer.« Kein Wunder, dass der Mann es nicht kannte, denn es war erst vor ein paar Jahren von dem Drogisten Wilhelm Uebe weiterentwickelt worden. Seither wurde es nicht länger mit einem Gipsstopfen verschlossen, sondern verfügte über eine geschlossene Glasspitze. Erst dadurch konnte man das Thermometer sterilisieren und es bestand nicht länger die Gefahr, dass der Patient das wertvolle Quecksilber aus dem Temperaturmesser verschüttete.

Kurz darauf stellte Grete fest, dass das Quecksilber fast am Anschlag war. Der Mann hatte 41 Grad Fieber. »Wir müssen ihn sofort ins Krankenhaus bringen.«

»Wir beide?«, fragte Valerie entgeistert.

Grete sah sie flehend an. »Wenn du, wie sonst auch, zwei Männer nett anzwinkerst, werden sie uns sicher helfen.«

Das Bett war allerdings viel zu breit, um durch die Haustür zu passen. Daher mussten sie den Geheimrat auf eine Trage setzen und ihn damit hinausschleppen. Obwohl der Geheimrat von normaler Statur war, wusste Grete, dass sie ihn mit Valerie keine hundert Meter weit tragen konnte.

Und das nächste Krankenhaus war über vier Kilometer entfernt.

Nach wenigen Metern hing die Trage bei Valerie durch.

Hilfesuchend schauten sie in der Straße nach einem Mann. Dieses Mal würden sie nicht warten können, bis Valerie jemandem auffiel. Aber ausgerechnet jetzt schaffte es Valerie nicht, einen Mann um Hilfe zu bitten. Ganz offensichtlich hatte es ihr die Sprache verschlagen.

Grete konnte ihr ansehen, dass ihr die Sache naheging. Kein Wunder, sie war als Reinemachefrau angestellt und hatte vermutlich noch nicht oft einen sterbenden Menschen gesehen.

Grete musste die Sache selbst in die Hand nehmen. Sie gab Valerie ein Zeichen, dass sie bei der Trage bleiben sollte und eilte los, um jeden Mann anzusprechen, der ihren Weg kreuzte. Doch egal, wen sie ansprach, niemand wollte ihnen helfen. Alle eilten an ihr vorbei, als wäre sie Luft.

Vielleicht lag es an dem Blut auf ihrer Schürze, vielleicht an ihrer Verzweiflung. Sie wusste es nicht.

Resigniert sah sich Grete über die Schulter zu Valerie und dem Kranken um. Der Geheimrat röchelte. Wenn er nicht sofort in ein Krankenhaus kam, würde er sterben.

Grete eilte zu den beiden zurück. »Dann müssen wir es eben doch allein probieren.« Grete hob die Trage wieder an.

Nach nicht einmal hundert Metern zitterte Valerie am ganzen Leib und knetete ihre schmerzenden Arme.

Grete wäre am liebsten in Tränen ausgebrochen, doch das half dem Herrn Geheimrat am allerwenigsten. »Es tut mir leid, aber du musst helfen«, presste sie zwischen den Zähnen hervor.

Valerie griff nach der Barre. Nach wenigen Metern gaben ihre Arme nach und die Trage segelte samt Patient zurück auf den Boden. Beinahe wäre der Geheimrat von der Liege gekippt, Grete konnte ihn gerade noch auffangen.

Dafür stöhnte der Geheimrat vor Schmerzen auf.

Warum half ihnen niemand?

Gretes Miene verhärtete sich. Sie marschierte auf einen stämmigen Mann zu, der an ihnen vorbeieilen wollte und stellte sich ihm in den Weg. »Sie müssen uns helfen!«

»Keine Zeit!« Der Mann wollte sich an Grete vorbeidrängeln.

»Es geht um Leben und Tod eines Mannes mit hohem Posten. Wenn Sie nicht wollen, dass Ihr Leben ab heute in anderen Bahnen verläuft, helfen Sie uns jetzt!« Grete packte den Herrn am Ärmel und zog ihn mit sich.

Als sie mit dem Mann bei Valerie und dem Geheimrat ankam, saß Valerie schluchzend vor der Liege.

»Er, er …«, stammelte Valerie und drehte sich weg.

Grete kniete neben dem Geheimrat und fühlte seinen Puls, aber da war keiner. Sie sackte in sich zusammen. Sie hatten es nicht geschafft.

Der stämmige Mann stand angesichts des Leichnams zu seinen Füßen wie parallelisiert hinter Grete und gab röchelnde Laute von sich. Er hyperventilierte.

Grete seufzte. Sie strich der schluchzenden Valerie kurz über die Schulter und schüttelte den Kopf, um ihr mitzuteilen, dass sie nichts mehr tun konnten. Dann nickte sie in Richtung Hauseingang. »Geh rein, ich warte hier auf Dr. Abbel«, flüsterte Grete und erhob sich, um sich dem schwer atmenden Mann zuzuwenden.

Der hatte seine Hände auf die Oberschenkel gestützt und bäumte mit jedem Atemzug seinen Rücken auf. Grete strich beruhigend über sein Kreuz und sprach ihm gut zu. »Langsam einatmen und wieder ausatmen. Einatmen und ausatmen.«

Der Atem des Mannes normalisierte sich.

Grete sah ihn an. »Sind Sie in Ordnung?«

Der Herr reagierte nicht.

»Wollen Sie kurz bei uns in der Praxis verschnaufen?«, bot Grete dem Herrn an.

Der Mann schüttelte den Kopf. »Da ist doch der Tote.«

Grete war gerade dabei, ihm in einen geraden Stand aufzuhelfen, da kam Dr. Abbel angerannt.

Als er den leblosen Geheimrat auf der Bahre zu ihren Füßen sah, wich jegliche Farbe aus seinem Gesicht. Er schluckte schwer. »Exodus?«

Grete nickte schwach.

»Und was ist mit ihm?«, fragte Dr. Abbel und deutete mit dem Kopf auf den stämmigen Mann neben ihnen.

»Erkläre ich Ihnen später.« Grete half dem Herrn zu einer Bank im nahen Park.

Schließlich trug sie die Trage zusammen mit Dr. Abbel zurück in die Praxis und erzählte ihm, was vorgefallen war.

Danach ließ sich Dr. Abbel seufzend in seinen Stuhl fallen und sah Grete lange an. »Sie haben getan, was Sie konnten.«

»Und was passiert jetzt mit ihm?«, fragte Grete.

Dr. Abbel schniefte. »Ich werde ihn untersuchen, um festzustellen, woran er gestorben ist. Und wir werden das melden müssen. Es wird ordentlich Wirbel geben. Immerhin war er Geheimrat.« Dr. Abbel nahm den Nasenverband des Mannes ab und griff nach einem Skalpell.

Grete verstand nicht, warum Dr. Abbel den Grund für dessen Tod nicht wahrhaben wollte. Sie waren gescheitert. Der Körper ihres Patienten hatte den Knochenersatz eindeutig abgestoßen und die Wunde hatte sich entzündet.

»Ich habe immer gesagt, dass wir die Patienten nach derart schweren Operationen nicht einfach nach Hause schicken können«, sagte Grete mit fester Stimme. »Die Praxis braucht Betten, damit die Asepsis gewährleistet ist.«

»Sie haben ja recht, Schwester Grete. Aber wovon sollen wir das bezahlen? Und wohin mit den Patienten? Die Praxisräume bieten nicht genug Platz dafür.«

»Sie müssen es möglich machen. Sonst muss ich Sie verlassen«, sagte Grete und machte auf dem Absatz kehrt.

Grete schloss sich in der Toilette ein, saß auf dem Wasserklosett und konnte ihre Tränen nicht länger zurückhalten.

Ihre erste Rhinoplastik mit Transplantation war gescheitert. Vielleicht war das sogar abzusehen gewesen. Jedenfalls wunderte es sie nicht länger, dass man ihnen keine Forschungsgelder gegeben hatte.

Aber noch schlimmer: Jeder Rückschlag bedeutete, dass sie sich von ihrem Ziel, Johann helfen zu können, entfernte. Unter diesen Umständen würde sie Johann keinesfalls operieren lassen.

Auch wenn er das inzwischen dringlicher wollte als sie.

Grete spürte, wie sich tief in ihr etwas zusammenbraute. Sie konnte es nicht aufhalten. Es musste heraus. Nur Sekunden später hallte ihr gellender Schrei durch die Praxis.

»Grete! Bist du in Ordnung?«, tönte es von draußen. Valerie klopfte wie wild an die Tür.

56

Etliche Wochen waren seitdem vergangen und Grete hatte ihre dunklen Gedanken nicht vertreiben können. Selbst ein Spaziergang an der frischen Luft half nicht. Der wolkenlose Himmel und die warme Luft des Sommers auf ihrer Haut waren eher kontraproduktiv, unterstrichen lediglich den Kontrast ihrer inneren und der äußeren Welt.

Es war einfach zum Verzweifeln. Obwohl gleich zwei Patienten in kürzester Zeit gestorben waren, wollte sich Johann unbedingt operieren lassen. Von den Todesfällen wollte er nichts wissen.

Wie gern hätte sie darüber mit Valerie gesprochen. Nur leider wusste Valerie nach wie vor nichts von Johanns Verunstaltung. Und das sollte auch so bleiben, wenigstens darin war sie sich mit Johann einig.

Deshalb hatten sich Valerie und Johann, seitdem er sie gemalt hatte, nicht wiedergesehen. Grete war erleichtert, dass Valerie auch nicht danach gefragt hatte. Ihr Interesse an Männern war meist von kurzer Dauer, vor allem, wenn sie ihr Avancen machten. Nicht auszudenken, wenn sie einen von denen heiraten würde. Wobei es Grete sehr erstaunte, dass Valerie noch nie einen Antrag bekommen hatte. Sie schien für viele Männer die richtige Frau für ein Abenteuer, aber nicht zum Heiraten.

Und als wäre dies nicht Kuddelmuddel genug, hatte sich Dr. Lichte bei Grete gemeldet und um ein Treffen gebeten. Er würde zu einer Forschungsreise aufbrechen.

Grete hatte angesichts seiner Zeilen Panik bekommen – klangen sie doch, als wolle er ihr nun die Pistole auf die Brust setzen. Sie hatte ihm von den Todesfällen geschrieben und um sein Verständnis gebeten. Dr. Lichte hatte sein Bedauern bekundet, aber zugestimmt. Er würde sich nach seiner Rückkehr bei ihr melden.

Ohne innerlich einen Schritt weitergekommen zu sein, ging Grete wieder nach Hause. Davor erblickte sie Valerie, die in einem sommerlichen Kleid vor dem Hauseingang stand und nach jemandem Ausschau hielt. Sie trug einen geflochtenen Korb. Als sich ihr Blick mit dem von Grete kreuzte, nahm sie zwei Finger in den Mund und pfiff sie heran.

Diese Lausbubigkeit hatte Grete auch einmal besessen. Wann und wo sie ihr abhandengekommen war, konnte sie nicht sagen. Vermutlich war sie in Werneuchen vor dem Ahornbaum geblieben, von dem Johann gestürzt war.

Zu gern hätte sie sich mit Haut und Haar über Valeries Pfiff gefreut, aber seit dem Tod des Geheimrats hatte Gretes Zuversicht Johann eine neue Nase und damit ihm und sich selbst ein neues Leben zu schenken, Kratzer bekommen. Fast jeder Funke Hoffnung erlosch, kaum, das er aufkeimte.

»Na, endlich kommst du, Grete! Schau mal, was ich für uns habe!« Valerie schwang den Korb.

Es verwunderte Grete nicht, dass Valerie die Sache mit dem Geheimrat längst ad acta gelegt hatte.

»Was hast du?«, fragte Valerie, die Gretes Zurückhaltung natürlich bemerkte.

Grete zuckte mit den Schultern.

»Sag nicht, dass du noch immer dem Herrn Geheimrat hinterherweinst. Das ist Wochen her«, wunderte sich Valerie und stupste Grete an.

»Du bist ja als Reinemachefrau auch nicht für das Wohl der Patienten verantwortlich«, verteidigte sich Grete. *Und außerdem hast du keinen Bruder, dessen Zukunft durch diesen Todesfall tangiert wird. Und nicht zuletzt bist du nicht für den Unfall deines eigenen Bruders verantwortlich*, fügte Grete in Gedanken hinzu. Sicherlich! Mit ihrer Mutter hatte Valerie es auch nicht leicht, aber vergleichbar war das nicht.

Grete versuchte, ein Lächeln aufzusetzen, aber es wollte ihr nicht gelingen. »Der ist wirklich schön. Hast du den in einer Markthalle bei einem Höker gekauft?«, fragte Grete, nur um etwas zu sagen.

Valerie nickte. »Und nicht nur den. Guck mal!« Sie hob das kleine Deckchen im Korb an und deutete auf eine grüne Flasche, die neben ein paar Äpfeln und einem Laib Brot aufrecht im Korb stand. »Wir beide machen ein Picknick am Wannsee. So einen süffigen Wein hast du noch nicht getrunken, das sag ich dir. Ein *Burschole* aus Frankreich, *Mond Schérie*.«

Valerie war wie ein Wirbelwind. Grete hegte leisen Zweifel, ob sie wieder genügend Kraft besaß, um sich in dessen Zentrum zu begeben. »Wannsee, ist es nicht viel zu spät dafür? Ich meine, bis wir dort sind ...«

Valerie legte einen Finger auf Gretes Lippen. »Wir nehmen die Wannseebahn«, flötete sie forsch, hakte Grete mit ihrem freien Arm ein und zog sie mit sich.

Die Berliner verballhornten die Wannseebahn als *Wahnsinnsbahn*, weil sie zweispurig durch weitgehend unbebautes Gebiet führte. Trotzdem wurde sie rege benutzt.

»Komm schon, Grete. Trübsal hat noch niemandem geholfen. Etwas Ablenkung wird dir guttun.«

Widerwillig ließ sich Grete mitziehen, bis sie unvermittelt stehen blieb.

Valerie schaute Grete tief in die Augen. »Ich bin nicht die Schlauste, aber selbst ich habe bemerkt, wie dir das mit dem Geheimrat unter die Haut geht. Also komm mit und sei kein Dickkopf.«

Grete nickte. Sie freute sich über Valeries Anteilnahme und auf einmal war ihre Schwermut nicht länger imstande, die Freude über Valeries Geste zu trüben.

57

»Ich glaub, ich hab nen Schwips.« Valerie streckte sich rücklings neben Grete auf der Picknickdecke aus und schloss die Augen. Grete selbst hatte sich zurückgehalten und lediglich an dem Wein genippt.

Valerie legte ihre Hand schützend über das Gesicht, die andere hielt die fast leere Weinflasche fest. Wie einen Schatz, den es zu behüten galt.

Grete schaute sie an. Wie gern würde sie über die Wangen von Valerie streicheln, nur leider ging das nicht.

Grete legte ihr Kinn auf ihre Knie, hielt diese fest umschlungen und beobachtete die Spaziergänger am See. Diese schlenderten auf einem Trampelpfad am Seeufer entlang. Die meisten waren sicherlich Tagesausflügler aus Berlin wie sie.

Grete war zum ersten Mal am herrlich grünen Wannsee, aber ruhig wie im Wald war es nicht. Das Geschnatter einiger Stockenten war unterlegt vom Gemurmel der Flaneure und einem jämmerlich verstimmten Leierkasten in der Ferne.

Grete hätte die Picknickdecke lieber etwas weiter vom Ufer aufgeschlagen, aber Valerie hatte darauf bestanden, nah am Wasser zu liegen. So konnte Grete am gegenüberliegenden Ufer die Umrisse einer burgartigen Villa mit kleinen Türmchen erkennen, obwohl diese sich zwischen mächtigen Bäumen zu verstecken schien. Nur der Pfad, der das Eisengatter vor dem Haus wie eine Ader mit dem Steg direkt am See verband, war kaum verdeckt.

Gretes Blick kehrte zurück. Heimlich schaute sie auf Valeries Brust, die sich wie seichte Wellen auf und ab bewegte. Sie überlegte gerade, sich neben ihre Begleiterin zu legen, da öffnete diese ihre Augen.

Plötzlich kamen drei junge Frauen in nassen Pumphosen und Badehemdchen kreischend angerannt und stellten sich hinter einen Baum, der gut dreißig Meter entfernt von Grete und Valerie stand. Die Badebekleidung der Damen war aufreizend frech. Man konnte nicht nur ihre blanken Fußfesseln sehen, sondern beinah die ganzen Waden. Dementsprechend zogen die Frauen einige entsetzte Blicke der Seewanderer auf sich. Ein älterer Herr schüttelte empört mit dem Kopf, obwohl er seine Augen nicht von den Beinen der Grazien lassen konnte. Die Damen kicherten, tuschelten und schüttelten das Wasser wie Hunde von ihren Körpern.

»Die waren doch nicht etwa baden«, stellte Grete entgeistert fest.

Valerie antwortete nicht.

Grete bemerkte, dass sich Valerie aufgerichtet hatte und die Szenerie mindestens genauso gebannt verfolgte.

Nun rannte auch noch ein bärtiger Mann zu den Frauen. Er hielt eine an einem Stativ befestigte Kamera in einer Hand und versuchte, mit der anderen seinen Hut davon abzuhalten, von seinem Kopf zu rutschen. Schließlich stellte er das Stativ vor den jungen Frauen auf, schwang ein schwarzes Tuch über sein Haupt und gab Anweisungen, wie sich die Frauen zu posieren hatten. Inzwischen hatte sich ein rundlicher Herr zu dem Fotografen gesellt und gab ebenfalls Befehle.

Valerie fuhr sich durch ihr Haar und strich Grete zärtlich über ihren Unterarm. Sofort lag Gretes ganze Aufmerksamkeit wieder auf Valerie. Es kribbelte in ihrem Körper und ihre feinen Härchen auf dem Arm richteten sich auf.

»Sie machen Modeaufnahmen«, gab Valerie eine verspätete Antwort von sich. Dann arrangierte sie ihr Haar und fügte schwärmerisch hinzu: »Solche Modeaufnahmen würde ich auch gern machen.« Unvermittelt stand sie auf und rannte zu der Gruppe. Sie sprach mit dem Fotografen, zeigte dabei auf ihr Gesicht und ihren Körper. Der andere Herr trat hinzu und winkte Valerie unwirsch weg.

Als Valerie wiederkam, verhießen ihre Gesichtszüge nichts Gutes. Sofort griff sie nach dem französischen Wein. »Das sind echte Banausen. Keine Fantasie haben die!« Valerie nahm den letzten Schluck aus der Flasche. »Sieh dir die Frauen mal an. Da hätten die lieber mich fotografieren sollen.«

»Kennst du die? Wer ist das?«

»Das sind die Gehrlichers. Der da bestimmt alles, aber die eigentliche Arbeit macht sein Bruder.« Valerie zeigte erst auf den einen, dann auf den anderen Mann neben dem Fotografen.

Der Fotograf drehte die Fotokamera nun um, sodass diese auf Valerie und Grete gerichtet schien, wahrscheinlich aber den See einfangen sollte.

Die drei Frauen postierten sich zwischen der Kamera und dem See. Grete musste ein wenig zur Seite rücken, um das Objektiv noch zu sehen. Just in diesem Moment beugte sich Valerie zu ihr, nahm ihren Hinterkopf und zog ihn mit zärtlicher Vehemenz ihrem Mund entgegen. Grete spürte Valeries Lippen, wie sie fordernd die ihren berührten. Ihr Mund kribbelte und das Kribbeln bahnte sich seinen Weg durch ihren ganzen Körper.

Ihr Herz schien zeitgleich still zu stehen und aus der Brust springen zu wollen.

Grete schloss ihre Augenlider. Sie gab sich ganz diesem Moment hin. Dem Kuss, den sie so sehr ersehnt hatte, ohne das wahrhaben zu wollen.

Valerie holte kurz Luft, strahlte Grete an und küsste sie erneut.

Und mit einem Mal wurde Grete klar, warum Dr. Lichte ihr Herz nicht erwärmen konnte und Kessler Meilen davon entfernt war. Sie musste sich eingestehen, dass sie Valerie liebte. Ja, sie liebte sie. Grete wollte sich dem Kuss gerade ganz hingeben, als eine Stimme an ihr Ohr drang.

»Polizei! Da haben wir sie!«

58

Grete fuhr zusammen und entzog Valerie ihre Lippen. Ängstlich sah sie in die Richtung, aus welcher der Ruf gekommen war.

Zwei Polizisten kamen von der Seite angerannt. Die drei Frauen, die eben noch vor der Kamera posiert hatten, flüchteten an Grete und Valerie vorbei in Richtung See.

Der Schock saß Grete in den Knochen. Für einen kurzen Augenblick hatte sie geglaubt, dass die Polizei ihretwegen gekommen war. So schön sich die Berührung ihrer Lippen eben angefühlt hatte, so sehr rang Grete nun mit sich. Sie war noch völlig verwirrt von dem Kuss und ihr Herz machte sich durch ein unangenehmes Stolpern in ihrer Brust bemerkbar.

»Warum hast du das gemacht?«, presste sie zwischen ihren glühenden Lippen hervor. Obwohl sie herausfinden wollte, ob Valerie ähnliche Gefühle für sie hegte, klang es vorwurfsvoll. Sie wollte wissen, was gerade zwischen ihnen beiden geschehen war.

Valerie setzte sich kerzengerade auf und deutete zu den Mädchen, die in diesem Moment kreischend ins Wasser rannten. »Das kommt davon, wenn man im Wannsee badet«, lenkte Valerie vom Thema ab.

Grete schaute sie irritiert an.

»Na, hier herrscht Badeverbot«, erklärte Valerie. »Wenn man erwischt wird, bleibt man einfach im Wasser, weil dir die Polizisten dorthin nicht folgen dürfen, denn dann würden sie ja selbst baden.«

Wie Valerie vorhergesagt hatte, blieben die Polizisten am Ufer stehen, während die drei jungen Frauen weiter in den Wannsee hineinrannten. Die Uniformierten riefen irgendetwas auf den See hinaus, während der Fotograf mit stürmischen Schritten davoneilte. Dieser Gehrlicher war einfach verschwunden.

Grete hatte keine Augen dafür. Sie sah nur Valerie und das Lüftchen in ihr wuchs zu einem ordentlichen Orkan an.

Als hätte Valerie es bemerkt, fasste sie nach Gretes Hand. Sanft, sodass sich ihre Fingerspitzen berührten. Valerie sah von ihren Fingern zu Grete auf. »Es war schön«, flüsterte sie. Grete nickte. Während Valerie sich erneut nach vorn beugte, sprang Grete einem Impuls folgend auf. »Aber ist es nicht falsch?« Nervös strich sie ihren Rock glatt und sah sich nach den Polizisten um, die noch immer am Ufer standen.

Sie war nicht sicher, ob die Empfindungen, die sie im Beisein von Valerie durchlebte, richtig waren. Durfte sie für eine Frau fühlen, was sie eigentlich im Beisein eines Mannes erleben sollte?

Valerie erhob sich ebenfalls und legte eine Hand auf Gretes Schulter. »Wenn es schön war, kann es nicht falsch sein.«

»Und was soll jetzt werden?«, fragte Grete und versuchte mühsam eine aufkommende Träne weg zu blinzeln. Es gelang ihr nicht.

Als Valerie ihre Hand hob, um ihr den Tropfen wegzuwischen, wich Grete zurück. Stur wischte sie sich das verräterische Zeichen ihrer Überforderung selbst weg.

»Ich habe mir nichts dabei gedacht«, sagte Valerie und legte ihren Kopf schief. Sie schien nicht zu wissen, was Grete von ihr erwartete.

Gretes Augen füllten sich erneut mit Tränen. Valerie hatte sich nichts dabei gedacht. Es war nicht von Belang für sie. Grete hingegen bedeutete dieser Kuss alles! Er hatte ihr die Augen geöffnet. Hatte ihr gezeigt, was sie für Valerie empfand und wie all die komischen Gedanken und Gefühle zu deuten waren.

Grete schluckte. Sie musste an das Hochzeitsbild ihrer Eltern denken. Und plötzlich tauchte da noch ein weiterer Gedanke auf. »Valerie, ich muss dich etwas fragen.«

Valerie starrte auf den See.

»Hast du mich nur geküsst, um die Aufmerksamkeit der Gebrüder Gehrlicher auf dich zu lenken?«

59

Grete lag in ihrer Nische hinter der Küche und erwachte durch die Stimmen von Valerie und ihrer Mutter.

Wie spät mochte es wohl sein? Normalerweise stand Grete immer als Erste auf.

Heute würde sie am liebsten den ganzen Tag in ihrer Nische versteckt bleiben. Oder nein, sie musste endlich mit Valerie sprechen.

Aus dem Wohnzimmer hörte sie Valerie und ihre Mutter reden. *Valerie, tu dies, Valerie, tu das.*

So ging es ständig. Hoffentlich machte sich Ewa bald fertig, wie sie es jeden Sonntag zu tun pflegte, um das Geld aus ihrer Mieteinnahme in einem der Kaffeehäuser auf den Kopf zu schlagen.

»Fester«, presste Ewa gerade hervor und Grete konnte sich bildlich vorstellen, wie Valerie am Korsett ihrer Mutter zerrte.

»Und jetzt Schuhe, *Kochaniec*«, kommandierte Ewa ihre Tochter herum.

Grete lauschte Valeries Schritten durch die Wohnung bis zur Tür, wo die Schuhe ihrer Mutter standen. Diese ließ sich dem knarzenden Geräusch zur urteilen, gerade auf die Chaiselongue nieder.

»Warum Grete noch in Bett? Nix zu tun hat?«, fragte Ewa.

Grete hörte deren Schuhe auf dem Boden scharren. Sie drehte sich auf die Seite und hielt sich die Ohren zu, aber sie konnte die Streithähne trotzdem noch hören.

»Grete geht es nicht gut, *Mamuśka*«, erklärte Valerie. »Außerdem ist heute Sonntag. Da kann sie machen, was sie will.«

»Ich nix verstehen, warum du Herren von Mode nicht überzeugen. So nix Karriere. Du ewig Putzmamsell bleiben und Dreck wegmachen für andere? Du nicht wollen schöner leben als jetzt?«, stichelte Ewa nun gegen Valerie.

Valerie schwieg, anstatt ihrer Mutter etwas zu widersetzen.

Grete schüttelte in ihrer Nische den Kopf. Sie war Ewa dankbar dafür, dass sie bei ihr ein Zuhause gefunden hatte, aber wie sie mit ihrer Tochter umsprang, fand Grete schrecklich. Ewa lag den lieben langen Tag auf der faulen Haut. Keinen einzigen Groschen verdiente sie, um diese Wohnung zu bezahlen. Das war alles Valerie und ihr zu verdanken. Doch anstatt dankbar zu sein, nörgelte sie immerzu an ihrer Tochter herum.

Endlich hörte Grete, wie sich Ewa erhob und auf die Wohnungstür zumarschierte. Kurz darauf fiel die Tür ins Schloss.

Grete wartete, doch nichts geschah. Sie hatte gehofft, dass Valerie zu ihr kommen würde, damit sie endlich über den Nachmittag am Wannsee sprechen könnten.

Valerie zog es allerdings vor, lauthals im Nebenraum zu rumoren.

Grete zog den Vorhang beiseite und spähte in den Wohnraum. Zumindest in den Teil, den sie von ihrer Nische aus sehen konnte. Von Valerie war keine Spur.

Grete setzte sich auf und schlurfte durch die Küche in den Raum.

Valerie hatte sich fein angezogen und stand vor dem kleinen Spiegel, der über der Waschschüssel in einer Ecke des Raumes angebracht war. Mit geübten Handgriffen steckte sie ihr Haar zurecht.

Sie bemerkte Grete, sah kurz über ihre Schulter zu ihr und warf ihr ein Lächeln zu. Wie immer. Als wäre das am Wannsee gar nicht passiert.

Grete irritierte diese Geste. Hatte sie das alles nur geträumt? Wie von selbst wanderte ihre Hand an ihren Mund. Nein, der Kuss war echt. Sie konnte Valeries Lippen noch immer auf den ihren spüren. Allein beim Gedanken daran rollte ein unbeschreibliches Gefühl durch ihren Körper, das in ihrem Schoß endete.

Grete seufzte und Valerie sah sich abermals zu ihr um.

»Geht es dir gut, *Mond Schérie*?«, nuschelte sie mit einer Haarnadel zwischen den Zähnen.

Grete nickte. In ihrem Nachthemd fühlte sie sich plötzlich verloren und unansehnlich. Nervös strich sie sich eine Haarsträhne aus dem Gesicht. »Du willst weg?« Sie trat einen Schritt näher an Valerie heran.

»Ja«, antwortete Valerie und ließ ihre Neugierde anwachsen.

»Und wohin?«, fragte Grete. »Kann ich mitkommen?«

Valerie drehte sich zu ihr um und musterte sie von unten bis oben.

Grete wurde heiß und kalt und wieder durchfuhr sie ein Schauer.

Valerie legte ihren Kopf schief. »Die Veranstaltung ist ausschließlich für geladene Gäste«, sagte sie und Gretes Magen zog sich schmerzhaft zusammen.

»Was für eine Veranstaltung?« Grete setzte sich auf die Chaiselongue und zog ihre Füße wie zum Schutz nach oben auf den abgewetzten Stoff.

»Eine Revue«, säuselte Valerie und lachte ihr glucksendes Lachen. Dabei warf sie ihren Kopf leicht in den Nacken, wie sie es immer tat.

»Um diese Uhrzeit?«, fragte Grete nur eine der Fragen, die ihr in den Kopf schossen.

»Es ist eine Generalprobe. Erinnerst du dich an die Dame mit dem großen Federschmuck im *Theater des Westens*? Die mit dem grünen Kleid?«, fragte Valerie.

Grete nickte.

»Sie hat es bereits geschafft und könnte mir einen Auftrag als *Männekin* verschaffen.« Valerie nahm ihre Handtasche und trat einen Schritt auf Grete zu.

»Ich dachte, wir könnten endlich sprechen«, flüsterte Grete kaum hörbar und senkte ihren Blick zu ihren Fußspitzen.

Valerie trat auf sie zu und beugte sich zu ihr herunter. »Machen wir morgen. Ich muss den Auftrag einfach bekommen. Du hast *Mamuśka* ja gehört«, erklärte Valerie.

Grete meinte ein wenig Bedauern aus ihrer Stimme herauszuhören. »Deine *Mamutschka* ... die schwebt immer über dir, was? Eine richtige Zeppelinmutter ist die.« Trotz lag in Gretes Stimme.

»Zeppelinmutter?«, fragte Valerie belustigt und überhörte Gretes angriffslustigen Ton. »Weil sie immer nach mir schaut?«

»Ja, aber was willst du?«, fragte Grete.

»Wir sprechen morgen«, säuselte Valerie leichthin, beugte sich noch ein Stück zu Grete vor und gab ihr einen Kuss, der offenbar ganz bewusst nur Gretes Wange traf.

60

Grete stand mit Dr. Abbel vor dem Eingangsportal einer riesigen Fabrik aus diversen mehrstöckigen industriellen Backsteingebäuden in der Ohlauer Straße, der *C. Bechstein Pianoforte Manufaktur.* Im hinteren Eck des Firmengeländes rauchte ein Schornstein. Die langen Reihen von Segmentbogenfenstern durchbrachen die monotonen Mauern, während schmiedeeiserne Zuganker, Gurtbänder und Pfeilervorlagen Details enthüllten, die den Zweck der Gebäude als Produktionsstätte beinahe vergessen ließen. Nur die goldenen Lettern *C. Bechstein, die auf jedem der Gebäude* standen, erinnerten daran.

Dr. Abbel schien ebenso beeindruckt. »Anscheinend ist es ein sehr gefragtes Unterfangen, Klaviere herzustellen«, sagte er. »Und wie gesagt, Sie verhalten sich still. Später können Sie mir dann gerne beim Tragen helfen.«

Grete nickte.

Sie gingen durch das Eingangsportal und tauchten in die Welt des Handwerks ein. In der Mitte saß eine Empfangsdame, rechts ging es in einen opulenten Verkaufsraum über und links schlossen sich Werkstätten an.

Dr. Abbel trat zur Rezeptionistin, eine ältere Frau mit grauem Haar. »Gestatten, Dr. Abbel. Ich würde gern mit dem Inhaber reden, Herrn Edwin Bechstein.«

»Herr Bechstein ist nicht zu sprechen.« Die Empfangsdame hatte nicht einmal in einen Kalender geschaut.

»Es geht um eine revolutionäre Geschäftsidee und
Herr Bechstein wird nicht erfreut sein, wenn er erfährt,
dass ihm diese entgangen ist«, sagte Dr. Abbel.

Die Empfangsdame musterte ihn. »Wie war noch Ihr
Name?«

»Dr. Joseph Abbel.«

»Nun, eigentlich darf ich das niemandem sagen, aber
Herr Bechstein berät gerade einen wichtigen Kunden.
Dabei dürfen Sie ihn keinesfalls stören. Aber im Anschluss an das Kundengespräch könnten Sie ihn ansprechen.« Sie beugte sich näher zu Dr. Abbel. »Aber
wenn er ungehalten wird, sagen Sie ihm bitte nicht,
dass Sie die Information von mir haben.«

Dr. Abbel nickte. »Ich kann schweigen wie ein Klavier
ohne Tasten.«

Die Frau lächelte und erklärte ihm, wie er Edwin
Bechstein in der exklusivsten Abteilung des Verkaufs-
raums finden würde. Grete ignorierte sie dabei geflis-
sentlich, aber sie war froh, nicht weggeschickt zu werden.

Grete lief mit Dr. Abbel an unzähligen Flügeln vorbei
in den speziellen Bereich für die wichtigsten Kunden.
Dort stand ein Mann in der Uniform eines Generals, ein
vielleicht zehnjähriger Junge und ein Mann Mitte vierzig im schwarzen Anzug. Das musste Edwin Bechstein
sein.

»Aus wie vielen Elefanten besteht ein Klavier?«, fragte
der Junge.

»Wir nehmen natürlich nur das Beste vom Elefanten,
das Elfenbein«, antwortete Edwin Bechstein und ging

damit nicht wirklich auf die Frage des Jungen ein. »Und das auch nur für die weißen Tasten. Die Schwarzen sind aus Ebenholz.« Er spielte ein paar zarte Töne. »Daher fühlt sich unsere Tastatur auch ganz besonders an. Unsere Flügel sind dafür bekannt, sowohl für die leisesten als auch für die lautesten Töne geeignet zu sein.« Beim letzten Wort schlug er fester in die Tasten. Das Klavier grollte und der Junge erschrak.

»Und was meinst du?«, fragte ihn sein Vater.

Der Junge trat von einem Fuß auf den anderen. »Die Gitarre hat mir besser gefallen. Die kann ich überall mit hinnehmen.«

Carl Bechstein räusperte sich. »Eine Gitarre ist doch ein recht weibisches Instrument.«

»Die Westerngitarre aber nicht«, entgegnete der Junge altklug.

»Ein deutscher Junge sollte mit einem deutschen Produkt wie unseren Flügel spielen.« Bechstein fuhr über das schwarze Holz des Klaviers.

Grete, die das Gespräch aus der Distanz mitverfolgt hatte, betrachtete das als ein sehr merkwürdiges Argument. Sie blickte Dr. Abbel an, der ebenso mit den Augen rollte, als könne er diese Deutschtümmelei auch nicht länger hören.

»Die Elefanten kommen ja gar nicht aus Deutschland«, erwiderte der Junge.

»*Und das Ebenholz auch nicht*«, flüsterte Dr. Abbel zu Grete.

Der Junge stampfte mit dem Fuß auf den Boden. »Ich will die Gitarre.«

Unvermittelt reichte der Vater Edwin Bechstein die Hand. »Nun, Sie haben es gehört. Die Jugend geht ihre eigenen Wege.« Er stapfte davon, den zufriedenen Jungen neben sich.

Edwin Bechstein sah ihnen griesgrämig hinterher.

Dr. Abbel trat ein paar Schritte näher auf Bechstein zu. Grete blieb stehen, wo sie war. Schließlich sollte sie sich im Hintergrund halten. »Herr Bechstein?«, fragte Dr. Abbel.

Der Mann musterte ihn. »Wenn Sie einen Flügel wollen, wenden Sie sich bitte an einen Verkäufer. Ich betreue ausschließlich auserwählte Kunden.«

»Ich bin hier, um mit Ihnen über Geschäftliches zu sprechen. Gestatten, Dr. Joseph Abbel.«

Edwin Bechstein schlug zurückhaltend die ausgestreckte Hand ein. »Um welches Geschäft handelt es sich dabei?«

»Nun, ich wollte fragen, ob ich Ihre Reste an Elfenbein übernehmen könnte?«

Edwin Bechstein blickte ihn skeptisch an. »Wofür, wenn ich fragen darf?«

»Ich bin Chirurg und arbeite an einer neuartigen Operationsmethode, um Nasen wieder herstellen zu können. Elfenbein erscheint mir der richtige Werkstoff dafür.«

»Warum nehmen Sie keine menschlichen Knochen?«

»Der Körper stößt sie ab, wenn es nicht die Eigenen sind.« Dr. Abbel holte mit seinen Armen weit aus. »Ich habe schon mit allen möglichen tierischen Materialien experimentiert, aber keines scheint mir derart geeignet wie Elfenbein.«

»Und wo soll jetzt dabei das Geschäft für mich sein?«

»Nun, ich würde Ihre Schnittreste an Elfenbein übernehmen, die Späne. Und wenn meine Methode erfolgreich ist, würde ich diese Reste dauerhaft bei Ihnen
kaufen.«

»Um daraus Nasen zu machen?« Edwin Bechstein
schnaufte und hielt abwehrend seine Hand hoch. »Unsere Flügel sollen mit dreierlei in Verbindung gebracht
werden: der höchsten Klangqualität, der solidesten
Verarbeitung, gespielt von den weltbesten Pianisten.«
Bechstein legte eine abschätzige Miene auf. »Auch
wenn viele von ihnen Juden sind.«

Dr. Abbel schluckte und sah betreten zu Boden.

»Man kann sich seine Kunden nicht aussuchen.« Ein
herausforderndes Funkeln lag in Bechsteins Augen.
»Das geht Ihnen als Chirurg doch auch so, oder?«

»Es ist wohl eher so, dass die Menschen sich ihre
Krankheiten nicht aussuchen können.«

»Ihre Religion aber schon.« Bechstein fixierte Dr. Abbel mit zusammengekniffenen Augen. »Und wenn ich,
mein Herr, Ihre Zurückhaltung eben richtig gedeutet
habe, wollen Sie ganz in jüdischer Kaufmannstradition
meine wertvollen Elfenbeinreste umsonst haben.«

»Für den medizinischen Fortschritt. Ich will sie ja
nicht verhökern, sondern benötige diese als Ersatz für
Nasenknochen, um allen Menschen, unabhängig von
ihrer Religion, zu helfen ...«

»Und ich habe Ihnen gesagt, dass ich dafür kein Elfenbein gebe. Also gehen Sie jetzt oder ich rufe die Polizei
wegen unsittlicher Belästigung.«

Grete wollte nach vorn treten, um etwas zu sagen,
doch Dr. Abbel hatte sich bereits umgedreht. Er nickte

ihr enttäuscht zu und sie gingen wortlos und mit gesenktem Kopf hinaus.

61

Tage waren vergangen und Valerie hatte nicht mit Grete gesprochen. Grete hatte eher das Gefühl, dass sie ihr aus dem Weg ging und versuchte ebenfalls, sich mit Arbeit abzulenken. Genug zu tun gab es, denn Dr. Abbels Forschung schritt auch ohne Geldgeber immer weiter voran.

Sie hatten inzwischen einige leichte Nasenoperationen wie die der Baroness hinter sich gebracht, die ihres Bruders rückte damit in immer nähere Zukunft. Dafür leistete Grete Überstunde um Überstunde und schlug sich so manche Nacht um die Ohren. Auch wenn sie sich nicht sicher war, ob es zu einem guten Ende führen würde.

Sie hatte wie jeden Morgen gerade die Instrumente sterilisiert, als Dr. Abbel sie zu sich rief. »Die Operationen übernehmen heute die anderen Schwestern«, sagte er. »Es sind Routineeingriffe.«

»Und was ist mit mir?« Grete schluckte.

»Sie gehen noch einmal zur Klaviermanufaktur Bechstein.«

»Ich?«

Dr. Abbel nickte. »Ich habe versucht, überall Elfenbein aufzutreiben, aber es ist hoffnungslos. Solche Stoßzähne sind unbezahlbar und die Klavierhersteller sind die Einzigen, bei denen entsprechend große Späne übrig bleiben.«

»Aber Bechstein …«

»Er ist der Einzige, der in Berlin Klaviere mit Elfenbein herstellt. Sie müssen versuchen, ihn zu überzeugen.« Dr. Abbel seufzte. »Ich weiß, dass er die Elfenbeinreste nicht braucht.«

»Und wie überzeuge ich ihn? Zahle ich ihm etwas dafür?«

»Wir können ihm gar nichts zahlen. Jedenfalls jetzt noch nicht.« Dr. Abbel seufzte erneut. »Ich denke, er wird sich nicht groß an Sie erinnern. Erzählen Sie ihm keinesfalls, dass es für medizinische Zwecke ist und auch nicht für einen jüdischen Arzt. Sie wissen ja, wie er darauf reagiert hat.«

Grete sah ihn irritiert an. »Und was soll ich ihm sagen?«

»Lassen Sie sich etwas einfallen, bezirzen Sie ihn …«

»Ich?« Grete ließ vor Schreck den Mund offenstehen.

»Vielleicht ist der Herr Bechstein ja weiblichen Argumenten gegenüber offener als wissenschaftlichen.«

Grete seufzte. »Frau Pavlowa wäre dafür geeigneter als ich.«

»Sie sind genau die Richtige dafür, glauben Sie mir. Sie geben nicht auf, haben die richtigen Ideen und sehen, was das Gegenüber will.«

»Ihr Lob ehrt mich, aber ich glaube, Sie überschätzen meine Qualitäten in diesen Angelegenheiten.«

Dr. Abbel schüttelte den Kopf. »Was glauben Sie, warum ich Sie damals trotz fehlendem Abschluss eingestellt habe? Weil Sie diese Stelle unbedingt wollten und alles dafür getan haben. Fangen einfach zu putzen an, ohne Auftrag, ohne Vertrag. Meinen Sie, ich habe das an dem Tag nicht bemerkt?«

Grete blickte zu Boden.

»Es hat mir imponiert. Weil Sie einen starken Willen haben. Und mein Wille ist, dass niemand mehr unter seinem Aussehen leiden muss. An Ihrem Bruder werden wir beweisen, dass es möglich ist. Aber dafür brauche ich Sie. Und das Elfenbein«, erklärte Dr. Abbel und setzte sich an seinen Schreibtisch.

Grete verstand, dass sie jetzt besser gehen sollte. Ihre Brust schwoll vor Stolz an über das, was er gesagt hatte. Dennoch bangte sie davor, ihn zu enttäuschen. Schließlich besaß sie nicht Valeries Gabe, den Männern etwas abzulächeln.

Grete suchte Valerie und fand diese in der kleinen Küche, mit einer Teetasse in der Hand. »Valerie, du musst mir helfen.«

»Immer gerne«, antwortete Valerie. »Aber ich bin grad auf dem Sprung.«

»Aber du musst mit mir mitkommen zu Bechstein!«

»*Schérie*, ich habe ein Anstellungsgespräch.«

»Was? Du willst weg aus der Praxis?« Gretes Herz pumpte wild.

»Du weißt doch, ich will *Männekin* werden. Und das ist meine Chance.« Valerie zog ihren Mantel an.

»Und wenn sie das wieder nur so gesagt haben wie beim letzten Mal? Hilf mir lieber den Bechstein zu bezirzen ...«

»Das kannst du allein, du hast schließlich von der Besten gelernt.« Valerie blinzelte ihr zu, drehte sich anschließend um und ging.

62

Innerlich angespannt eilte Valerie zum Modegeschäft der Gebrüder Gehrlicher. Auf der Glastür prangten goldene Buchstaben. Valerie hielt sich gar nicht erst damit auf. *Lesen ist nicht deine Stärke*, hatte ihre Mutter ihr stets eingetrichtert und dabei sehr untertrieben. Denn Valerie hatte wie viele nie lesen gelernt. Dafür konnte sie umso besser zuhören. Valerie hielt einen Moment vor dem Schaufenster inne. Das Kleid, das in kunstvoller Faltung über einen breiten, geschnitzten Holzständer drapiert war, raubte ihr den Atem. Der Stoff, ein weiches Elfenbein mit dezentem Goldfaden, schien zu schweben, während sich feine Spitzen am Saum wie Wellen über einen Sockel aus weichem Samt legten. Der Gedanke, wie sich das Kleid bei jedem Schritt um ihre Beine schmiegte und die Blicke der Menschen an ihr hängen blieben, ließ ihr Herz schneller schlagen und für einem Moment vergaß sie sogar das Atmen. Das bemerkte sie allerdings erst, als sie die gläserne, in goldenem Metall eingefasste Tür aufzog.

Der Duft nach frischer Seide, poliertem Holz und einem Hauch von Parfum hing in der Luft und ließ sie unwillkürlich die Schultern straffen. An diesem Ort, dachte sie, könnte sie eines Tages stehen – nicht als Kundin, sondern als Teil dieses eleganten Spiels. Auch wenn das mit dem Anstellungsgespräch nur die halbe Wahrheit war.

Aber wer nichts wagte, der konnte auch nichts gewinnen.

Schließlich hatte Clemens Gehrlicher bei ihrer ersten kurzen Begegnung bei *Gerson* gesagt, dass sie sich vorstellen könne, wenn sie einen eigenen Laden besäßen. Endlich war es so weit, wie sie von zwei Tratschtanten im Café Kranzler erfahren hatte.

Valerie bemerkte, dass es auch im Inneren des Ladens keine Schaufensterpuppen gab. Nur vereinzelt waren Kleidungsstücke, die von zarten Bändern begleitet wurden, in Vitrinen, auf Kleiderständern und an goldenen Kleiderstangen arrangiert. Die leichte Bewegung, die der Luftzug durch Valeries Eintreten verursachte, ließ die Kleider fast menschlich erscheinen.

Vor den Stangen stapelten sich einige Kisten, in denen mit großer Wahrscheinlichkeit weitere Kleider verpackt waren, die auf neue Besitzer warteten.

Der Tresen aus dunklem Mahagoni war verwaist. Auf ihm prangte der gleiche funkelnde Schriftzug in Gold wie auf der Eingangstür. Eine gusseiserne Kasse mit geschwungenen Verzierungen hatte ebenfalls ihren Platz darauf gefunden. Die hohen Vasen und die kleinen, mit Spitze bedeckten Hocker neben den bodenlangen Spiegeln wirkten verlassen.

Liebevoll trat Valerie auf eine der Kisten zu, aus der ein Hut aus dunkelblauer Seide hervorlugte. Er war kunstvoll mit Federn und Perlen bestickt. Valerie konnte den feinen Schimmer der Perlen, die bei jeder Kopfbewegung Licht einfangen würden, förmlich sehen.

Valerie legte den Hut an, seufzte genüsslich und spürte, wie ihre Entschlossenheit wuchs. Die Stoffe, die

Details, die leise Eleganz – all das sprach zu ihr, als gehörte sie bereits hierher. Es war nicht nur ein Traum, es war ihr Ziel. Und irgendwann, da war sie sicher, würde nicht nur sie bewundernd auf diese Mode schauen. Man würde sie bewundern – Valerie, das Mannequin, das diese Kleider trug und sie zum Leben erweckte.

»Was machen Sie da?«, riss sie eine Stimme aus ihren Gedanken. Valerie spürte die Röte in ihre Wangen steigen, sammelte sich aber schnell.

Mit einem koketten Lächeln drehte sie sich herum und sah sich Clemens Gehrlicher gegenüber. Der Nette der beiden Gebrüder, für den sie von Johann Bilder von sich hatte zeichnen lassen. Jene, die sie seinem herzlosen Bruder Gehrlicher hatte übergeben müssen und die Clemens Gehrlicher vermutlich nie erreicht hatten. Anders konnte sie sich jedenfalls nicht erklären, dass niemand bisher darauf reagiert hatte.

Clemens Gehrlicher trug ein Maßband um seinen Hals, was wie der neueste Schick in Sachen Halstuch wirkte. Er musterte Valerie kurz, sie legte den Hut wieder auf die Kiste und sein Gesichtsausdruck hellte sich für einen Moment auf. »Ach, Sie sind es …«, sagte er zwar, schien aber nach der richtigen Verbindung zu suchen.

»Ja, ich bin es«, flötete Valerie und hielt ihm ihre Hand entgegen. »Valerie Pavlowa.«

Clemens Gehrlicher nahm ihre Hand und schüttelte sie kräftig. »Helfen Sie mir auf die Sprünge«, sagte er schließlich.

Valerie schwenkte beleidigt ihren Kopf hin und her, als wäre es das Peinlichste der Welt, dass er sich nicht an sie erinnern konnte. »Sie haben vor ein paar Monaten zu mir gesagt, dass ich wiederkommen soll, wenn Sie ein eigenes Geschäft eröffnen.« Valerie legte eine kurze Pause ein, sah Clemens Gehrlicher eindringlich an und bewegte dabei eine Augenbraue leicht nach oben.

»Richtig, richtig«, stimmte ihr Clemens Gehrlicher zu.

»Haben Sie die Mappe mit meinen Bildern nicht bekommen?«, fragte Valerie vorsichtshalber.

Clemens Gehrlicher sah sie fragend an. Das war Antwort genug. Hoffentlich hatte dieser Wolfgang Gehrlicher die Bilder nicht in den Müll geschmissen. Viel zu wertvoll waren Johanns schöne Bilder.

»Clemens?!«, ertönte eine Stimme aus einem Hinterraum, der durch einen schweren, senfgelben Vorhang vom Laden getrennt war. Ein goldfarbener Saum ließ den Vorhang genauso edel wirken wie den Rest der spärlichen Ausstattung.

»Im Laden!«, rief Clemens Gehrlicher und sah über seine Schulter.

Wolfgang Gehrlicher trat hinter dem Vorhang in den Verkaufsraum. Er hatte eine Kladde in der Hand, auf der er, ohne aufzuschauen, etwas abhakte. Schließlich hob sich sein Blick. Sein konzentrierter Gesichtsausdruck wich einem fragenden.

Valerie streckte Wolfgang Gehrlicher ihre blasse Hand entgegen. »Valerie Pavlowa, wir kennen uns.«

Wolfgang Gehrlicher blieb auf Abstand und beachtete ihre Geste nicht.

»Ich bin wegen der Anstellung gekommen«, sagte Valerie.

»Welche Anstellung?«, brummte Wolfgang Gehrlicher knapp und trat auf eine der Kisten neben der Theke zu.

»Als *Männekin.*« Sie winkelte ihr rechtes Bein an und stellte sich in Pose.

»Suchen wir nicht. Und warum sollten wir jemanden einstellen, der nicht einmal weiß, wie man das Wort ausspricht? Es heißt Mannequin«, entgegnete Wolfgang Gehrlicher abfällig.

Valerie biss sich auf die Lippe und hauchte »Mannequin«.

Wolfgang Gehrlicher sah seinen Bruder giftig an. »Was hast du ihr versprochen?«, fragte er mürrisch.

Clemens Gehrlicher verschränkte seine Arme. »Nichts, aber ein wenig Aufmerksamkeit könnte unserem Laden nicht schaden.« Er nickte Valerie zu. »Warten Sie einen Moment.« Er verschwand mit seinem Bruder hinter den Vorhang.

Sie sprachen leise und obwohl Valerie kein Wort verstand, war unüberhörbar, dass die beiden nicht einer Meinung waren.

Valerie schaute sich weiter in dem Konfektionsgeschäft um. Jetzt erst wurde ihr bewusst, dass das Konfektionshaus *Gerson* über mehrere Stockwerke und riesige Räumlichkeiten verfügte, während die Gehrlichers nur diesen einen Verkaufsraum besaßen.

Das bedeutete, dass die Gebrüder unter keinen Umständen die gleiche Auswahl wie *Gerson* oder die anderen großen Geschäfte bieten konnten. Zudem war ihr Sortiment sicherlich teurer, wenn sie sich die edle Einrichtung ansah.

Endlich kamen die beiden Brüder wieder.

Clemens Gehrlicher strahlte sie an. »Wir stehen zu unserem Wort«, sagte er und deutete auf den goldenen Schriftzug am Tresen.

Valerie sah ihn fragend an.

»Gehrlicher sind ehrlicher«, erklärte er. »Also kommen Sie morgen um acht Uhr.«

Valerie zögerte. »Da bin ich noch in der Praxis reinemachen«, sagte sie leise, weil es ihr peinlich war.

»Wollen Sie nun für uns arbeiten oder nicht?«, fragte Wolfgang Gehrlicher.

»Abgemacht, morgen um acht Uhr«, versprach Valerie kurzerhand und lächelte. »Ich werde Sie nicht enttäuschen.« Sie stolzierte mit schwingenden Hüften zur Tür. Dort angekommen, drehte sie sich noch einmal um. »Und meine Mappe? Die brauchen Sie ja jetzt nicht mehr. Könnte ich sie zurückbekommen?«

Die beiden Brüder sahen sich erneut an.

Valerie konnte ihnen an der Nasenspitze ansehen, dass sie keine Ahnung hatten, wovon sie sprach.

»Morgen, wertes Fräulein«, antwortete Clemens Gehrlicher. »Sie können sich ja vorstellen, welche Unordnung der Umzug mit sich gebracht hat.«

Valerie nickte den Brüdern zu und verließ das Geschäft.

Auf der Straße lief sie mit schnellen Schritten davon, ohne sich umzudrehen.

Als sie außer Sichtweite war, blieb sie stehen und tippelte mit den Füßen auf der Stelle und schrie lauter als beabsichtigt: »Jaaa!«

Ein paar Passanten drehten sich zu ihr um und schüttelten entrüstet den Kopf, doch Valerie stolzierte weiter

und flüsterte: »Werte Frau Mannequin, Ihre Zeit ist gekommen.«

und flüsterte: »Werte Frau Mannequin, Ihre Zeit ist gekommen.«

63

Auf dem Weg zu Bechsteins Manufaktur überlegte Grete, wie sie deren Inhaber davon überzeugen könnte, ihr die Elfenbeinreste zu überlassen. Die erste Hürde war, dass sie zunächst zu ihm vorgelassen werden musste. Das Zweite war, dass Edwin Bechstein sicher Verdacht schöpfen würde, wenn erneut jemand um die Abgabe des Elfenbeins bat. Vor allem, falls er sich an sie erinnerte. Die noch größere Herausforderung war allerdings, dass es Grete widerstrebte, jemandem schöne Augen zu machen, nur um etwas von ihm zu bekommen. Valerie konnte das, weil sie die Männer nicht ernst nahm.

Je länger Grete darüber nachdachte, desto klarer wurde ihr, dass sie das Elfenbein nur bekommen würde, wenn sie es auf ihre Art anging. Deswegen hatte sie entgegen Dr. Abbels Anweisung ihre Schwesterntracht angezogen, frisch gereinigt natürlich.

Als Grete die Pianomanufaktur erreicht hatte, blieb sie genauso beeindruckt stehen wie beim ersten Mal. Die Fabrik war fast so groß wie das Krankenhaus Friedrichhain. Auch dort hatte es unzählige Mitarbeiter gegeben – unfreundliche, regelkonforme, mürrische, aber auch viele hilfsbereite.

Und genau von den Hilfsbereiten musste sie welche finden.

In den oberen Positionen waren diese schwer aufzutun, aber je weiter unten sie zu suchen begann, umso eher würde sie damit Glück haben.

Grete umrundete das Werksgelände und musterte jedes Eingangstor. Vor dem Lieferanteneingang versteckte sie sich in einem Hauseingang und beobachtete, wie die Lieferanten mit ihren Pferdekutschen Zutritt zu der Firma erhielten. Ein Portier winkte manche, die er offensichtlich kannte, einfach durch. Von anderen ließ er sich Dokumente zeigen. Sie konnte weder mit dem einen noch mit dem anderen dienen. Deshalb richtete sie ihre Schwesternhaube und lief schnellen Schrittes auf den Lieferanteneingang zu. »Ein Notfall!«, rief sie schrill.

Der Portier musterte sie argwöhnisch, winkte sie aber durch.

Grete lief in einen Innenhof und versuchte, sich zu orientieren. Nirgendwo stand geschrieben, wo sich die einzelnen Werkstätten befanden. Die Mitarbeiter wussten schließlich, wo sie hinmussten.

Ein Arbeiter lief an ihr vorbei. Grete machte einen Knicks. »Ich müsste dorthin, wo die Tastaturen geschnitten werden.« Sie klang ungewollt nervös, was ihre Glaubwürdigkeit sogar erhöhte. Der Mann erklärte ihr den Weg zur Sägerei. Schon von außen war das laute Getöse der Maschinen zu hören und das Schwingen und Schreien der Sägen.

Grete öffnete die Tür zur Sägewerkstatt. Im Inneren war der Lärm noch unerträglicher. Dafür füllte der Duft von frischem Holz und Lack die Luft. Grete betrachtete die robusten Böden, die vom Gewicht der Instrumente gezeichnet waren. Hohe Fenster fluteten den Saal mit Tageslicht und zahlreiche Säulen trugen das Dach wie stille Wächter. Alles war größer, als sie erwartet hatte, und dennoch wirkte es nicht einschüchternd. Männer und Frauen arbeiteten an Werkbänken, umgeben von Instrumenten in jeder Phase der Fertigstellung. In der einen Ecke wurden Baumstämme zersägt, in der anderen mit einem Hobel Holzstücke zurecht gehobelt. Dazwischen stand ein Mann mit einer Kladde in der Hand.

Grete trat zu ihm. »Gestatten, Grete Brückner, Krankenschwester.«

»Ist jemand verletzt?« Der Mann sah sie besorgt an.

Grete schüttelte den Kopf. »Nein, ich bin hier, um Sie um etwas zu bitten.« Sie biss sich auf die Lippe. »Haben Sie Elfenbeinreste, die Sie nicht benötigen und mir überlassen könnten?«

Der Mann nickte zögernd. »Allerdings nur Späne. Wenn die Schubkarre voll ist, entsorgen wir die auf der Müllkippe.« Er deutete auf eine hölzerne Karre in der anderen Ecke der Werkstatt.

Grete ging zu der Karre. Tatsächlich befanden sich darin zwei Jutesäcke. Beide gut gefüllt mit weißen Elfenbeinstückchen.

Grete konnte ihr Glück kaum fassen.

»Was wollen Sie damit machen?«, fragte der Mann.

Grete überlegte, ob sie erzählen sollte, dass sie das Elfenbein für Kinder bräuchte oder als Basis für Kunstobjekte, entschied sich aber für die Wahrheit. An diesem Ort war sie unter Leuten, die wie sie waren. Denen musste man nichts vorspielen. »Ich arbeite in einer Arztpraxis und wir forschen daran, Knochen zu ersetzen. Elfenbein wäre dafür bestens geeignet. Wir könnten verunstalteten Menschen damit zu einem weniger schmerzvollen Äußeren verhelfen.«

»Sie wollen also Knochen damit ersetzen?«, fragte der Mann.

Grete nickte zaghaft.

»Und wenn jemand einen Finger verliert, ginge das auch?« Der Mann zuckte mit den Schultern. »Wir sind ja hier in einer Sägerei, wissen Sie.«

»Noch geht es nicht«, sagte Grete. »Aber wenn wir lang genug forschen, wird es irgendwann möglich sein.«

Der Mann nickte verständnisvoll. »Im Grunde forschen wir auch. Nur nach dem besten Klang für ein Klavier. Aber Ihre Forschung ist wohl wichtiger. Wie könnte ich Ihnen da das Elfenbein verwehren? Wie viel benötigen Sie?«

Grete wäre vor Freude beinahe aufgesprungen. »Könnte ich es einfach nehmen, wie es ist und Ihnen die Schubkarre zurückbringen?«

Er bedachte sie mit einem prüfenden Blick und nickte. »Ich denke, Ihnen kann ich trauen.«

Grete bedankte sich und wäre ihm am liebsten um den Hals gefallen, aber das war nicht ihre Art. Sie nahm die hölzernen Griffe der Schubkarre und wollte losgehen, als der Vorarbeiter seine Hand auf ihre Schulter legte.

»Moment.«

Grete schluckte. Musste sie jetzt doch einen Preis dafür zahlen? Dem Mann einen Gefallen tun?

»Sie brauchen noch einen Ausfuhrschein, sonst lässt Sie der Portier nicht passieren.«

Grete nickte erleichtert. Der Vorarbeiter bat sie zu warten und kam kurz darauf mit einem ausgefüllten Stück Papier wieder. Stolz schob Grete den Karren davon und hoffte, dass Herr Bechstein niemals von diesem Geschenk erfahren würde.

64

Grete kam in das Behandlungszimmer der Praxis und hob stolz einen Jutesack mit Elfenbeinspänen hoch. Im nächsten Moment hielt sie inne und sah ungläubig auf ihren Bruder, der neben Dr. Abbel stand.

Was macht Johann hier?

Dr. Abbel und Johann drehten sich zu ihr um. Auf dem Tisch zwischen ihnen lagen Johanns Abbilder. Daneben stand das Modell einer Nase, das sie für ihren Vortrag auf dem *Medizinischen Kongress* verwendet hatten.

»Wie ich sehe, haben Sie die Späne bekommen?« Dr. Abbel lächelte sie stolz an. »Genau zum richtigen Zeitpunkt!« Er erhob sich, stellte sich neben Johann und reichte ihm die Hand. »Dann kann es ja bald losgehen.«

Schlagartig war Gretes Euphorie wie weggewischt. »Johann, was machst du hier?«

»Grete, ich ...«

Dr. Abbel fuhr Johann ins Wort. »Ihr Bruder hat sich für die Operation entschieden und nun, da wir die Späne haben, können wir demnächst mit dem Aufbau des Nasenbeins loslegen.«

»Wie du dir es immer gewünscht hattest, Grete«, stimmte Johann erfreut zu.

Grete schluckte. Warum musste sich das Leben stets wie ein reißender Fluss gebärden, in dem man sich kaum über Wasser halten konnte? Sie hatte es gerade einmal geschafft, die beängstigen Erinnerungen an die Todesfälle in der Praxis zu verdrängen, da stand ihr Bruder auf der Matte und wollte einlösen, was sie ihm stets gepredigt hatte.

Sie wollte es wie eh und je, aber erst, wenn sich die Operationsmethode bewährt hatte.

Sie lehnte den Sack in den Türrahmen und trat hinter Johann. »Aber wir haben noch nicht genügend Geld beisammen.«

Dr. Abbel winkte ab. »Sie müssen keinen Groschen zahlen.« Er lächelte und zeigte auf den Sack mit der Elfenbeinspäne. »Seit Sie bei mir angefangen haben, arbeiten Sie für fünf. Es ist mir ein Anliegen, das auf diese Weise zu honorieren. Das war doch immer Ihr sehnlichster Wunsch.«

Grete trat einen Schritt zurück und suchte mit einer Hand Halt am Türrahmen. Ein bedrückendes Gefühl wuchs in ihr.

Dr. Abbel holte derweil eine Mappe aus dem Schrank am Fenster, legte die Blätter darin auf seinen Schreibtisch und deutete auf die Zeichnungen diverser Nasen darauf. »Welche Nase hätten Sie denn gern, Herr Brückner?«

Johann runzelte die Stirn. »Wie meinen Sie das?«

»Er fragt dich, wie deine Nase nach den Eingriffen aussehen soll und das ist etwas, was man nicht zwischen Tür und Angel entscheiden sollte«, entgegnete Grete tonlos. Niemand hatte sie auf das Gefühlschaos vorbereitet, was plötzlich in ihr tobte.

»Ich würde Ihnen diese empfehlen«, sagte Dr. Abbel, überging Gretes Kommentar und zeigte auf eine recht gewöhnliche Nase. »Sie ist nicht zu spitz, nicht zu dick, hat den richtigen Profilwinkel, einfach unauffällig.«

»Unauffällig, das ist genau die richtige«, sagte Johann.

»Das dachte ich mir, Herr Brückner.« Dr. Abbel nickte ihm zu. »Sie haben ja noch etwas Zeit. Kommen Sie in einer Woche wieder. Bis dahin haben Ihre Schwester und ich mit dem Elfenbein die nötigen Experimente durchgeführt und eine Lösung für das Gerüst Ihrer Nase gefunden.« Er reichte Johann die Hand. »Über den Ablauf der Operationen habe ich Sie informiert. Haben Sie dazu noch Fragen?«

Grete sah die Furcht in Johanns Augen. Tapfer schüttelte er mit dem Kopf und schluckte die Angst herunter wie einen Kirschkern.

<h1 style="text-align:center">65</h1>

An diesem Abend kehrte Grete voller Gedanken und Emotionen aus der Praxis nach Hause zurück. Ruhe fand sie aber auch dort keine, da Valerie bereits auf sie wartete.

Aufgeregt wedelte diese mit den Händen. »Grete, ich muss dir was erzählen!«

Grete nickte müde und zog erschöpft ihre Schuhe aus. Sie hatte keine Lust auf irgendwelchen Tratsch. Valerie sah Grete erwartungsvoll an, nahm ihre Hand und zog sie in die Küche.

Grete ließ es widerwillig geschehen und schaute sich verstohlen um. Ewa war zum Glück nicht anwesend.

Valerie hatte den Küchentisch mit einer Flasche Wein, einem Teller mit Käse, Butter und Brot gedeckt.

Grete errötete und hob ihren Blick. Nun tat es ihr leid, dass sie so desinteressiert reagiert hatte. Verlegen nahm sie Valerie gegenüber am Tisch Platz.

Valerie strahlte über das ganze Gesicht und Grete konnte ihr ansehen, dass sie vor Freude fast platzte. Sie blinzelte Grete herausfordernd an. Das tat sie immer, wenn sie gefragt werden wollte. Grete gab sich einen Ruck. »Na, sag schon!«

Wie auf Kommando sprudelte Valerie los. »Du musst mich morgen in der Praxis entschuldigen!«

Gretes Miene verdunkelte sich.

Valerie erhob sich und fuhr einmal mit den Händen ihre Silhouette ab, ohne ihren Körper dabei zu berühren. »Vor dir steht das neue Mannequin der Gebrüder Gehrlicher!«

In Grete tobten die unterschiedlichsten Gefühle. Sie hatte beim Anblick des gedeckten Tischs gehofft, endlich mit Valerie über den Kuss sprechen zu können. Wie konnte sie so naiv sein und denken, dass Valerie all das für sie arrangiert hatte?

»Freust du dich gar nicht für mich?«, fragte Valerie enttäuscht.

Grete biss sich auf die Lippe und schüttelte ihre Gedanken ab. Schließlich erhob sie sich und nahm Valerie über den Tisch hinweg in die Arme, um sie in der nächsten Sekunde wieder loszulassen, als hätte sie sich an ihr verbrannt. »Aber natürlich freue ich mich für dich! Du hast erreicht, was du immer wolltest.« Sie versuchte, ein Lächeln aufzusetzen.

Valerie strahlte sie an und Grete hasste sich dafür, dass sie Valeries Freude in diesem Moment nicht mit ihr teilen konnte. Aber etwas war anders zwischen ihnen seit diesem Kuss.

Und dann gab es da noch Johann, dessen geplante Operation ihr nicht aus dem Kopf gehen wollte. Dr. Abbel hatte sofort angefangen, mit dem Elfenbein zu experimentieren, und natürlich hatte sie ihm assistieren müssen.

Grete setzte sich, nahm sich eine Scheibe des duftenden Brots und biss hinein. Dabei sackten ihre Schultern nach unten. Sie fühlte sich verloren wie lange nicht. Alles schien ihr zu entgleiten. Ihr Bruder, Valerie. Alle gingen sie ihren Weg, aber was wollte sie?

Wenn Johann operiert werden würde, war eines ihrer großen Ziele erreicht. Und das andere würde sie bei ihrer unanständigen Schwärmerei für Valerie wohl nie erreichen.

»Du siehst müde aus«, sagte Valerie und holte sie aus ihren Gedanken.

Grete nickte. Kurz überlegte sie, was sie Valerie erzählen sollte. Am besten gar nichts, denn sie wollte ihre Freude nicht trüben. Sie schüttelte ihre Gedanken ab und lächelte Valerie schüchtern an. Behutsam wanderten ihre Hände über den Tisch auf der Suche nach Valeries. »Aber nun erzähl! Wie hast du die Gehrlichers überzeugt?« Ihre Fingerspitzen waren an Valeries Fingerkuppen angelangt. Sie wollte gerade ihre ganze Hand ergreifen, als die Tür der Wohnung aufflog. Ewas Gehstock und das sie ständig begleitende Schnaufen ertönten. Grete zog ihre Hand schlagartig zurück.

Zum Glück hatte Valerie die Geste ohnehin nicht bemerkt. Sie war aufgesprungen und erzählte ihrer Mutter wild gestikulierend von ihrem Zusammentreffen mit den Gehrlichers. Dabei war sie derart vertieft, dass sie nicht wie üblich losrannte, um ihrer Mutter zur Hilfe zu eilen.

»Du musst unbedingt morgen vorbeikommen«, sagte Valerie zu Grete.

»Ich werde morgen früh und in nächster Zeit früher und länger arbeiten müssen, da du nicht da bist.«

»Warum? Weil ich als Reinemachefrau ausfalle?«

Grete seufzte. »Wir planen mehrere Operationen am selben Patienten und das braucht viel Vorbereitung.«

Ewa kam angestapft und ihr Blick heftete sich sofort an die Köstlichkeiten auf den Tisch. Erst danach sah sie zu ihrer Tochter auf. »Feier ohne *Mamuśka*?«

Valerie schüttelte ihren Kopf. »Wir feiern zusammen, *Mamuśka*. Ich habe eine Anstellung als Mannequin!« Sie fiel ihrer Mutter um den Hals.

»Lange gedauert«, sagte Ewa und bedachte ihre Tochter mit einem stechenden Blick. Dann schob sie Valerie beiseite, setzte sich an den Tisch, schenkte sich ein Glas Wein ein und stürzte es in einem Zug in ihren Rachen.

Wie konnte Ewa so gemein sein?

Grete hatte zwar ebenfalls verhalten auf Valeries Erfolg reagiert, aber sie hatte sie nicht kritisiert und wollte sich für ihre bezaubernde Valerie freuen.

Und wenn die Operation an Johann gut verlief, würde sie diese Freude auch zum Ausdruck bringen können. Aber Ewa dachte nur an sich und die frohe Kunde ihrer Tochter schien spurlos an ihr vorbeizuziehen.

»Ewa«, sagte Grete mit sanfter, aber eindringlicher Stimme und sah sie an. Etwas, was sie sich durch den Umgang mit widerspenstigen Patienten angeeignet hatte. »Ich glaube, der Wein ist nicht gut für deinen Magen. Und überhaupt, hast du gehört, was Valerie Tolles erzählt hat?«

Ewa sah Grete mit zusammengekniffenen Augen an und machte eine wegwerfende Handbewegung. Sie schenkte sich ein weiteres Glas Wein ein. »Wenn es mir geht schlecht, du bezahlen doppelt.« Ewa hob das Glas in Richtung Valerie und prostete ihrer Tochter zu. »Kind, hast gekauft gute Dinge. Fängt Leben neu an.«

»Würdest du bitte für mich bei Dr. Abbel kündigen?«, fragte Valerie an Grete gewandt.

Grete schluckte. »Findest du das nicht ein wenig voreilig?«

Valerie schüttelte den Kopf und brach in ihr glucksendes Lachen aus. »Nein, nicht voreilig, sondern viel zu spät.«

66

Valerie betrat den Konfektionsladen der Gebrüder Gehrlicher und staunte. Die leeren Regale waren inzwischen mit Hüten gefüllt worden, an den Kleiderstangen hingen vereinzelte Kleidungsstücke. An der Decke beeindruckte ein Kronleuchter, der mit Elektrizität zu funktionieren schien, denn Kerzen konnte sie nicht auf ihm entdecken.

Valerie pfiff anerkennend. Die Gehrlichers hatten den großen Sprung vom Zwischenmeister zum eigenen Modegeschäft geschafft.

Sie konnte sich gar nicht sattsehen. Nur eines fand sie merkwürdig. Das große Schaufenster, das zuletzt noch mit dem elfenbeinfarbenen Kleid bestückt war, war leer.

»Ich bin da!«, rief sie und trat ein paar Schritte auf den senfgelben Vorhang zu, hinter dem sie die Brüder vermutete.

Augenblicklich wurde der schwere Raumtrenner zu Seite gezogen und Clemens Gehrlicher lief ihr mit ausgestreckten Armen entgegen. »Fräulein Pavlowa, pünktlich auf die Minute. Herzlich willkommen zu Ihrem ersten Arbeitstag.« Er herzte Valerie links und rechts auf die Wange.

Valerie hüstelte nervös und Wolfgang Gehrlicher, der ebenfalls zu ihnen in den Verkaufsraum kam, winkte ungeduldig mit den Händen. »Clemens, für solches

Chichi haben wir keine Zeit. Außerdem sind wir nicht in Frankreich!«

Clemens Gehrlicher ließ von Valerie ab und wies mit dem Kopf auf den Vorhang hinter der Theke. »Gehen wir nach hinten, dann zeigen wir Ihnen alles.«

Valerie folgte den beiden in den Raum hinter dem Vorhang.

»Wenn ich mir eine Frage erlauben darf ...«, sagte Valerie, während sie durch eine fensterlose Kammer mit deckenhohen Regalen geführt wurde, die über und über mit Kleidungsstücken und Stoffen gespickt waren.

»Was haben Sie auf dem Herzen?«, fragte Clemens Gehrlicher.

Sie betraten den nächsten Raum, der im Gegensatz zu dem Durchgangszimmerchen ein Fenster zum Innenhof aufwies. An der linken Seite des Zimmers waren Tische mit Nähmaschinen aufgestellt, an der rechten stand ein mit Stoff umwobener Raumteiler, der wie Valerie vermutete, dafür gedacht war, Mannequins wie sie einzukleiden.

»Warum ist das Schaufenster leer?«, fragte Valerie.

»Was meinen Sie, warum wir Sie anstellen?« Clemens Gehrlicher hob belustigt seine rechte Augenbraue.

»Ich soll in dem Schaufenster stehen?« Die Verwunderung stand Valerie ins Gesicht geschrieben.

»Gehrlicher sind ehrlicher!«, tönte Wolfgang Gehrlicher mit vor Stolz geschwollener Brust und deutete auf ein Schild, das über einer der Türen hing.

Valerie nickte konsterniert. Sie vermutete, dass das, was er eben gesagt hatte, auch auf dem Schild stand. Sie hoffte, dass sie für ihre Anstellung bei den Gehrlichers nicht würde lesen müssen.

Clemens und Wolfgang Gehrlicher reihten sich vor Valerie auf. Wiederholt deutete Wolfgang Gehrlicher mit seinem Kopf auf das Schild. »Gehrlicher sind ehrlicher, verstehen Sie? Wir stellen keine Schaufensterpuppen ins Fenster, sondern Sie. Das ist echt, das ist ehrlich, das ist volksnah!«, erklärte Wolfgang Gehrlicher euphorisch.

Valerie musste trotz ihrer Überraschung schmunzeln, denn so begeistert hatte sie den immer etwas unfreundlich und abgehoben wirkenden Wolfgang Gehrlicher noch nie erlebt.

Valerie nickte und freundete sich mit dem Gedanken an. Wer weiß, wozu es gut war, wenn sie für jedermann und jederfrau sichtbar in einem Schaufenster stand? In jedem Fall würde man über sie sprechen.

»Dann trage ich Ihre neuesten Kreationen?« Valerie schaute sich suchend um, ob sie ein besonders herausragendes Kleidungsstück entdecken konnte.

»Das wird Ihnen Clemens zeigen«, sagte Wolfgang Gehrlicher. »Er ist der kreative Kopf, ich bin für alles andere zuständig.«

Valerie trat einen Schritt auf Clemens Gehrlicher zu, der sie zu sich hinter den Raumteiler winkte.

Dahinter entdeckte Valerie lediglich ein Badegewand und einen Sonnenhut.

Mit einem Schlag nahm Valeries eben noch vornehm blasse Gesichtsfarbe ein tiefes Rot an.

Clemens Gehrlicher ignorierte es. »Sie können sich dahinter in Ruhe entkleiden«, sagte er und wollte gehen.

»Ich soll mich in einem Badegewand in Ihr Schaufenster stellen?«, fragte Valerie betont ruhig und trotzdem zitterte ihre Stimme und verriet ihre Erregung.

»Sie haben es erfasst.« Clemens Gehrlicher schien absolut nichts Verwerfliches daran finden zu können. »Wir haben Sommersaison. Da können wir wohl kaum einen Wintermantel in das Schaufenster stellen, oder?«

»Aber Sie wissen, dass das unschicklich ist?«

Wolfgang Gehrlicher kam kopfschüttelnd zu ihnen. »Am Wannsee meinten Sie, Sie wären besser als unsere Fotomodelle! Ihre Gelegenheit. Beweisen Sie es uns!«, entgegnete er hitzig. Die Begeisterung von eben war verpufft.

Natürlich wollte Valerie für die Gebrüder Gehrlicher als Mannequin arbeiten, aber sie musste zugeben, dass sie mit einer Zurschaustellung dieser Art nicht gerechnet hatte.

Es würde sie einiges an Überwindung kosten, obwohl sie sonst nicht zimperlich war. Aber ihre Kleidung war wie eine zweite Haut für sie, die sie beschützte. Damit fühlte sie sich, die dumme kleine Valerie, wie es ihre Mutter zu sagen pflegte, weniger verletzlich. Und nun sollte sie ohne diese auskommen? Und das ausgerechnet in einem Schaufenster? Das war ja wie in einem Zoo ausgestellt zu sein!

Valerie wollte sich lieber nicht vorstellen, was ihre Mutter sagen würde, wenn sie diese Möglichkeit ausließ. Sie musste es tun. »Na gut.« Sie griff nach dem Badegewand. »Aber desto weniger ich trage, desto höher ist mein Preis«, sagte Valerie mit fester Stimme und sah zwischen den beiden Brüdern hin und her.

Wolfgang und Clemens Gehrlicher sahen sich an.

Valerie stemmte die Hände in die Hüften und setzte nach. »Und glauben Sie mir, Sie werden kein anderes Mannequin finden, dass eine gewagte oder wie Sie es ausdrücken – ehrliche – Vorführung Ihrer Mode mitmacht. Nicht in einem Schaufenster.«

Clemens Gehrlicher nickte bedächtig, während Wolfgang Gehrlicher gedanklich noch zu rechnen schien. »Nun, eine Mark am Tag, das können wir Ihnen anbieten.«

»Eine Mark, fünfzig Pfennige«, entgegnete sie schnell.

»Auf keinen Fall«, widersprach Wolfgang Gehrlicher.

Valerie betrachtete ihn kurz und hatte den Verdacht, dass Wolfgang Gehrlicher in diesem Moment nicht ganz ehrlich war. Wenn sie etwas konnte, dann in den Gesichtern anderer lesen.

Sie legte Badegewand und Hut beiseite, stand auf und tat so, als ob sie den Raum zu verlassen wollte. »Jetzt ist es Ihre Entscheidung ...«, sagte sie knapp.

»Wolfgang!?«, forderte Clemens Gehrlicher seinen Bruder auf.

»Eine Mark, dreißig Pfennige«, presste der zwischen den Zähnen hervor. »Aber das ist mein letztes Wort.«

Dieses Mal glaubte ihm Valerie, drehte sich um und nickte.

Wolfgang Gehrlicher streckte Valerie seine Hand entgegen.

Valerie nahm sie blitzschnell, bevor er oder sie selbst es sich anders überlegen konnte. »Abgemacht!«

67

Grete kam zur Praxis und fand bereits fünf Patienten davor, vier davon mit ziemlich entstelltem Gesicht.

Grete nickte ihnen zu, bat sie zu warten und schloss die Praxis auf.

Zwei der Herren stürmten entgegen Gretes Bitte direkt in das Wartezimmer. »Hier muss erst noch geputzt werden«, erklärte sie und begleitete die beiden Männer wieder nach draußen. Danach schloss sie die Praxistür von innen ab und bereitete alles für Dr. Abbel vor.

Nach einer Weile klopfte es an der Tür. Auch wenn es unrealistisch war, hoffte sie, dass Valerie es sich anders überlegt hatte.

Diese war am Morgen bereits unterwegs gewesen, als Grete aufgestanden war. Das hatte jedenfalls ihre Mutter erzählt, die am Morgen über höllische Bauchschmerzen geklagt hatte.

Kein Wunder! Sie hatte eine Flasche Wein getrunken und fast den ganzen Käse vertilgt, den Valerie eingekauft hatte.

Grete hatte gebangt, dass Ewa wahrmachte und ihren Mietanteil erhöhte, aber sie gab sich mit einer zweiten Tinktur zufrieden, die aber nicht helfen würde, wenn Ewa uneinsichtig war.

Grete öffnete die Praxistür und seufzte. Es war nicht Valerie, sondern Dr. Abbel.

»Was ist denn hier los?«, fragte er überrascht und blickte auf die ungewöhnlich hohe Zahl an Patienten.

»Ich vermute, das liegt an der Anzeige, die Sie in der *Berliner Illustrirten Zeitung* geschaltet haben.«

Dr. Abbel schaute sie irritiert an. »Ist sie bereits erschienen? Die habe ich gar nie zu Gesicht bekommen.«

Grete zuckte mit den Schultern. »Ich auch nicht. Herr Kessler hat sie umsonst für uns entworfen. Er meinte, er wisse, was er da tue.«

»Na, offensichtlich.« Dr. Abbel nickte ihr zu. »Dann bereiten Sie mal alles für den Ansturm vor.«

Grete schluckte. Das Wartezimmer war nicht geputzt, ebenso der Operationsraum. Und Valerie würde nicht kommen.

Weil sie wusste, dass sie sich bei den anderen Schwestern unbeliebt machte, wenn sie diese ums Putzen bat, tat sie es selbst. Vor allem die kürzlich eingestellte Pflegerin Annemarie war sich dafür zu fein.

Während Grete den Operationsraum wischte, musterte sie Dr. Abbel mit hochgezogener Augenbraue. »Wo ist Fräulein Pavlowa?«

»Krank«, sagte Grete knapp, bevor sie sich überlegen konnte, ob das jetzt sonderlich schlau war.

»Sie ist auffallend oft krank in letzter Zeit«, bemerkte Dr. Abbel. »Obwohl sie immer blendend aussieht.«

Grete beeilte sich, den Raum zu verlassen, bevor es zu weiteren Fragen kam. Aber sie fand Valeries Kündigung viel zu voreilig und falls sie es sich noch einmal anders überlegte, wäre sie Grete am Ende dankbar.

Draußen klopften die Patienten inzwischen ungehalten an die Tür. Grete wischte schnell das Wartezimmer durch, öffnete einer der Schwestern die Tür zur Praxis und die Masse stürmte herein.

Grete nahm die Personalien des ersten Mannes auf. Er war kaum älter als sie. Auf seiner rechten Gesichtshälfte prangte ein großes Feuermal. Ein weiterer Herr stellte sich neben ihn. Er trug eine Augenklappe. »Ist Dr. Abbel ein Kassenarzt? Also übernimmt die Krankenkasse die Behandlungskosten?«

»Die Behandlung müssen Sie leider selbst zahlen«, sagte Grete.

Der Mann mit der Augenklappe atmete enttäuscht aus und ging. Ihm folgten drei weitere aus der Schlange.

Grete nahm sich vor, an der Tür ein Schild anzubringen, das darauf hinwies, dass Dr. Abbel kein Kassenarzt war. Vieles hatte sich bei den Kassenärzten noch nicht eingespielt. Die meisten waren hoffnungslos überlaufen und konnten auf Geheiß der Krankenkassen nur bestimmte Behandlungen durchführen.

Schnell nahm Grete die Personalien des nächsten Mannes auf, ein Glatzkopf, da kam der Patient mit dem Feuermal aus dem Behandlungszimmer gestürmt. »Von wegen Dr. Abbel hilft«, zischte er.

Dr. Abbel lugte aus dem Arztzimmer. »Verstehen Sie doch, für ein Feuermal gibt es keine Behandlungsmethode. Ich kann kein halbes Gesicht transplantieren.«

Der Mann mit dem Feuermal rannte fluchend aus der Praxis. Unruhe machte sich unter den Wartenden breit. Grete hörte Worte wie *Medikaster* und *Quacksalber*. Gleichzeitig strömte ein Patient nach dem anderen in das Wartezimmer. Einige davon sahen sich um und verließen die Praxis sofort wieder.

Keine Minute später rief Dr. Abbel aus dem Behandlungszimmer nach Grete.

Beim Betreten sah sie den glatzköpfigen Patienten auf dem Boden liegen. Dr. Abbel hielt ein Seziermesser in der Hand. Neben ihm stand kopfschüttelnd Schwester Annemarie. »Er ist einfach in Ohnmacht gefallen, als er das Skalpell gesehen hat«, sagte sie. »Mit Verlaub, Dr. Abbel. Das sind keine Patienten, das sind Waschlappen.«

68

Valerie stand mit dem Badegewand, das die jungen Frauen am Wannsee getragen hatten, im Schaufenster des Modegeschäftes der Gebrüder Gehrlicher. Die marineblauen Pumphosen und das Badehemdchen aus Flanell betonten das Blau ihrer Augen. Zusätzlich trug sie noch einen Strohhut.

Valerie fühlte sich weniger nackt, als sie befürchtet hatte. In ihren Händen hielt sie ein Schild mit der Aufschrift: *Gehrlicher sind ehrlicher.*

Valerie stand bewegungslos da, aber immer, wenn ein Passant an dem Schaufenster vorbeilief, änderte sie ihre Position. Das hatte sie sich ausgedacht, damit die Vorbeilaufenden überhaupt begriffen, dass es sich bei ihr nicht um eine der bislang rar gesäten Schaufensterpuppen, sondern um einen lebendigen Menschen handelte.

Aus dem Augenwinkel bemerkte sie, wie sich Wolfgang und Clemens Gehrlicher leise unterhielten und zufrieden zu ihr blickten. Schließlich verschwand Clemens Gehrlicher wieder in der Werkstatt und Wolfgang Gehrlicher blieb hinter der Theke stehen wie ein Zinnsoldat.

Als eine Dame mit ihrem Sohn an der Hand am Schaufenster vorbeilief, beugte sich Valerie nach vorn, zwinkerte dem Jungen zu und nahm eine neue Haltung ein. Dafür winkelte sie ihr rechtes Bein an und stellte ihre Fußspitze auf. Valerie wippte das Schild in ihren Händen und lächelte Mutter und Sohn breit an.

Der Junge blieb stehen und starrte sie fasziniert an. Seine Mutter hatte alle Hände voll zu tun, ihn wegzuziehen. Dabei redete sie auf den Spross ein und fuchtelte wild mit ihren Armen. Valerie konnte durch die Scheibe nicht verstehen, was die Frau sagte, aber ihr zorniger Gesichtsausdruck ließ nichts Gutes vermuten. Zum Abschied stierte die Dame Valerie mit abschätzigem Blick an, was Valerie in ihrer Annahme bestätigte. Nachdem die Frau sich abgewendet hatte, streckte Valerie ihr die Zunge raus. Sie konnte nicht anders.

Es folgten noch einige Erlebnisse dieser Art, zum Glück gab es aber auch die anderen, die ihr bewundernde Blicke zuwarfen, meistens Männer. Allerdings verschwanden sie nach dem Eintreten ins Geschäft schnell wieder, da die Gebrüder ausschließlich Damenkonfektionsware verkauften.

Valerie war gerade in die Hocke gegangen, um ihre Muskeln ein wenig zu entspannen, als zwei Herren vor dem Schaufenster entlang liefen.

Sofort schoss Valerie nach oben und streckte ihren Körper durch. Sie stellte das Schild ab, nahm den Hut von ihrem Kopf und grüßte die beiden Herren mit einer einladenden Geste.

Der eine zwinkerte ihr zu, der andere lachte. Dann liefen sie weiter.

Als die beiden aus Valeries Sichtfeld verschwunden waren, drehte sie sich zur Theke um. Wolfgang Gehrlicher beugte sich über irgendwelche Rechnungen. Sie brauchte eine Pause und außerdem war ihr kalt. Sie stand seit dem Morgen im Schaufenster. Inzwischen war es bestimmt Mittag. Und auch wenn es draußen sommerlich heiß war – Sonne fiel keine auf das Fenster, weshalb es relativ kühl war. Valerie hüpfte aus dem Schaufenster in den Laden.

Wolfgang Gehrlicher sah sie strafend an.

»Ich müsste ganz dringend mal auf die Toilette und ehrlich gesagt ist mir hundekalt.«

»Sie sind Mannequin, da müssen Sie durch!«

»Ein echter Kavalier würde mir einen heißen Tee anbieten«, stieß Valerie pampig hervor, ließ ihn stehen und ging auf die Toilette.

Bei ihrer Rückkehr stand der Herr, der ihr zuvor zugezwinkert hatte, an der Theke. Clemens Gehrlicher hatte sich inzwischen wieder zu seinem Bruder gesellt. Valerie blieb hinter dem senfgelben Vorhang stehen und lauschte.

»Wir sind ein Modegeschäft, kein Freudenhaus«, entrüstete sich Clemens Gehrlicher.

»Aber ich möchte das Fräulein nur ausführen«, verteidigte sich der Mann.

»Nur wenn Sie auch etwas kaufen«, erklärte Wolfgang Gehrlicher, geschäftstüchtig wie immer. »Zum Beispiel eine kleine Aufmerksamkeit für die Dame, wie es ein echter Gentleman tut.«

Valerie schüttelte hinter dem Vorhang amüsiert mit dem Kopf und beschloss, so lange hierzubleiben, bis der Mann das Geschäft wieder verlassen hatte.

Der Herr schien sich im Laden umzuschauen.

»Ein Tuch ist immer eine gute Entscheidung«, sagte Wolfgang Gehrlicher.

»Jetzt im Sommer?«

Valerie schmunzelte. Der konnte lange auf sie warten, wenn er ihr nicht einmal ein Geschenk machen wollte.

Mit Wolfgang Gehrlicher würde sie noch ein Hühnchen rupfen müssen. Wie kam er dazu, eine Verabredung mit ihr für einen Einkauf anzubieten?

Valeries Gedanken verpufften, als die Ladentür aufging und zwei junge Damen schnatternd hereinkamen. Sie hörte, wie der Mann sich fluchtartig verabschiedete und das Geschäft verließ. Sie atmete erleichtert aus und trat hinter dem Vorhang hervor.

Clemens Gehrlicher winkte sie zu sich. Während Wolfgang Gehrlicher mit den beiden Damen an eine der Kleiderstangen trat und sie in Sachen Bademode beriet, reichte Clemens Gehrlicher ihr einen Tee in einer kleinen Porzellantasse. Valerie nickte ihm dankbar zu und trank den Tee. Es tat gut, die wärmende Flüssigkeit in ihrem Körper zu spüren.

»Eine Pause hat sich jeder Arbeiter verdient«, sagte Clemens Gehrlicher.

»Denkt Ihr Bruder das auch?«, fragte sie.

»Er hat mich gebeten, Ihnen einen Tee anzubieten.«

Valerie zog erstaunt eine Augenbraue nach oben, straffte ihre Schultern, überreichte dem jüngeren Gehrlicher die leere Tasse und stieg zurück in das Schaufenster.

Die beiden Damen schienen irritiert, dass sie die Kleider, die ihnen gefielen, selbst anprobieren sollten. Sie konnten gar nicht glauben, dass das in Amerika gang und gäbe war. Am Ende kauften sie das Modell der Bademode, das Valerie trug, bezahlten und verließen den Laden.

Wie Valerie das mitbekommen hatte, waren es bisher die einzigen Verkäufe gewesen. Sie wurde das Gefühl nicht los, dass ihre Vorführung die Kunden eher abschreckte als anlockte.

Sie fragte sich, ob es wirklich so toll war, ein Mannequin zu sein. Es war anstrengend und kalt.

Endlich war Nachmittag und ein weiterer Mann kam in den Laden. Er trug eine Fotokamera bei sich. Valerie bekam mit, dass er ein Journalist war. Er befragte die beiden Brüder und am Ende schoss er ein Foto von ihr im Schaufenster.

In dem Moment vergaß sie die Kälte, ihren Hunger und die Scham, in einem Schaufenster zu stehen. Wenn sie Glück hatte, wäre sie morgen in der Presse. Wie schön wäre das denn?

Mit neuem Schwung stand Valerie nun wieder im Fenster, in der Hand das Schild mit dem Werbespruch der beiden Brüder.

Wenige Minuten später sah sie ihre Mutter mit einer anderen Dame die Straße entlang schlendern. Neugierig reckte Ewa den Hals und hielt Ausschau nach dem richtigen Geschäft. Sobald Ewa und ihre Freundin nah genug waren, winkte Valerie ihrer Mutter freudig zu. Als diese ihre Tochter bemerkte, stoppte sie in ihrer Bewegung. Mund und die Augen ihrer Mutter öffneten sich weit, fast wie bei einer Fratze. Bevor Valerie verstand, was da im Kopf ihrer Mutter zu passieren schien, zog diese ihre Freundin bereits auf die andere Straßenseite.

Sie schämt sich für mich, dachte Valerie und ihre Augen wurden glasig.

Ihre Mutter drehte sich noch einmal zu ihr um und ihr Blick drückte bitterste Enttäuschung aus.

Valerie sackte in sich zusammen. Ohne es selbst zu merken, kam aus ihrer Kehle ein merkwürdiges, gurgelndes Geräusch. Es klang fast so, als würde man ihr den Hals zudrücken, während sie versuchte zu schreien.

»Ist alles in Ordnung, Fräulein Pavlowa?«, fragte Wolfgang Gehrlicher hinter ihr.

Valerie schluckte die aufkommenden Tränen herunter, streckte ihre Schultern und nickte hilflos.

69

Grete verfluchte die reißerische Anzeige, die Kessler für sie geschaltet hatte. Jeden Tag kam eine Unmenge Patienten in die Praxis, von denen sich letzten Endes die wenigsten behandeln ließen. Noch weniger konnten auch dafür zahlen. Kaum erfuhren die meisten, wie aufwendig, langwierig und teuer ihre Behandlung werden würde, suchten sie unvermittelt das Weite. Falls ihre Operation überhaupt möglich war. Die Zeit war offenbar noch nicht reif dafür, Geld in die eigene Gesundheit zu investieren, solange es nicht absolut lebensnotwendig war. Jedenfalls wenn man nicht zur Oberschicht gehörte. Und dazu zählten mit großem Abstand die meisten.

Grete war so müde, dass sie am liebsten nach Hause gegangen wäre. Die Hitze des Spätsommers machte ihr zu schaffen. Doch kaum war die Praxis geschlossen, erwartete sie jedoch Dr. Abbel, der mit ihr an der Technik für die Nasen-Operation feilen wollte. Das Elfenbein auf dem Knorpel haftete nicht wie erhofft. Das musste es aber. Zumindest bis die neuen Hautschichten dauerhaft verwachsen waren und das Nasengerüst damit zusammenhielten.

Selbst mit dem neuartigen Klebstoff *Syndetikon* hatten sie experimentiert. Dieser rief allerdings erst unangenehme Hautreaktionen hervor und ließ diese nach dem Aushärten meist reißen. Nähen bot keine Option,

370

weil der Knorpel zu instabil war, um das Elfenbein zusätzlich zu fixieren. Die Haut hingegen wurde selbst an den umliegenden Partien angenäht. So konnte man zwar das Elfenbein daran befestigen, aber wenn dieses auf dem Nasenknorpel hin- und her rutschte, würde es die Nase instabil machen. Soweit das Problem, eine Lösung hatten sie noch nicht gefunden. Deshalb hatte sich Dr. Abbel in den Kopf gesetzt, solange zu experimentieren, bis er diese endlich gefunden hatte.

Wenn Grete in Dr. Abbels müde Augen schaute, spürte sie, dass ein Durchbruch alles andere als bevorstand. Dabei waren es nur noch wenige Tage, bis Johann wieder in der Praxis erscheinen sollte. Außerdem stand in drei Tagen das Treffen mit Dr. Lichte an. Er war von seiner Forschungsreise zurück, hatte ihr einen Brief geschrieben und wollte sie sehen.

Sie hatte es verdrängt und gehofft, dass er sie inzwischen vergessen hatte. Ja, es war schlimm, dass sie so dachte. Das hatte der nette Mann nicht verdient. Auch nicht, dass sie den Abend völlig erschöpft mit ihm verbrachte, aber sie war hundemüde und brauchte dringend Schlaf.

Sie wusste, dass Dr. Lichte Verständnis hätte, wenn sie ihn bitten würde, ihr Treffen wegen der Forschung zu verschieben. Schließlich war er ja gerade selbst auf einer langen Forschungsreise gewesen. Aber sie kam sich schäbig vor, dass sie ihn hinhielt.

»Schwester Grete! Ich weiß, es ist spät, aber ein Stündchen brauche ich Ihre Aufmerksamkeit noch.« Dr. Abbel hielt ihr ein Stückchen Knorpel hin und deutete auf eine kleine Dose mit der Aufschrift Bienenwachs. »Ich

habe zwar keine Hoffnung, aber probieren müssen wir
es. Allein, um Bienenwachs ausschließen zu können.«

Grete nickte, nahm das Wachs, trug es auf dem Knorpel auf und merkte gleich, dass es nur leidlich hielt.
Trotzdem zückte sie einen Elfenbeinspan und drückte
diesen auf den mit Bienenwachs beschichteten Knorpel. Immerhin hielt das Elfenbein, wenngleich es sich
leicht bewegen ließ. Sie legte das Experiment zum
Trocknen auf eine Metallplatte, griff nach dem Bienenwachs, vermischte es mit Steinmehl und begann eine
nächste Versuchsreihe.

Grete konnte sich endlich auf den Heimweg begeben,
doch es war deutlich mehr als eine Stunde vergangen.
Keiner der Klebstoffe hatte funktioniert. Das Bienenwachs war gar nicht ausgehärtet. Am ehesten hatte die
Kombination mit Steinmehl geklebt – eine Mischung,
die angeblich schon die alten Ägypter verwendet hatten. Leider hatte es den Knorpel porös werden lassen.
Es war hoffnungslos.

Entkräftet kam Grete daheim an. Valerie schlief bereits. Leise zog sie sich in die Küche zurück und überlegte, wie sie mit Dr. Lichte verfahren sollte. Sie konnte
ihn jetzt nicht treffen. Nicht nach dem Kuss mit Valerie. Nicht bei all der Arbeit, die noch vor ihr lag. Nicht
bei der Erschöpfung, die ihr aus jeder Pore kroch. Sie
würde ihn irgendwann noch einmal treffen, das war
sie ihm schuldig. Dann würde sie reinen Tisch machen.
Aber dafür wollte sie stark sein und gerade fühlte sie
sich alles andere als das.

Grete setzte sich an den Küchentisch und stellte eine
Petroleumlampe darauf. Sie griff nach dem Umschlag,

den sie aus der Praxis mitgenommen hatte und schrieb
Dr. Lichtes Adresse sowie ihren Absender darauf. Sie
verfasste ein paar Zeilen auf einem Blatt Papier und erklärte dem Arzt, weswegen sie ihn vertrösten musste.
Schließlich schlug sie ihm einen neuen Termin in ein
paar Wochen vor.

70

Jedes Mal, wenn Grete ihren Bruder besuchte, fragte sie sich, was er wohl aktuell malte. Man konnte daraus seine Stimmung ablesen. Allerdings nicht immer jene, in der er sich gerade befand. Manches Mal auch eine, die er zu verarbeiten suchte.

Als Grete heute zu ihm kam, malte er eine weiße Leinwand erneut weiß an. Sie wollte lieber nicht nachfragen, was das zu bedeuten hatte. »Wo hast du die Leinwand her?«, fragte sie stattdessen.

»Arthur hat meine Werke an den Besitzer von Gerson verkauft. Kannst du dir das vorstellen? Für zweihundert Mark!«, erklärte Johann stolz.

»Welche Werke?«, fragte Grete.

»Meine neuesten Bilder. Er hat natürlich eine kleine Provision bekommen.«

Grete blickte ihn misstrauisch an. »Klein und Kessler? Das passt nicht zusammen.«

Johann winkte ab. »Er ist mein Freund.«

Grete schluckte ihren Gedanken herunter. »Und du hast dir eine echte Leinwand gekauft?«

»Und für dich habe ich eine Kleinigkeit besorgt.« Er deutete auf einen Sack Kartoffeln. »Und wenn Dr. Abbel doch noch Geld für die Operation will ...«

»Ach Johann, wir sind noch am Experimentieren.«

»Dr. Abbel hat es mir versprochen.«

Grete seufzte. »Aber wir haben bisher noch keine Lösung dafür, dass wir den Patienten hinterher Asepsis gewährleisten können ...«

Johann sah zu Boden. »Weißt du, der Mäzen, der meine Bilder gekauft hat, wollte mich treffen, aber ich habe mich nicht getraut. Ich möchte mich nicht länger verstecken müssen.«

Grete biss sich auf die Lippe, schwieg aber.

Johann brachte weiter weiße Farbe auf der Leinwand auf.

»Was machst du da?«, fragte Grete.

»Grundierung«, antwortete Johann. »Damit versiegelt man die Strukturen des Gewebes. Das ist sonst zu saugfähig und das macht die Farbe brüchig.«

»Das ist fast wie bei dem Knorpel und dem Elfenbein«, sagte Grete und war mit ihren Gedanken plötzlich ganz woanders. »Wir bekommen das einfach nicht fest zusammen.«

»Warum klebt ihr es nicht?«, fragte Johann.

»Was meinst du, wie viele Klebstoffe wir bis jetzt ausprobiert haben? Aber auf Knochen haftet einfach nichts.«

»Dann macht ihr etwas falsch.« Johann strich wieder die Grundierung auf die Leinwand.

»Und was bitte schön?«

»Vielleicht müsst ihr die Knochen vorbereiten, so wie ich die Leinwand vorbereite. Aufnahmefähig machen.«

Grete nickte nachdenklich.

»Und weißt du überhaupt, woraus die Grundierung besteht?«

Grete schüttelte ihren Kopf.

»Dazu nimmt man Glutinleim«, antwortete er.

Grete zuckte unwissend mit den Schultern.

»Ein anderes Wort für Glutinleim ist Knochenleim«, sagte ihr Bruder. »Denn der Leim wird aus Knochen hergestellt.«

Grete schaute ihn sprachlos an.

Johann grinste. »Und womit sollte man Knochen besser kleben können als mit Knochenleim?«

71

Grete hörte bereits im Hausflur, dass Valerie und Ewa heftig miteinander stritten. Die schrillen Stimmen der Frauen schallten durch den Treppenaufgang und ließen Grete einen Schauer über den Rücken laufen.

Sie hatte einen ruhigen Abend herbeigesehnt, aber wenn die beiden erst einmal in Fahrt waren, gab es kein Halten mehr. Da Valerie sich gegen ihre Mutter wehrte, musste etwas Außerordentliches passiert sein.

Grete schloss die Wohnungstür auf und lugte hinein. Valerie und Ewa waren nicht zu sehen, was bedeutete, dass sie in der Küche sein mussten.

»Wie kannst du machen das? Das Schande für *Mamuśka*!«, kreischte Ewa.

»Das ist nicht gerecht, Mutter!«, brüllte Valerie zurück und Grete konnte an dem Zittern in ihrer Stimme hören, dass sie weinte. Ebenfalls etwas, was Valerie sonst nie tat. Und wenn Valerie ihre Mutter nicht *Mamuśka* nannte, musste es richtig unter ihrer Oberfläche brodeln.

Gretes Herz zog sich zusammen und sie war plötzlich wieder hellwach. Sie streifte ihre Schuhe ab und eilte in die Küche.

Valerie saß am Küchentisch. Sie hatte ihren Kopf in die Hände gestützt. Das sah aus, als würde sie sich mit ihren Handflächen die Ohren zudrücken. Ihr Gesicht war errötet und tränennass.

Ewa stand mit in die Hüften gestemmten Händen am Fenster. Ihre Gesichtszüge verrieten Zorn. Sie war puterrot und atmete schwer. Grete fand, dass sie aussah wie ein aufgeblasener Frosch. Auf dem Tisch stand eine ungeöffnete Flasche Sekt. Daneben lagen ein paar Münzen.

»Was ist denn hier los?«, erkundigte sich Grete etwas unbeholfen und blieb in der Tür stehen.

Valerie blickte auf und sah Grete mit tränenverschleiertem Blick an.

»Was geht dich an?«, blaffte Ewa.

Valerie schnaubte.

Grete trat zu Valerie und strich ihr sacht über den Rücken.

»Valerie zeigt Körper wie Hure in Bordell«, behauptete Ewa. Sie trat an den Küchentisch und schlug mit der Faust auf den Tisch. Die Flasche Sekt machte einen Hopser und der Tisch knirschte verdächtig unter der Wucht ihrer Faust.

Grete verstand gar nichts.

»Aber du hattest doch heute deinen ersten Tag bei den Gehrlichers?«, fragte Grete an Valerie gewandt.

»Ja, und ich habe eine Mark dreißig verdient!«, schluchzte Valerie. »Und dafür hab ich eine Sektflasche bekommen, die sonst doppelt so teuer ist.« Valerie schnaubte. »Aber anstatt sich zu freuen und mit mir zu feiern, macht Mutter mir eine Szene.«

»Gibt nichts Feier!«, schrie Ewa. »Wer fast nackt in Fenster von Geschäft ist Hure!« Sie nahm die Münzen und warf sie an die Wand. »*Dziwką! Dziwką! Moja córka jest dziwką*«, spuckte Ewa Wörter in Richtung Fenster, die Grete nicht verstand.

»Was hat sie gesagt?«, fragte Grete an Valerie gewandt, erhielt jedoch keine Antwort. Stattdessen wurde Valeries Schluchzen lauter.

Grete beugte sich zu Valerie und strich ihr eine Träne aus dem Gesicht. »Was ist passiert?«, flüsterte sie.

Valerie fuhr von ihrem Stuhl hoch, der durch die Wucht nach hinten kippte und polternd auf den Boden krachte. Sie blickte Grete verheult an, raffte ihren Rock und verließ laut schluchzend die Küche.

Grete sah Valerie betroffen hinterher.

Von unten ertönte das Klopfen eines Besenstiels an der Decke, gefolgt von den Worten »Ruhe da oben!«

Knallend fiel die Wohnungstür ins Schloss. Valerie war gegangen.

Grete warf Ewa einen strafenden Blick zu. »Du bist unglaublich gemein, weißt du das? Das hat Valerie nicht verdient. Sie hat dich nicht verdient. Sie macht alles für dich und was machst du? Du frisst uns die Haare vom Kopf!« Erst als sie das ausgesprochen hatte, wurde Grete bewusst, was diese Worte für sie bedeuten könnten. Vielleicht stand sie bereits morgen wieder ohne Dach über dem Kopf da. Aber das war ihr in diesem Moment egal. Ewa hatte eindeutig eine Grenze überschritten.

Ewa wandte sich kopfschüttelnd ab. Grete hielt es keine Minute länger mit ihr in diesem Raum aus, hastete in ihre Schuhe und eilte Valerie hinterher.

Grete rannte aus dem Hauseingang, konnte Valerie aber nirgends sehen. Sie holte tief Luft, lief weiter und versuchte, ihr Schnaufen zu unterdrücken. Dann endlich vernahm sie ein Schluchzen, das aus einer Hauseinfahrt drang.

Verhalten schaute Grete um die Ecke des Eingangs und erblickte Valerie. Sie kauerte auf dem Boden, hatte ihre Knie schützend vor sich gezogen und vergrub ihren Kopf darin.

Behutsam trat Grete näher. Sie kniete sich neben Valerie und streichelte ihr über das Haar. »Magst du mir erzählen, was passiert ist?«, flüsterte sie.

Valerie antwortete nicht, aber ihr Schluchzen wurde leiser.

»Ewa hat sich fürchterlich aufgeführt«, schob Grete nach und endlich sah Valerie sie an.

»Ich hätte dich gebraucht«, schniefte Valerie. »Du bist mir der liebste Mensch und ich hätte dich gebraucht.«

Gretes Herz machte einen unkontrollierten Aussetzer. Hatte Valerie soeben gesagt, dass sie, Grete, ihr der liebste Mensch war? Grete schöpfte Hoffnung und stellte all die Fragen, die ihr seit dem Tag am Wannsee durch den Kopf gingen, hinten an. Jetzt wollte sie einfach nur für Valerie da sein. Sie erhob sich aus der Hocke und glitt neben Valerie an der Hauswand nach unten. Sie hockten ganz eng beieinander. Grete nahm Valeries Hand und Valerie legte ihren Kopf an ihre Schulter. »Ich musste im Badegewand im Schaufenster stehen«, flüsterte Valerie.

Grete drückte ihre Hand noch etwas fester.

»Am Anfang fand ich es selbst komisch.« Valerie schniefte. »Aber ich hatte Wolfgang Gehrlicher damals am Wannsee gesagt, ich könne das besser. Ich konnte nicht kneifen.«

Grete strich ihr über das Haar. »Das verstehe ich.«

»Außerdem wollte ich Mutter stolz machen und habe sogar einen höheren Lohn verlangt. Und bekommen. Ich wollte ihr zeigen, dass ich kann, was sie von mir erwartet. Aber als sie ans Schaufenster kam ...« Valeries Stimme versiegte.

Grete strich zum Trost sanft über ihre Wange.

»Sie ist einfach weitergegangen, als würde sie mich nicht kennen«, klagte Valerie bitter.

»Valerie, ich glaube, deine Mutter wird nie zufrieden sein. Du solltest aufhören, ihr gefallen zu wollen«, sagte Grete.

Valerie hob den Kopf und suchte Gretes Blick.

»Die Frage ist doch, was möchtest du?«

»Mannequin sein. Ich kann nichts anderes«, erwiderte Valerie.

Grete drehte sich leicht nach rechts, damit sie Valerie besser sehen konnte. »Du kannst viel mehr, als du glaubst«, flüsterte sie und kam Valeries Gesicht mit dem ihren immer näher.

»Ich kann nicht einmal lesen und schreiben«, wisperte Valerie und schloss beschämt die Augen.

Grete hielt angesichts dieser Neuigkeit verdutzt in ihrer Bewegung inne, aber als sie Valeries Gesicht vor sich sah, die geschlossenen Lider, die bebenden Lippen, konnte sie nicht anders. Sie musste Valerie küssen.

Suchend und etwas unbeholfen trafen Gretes Lippen auf die von Valerie. Sie fühlten sich weich und voll an.

Valerie erwiderte ihren Kuss und im Gegensatz zu der Berührung am Wannsee war dieser wilder, fordernder. Es schien wie der Wunsch Gretes Lippen erobern wollen und wieder machte sich das aufgeregte Kribbeln auf den Weg durch Gretes Körper. Sie zitterte am ganzen Leib, nur das dieses Zittern nicht auf die abendliche Temperatur zurückzuführen war, sondern einzig und allein auf Valerie.

Grete vergaß alles um sich herum. Nicht einmal die Schritte, die sich in ihrem Unterbewusstsein näherten, konnten Grete dieses Mal davon abbringen, sich von Valerie zurückzuziehen.

»Nehmt euch ein Zimmer«, warf ihnen der Passant entgegen. Wie gut, dass es dunkel war und er vermutlich nicht erkennen konnte, wer sich hier küsste.

Als sie voneinander abließen, wurde Grete sich ihrer Situation bewusst. Ertappt fuhr sie sich über die Lippen und sah dem Vorbeigehenden atemlos hinterher.

»Ist wieder alles in Ordnung zwischen uns?«, fragte Grete und hatte Mühe, das Keuchen in ihrer Stimme zu unterdrücken. Sie schaute zu Valerie und suchte in der beginnenden Dunkelheit ihren Blick.

Valerie nickte ernst. »Aber das mit dem Lesen und Schreiben verrätst du niemandem, in Ordnung?«

Grete nickte ebenfalls und griff wieder nach Valeries Händen. »Ich kann es dir beibringen«, bot sie an.

»Vielleicht«, sagte Valerie und erhob sich.

Grete tat es ihr gleich. »Wollen wir noch ein Stück spazieren?« Sie konnte sich nicht vorstellen, dass Valerie zurück zu ihrer Mutter in die Wohnung wollte, denn sie selbst hätte Ewa jetzt unter keinen Umständen sehen wollen.

Valerie nickte und sie gingen los.

»Und verrätst du mir, was deine Mutter oben zu dir gesagt hat?«, fragte Grete zögerlich.

»Was sie zuvor auf Polnisch sagte«, presste Valerie kaum hörbar zwischen ihren Zähnen hervor. »Meine Tochter ist eine Hure.«

»Das meint sie sicher nicht so«, sagte Grete.

»Doch! War nicht das erste Mal«, beharrte Valerie.

»Eine Lüge, die man ständig wiederholt, macht sie nicht wahrer.«

»Danke.« Valerie suchte Gretes Hand.

»Aber du fühlst dich nicht wohl im Schaufenster?«

Valerie nickte. »Das ist wie im Käfig im Zoo. Echte Mannequins stolzieren auf einem Laufsteg wie die Löwen in der Steppe.«

Grete seufzte und dachte nach. »Schau, Valerie, du kommst mal mit einem Malblock, mal mit einem Kaffee an. Das ist nicht nur, weil du gut aussiehst, sondern weil du die Menschen überzeugen kannst.«

»Ich?«

Grete nickte. »Eigentlich solltest du die Kleider verkaufen, nicht die Gehrlichers.«

Valerie lachte. »Ach Grete.« Sie drückte ihre Hand fester. »Wobei, das habe ich im Geheimen auch gedacht.«

»Was ist dein größter Traum?« Grete sah Valerie von der Seite an. Ihr Profil war so gleichmäßig, dass es wehtat.

»Na, ich möchte Mannequin werden, mit viel Geld. Berühmt, alle schauen zu mir auf. Vielleicht tanze ich sogar in einer Revue.«

»Und dann?«

»Was dann?«, fragte Valerie irritiert. »Wenn man reich ist, hat man keine Probleme.«

Grete lachte laut auf. »Wenn es so einfach wäre.«

»Wieso, was ist denn dein Traum?« Valerie musterte Grete interessiert.

Grete griff mit der freien Hand an die versteckte Seitentasche ihres Kleides. Bedächtig zog sie ein kleines, vergilbtes, an den Rändern ausgefranstes und geknicktes Foto heraus und hielt es Valerie hin.

Valerie blieb stehen und versuchte, etwas auf dem Bild zu erkennen, was ihr angesichts der zunehmenden Dunkelheit Probleme zu bereiten schien, denn sie kroch förmlich mit ihrem Kopf in das Bild hinein. »Was ist das?« Sie schaute Grete fragend an.

»Das ist mein Traum. Das ist das Hochzeitsbild meiner Eltern. Ich möchte auch einmal in einem schönen Kleid heiraten. Am liebsten mit meinem Bruder Johann zusammen. Meine Eltern haben damals gemeinsam mit dem Bruder meines Vaters geheiratet«, verriet Grete ihren sehnlichsten Wunsch, neben dem Johanns Nase endlich wieder herstellen zu können.

Außer ihrem Bruder hatte sie noch nie jemandem von ihrem Traum erzählt.

72

Grete wachte früh am Morgen mit einem aufgeregten Prickeln in ihrem Körper auf, nur war es diesmal nicht das freudige Kribbeln der Liebe, sondern das der Angst. Heute, fast ein Jahr nachdem sie aus dem Viktoriahaus entlassen worden war, war es so weit. Heute würde Johanns erste Operation stattfinden.

Dr. Abbel hatte inzwischen zwar an die zehn Rhinoplastiken durchgeführt, aber keine der Operationen war ansatzweise vergleichbar mit der von Johann.

Sie holte ihren Bruder ab, damit dieser nicht zu spät in die Praxis kam. Im Gegensatz zu ihr schien er die Ruhe selbst zu sein. Kessler ebenso. Er hatte sich inzwischen bei der *B.Z.* etabliert und war uneingeschränkt an dem Artikel über Johann und Dr. Abbel interessiert. Er wollte mitkommen, um Fotos zu machen. Natürlich ließ er es sich wie immer nicht nehmen, mit Grete zu schäkern, während Johann schwieg und Teile der Fotoausrüstung trug.

Die kleine Gruppe kam der Praxis näher und Kessler schien Grete imponieren zu wollen, da er detailreich über seine Rolle bei dem Bilderverkauf berichtete und wie Johann und er den Erlös wie Brüder geteilt hatten. Wobei er, Kessler, ja auf seinen Teil weitgehend verzichtet habe.

Warum er trotzdem einen neuen Anzug mit einem Gerson-Etikett in der Jackettinnentasche trug und edle

Schuhe, die ein Vermögen gekostet haben mussten, erwähnte Kessler nicht.

Johann schien dennoch zufrieden, weswegen Grete nicht nachfragte. Vor der Praxis blieb Grete stehen und hielt Johann an beiden Händen fest. »Johann, du musst das nicht tun.«

»Ich will es aber«, sagte er. »Für mich.« Er nahm sie in den Arm. »Schau Grete, was habe ich zu verlieren? Schlimmer kann ich gar nicht aussehen.«

»Die Operation kann dich das Leben kosten.«

»Nicht, wenn sie der beste Chirurg und die beste Krankenschwester durchführen.«

Grete musste lächeln und Kessler machte sich Notizen. Wegen der herzergreifenden Geschichte, wie er sagte.

Grete öffnete die Tür zur Praxis und bat Johann und Kessler, im Wartezimmer zu warten. Das und alle anderen Zimmer hatte Grete gestern Abend geputzt, ebenso wie alle Instrumente sterilisiert. Heute sollte alles perfekt ablaufen.

Dr. Abbel kam hinzu und begrüßte Johann mit Handschlag. Er führte alle in das Behandlungszimmer und wies sie an, ihre Hände mit Sublimat einzureiben. Grete half Kessler dabei, der sich anschließend eine Zigarette anstecken wollte.

»Das ist im Operationssaal verboten«, sagte Dr. Abbel. »Davon abgesehen wird man irgendwann bestimmt feststellen, wie gesundheitsschädlich dieses Zeug ist.«

Kessler winkte ab. »Dann leb ich aber ganz bestimmt nicht mehr.« Er griff stattdessen zum Koffer mit dem Fotoapparat und baute ihn auf.

Dr. Abbel rieb sich ebenfalls die Hände mit Sublimat ein und legte seine Instrumente zurecht. »Ich erkläre jetzt noch einmal den Ablauf, bevor wir anfangen.« Sein Blick wurde ernst. »Noch können Sie zurück, später nicht mehr.«

Johann nickte entschlossen.

»Und in Ihrem Fall reden wir ja nicht nur von einer Operation.« Dr. Abbel erhob sich. »Unser Ziel ist eine totale Rhinoplastik, also ein Neuaufbau der Nase, und zwar ohne, dass wir anderweitig Folgeschäden an Ihrem Körper hinterlassen.« Dr. Abbel blickte Grete an. »Und das ist nichts anderes als eine medizinische Revolution.« Er räusperte sich. »Wenn es gelingt jedenfalls.«

Dr. Abbel öffnete die Tür seines Schreibtisches, nahm ein paar Fotografien heraus und legte sie vor Johann auf den Tisch. Es waren die Bilder, die Kessler vor langer Zeit von ihm gemacht hatte. »Sie sind sich der möglichen Konsequenzen bewusst?«

Grete atmete tief aus, Johann knetete seinen Adamsapfel. »Gewiss.«

Dr. Abbels Augen blitzten. »Ich bewundere Ihren Mut.« Er ging zum Schrank und holte das Modell einer Nase heraus. »Dann zeige ich Ihnen jetzt, wie wir die Operationen durchführen würden.« Er deutete auf die Nasendecke. »Wir haben bei Ihnen zwei größere und drei kleinere Herausforderungen«, erklärte er. »Die Größeren sind die folgenden: Wo bekommen wir die Knochen für das Nasengerüst her und woher die Haut?«

Johann schluckte.

»Außerdem werden wir einen Teil der Nasenschleimhaut neu aufbauen müssen, Knorpel brauchen wir auch und für das Septum, also Ihre Nasenscheidewand, müssen wir ebenfalls geeignete Haut verwenden.« Er deutete wieder auf das Schaubild. »Schließlich wollen Sie nicht, dass auf Ihrer Nase Haare wachsen. Deshalb können wir die Haut ausschließlich von Stellen transplantieren, die keinen Haarwuchs aufweisen wie zum Beispiel dem inneren Oberarm.«

Johann deutete auf seinen Arm. »Ich weiß, Sie schneiden die Haut einfach da raus.«

Dr. Abbel wog seinen Kopf hin und her. »*Einfach* ist das keinesfalls. Die Versorgung der Haut muss jederzeit gewährleistet bleiben. Wenn ich sie einfach transplantiere, wird sie schrumpelig sowie trocken und ist abgestorben, bevor sie an der neuen Stelle festgewachsen ist.«

Johann verzog sein Gesicht.

»Wir werden Ihren Oberarm aufschneiden und einen Hautlappen, der am Oberarm verbleibt, über das neu aufgebaute Nasengerüst legen.« Er legte Johanns oberen Innenarm so an die Nase, als würde dieser da rein schnäuzen. »In dieser Haltung werden Sie die nächsten Wochen nach der Operation verbringen müssen. Natürlich durch einen entsprechenden Verband fixiert.«

Johann schluckte, obwohl er die Vorgehensweise ja schon einmal von Dr. Abbel erklärt bekommen hatte.

»Es nennt sich nicht umsonst die brachiale Methode«, sagte Dr. Abbel. »Es tut mir leid, aber nach dem aktuellen Stand der medizinischen Forschung geht das nur über diesen Umweg.« Er deutete auf sein Schaubild. »Nachdem die Haut vom Oberarm an Ihrer Nase angewachsen ist, würden wir den Hautlappen von Ihrem

Oberarm trennen. Die fehlende Haut wächst vollständig nach und es bleibt lediglich eine kleine Narbe zurück. Ihre Nase wird zunächst ein einziger fleischiger Knubbel sein, den wir mit einer zweiten Operation in Form bringen. Das Gute daran ist, dass wir daraus Nasenschleimhaut und Septum mit aufbauen können.«

Johann schluckte erneut. »Und die anderen Herausforderungen, von denen Sie sprachen?«

»Nun, mit den Knochen müsste ich ähnlich verfahren. Es wurde bereits versucht, aus einem Zeigefinger das entsprechende Nasengerüst zu bauen – das nennt man die digitale Methode.«

Johann ballte instinktiv seine Hand zu einer Faust. »Einen Finger? Niemals. Mit meinen Händen erschaffe ich alles ...«

»Solche Lösungen widerstreben mir ohnehin«, fuhr Dr. Abbel fort. »Egal wo, es ist immer problematisch, Knochen zu entnehmen. Daher das Elfenbein.«

»Also keine Knochen«, sagte Johann. »Gut. Und den Knorpel?«

Dr. Abbel lächelte. »Wenn jemand zu große Ohren hat, schlagen wir damit quasi zwei Fliegen mit einer Klappe. Ich nehme den Knorpel, den ich am Ohr wegschneide, einfach für die Nase, aber in Ihrem Fall ... Sie haben perfekte Ohren.« Er stellte sich hinter Johann und rieb ihm über das Hinterohr. »Aber ich denke, wir können Ihrem Ohr trotzdem problemlos ein kleines Stückchen Knorpel entnehmen. Es bleibt eine winzige Narbe, aber hinter die Ohren schaut Ihnen ja niemand, oder?«

Johann lachte kurz. »Und wie haben Sie das mit dem Klebstoff gelöst?«

»Da hat mir Ihre Schwester den entscheidenden Hinweis gegeben. Wir verwenden Knochenleim, den wir unterschiedlich aushärten lassen. Damit haftet das Elfenbein hervorragend.«

Grete nahm Johanns Hand. »Da hast du mich drauf gebracht.«

Johann grinste schelmisch. »Für was ein Künstler manchmal alles gut ist, nicht wahr?«

Dr. Abbel räusperte sich erneut. »Wir wollten zur Arbeit schreiten. Also Herr Brückner, jetzt, nachdem ich alles noch einmal erklärt habe, frage ich Sie: Wollen Sie nach wie vor operiert werden?«

Johann atmete schwer aus. »Wenn Sie mir versprechen, dass Sie alles dafür tun werden, dass ich wieder normal aussehe, mache ich es.«

»Das Resultat kann ich nicht garantieren«, sagte Dr. Abbel. »Aber dass ich alles dafür tun werde, das kann ich versprechen.« Dr. Abbel reichte Johann seine Hand.

Grete wusste nicht, ob sie sich freuen oder vor Angst zergehen sollte. »Du willst dich wirklich ohne Narkose operieren lassen?«

Johann nickte. »Du hast mir doch erzählt, was damals mit dem Patienten mit der Gaumenspalte schiefgegangen ist. Wie würde das erst bei mir werden?« Er hielt seinen Oberarm an die Nase. »Und wenn ich erst in dieser Position bin, kannst du die Äthermaske ohnehin nicht mehr anlegen.«

»Aber die Schmerzen können extrem stark sein.«

»Das ist für mich nichts Neues.« Johanns Blick zeigte Willensstärke.

»Heute werden wir erst einmal das Nasengerüst aufbauen und direkt die Haut aus dem Oberarm annä-
hen.« Dr. Abbel musterte Johann. »Sie wissen, am Anfang könnte ich Sie noch narkotisieren, später ist das
ausgeschlossen.«

Johann nickte. »Wir machen das wie geplant ohne
Narkose.«

Dr. Abbel blickte wohlwollend. »Früher wurde bei jeder Operation so verfahren. Aber heute sind die Leute
viel zu verweichlicht. Jedenfalls gut, dass Sie anders
sind. Das wird Ihnen im Heilungsprozess noch von
Nutzen sein.«

Grete reichte Johann eine zusammengelegte Mullbinde. »Da kannst du raufbeißen, wenn es zu schlimm
wird.«

Dr. Abbel nickte Grete zu. »Im Anschluss habe ich übrigens eine zwingend notwendige Überraschung für
Sie.« Er strahlte Grete kurz an und reichte ihr die Elfen-
beinstücke, die er im Vorfeld zurechtgefeilt hatte.

Grete fragte sich, was eine zwingend notwendige
Überraschung sein könnte, kam jedoch auf keine Lösung. Sie legte das Elfenbein in Sublimat ein, um es zu
sterilisieren, und trocknete es anschließend. Danach
nahm Dr. Abbel das Skalpell und setzte den ersten
Schnitt zwischen Johanns Augenbrauen.

Johann zuckte leicht. Blut lief an seiner Wange entlang. Grete tupfte es ab.

Kessler drückte auf den Auslöser. »Können Sie das
Skalpell noch mal ansetzen?«, fragte er gleich darauf.
»Und länger verweilen, das war viel zu kurz von der Be-
lichtungszeit.«

»Nein«, sagte Dr. Abbel und setzte den nächsten Schnitt.

Und mit jedem weiteren Schnitt zuckte Johann heftiger zusammen. Ungestüm biss er auf die Mullbinde.

Grete konnte die Angst in seinen Augen erkennen. Leider waren ihr die Hände gebunden, für eine Narkose war es bereits zu spät.

Derweil schien sich Kessler hinter seiner Kamera geradewegs zu verstecken. Nervös drückte er zwei weitere Male auf den Auslöser, dann packte er panisch zusammen. Sein Gesicht war kreidebleich, obwohl die Operation noch nicht richtig begonnen hatte.

»Der nächste Termin ruft«, behauptete er, was Grete ihm nicht glaubte. »Ich komme später noch einmal, um die Fotos nach der Operation zu machen.«

Dr. Abbel rollte mit den Augen.

Grete hingegen war ganz bei Johann. Es war viel schlimmer, als sie gedacht hatte, wenn auf dem Operationstisch der eigene Bruder lag.

Johann brauchte sie gerade jetzt, wie noch nie zuvor. Sie nahm seine feuchte Hand. Er musste höllische Schmerzen haben und Grete wunderte sich, dass er nicht losbrüllte. Aber ihr Johann hatte sich schon immer gut im Griff.

Obwohl Dr. Abbel so routiniert arbeitete wie jemand, der den Eingriff bereits mehrfach durchgeführt hatte, biss Johann immer fester zu.

Nach einer ganzen Weile hatte Dr. Abbel das Nasengerüst neu aufgebaut und ging nun mit frischen Instrumenten an den Oberarm. Schwester Annemarie kam hinzu, da der Verband nach dem Eingriff schnellstmöglich fixiert werden musste.

Auf Johanns Stirn standen Schweißperlen, die Augen hatte er längst geschlossen.

Dr. Abbel nahm das Skalpell und schnitt ihm im Oberarm einen fast faustgroßen Lappen an drei Stellen frei. Im Anschluss legte er den Hautlappen an der Nase an und nähte ihn fest, während Grete den Arm ihres Bruders hielt.

Die Naht zu setzen, schien ewig zu dauern. Jedenfalls kam es Grete so vor. Je länger das Leid ihres Bruders anhielt, desto ungeduldiger wurde sie.

Endlich legte Dr. Abbel sein Skalpell zur Seite. »Es ist überstanden«, sagte er. »Jetzt können Sie den Arm am Kopf mittels Verband fixieren.«

Grete hatte das einige Male vorher mit Schwester Annemarie geübt und nun gingen ihnen die Griffe schnell von der Hand.

Johann hingegen stöhnte immer lauter, da sich sein Biss auf die Mullbinde nicht löste.

Grete strich ihm mitfühlend über die Wange und zog ihm den Mull aus dem Mund. Anschließend flößte sie ihm ein wenig Kamillentee ein, der krampflösend wirkte. Leider entspannte sich Johann davon kaum.

Bei dem Gedanken daran, ihn in diesem Zustand nach Hause zu schicken, wurde Grete ganz anders. Sie musste an die Patienten denken, die sich daheim infiziert hatten und daraufhin gestorben waren. Allein der Weg dorthin würde eine Tortur für Johann werden. Mit dem riesigen Verband über Kopf und Arm sah er aus wie ein Monster.

Dr. Abbel nahm Johann den Puls und nickte zufrieden. »Schwester Grete, Sie können Ihren Bruder jetzt in das Aufwachzimmer bringen.«

Grete sah ihn erstaunt an. »Wohin?«

»Die Wohnung nebenan wurde kurzfristig frei«, sagte Dr. Abbel. »Und ich konnte den Hausbesitzer überzeugen, dass er sie uns überlässt.«

»Aber das ist ja großartig!«

»Nun, das war die zwingend notwendige Überraschung, von der ich sprach.« Dr. Abbel lächelte. »Sie hatten recht, dass wir ein Aufwachzimmer benötigen. Und wenn die Geschäfte bald ein wenig besser laufen, werden wir die Miete dafür auch dauerhaft zahlen können.«

Grete nahm das Fahrgestell für das Bett, hängte es ein und schob es zusammen mit Dr. Abbel in die kleine Wohnung nebenan.

Zwar mussten sie dafür das Wartezimmer passieren, aber das hatten die operierten Patienten ja auch jedes Mal machen müssen, um die Praxis zu verlassen.

In der neu hinzugekommenen Wohnung standen noch abgewohnte Möbel und es roch nach kaltem Rauch. Grete öffnete zunächst alle Fenster, auch wenn es draußen langsam wieder kälter wurde. Dann schob sie Johann in das Wohnzimmer, in dem nur noch ein löchriger Sessel stand. »Johann, du bleibst jetzt hier. Falls es zu Komplikationen kommt, kann dir stets jemand helfen. Ich bleibe natürlich die ganze Zeit bei dir.«

Johann schaute sie kraftlos und gleichfalls fragend an.

»Einfach zur Sicherheit«, sagte Grete. »Falls sich etwas entzündet.« Sie strich ihm über den freien Teil der Stirn. »Ich koche dir noch einen Weidenrindentee, der hilft gegen die Schmerzen.«

Johann nickte dankbar.

Sie drückte seine Hand, wollte sie schließlich lösen, aber er hielt sie fest. »Du musst mir eines versprechen«, sagte er kraftlos. »Nächstes Mal machen wir das mit Äther. Unbedingt.«

73

Valerie kam unentschlossenen Schrittes zum Konfektionsgeschäft der Gebrüder Gehrlicher und hörte diese bereits von außen streiten. Sie klopfte zaghaft an die Tür und die beiden stoppten ihre lautstarke Auseinandersetzung.

»Das klären wir später noch«, sagte Clemens Gehrlicher und stapfte durch den Vorhang in den hinteren Teil.

Wolfgang Gehrlicher sah seinem Bruder bissig hinterher und schloss Valerie die Tür auf. »Die Resonanz auf Sie im Schaufenster ist nach wie vor vernichtend«, sagte er, als sei sie Luft.

»Was soll das heißen?« Valerie schluckte.

»Na, das liegt doch auf der Hand«, antwortete Wolfgang Gehrlicher. »Wir haben nicht länger Verwendung für Sie.«

Valerie blieb der Mund offenstehen. »Aber ... aber ich habe meine Anstellung für Sie gekündigt.«

»Das hat niemand von Ihnen verlangt.«

Ohne weitere Worte hastete Valerie durch den Vorhang in den Nähraum. »Sie dürfen da nicht einfach rein!«, rief Wolfgang Gehrlicher, aber Valerie stand bereits vor Clemens Gehrlicher. In dessen Gesicht tobte die Wut, aber er zerschnitt den Stoff vor sich akkurat und ruhig.

»Sie können mich nicht einfach nach drei Tagen wieder entlassen!«, rief Valerie.

Clemens Gehrlicher schien sie erst jetzt zu bemerken, sah auf und seufzte. »Die Geschäfte laufen schlecht und ich bin für die Schneiderei zuständig, mein Bruder für das Geschäftliche.«

»Soll ich Ihnen sagen, warum die Geschäfte schlecht laufen?« Valerie stemmte die Arme in die Hüfte.

Clemens Gehrlicher sah sie interessiert an, sogar Wolfgang Gehrlichers Augen blitzten auf.

»Weil Sie von den feinen Damen erwarten, die Kleider selbst anzuprobieren!«

»Mein Bruder meint, das macht man in Amerika so und das wird sich auch hierzulande durchsetzen.«

»Kann sein, aber nicht jetzt.«

»Wie auch immer.« Er winkte ab. »Wir können uns keine Probiermamsellen leisten. Für jede Größe eine und noch die Zwischengrößen. Wie soll das gehen in unserem kleinen Konfektionsgeschäft?«

»Ihnen reicht eine Probiermamsell. Ich.« Valerie tippte mit einem Finger auf ihre Brust.

Der Schneider musterte sie. »Und was machen wir, wenn eine etwas fülligere Frau kommt?«

»Glauben Sie wirklich, dass ein Pummelchen die Kleider an einer Frau sehen möchte, die genauso pummelig ist? Bestimmt nicht, das schreckt nur ab und sie kauft nichts. Sie möchte träumen und glauben, dass sie in den Kleidern genauso toll aussieht wie die Dame, die es ihr vorführt, also wie ich.«

»Frauen mögen keine attraktiven Probiermamsellen.«

»Das war vielleicht früher so«, sagte Valerie. »In Paris sind die Mannequins die neuen Vorbilder. Und das wird auch in Berlin kommen, ganz bestimmt sogar.«

Clemens Gehrlicher seufzte erneut. »Ihre Überzeugung in Ehren, aber wir können uns nicht leisten, Sie anzustellen, wenn die Geschäfte weiterhin so schlecht laufen. Und haben Sie nicht eben selbst gesagt, dass die Zeit noch nicht reif ist?«

Valerie strich sich verunsichert durchs Haar und erinnerte sich an das, was Grete ihr gesagt hatte. Vielleicht konnte sie Menschen nicht nur durch ihr Äußeres, sondern durch ihre ganze Art überzeugen. »Wie wäre es, wenn ich umsonst arbeite?«, fragte sie.

Wolfgang Gehrlicher blickte auf.

»Aber für jedes Kleidungsstück, das ich probiere und das verkauft wird, bekomme ich einen Anteil des Verkaufspreises.«

Wolfgang Gehrlicher musterte sie. »Wie groß soll der Anteil Ihrer Meinung nach sein?«

»Fünf von hundert«, antwortete Valerie.

»Fünf Prozent? Niemals!« Wolfgang Gehrlicher schüttelte heftig seinen Kopf. »Zwei, maximal.«

Valerie reichte ihm kurz entschlossen die Hand und Wolfgang Gehrlicher war so verwundert, dass er einschlug.

74

Lauthals trällerten Vögel in der Morgendämmerung ihre Lieder und Grete schoss von dem Stuhl neben Johanns Bett im Aufwachzimmer hoch. Ein sorgenvoller Gedanke hatte sie jäh aus dem Schlaf gerissen. Erst als sie ihren Bruder im Bett liegen sah und sein leichtes Schnarchen vernahm, beruhigte sich ihr flatteriger Geist wieder. Es war ein Wunder, dass Johann in dieser Haltung mit dem festgebundenen Arm schlafen konnte. Sie ging einen Schritt an das Bett und betrachtete ihren Johann. Der ehemals weiße Verband hatte sich um die Nasenpartie rötlich verfärbt. Da er nun fest wie ein Gipsverband war, konnte man ihn leider nicht wechseln.

Aber ihr Bruder atmete und allein darauf kam es an. Alles andere hätte sie sich niemals verzeihen können. Ihre Zweifel waren viel zu spät gekommen, als dass sie Johanns Entschluss hätten revidieren können. Es blieb ihr nur zu hoffen, dass eines Tages alles gut sein würde. Daran musste sie einfach glauben, denn ihr Bruder hatte es verdient, ein Leben wie jeder andere junge Mann führen zu können. All die Mühen durften nicht umsonst gewesen sein.

Johann fuhr im Schlaf mit der freien Hand über seinen Verband. Ob er noch starke Schmerzen verspürte? Es war höllisch schwer, unter diesen Bedingungen überhaupt genügend Luft zu bekommen, das hatte Dr.

Abbel ihr gesagt. Wenn der Verband fest genug war, meinte er, könne sie zwei Atemlöcher hineinschneiden, sodass die Luft wenigstens ein wenig zirkulieren konnte.

Zudem roch es immer noch nach kaltem Qualm im Aufwachzimmer, dabei hatte Grete das Fenster über Nacht aufstehen lassen, obwohl es draußen recht kühl war. Aber Johann brauchte frische Luft. Sie würde seiner Genesung dienlich sein und zu viel Wärme förderte Entzündungen.

Grete betastete den Verband, ob er fest genug war.

Im nächsten Moment wälzte sich Johann schwerfällig im Bett umher. Schließlich stöhnte er und öffnete seine geschwollenen Augenlider.

»Bist du wach?«, erkundigte sich Grete fürsorglich.

»Jetzt schon«, brummte Johann.

»Wie fühlst du dich? Hast du noch Schmerzen?«

»Warum hast du mich geweckt?«

Grete schüttelte ihren Kopf. »Ich wollte nur prüfen, ob man in den Verband zwei Atemlöcher schneiden kann.«

Johann presste angestrengt seine Augenlider aufeinander. Offensichtlich waren seine Schmerzen erheblich. »Möchtest du vielleicht einen Tee?«

Johann schnaufte. »Schwesterherz, ich weiß, du möchtest nur das Beste für mich. Aber irgendwann muss das Bemuttern auch mal ein Ende finden!«

Grete nickte. »Sicher, aber erst nach all den Operationen.«

»Kannst du das Fenster schließen? Der Vogelgesang macht mich ganz kirre.«

Kaum hatte Grete das Fenster geschlossen, klopfte es an der Tür. Kessler öffnete die Tür, eine brennende Kippe im Mund, seine Fotokamera samt Stativ in den Händen.

»Hier ist Rauchverbot!« Grete stemmte ihre Hände in die Hüfte und sah Kessler strafend an.

»Als ob das bei der Luft einen Unterschied machen würde«, entgegnete Kessler, drückte die Zigarette aber aus. Dann erst sah er zu Johann. »Das ist aber ein mächtiger Verband.«

»Ich bekomme ja auch eine mächtige Nase«, sagte Johann.

Kessler lachte. »Wenn ich einen Krankenbesuch mache, muss ich natürlich den Heilungsverlauf dokumentieren.« Er baute seine Kamera auf und erzählte, dass die *B.Z.* schon ganz gespannt auf die Geschichte wäre.

Grete kam sich unnütz vor. Am liebsten hätte sie sich neben ihren Bruder gelegt und ihn ganz fest an sich gedrückt, aber das war mit dem Verband und in Kesslers Anwesenheit gänzlich unmöglich. Und Johann hätte es wohl auch nicht gewollt. Versuchte er sich mit den Operationen ein stückweit von ihr zu befreien? »Ist alles in Ordnung?«, fragte sie trotzdem noch einmal in Johanns Richtung.

Der hingegen beachtete sie gar nicht und lauschte stattdessen den selbstbeweihräuchernden Ausführungen dieses rasenden Reporters.

Grete verließ das Zimmer. Sie spürte, dass nichts mehr so sein würde wie vor der Operation.

75

Valerie hatte den ganzen Morgen im Laden der Gebrüder Gehrlicher verbracht, aber es hatte sich noch keine
einzige Kundin die ausgesuchten Kleider von ihr vor-
führen lassen. Die Kleidung war zwar hochwertig, aus
edlem Stoff und toll geschnitten, aber viel zu modern
für die Frauen, die in das Geschäft kamen. Das fand jedenfalls Valerie. Alle Garderoben waren zwar tailliert,
hatten aber kein Korsett. Das war natürlich bequemer,
für die Kundinnen aber unvorstellbar. Sie konnten sich
einfach nicht mit bloßer Fantasie vorstellen, dass sie
ihnen stehen könnten. Zudem galt ein Reformkleid dieser Tage als unschicklich.

Valerie hingegen hatte von Natur aus eine ausgeprägte Wespentaille, es gab also kein besseres Mannequin für diese Kleider als sie. Fand jedenfalls Valerie.
Und vielleicht war sie selbst auch nicht überzeugend
gewesen und die Idee mit der Provision ein Rohrkrepie-
rer. Aufgeben war aber keine Option für Valerie. Sie
dachte gerade darüber nach, wie sie den Kundinnen
klar machen könnte, dass die Kleider der Gehrlichers
etwas ganz Besonderes waren, als ein Mann mit Zwi-
cker auf der Nase das Konfektionsgeschäft betrat.

Der Mann war etwas älter und untersetzt. Er hatte
sich herausgeputzt wie ein eitler Geck. Er trug einen

Gehrock aus Samt, der grünlich glänzte. Er hob mit seinen riesigen Händen seinen Hut und kam zielstrebig auf sie zu.

»Mein Herr, wie kann ich Ihnen helfen?«, fragte Valerie und schenkte ihm den üblichen Augenaufschlag.

»Verehrteste Dame, wegen Ihnen bin ich hier.«

Valerie lächelte unsicher.

Der Mann gab ihr einen Handkuss. »Gestatten, Paul Balzer.«

»Valerie Pavlowa.«

»Ich gehe jeden Tag an diesem Laden vorbei und habe Sie und Ihr Verkaufstalent bewundern dürfen.«

Valeries Lächeln verschwand, auf eine Affäre war sie nicht gerade aus.

»Sie scheinen mir schauspielerisch sehr begabt«, sagte der Mann.

Valeries Lächeln war zurück, sie strahlte jetzt sogar noch mehr als vorher. »Ich bemühe mich«, antwortete sie kokett.

»Ich besitze eine kleine Bühne und mir ist überraschend die Hauptdarstellerin weggebrochen, eine schlimme Krankheit. Sie wären der perfekte Ersatz. Ach, was sage ich, Sie wären sogar noch besser. Das sehe ich sofort.« Er lächelte sie breit an. »Sie lieben die Bühne, habe ich recht?«

»Natürlich!«, antwortete Valerie. »Das war immer mein Traum.«

»Können Sie singen?«, fragte der Mann.

Valeries Augen begannen zu leuchten und sie nickte schnell.

Daraufhin gab ihr der Mann eine Visitenkarte. »Also, dann kommen Sie heute Abend an diese Adresse. Aber nicht vor Acht. Alles Weitere erfahren Sie dann.« Der Mann verbeugte sich, drehte sich um und ging.

Valerie wollte sich beinahe kneifen, damit sie sicher war, dass sie das gerade nicht geträumt hatte.

76

Grete war überhaupt nicht in der Stimmung auszugehen. Trotzdem beeilte sie sich, Schuhe und Mantel anzuziehen, denn Valerie konnte es mal wieder gar nicht abwarten.

Sie hatte keine Ausrede von Grete akzeptiert, obwohl diese müde und abgespannt war. Sie band ihre Schuhe zu und eilte Valerie in den Hausflur hinterher. Mit klappernden Absätzen polterten sie die Stufen herunter. Valerie mit beschwingten Schritten, Gretes Füße hingegen waren schwer und müde von der Arbeit.

Dr. Abbel hatte sie heimgeschickt und Schwester Annemarie für die Wache an Johanns Krankenbett eingeteilt. Anderenfalls wäre Grete niemals nach Hause gegangen.

Nachdem die beiden Frauen das Haus verlassen und um ein paar Straßenecken geeilt waren, verlangsamte Valerie endlich ihr Tempo und Grete fand genügend Atem, um eine Frage zu stellen. »Was für eine Revue ist es?«

Valerie hob ihre Schultern. »Ich weiß es nicht.«

»Aber du musst doch wissen, für was du zugesagt hast?«, fragte Grete besorgt.

Valerie lachte Grete an. »Herr Balzer hat nur gesagt, dass er mich als Nachfolgerin seiner kranken Hauptattraktion möchte.«

Grete wollte Valerie in ihrer Euphorie nicht bremsen, aber das ganze Herangehen wirkte etwas befremdlich auf sie.

»So ist das *Schobisness*«, erklärte Valerie.

»Was soll das sein, dieses *Schobisness*?«, fragte Grete.

»*Schobisness* ist amerikanisch und heißt ...« Valerie geriet ins Stocken. »Irgendwas mit Künstlern und Geschäft.«

»Also sollst du dich dort heute zunächst vorstellen?«, fragte Grete.

»Nein, nein, ich glaube, ich soll heute bereits auftreten«, erklärte Valerie.

Allein dieser Satz brachte ihre feinen Gesichtszüge derart zum Strahlen, dass sich Grete noch doller in ihre beste Freundin verliebte. Falls das überhaupt möglich war. Das Abendrot schien Grete ins Gesicht und sie blinzelte verträumt. Viel zu selten bekam ihre Haut das Licht der Sonne zu spüren. Sie konnte die Tage an beiden Händen abzählen, an denen sie nicht früh aus dem Haus und spät aus der Praxis heimgekehrt war.

Versonnen musterte sie Valerie. Die hohen Wangenknochen, der geschwungene Mund mit den vollen Lippen, die markanten mandelförmigen blauen Augen und die glatten Haare, die das ganze Gegenteil von ihrer eigenen, sich ständig kräuselnden Haarpracht waren. Ihr war klar, weshalb der Mann Valerie vom Fleck weg engagiert hatte.

»Komm, ich habe Fahrscheine für uns. Dann müssen wir nicht die ganze Strecke laufen«, frohlockte Valerie und hüpfte die Stufen zur Station der neuen Untergrundbahn herunter, mit der Grete noch nie gefahren war.

»Ist das nicht ein Umweg?«, fragte Grete irritiert.

»Ein bisschen, aber zur Feier des Tages. Du bist doch noch nie mit der Untergrundbahn gefahren. Außerdem haben wir noch Zeit. Herr Balzer meinte nicht vor Acht.«

Grete nickte. Wenn es nach ihr ging, hätte sie darauf auch gern verzichten können, denn sie fand die Vorstellung, unter der Erde durch einen Tunnel zu rauschen, nicht gerade verlockend, aber für Valerie hätte sie alles getan.

»Ich habe ein paar Lieder eingeübt«, kam Valerie auf ihren großen Auftritt zu sprechen und hüpfte beschwingt die Stufen herunter.

Grete folgte ihr mit einem mulmigen Gefühl im Bauch.

»Lieder?« Grete rempelte leicht mit einem Mann zusammen, der die Treppe nach oben eilte. Unter sich spürte Grete das vibrierende Rattern der schweren Waggons, die mit einer ohrenbetäubenden Lautstärke in den Bahnhof ein- und hinausfuhren. Ein Gefühl der Furcht und der Freude erfasste sie. Was sie dort unten wohl erwarten würde? Sie hatte so viel Zeit im Keller der Praxis verbracht, aber hier ging es noch viel tiefer hinab.

Valerie schien Gefallen an ihrem Wissensvorsprung zu haben und zwinkerte Grete verschmitzt zu. »Ja, Lieder, bei denen jeder mitsingen kann. In Frankreich sagt man dazu *Schangson*. Klingt das nicht herrlich?«, jubelte Valerie und eilte den Bahnsteig entlang.

»Du wirst singen?«, fragte Grete geistesabwesend und blieb mitten auf dem Bahnsteig stehen. Mit offenem

Mund staunte sie über die gefliesten Wände der Bahnstation. Wie viele Stunden die Bauarbeiter daran wohl gearbeitet hatten?

»Hey, wo bist du nur mit deinen Gedanken?«, schimpfte Valerie, nahm Grete bei der Hand und zog sie weiter.

Grete setzte sich in Bewegung, blieb jedoch gleich wieder stehen, als sie einen Luftzug spürte. Sie drehte sich um und schon folgte dem Lüftchen ein lautes Rattern und Quietschen. Der Boden unter ihren Füßen begann zu beben und das Rattern und Lärmen kam näher. Erschrocken hielt sich Grete die Ohren zu.

Der Waggon der Untergrundbahn kam jaulend zum Stehen. Er wirbelte eine liegengelassene Zeitung auf, die tänzelnd über den Bahnsteig schwebte.

Erst als der Lärm verebbte, ließ sich Grete von Valerie die Hände von den Ohren zu nehmen.

»Du bist ja ein richtiger Angsthase«, neckte Valerie.

»Gar nicht«, verteidigte sich Grete. »Ich hätte dich mal sehen wollen, als du das erste Mal mit der Untergrundbahn gefahren bist.«

Valerie verdrehte die Augen und zog Grete Richtung Waggon. »Ja, ich werde singen«, antwortete sie mit etwas Verzögerung auf Gretes Frage.

Grete hatte Valerie noch nie singen hören. »Los, zeig mir, was du vortragen willst!«, bat Grete und klammerte sich an Valeries Hand.

Valerie entzog Grete die Hand spielerisch und schwenkte ihren Zeigefinger hin und her. »Non, non, non! Du wirst dich bis nachher gedulden müssen, *Mond Schérie*.« Valerie lachte ihr glucksendes Lachen und Grete konnte nicht anders, als in dieses einzustimmen.

Passagiere öffneten die schweren Türen des Waggons und Valerie bahnte ihnen den Weg hinein. Grete folgte Valerie zögerlich und staunte abermals, wie selbstverständlich sich Valerie in der Stadt bewegte. Jede Situation meisterte sie wie zuvor hundertfach ausgeführt.

Dabei war sich Grete sicher, dass auch Valerie seit der Eröffnung der ersten Untergrund-Bahnlinie Berlins, die ihre Fahrgäste vom Stralauer Thor zum Potsdamer Platz beförderte, nur selten mit dieser gefahren war. Grete bevorzugte es, zu Fuß zu gehen, denn selbst vor der Untergrundbahn machte der Klassenunterschied keinen Halt. Wer es sich leisten konnte, fuhr bequem gepolstert in den ersten beiden Klassen, der Rest auf Lattenrosten in der dritten, in der sie jetzt Platz genommen hatten. Es war eine zugige und wackelige Angelegenheit und Grete war froh, als sie endlich aus der rumpelnden Untergrundbahn ausstiegen.

Während sie die Treppe hochgingen, hielt Grete Valerie am Arm fest. »Ich muss dir noch etwas sagen.«

Valerie hob ihre Augenbrauen.

»Ich habe Dr. Abbel deine Kündigung noch nicht ausgesprochen«, sagte Grete kleinlaut.

»*Mond Schérie*, dann musst du das nachholen. Du kannst doch nicht die ganze Zeit meine Arbeit mitmachen. Und ich werde nicht zurückkommen«, erwiderte Valerie entschlossen.

»Ich dachte nur ... zur Sicherheit«, verteidigte Grete ihre eigenmächtige Entscheidung.

»Schon gut, ich bin dir nicht böse.« Valerie hakte sich bei Grete unter. »Aber ab heute beginnt ein anderes Leben für mich!«

77

Das Tanzlokal *Wegener'sche Stuben* lag in der Französischen Straße, die ganze Gegend machte einen zweifelhaften Eindruck. Musik dröhnte hinter den grauen Mauern hervor.

»Bist du sicher, dass wir richtig sind?«, fragte Grete irritiert und zog automatisch ihr Eton-Jäckchen enger über ihrer Brust zusammen.

Valerie hielt Grete die Visitenkarte hin, die ihr Herr Balzer in die Hand gedrückt hatte.

Grete seufzte und las vor: »*Wegener'sche Stuben.* Französische Straße. Wir sind wohl richtig.«

Die Eingangstür hing schief, ein Türscharnier hatte sich gelöst. »Das ist sicherlich der Bühneneingang.« Valerie klopfte entschlossen an die Tür. Da niemand öffnete, stieß sie schwungvoll dagegen und ihnen kam ein etwas untersetzter Herr in einem Zweiteiler entgegen.

»Fräulein Pavlowa, wie schön, dass Sie gekommen sind.« Er breitete seine Arme aus und hieß Valerie willkommen.

Erst dann schien er zu bemerken, dass Grete ebenfalls anwesend war. Sein Blick streifte ihren Körper von oben bis unten. »Und Verstärkung haben Sie auch mitgebracht«, flötete der Untersetzte und trat einen Schritt auf Grete zu. Er verbeugte sich vor Grete. »Ich bin Paul Balzer, der Inhaber des Ladens.«

Grete nuschelte ihren Namen.

»Wollen Sie ebenfalls etwas darbieten?«, fragte er und musterte sie abermals.

Grete kniff ihre Augen zusammen und ballte unvermittelt ihre freie Hand zur Faust. Nur für den Fall, dass sie sich und ihren Körper gleich vor den schwülstigen Pranken dieses Widerlings verteidigen müsste. Wie konnte Valerie derart begeistert sein, für einen solchen Mann zu arbeiten?

»Willst du?«, fragte Valerie und strahlte Grete an.

Grete ermahnte sich selbst und riss sich zusammen. »Nein, ich werde nur zusehen!« Sie zwang sich zu einem Lächeln.

Die Miene des Mannes nahm einen undurchschaubaren Ausdruck an. »Nun gut, Sie müssen natürlich trotzdem keinen Eintritt bezahlen.« Er trat beiseite und ließ Grete und Valerie ins Innere schlüpfen.

Bevor Gretes Augen sich an die Dunkelheit gewöhnen konnten, raubte ihr eine Schnapswolke, gepaart mit schaler, säuerlich riechender Luft und abgestandenem Zigarettenrauch den Atem.

Grete japste und schloss ihre Lider. Einen Moment lang verharrte sie in der Pose und ließ das Klappern von Gläsern und Murmeln der Gäste auf sich wirken. Als sie die Augen wieder öffnete, hatten sich diese an das spärliche Licht gewöhnt.

Vor ihnen lag ein mit Holz vertäfelter Raum. Grete erkannte eine Bar, an dessen Tresen diverse Herren auf mit Leder beschlagenen Barhockern saßen, aneinandergereiht wie Hühner auf einer Stange. Sie schienen krampfhaft bemüht, ihre Genusssucht hinter Gesprächen zu verstecken, und zogen dabei nervös an ihren

Glimmstängeln. Vielleicht debattierten sie über Politik, sie machten zumindest den Eindruck.

Mittelpunkt der Bar war ein großer holzgerahmter Spiegel mit eingeschliffenen Ornamenten, der das Licht brach und in diffusen Strahlen durch den Raum warf. Vor ihm reihten sich Flaschen unterschiedlichster Formen. Dickbäuchige, schmale, volle, fast leere, grüne, braune und durchsichtige.

Eingerahmt wurde die Spiegeltheke von Bildern, auf denen Frauen in transparenten Tüchern zu sehen waren. Über der Bar hing ein Lampenschirm aus weißem, bauschigem Stoff, der fahles Licht auf die daran Sitzenden warf.

Etwas weiter hinten in einer Ecke standen zwei Damen, die mit Blicken um die Herren warben. Bereit, sie mit ihren erfrischenden Qualitäten zu erheitern. Weitere Damen saßen an den runden Tischen mit einem oder mehreren Männern zusammen. Mit berechneter Grazie entblößte der karmesinrote Mund einer Frau ihre weißen Zähne, einer der Herren neigte sich zu ihr und schob ihr ein Glas mit einer klaren Flüssigkeit zu. Ihre blassen Finger erfassten den Schwenker und hoben ihn an. Mit frivolem Augenaufschlag kippte sie das Getränk wie Wasser herunter.

Beschämt schaute Grete weg und ließ ihren Blick von dem welken Puppengesicht durch den Raum schweifen. Sie entdeckte ein paar grotesk wirkende, ausladende Sessel, auf denen ebenfalls Herren saßen, die mit ihren Fingern zu den Melodien dieser trivialen Lieder klopften. Sie klammerten sich an ihre Gläser und Zigarren, als handele es sich dabei um den haltgebenden Felsen in einer tosenden Brandung.

Grete hatte noch nicht alles gesehen, da holte Herr Balzer sie aus ihren Gedanken. Er wies auf einen schweren Vorhang, der in ein Hinterzimmer führte. »Fräulein, Sie können dahinter Platz nehmen.«

»Und Sie kommen mit mir«, säuselte er verschwörerisch und warf Valerie einen triefenden Blick zu. Er hielt ihr seinen Arm hin und Valerie hakte sich unbekümmert unter.

Valerie drehte sich im Gehen zu Grete um und zwinkerte ihr zu. Sie schien keinerlei Bedenken zu haben.

Gretes Unbehagen wuchs hingegen mit jeder Sekunde. Sie wusste beim besten Willen nicht, welche Art Theater das sein sollte.

Grete ging durch den Vorhang in das Hinterzimmer des Lokals. Vor ihr reihten sich runde Tische, an denen ein paar bemüht unauffällige Gestalten hockten. Sie hielten sich an ihren Gläsern und Zigaretten fest und fixierten dabei eine winzige Bühne im vorderen Teil des Separees, auf der seitlich ein Klavier stand. Das Licht auf der Bühne war ebenso spärlich wie im gesamten Raum. Grete schaute sich verstohlen unter den Gästen um und entdeckte ein ihr bekanntes Gesicht. Schnell senkte sie ihren Blick und versteckte sich hinter einem Pfeiler, der mitten im Raum stand. Skeptisch lugte sie dahinter hervor und erkundete die Visage des Mannes mit zusammengekniffenen Augen. Zugegeben, er war in die Jahre gekommen. Sein Haar war schütterer und grauer, der Bauch hingegen größer. Aber es handelte sich eindeutig um Wilhelm Freiherr von Raussendorf. Jener Mann, der an dem Tag, an dem Johanns furchtbarer Unfall geschah, Magda von Callenberg geheiratet hatte, die ältere Schwester von Johanns Jugendliebe Therese von Callenberg.

Irgendetwas an dieser Erkenntnis ließ Grete ruhiger werden. Wenn ein Freiherr in diesem Etablissement Gast war, musste es sich um etwas Seriöses handeln. Trotzdem wollte sich die Besorgnis, die seit dem Betreten des Lokals Besitz von ihr ergriffen hatte, nicht abschütteln lassen. Zumal der Freiherr allein war. Sie konnte seine Angetraute nirgends entdecken.

Und noch etwas drang unvermittelt in Gretes Bewusstsein: Sie war die einzige Frau in diesem Raum.

78

Valerie saß vor einem kleinen Spiegel in der Garderobe. Wenn man das überhaupt so nennen konnte. Da war ja selbst die Nähstube mit Umkleideecke bei den Gebrüdern Gehrlicher noch größer.

Paul Balzer hatte Valerie kurz den anderen Frauen vorgestellt, auf einen Kleiderständer gezeigt und gesagt, dass sie sich für ihren Auftritt eines der Kleidungsstücke aussuchen könne. Danach war er mit den anderen Frauen im Schlepptau wieder verschwunden.

Valerie entschied sich für ein langes Kleid aus roter Seide. Verträumt strich sie über dessen Stoff und blieb wegen ihrer schweißnassen Finger daran kleben. Sie war aufgeregt, schließlich konnte dies der Beginn ihrer Karriere sein. Zusätzlich streifte sie schmale rote Seidenhandschuhe über, die ihren Unterarm bedeckten.

Paul Balzer kam wieder. »Bereit?«

»Ja, was wird denn von mir erwartet?«, fragte Valerie.

»Sie singen etwas, tanzen ein wenig und richten sich nach den Wünschen des Publikums. Alles klar?«

Valerie nickte eifrig und er betrat die Bühne.

»Sehr geehrte Herren, es freut mich, Ihnen zu Ehren des heutigen Geburtstages des kaiserlichen Windhundes einen neuen Star ankündigen zu dürfen«, drang Paul Balzers Stimme hinter dem Vorhang zu ihr, der sie von der Bühne trennte.

»Begrüßen Sie mit mir: La Belle Valérie!«

Ein Klirren erklang. Valerie vermutete, dass er mit etwas gegen ein Glas schlug.

Zurückhaltendes Klatschen ertönte und trotzdem zog es Valerie wie auf einer Wolke durch den dicken roten Samtvorhang auf die Bühne. Sie blinzelte kurz, denn in dem kleinen Raum gab es kaum Licht. Nur schleppend gewöhnten sich ihre Augen an die verschwommene Beleuchtung. Sie suchte die Gäste nach Grete ab. Sie stand ganz hinten im Raum an der Wand.

Valeries Blick glitt zu Paul Balzer. Er setzte sich an das Piano auf der Miniaturbühne. Aber jeder große Star hatte einmal klein angefangen.

Balzer nickte Valerie zu und schaute sie fragend an. Valerie ging näher an den Flügel heran. Sie lehnte sich lässig zu ihm auf das Klavier und flüsterte ihm etwas ins Ohr, was seine buschigen, in der Mitte zusammengewachsenen Augenbrauen in die Höhe schießen ließen. Valeries Geste wurde von einem lüsternen Raunen und einzelnen Pfiffen aus dem Publikum begleitet. Keck zwinkerte sie einem Mann in der ersten Reihe zu.

»Ihr Wunsch sei mir Befehl«, sagte Balzer und schlug in die Tasten.

Valerie warf sich in Pose und begann zu singen. »Kein schöner Land in dieser Zeit, als hier das unsre weit und breit, wo wir uns finden wohl unter Linden zur Abendzeit«, erklang Valeries helle, aber etwas brüchige Stimme. Sie suchte nach Grete, denn das Leuchten in deren Augen gab ihr die Bestätigung, die sie brauchte. Valerie schloss ihre Lider. Schrittweise löste sich ihre Anspannung, was sich sofort in ihrer Stimme bemerkbar machte. Der eben noch flatterhafte, dünne Klang wurde fester. Valerie spürte, dass die Töne immer tiefer aus ihrem Bauch kamen.

Zufrieden schlug sie die Augen auf. Ihre Hände machten sich selbstständig und bewegten sich wie die besungenen Lindenblätter, die leicht im Abendwind hin und her wehten.

Zwei Männer klatschten im Takt der Musik und Grete nickte mit ihrem Kopf.

»Da haben wir so manche Stund' gesessen wohl in froher Rund' und taten singen; die Lieder klingen im Eichengrund«, sang Valerie aus voller Kehle. Ihre Füße tänzelten wie von allein und sie spürte, dass dies der Beginn einer neuen Karriere war, bis unwirsches Gemurmel unter ein paar Gästen ihren Rausch störte.

Valerie blickte von der Bühne hinab. Die Herren vorne links an den Tischen rutschen auf ihren Stühlen hin und her und warfen ihr ablehnende Blicke zu.

»Das wir uns hier in diesem Tal noch treffen so viel hundertmal ...«

Die frivole Geste eines Gastes, der seine Zunge herausstreckte und damit hin und her wackelte, verunsicherte Valerie und sie geriet ins Stocken. Ihre Hände sanken nach unten und sie versuchte, den schneller werdenden Tönen des Klaviers hinterherzukommen.

»Na, mach schon«, grölte einer der Gäste und knallte sein Glas auf den Tisch.

Valerie sah Hilfe suchend auf Paul Balzer, der einen ebenso lüsternen Blick aufgesetzt hatte wie die Gäste und seine Augenbrauen dabei auf und ab hüpfen ließ.

»Los, zieh dich endlich aus! Ich habe nicht ewig Zeit, meine Frau und meine Kinder warten!«, rief Wilhelm Freiherr von Raussendorf und klatschte in die Hände.

Die anderen Männer im Publikum lachten und grölten.

Valerie schaute zu Grete, die erschrocken zwischen ihr und dem Freiherrn hin und her blickte. Jetzt erst begriff Valerie, wo sie gelandet war. Sie hätte am liebsten geheult, aber diesen Gefallen wollte sie diesen Männern im Publikum nicht tun.

Valerie hielt den Kopf hoch und sang weiter. Das Drängen der Herren wurde immer lauter, Valerie nickte Grete kaum merklich zu.

»Nun machen Sie schon«, grummelte ihr Paul Balzer zu und sein Ton ließ keinen Zweifel. »Sonst gibt es keine Gage.«

Valerie zögerte, griff schließlich entschlossen an ihren Handschuh und fing an die seidene Hülle Finger um Finger mit ihren Zähnen von ihrer Hand zu zupfen. Die lüsternen Augenpaare der Männer, Kopfnicken und Gegröle verrieten ihre Zustimmung. Gretes Blick hingegen drückte reines Entsetzen aus.

Inzwischen war Valerie bei der fünften Strophe angekommen und hatte ihren rechten Handschuh abgezogen. Bei den Zeilen *Nun, Brüder, eine gute Nacht der Herr im hohen Himmel wacht,* schritt Valerie von der Bühne durch die Tische.

Den Rock ihres Kleides zog sie frivol über ihr Knie und ging direkt auf den Freiherrn von Raussendorf zu. Ein kleiner dürrer Mann mit Schnauzer langte nach ihr. Valerie tadelte ihn mit strafendem Blick, worauf sich der Schmächtige unterwürfig zurück auf seinen Platz setzte. Valerie tänzelte auf von Raussendorf zu. Die Musik spielte weiter, obwohl Valerie bereits alle

Strophen gesungen hatte. Gemeinsam hielten die Männer die Luft an, gespannt, welchem Kleidungsstück Valerie sich als Nächstes entledigen würde oder was sie vorhatte.

Grete verfolgte die Situation mit weit aufgerissenen Augen.

Valerie machte einen letzten Schritt auf von Raussendorf zu, beugte sich zu ihm nach vorn und zwinkerte Grete über dessen Kopf hinweg zu. Sie neigte ihren Kopf dabei kaum bemerkbar in Richtung Ausgang.

Endlich schien auch Grete zu verstehen, welchen Plan Valerie verfolgte. Sie nickte und bewegte sich auf den Ausgang zu.

»Leg mal einen Zahn zu, du Luder, leg ab«, erfrechte sich von Raussendorf voller Lust und grapschte gierig nach Valeries Hintern.

Valerie streckte ihren Po mit einer schwungvollen Bewegung aus seiner Schusslinie, verpasste von Raussendorf dafür eine schallende Ohrfeige und rannte blitzschnell zu Grete.

Sie griff Valeries Hand und im Laufschritt flohen sie aus dem Etablissement, begleitet von den wütenden Schreien Paul Balzers: »Mein Kleid! Bringt mir mein Kleid zurück!«

Grete und Valerie rannten durch die Nacht und als sie merkten, dass ihnen niemand folgte, verlangsamten sie ihre Schritte.

»Manchmal bin ich so unglaublich naiv«, schnaufte Valerie.

»Du glaubst eben an das Gute im Menschen«, sagte Grete. »Das mag ich an dir.«

Die beiden setzten sich in einen Hausflur. »Und was magst du an mir?«, fragte Grete unsicher.

Valerie schob ihr Gesicht näher an Gretes heran. »Das du meinen ganzen Unsinn mitmachst und mich nicht verurteilst.«

Wie von allein fanden ihre Lippen einander und Grete hoffte, dass jetzt endlich, endlich alles gut werden würde.

79

In den nächsten Tagen blieb durch die Hektik des Alltags vom Hochgefühl der tollkühnen Flucht nicht mehr viel übrig. Abgehetzt kam Grete in der Praxis an. Seit Valerie nicht mehr morgens mit ihr aufstand, verschlief sie häufiger. Wenn es nur eine Uhr gäbe, die einen wecken könnte, das wäre ein Luxus!

Eventuell lag es aber auch an ihrer Erschöpfung, die nicht abnahm, sondern schlimmer wurde. Grete jedenfalls fühlte sich mehr tot als lebendig und ausgerechnet heute Abend war das Treffen mit Dr. Lichte.

Der Aufschub, den sie sich auserbeten hatte, war rasend schnell vergangen und erneut wollte sie den Arzt nicht versetzen. Sie musste Wort halten und ihm reinen Wein einschenken.

»Schwester Grete, endlich kommen Sie!«, hörte sie Dr. Abbel aus dem Behandlungszimmer rufen.

Grete lief in das Zimmer, obwohl sie eigentlich zuerst nach Johann hatte sehen wollen, der seit seiner Operation den Aufwachraum bewohnte.

»Warum ist hier nicht geputzt?«, fragte Dr. Abbel und klang ungewohnt vorwurfsvoll.

»Ich erledige das gleich«, sagte Grete pflichtschuldig und ging, um die Putzutensilien zu holen.

»Aber dafür ist doch Fräulein Pavlowa zuständig. Ist die immer noch krank?«, fragte Dr. Abbel, kaum hatte sie den Raum wieder betreten.

»Sie ...« Grete sah auf den Boden. »Sie wird nicht wiederkommen. Ich soll Ihnen sagen, dass sie kündigt.«

»War der Lohn nicht hoch genug?«

Grete schüttelte den Kopf, um sich im nächsten Moment dafür zu verfluchen. »Sie hat eine Anstellung in der Konfektionsindustrie gefunden.«

Dr. Abbel winkte ab. »Will denn niemand mehr für den Menschen arbeiten?«

Grete schluckte. »Dort hat sie mehr mit Menschen zu tun als vor dem Scheuereimer.«

»Das mag sein.« Dr. Abbel seufzte. »Und wer hat die letzten Wochen hier sauber gemacht?«

»Ich«, sagte Grete müde.

»Dann übernehmen Sie auch weiterhin die Reinemachetätigkeiten. Aber seien Sie bitte das nächste Mal pünktlich.«

Grete glaubte, sich verhört zu haben. »Ich kann das nicht neben meinen bisherigen Aufgaben erledigen. Das war nur eine Ausnahme, weil Valerie nicht da war.«

»Eben und jetzt ist sie immer noch nicht da.«

Grete stemmte ihre Arme in die Hüfte. »Dr. Abbel, nur weil Sie kein Privatleben haben, heißt das nicht, dass ich ebenso keines habe.«

Dr. Abbel seufzte und schien kurz getroffen, wie jemand, der auch einmal ein Privatleben besessen hatte. Dann winkte er ab. »Sie wissen selbst, wie wichtig Hygiene ist«, entgegnete er. »Und ich muss für die nächste Operation an Ihrem tapferen Bruder noch einige Untersuchungen anstellen.« Er nickte Grete zu. »Dabei brauche ich Sie später noch.«

Grete biss sich auf die Lippe. Was auch immer sie einwendete, Dr. Abbel schien es zu ignorieren, ja sogar ins Gegenteil zu verdrehen.

Sie konnte das nicht hinnehmen, irgendwann würde sie sonst noch zusammenklappen. »Mir bleibt ja keine andere Wahl«, sagte Grete schließlich. »Aber ich übernehme das nur, bis mein Bruder gesund ist.«

»Ja, ja«, antwortete Dr. Abbel.

Grete hoffte, dass dies wirklich eine Zustimmung war, aber nachzufragen, das traute sie sich nicht. »Und wie Sie wissen, heute Abend, da habe ich frei«, sagte Grete, wurde aber das Gefühl nicht los, dass Dr. Abbel gar nicht hinhörte.

Am Abend war Grete zwar müde, aber immerhin ging es Johann mit jedem Tag besser. Auch wenn das erst einmal nur hieß, dass die nächste Operation immer näherkam.

Grete zog sich flink um. Sie wählte bewusst kein Kleid, das ihr besonders gut stand, aber auch keines, das sie nachlässig aussehen ließ. Dann zog sie sich ihren Mantel über und lief los, um noch rechtzeitig im Tiergarten zu sein.

Dr. Lichte wartete bereits auf sie. Er hatte angesichts der herbstlichen Temperaturen die Hände tief in den Taschen seines Mantels vergraben und den Kragen seines Mantels nach oben geschlagen. Er lächelte zwar, als er sie sah, aber irgendetwas an ihm war anders.

»Wollen wir ein wenig durch den Tiergarten spazieren?«, fragte er.

Grete nickte.

So zurückhaltend, wie die Begrüßung ausgefallen war, blieb der junge Arzt auch während des Spaziergangs verhalten auf Abstand. Ob er ihr das Hinhalten übelnahm?

In einiger Entfernung fiel Grete die Rousseau-Insel auf und sie fragte sich, ob dieser Ort seit ihrer Nacht dort noch jemand anderem eine Heimat geboten hatte. Es war viel geschehen, seit Grete vor etwa einem Jahr aus dem Viktoriahaus entlassen worden war, den Antrag von Dr. Lichte abgelehnt und auf der Insel Zuflucht gesucht hatte. All das lag in weiter Ferne und Dr. Lichte war dennoch da.

Dr. Lichte blieb stehen und nahm seine Brille von der Nase. Er hauchte auf die Korrekturgläser und putzte sie mit einem Taschentuch, das er zuvor sorgsam gefaltet in seiner Brusttasche aufbewahrt hatte.

Grete blinzelte ihm freundlich zu und wünschte sich, dass sie in ihm einen verlässlichen Freund finden würde in dieser anonymen Stadt. Und sie hoffte inständig, dass Dr. Lichte ihre Pläne teilen würde. Aber wer konnte schon sagen, wie er reagieren würde, wenn sie ihm endlich die Wahrheit sagte?

Sie liefen weiter.

»Dr. Lichte, sind Sie eigentlich kurz- oder weitsichtig?«, erkundigte sich Grete mit aufgesetzter Neugier, weil ihr keine bessere Frage in den Sinn kam, um auf das eigentliche Thema hinzuarbeiten.

Dr. Lichte drehte seinen Kopf zu ihr. »Hypermetropie. Seit meiner Kindheit bin ich weitsichtig. Zumindest meine Augen. Für viele meiner Lebensentscheidungen traf dies aber oft nicht zu«, antwortete er mit einem verschmitzten Lächeln im Gesicht.

Grete neigte beschämt ihren Kopf zur Seite. Sicher spielte er mit seinen Worten auf seine nicht erwiderten Liebesschwüre an. Sie musste das abkürzen. Abrupt blieb sie stehen und atmete tief aus. »Dr. Lichte, es tut mir wirklich sehr leid, wenn ich Sie vor den Kopf gestoßen haben sollte. Sie sind wirklich ein ausgesprochen großzügiger und verlässlicher Mann. Und durchaus attraktiv, wenn ich das sagen darf. Jede Frau könnte sich glücklich schätzen, an Ihrer Seite stehen zu dürfen.« Grete hielt kurz inne, schluckte den Kloß in ihrem Hals herunter und fuhr fort. »Aber mein Herz gehört jemand anderem. Ich bedaure es wirklich sehr.« Im ersten Moment fühlte es sich befreiend an, im nächsten drückte die wachsende Stille erneut auf ihre Brust.

Er sah sie nicht einmal an, sondern stierte auf den Weg vor ihnen. »Entschuldigen Sie meine Unhöflichkeit, aber sehen Sie dort! Ein Igel auf dem Trampelpfad. Nachher wird der noch von einem dieser neumodischen Fahrräder überfahren.«

Wovon wollte er ablenken? Schmerzten ihn ihre Worte so sehr?

Dr. Lichte nahm den kleinen Igel fürsorglich hoch und setzte ihn im dichten Gebüsch neben dem Pfad ab. Zufrieden schlenderte er zu Grete zurück und deutete auf die Parkbank mit hölzernen Planken. »Wollen wir uns vielleicht kurz setzen?«, schlug er Grete vor.

Sie nickte zustimmend und als sie saßen, sprudelte es aus ihr heraus, dass sie gar nicht bemerkte, dass Dr. Lichte ebenfalls angesetzt hatte, etwas zu sagen. »Allein die Angelegenheit mit den Karten ... Ich hätte sie nicht annehmen dürfen, aber ich war überrumpelt und ...«

Dr. Lichte unterbrach Grete in ihrem Redeschwall, indem er ihr eine Strähne aus dem Gesicht strich.

Grete zuckte zurück und verstummte. »Fräulein Grete. Sie müssen sich für nichts entschuldigen. Wenn sich jemand entschuldigen müsste, dann ich für mein nicht gebührliches und forsches Verhalten Ihnen gegenüber.« Dr. Lichte sah sie hinter den Brillengläsern eindringlich an und schien nach den richtigen Worten zu suchen. Er räusperte sich und fuhr fort. »Mir ging es bei diesem Treffen auch darum, Klarheit zu schaffen. Ich kann Ihnen doch nicht Avancen machen und danach nie wieder von mir hören lassen.«

Grete schluckte. Machten das nicht viele Männer so?

»Jedenfalls habe ich auf meiner Forschungsreise jemanden kennengelernt«, fuhr Lichte fort. »Eine bezaubernde Dame und eine Ärztin ist sie dazu! Kinderärztin, um genau zu sein. Wir werden heiraten!«

Grete war verwundert und erleichtert zugleich. Sie lachte auf. »Das ist ja unglaublich! Sie wissen gar nicht, wie sehr ich mich für Sie freue!« Grete klatschte vor Freude in die Hände. »Eine Kinderärztin, sagen Sie?«

»Ja, sie hat in der Schweiz studiert und nach unserer Hochzeit planen wir eine gemeinsame Praxis!«

»Diese junge Dame ist zu beneiden.«

Dr. Lichte nickte bestätigend. »Sie müssen Eleonore kennenlernen, Sie werden sich hervorragend verstehen. Und Ihre bessere Hälfte, diesen Glückspilz, möchte ich natürlich auch kennenlernen!«

»Sicher, sicher«, bestätigte Grete mit einem flauen Gefühl gleich unter dem Solarplexus. Wie schön wäre es gewesen, wenn sie auch hätte sagen können, wer dieser jemand war. Aber die Etikette verbot derlei Gefühle und das bedeutete, dass sie niemals würde darüber sprechen können. Sie legte ihre gefalteten Hände auf ihren Schoß. Vielleicht, so hoffte sie, würde Dr. Lichte eines Tages der Freund werden, dem sie zumindest andere Geheimnisse anvertrauen könnte. Erst jetzt bemerkte sie, dass Dr. Lichte sie musterte.

»Es ist doch sehr merkwürdig«, sagte er, »dass es keine weibliche Form von Glückspilz gibt. Als hätten Frauen in dieser Gesellschaft kein Glück verdient, oder?«

Grete musste laut auflachen. »Ach, wie recht Sie haben.«

»Überbringen Sie der Dame, mit der Sie damals in der Revue waren, meine Grüße«, sagte Dr. Lichte und schielte Grete von der Seite an. »Damals habe ich mir gewünscht, Sie hätten mich nur einmal so angeschaut, wie Sie diese Dame angeschaut haben.«

War das eine Anspielung? Wusste er genau, wem ihr Herz gehörte? Grete wurde heiß und kalt, die Schamesröte schoss ihr ins Gesicht.

Dieser Mann war ganz und gar ungewöhnlich. Er sagte es so dahin, wodurch es den Anschein hatte, das Natürlichste auf der Welt zu sein. Oder wollte er sie aus der Reserve locken? »Sie sind wirklich ein erstaunlicher Mann.«

Er winkte ab. »Auf jeden Fall müssen Sie zu meiner Hochzeit kommen und gerne wieder mit Begleitung.« Er grinste. »Ob nun mit Mann oder Frau, ist mir egal.«

Grete lächelte verlegen. »Ach Dr. Lichte, irgendwie habe ich das Gefühl, Sie haben mich immer verstanden.«

Er schüttelte gespielt den Kopf. »Jetzt übertreiben Sie aber. Ein Mann, der die Frauen versteht? Das wäre nun wirklich ein medizinisches Wunder!«

Grete musste lachen, blickte Dr. Lichte an und wusste, das konnte der Beginn einer wunderbaren Freundschaft sein.

80

Valerie hatte den Reinfall im französischen Viertel schnell aus ihren Gedanken verbannt. Sie durfte sich nicht von derlei Rückschritten einschüchtern lassen. Deshalb hatte sie darauf bestanden, dass Grete ihre Arbeit als Reinemachefrau in der Praxis endlich beendete. Zeit wurde es, denn Grete konnte das nicht länger für sie mitmachen. Und ihr blieb auch künftig die provisionsbasierte Anstellung bei den Brüdern Gehrlicher, zu der sie seither wie jeden Morgen angetreten war.

Sollte ihre Mutter doch toben. Es war nicht genug, dass Valerie nicht länger im Schaufenster stand. Jetzt zeterte sie, weil sie dadurch kaum noch Geld nach Hause brachte. Nichts konnte man ihr recht machen. Die sollte es erst einmal besser machen.

Kamen keine Kunden wie meist früh am Morgen, konnte Valerie in Ruhe Tee trinken und sich die neuesten Kreationen der Gebrüder anschauen. Kamen welche, wurde ihr Jagdtrieb geweckt. Sie lernte jeden Tag dazu – langsam, aber sie lernte. Erst gestern hatte eine Kundin zu ihr gesagt, dass es sie nicht interessiere, was ihr Mann zu ihrem Kleid sage. Das Urteil ihrer Schwestern sei viel wichtiger. Erst da hatte Valerie verstanden. Sie hatte beim Einkleiden der Damen bisher lediglich daran gedacht, was Männer gut finden würden. Dabei sollte es darum gehen, dass sich die Frauen selbst in den Kleidern wohlfühlten. Valerie musste nichts anderes sein als die beste Freundin der Kundin.

Es dauerte noch eine Stunde, bis endlich die erste Person in den Laden kam. Es war eine Frau um die sechzig, recht dürr, aber wohlhabend. Sie blickte sich suchend im Geschäft um.

Valerie spürte, dass sie einen Plan hatte, und ging auf die Dame zu. »Womit kann ich Ihnen behilflich sein?«

Die Dame nahm kurz von Valerie Notiz, schien aber nach einem Herrn Verkäufer Ausschau zu halten. »Ich suche eigentlich einen Schlafrock.«

»Oh, da haben wir ein Modell, das perfekt zu Ihrer schlanken Figur passen wird«, sagte Valerie.

Jetzt erst schaute die Dame sie richtig an.

»Eine Frage hätte ich noch unter uns Damen. Nachts, wenn Sie schlafen, ist Ihnen da eher zu kalt oder zu warm?«

Die Dame schaute sie konsterniert an, so wie jemand, der noch nie darüber nachgedacht hatte.

»Wenn Sie nachts eher frösteln, würde ich Baumwolle empfehlen, die ist schön kuschelig warm. Wenn Ihnen eher zu warm ist, dann Seide. Die kühlt und fühlt sich ganz leicht auf der Haut an.«

»Nun, mir ist eher zu warm«, sagte die Dame.

»Da habe ich genau das Richtige für Sie.« Valerie ging nach hinten, legte rasch ihr Kleid ab und zog das seidene Nachthemd der Gehrlichers über. Selbstbewusst betrat sie wieder den Verkaufsraum. »Ein Klassiker«, sagte sie zu der Kundin. »Und der Stoff fühlt sich traumhaft an. Spüren Sie mal.« Sie hielt der Frau den seidenen Ärmel hin.

»Der Stoff ist wirklich sehr angenehm«, sagte diese. »Aber steht mir das auch? Ich meine, Sie haben eine ganz andere Figur.«

»Seide schmiegt sich an jeden Körper wie eine zweite Haut«, sagte Valerie. Ein Satz, den sie aus einem der Modemagazine übernommen hatte. Sie hob das für die Dame passende Modell vor deren Körper. »Das wird Ihnen passen wie angegossen.«

»Na dann«, nickte die Dame. »Ich vertraue Ihrem Urteil.«

Valerie legte den seidenen Nachtrock an die Kasse und wollte die Dame verabschieden, als ihr noch eine Idee kam. »Jetzt kommt ja bald der Winter«, sagte Valerie, »noch können Sie die Seide sicher gut tragen. Darf ich Ihnen aber für den Winter den baumwollenen Nachtrock zeigen? Genau die gleiche Eleganz, nur schön wärmend.«

Die Frau nickte, obwohl sie sich zuvor noch nie darüber Gedanken gemacht zu haben schien, zwei Nachtröcke brauchen zu können.

Valerie führte ihr auch dieses Modell vor, ließ sie den Stoff spüren und kurz darauf ging sie auch damit an die Kasse. Zufrieden bedankte sich die Dame bei Valerie, bezahlte und Valerie öffnete ihr ebenso glücklich die Tür.

Sie hatte etwas verkauft!

Sie winkte ihrer Kundin hinterher und schlenderte sie zu Wolfgang Gehrlicher, der über sein Kassenbuch gebeugt war.

»Wie viel?«, fragte sie.

»Das war Glück«, sagte er.

»Wie viel Provision?«, wiederholte sie.

»Dreiundsechzig Pfennige«, antwortete er und Valerie wäre ihm am liebsten um den Hals gefallen.

81

Grete wachte vor Nervosität viel zu früh auf. Sie wusste gleich, dass sie nicht wieder einschlafen würde. Heute sollte Johanns letzte Operation stattfinden. Sie war dankbar, dass ihr zarter Johann die letzten Eingriffe problemlos überstanden und damit all ihren Bedenken getrotzt hatte. Nun musste nur noch dieses eine Mal alles nach Dr. Abbels Plan funktionieren. Er hatte unzählige Versuche gemacht. Oft genug hatte der Keller ausgesehen wie ein Leichenschauhaus.

Grete schauderte es jetzt noch bei dem Gedanken daran.

Als sie sich fertig machte, bemerkte sie die nagelneuen, hochhackigen Schuhe im Flur, die nur Valerie gehören konnten.

Sie musste spät nach Hause gekommen sein und schlief sicher noch. In den letzten Wochen hatten sie sich vor lauter Arbeit kaum gesehen.

Grete packte leise ihre Sachen und lief durch die dunkle Stadt zur Praxis. Dr. Abbel hatte Johann für die Erholung nach der Operation freundlicherweise das Aufwachzimmer zugestanden. Inzwischen hatte Grete auch das Schlafzimmer der Wohnung in einen Aufwachraum für Patienten verwandelt, die weniger lange verweilen mussten als Johann.

Leider hatte sich die Laune ihres Bruders noch nicht gebessert, was sie ihm aber nicht übel nahm. Immerhin musste er nach wie vor den Verband tragen, der den Oberarm an seiner Nase fixierte, da das Anwachsen der Haut länger gedauert hatte als geplant. Die Atemlöcher hatten ihm lediglich leichte Linderung verschafft.

Grete versicherte sich kurz, dass bei ihren Patienten in der Aufwachwohnung alles in Ordnung war, dann schloss sie die Praxis auf und nahm direkt die Putzutensilien. Dr. Abbel hatte bisher keine Anstalten gemacht, eine neue Reinemachefrau einzustellen, aber vielleicht überraschte er sie in dieser Sache genauso wie mit dem Aufwachraum. Zwar hatte sie weitere Räumlichkeiten zu putzen, aber sie war dankbar, dass ihre Patienten endlich in einem aseptischen Umfeld genesen konnten.

Nach dem Putzen sterilisierte Grete wie gewohnt die für die Operation notwendigen Instrumente und Hilfsmittel.

Während sie aus dem Fenster blickte, ging die Sonne auf. Mit geübten Handgriffen richtete sie Äther und die entsprechende Maske. Zu guter Letzt ging Grete zurück in die Aufwachwohnung, um Johann zu holen. Er saß aufrecht auf seinem Bett, als sei er ein Gefangener, der wartete, abgeholt zu werden.

»Ist alles in Ordnung?«, fragte Grete.

»Spart bitte nicht mit dem Äther«, bat Johann. »Ich bekomme Angstzustände, wenn ich auch nur an die letzte Operation denke.«

Grete legte ihre Hand auf seine Schulter. »Einmal noch, dann hast du es überstanden.«

Wortlos lief sie in die Praxis.

Dr. Abbel war gerade gekommen und schien sich nicht einmal zu wundern, dass bereits alles für die Operation vorbereitet war. »Heute ist ein großer Tag«, begrüßte er Johann. »Triumph oder ...« Er stockte. »Nun, es wird alles gut werden.«

Behutsam löste Grete den Verband und trotzdem zuckte Johann bei jeder Bewegung zusammen. Mit jeder Lage, die sie entfernte, wuchs ihr Entsetzen. Was da in Johanns Gesicht hing, war keine Nase. Das war ein unförmiger Fleischwulst, der da an seinem Arm befestigt war. Dr. Abbel hatte sie zwar darauf vorbereitet, aber damit hatte sie nicht gerechnet.

»Was ist?«, fragte Johann, der ihre Enttäuschung bemerkt haben musste.

»Sieht ganz gut aus«, sagte Dr. Abbel zufrieden und kam ihrer Reaktion zuvor. »Keine Entzündung, keine Schrumpfung.«

Grete traute ihren Ohren nicht. Es war eine Katastrophe.

Nun endlich schien auch Dr. Abbel ihre Furcht zu bemerken und versuchte lustig zu sein. »Noch sehen Sie aus wie ein zu kurz gekommener Elefant, aber ein plastischer Chirurg ist eben zuallererst ein Künstler, genau wie Sie.« Er räusperte sich. »Im Übrigen habe ich Herrn Kessler geraten, heute nicht bei der Operation anwesend zu sein. Worüber er offensichtlich ganz froh war.« Dr. Abbel lächelte. »Er macht später die erste Fotografie von Ihnen mit frisch modellierter Nase.«

Sachte strich Grete Sublimat auf Johanns Gesichtspartie. Trotzdem zuckte er mehrmals zusammen. Sie wagte kaum hinzusehen und kämpfte mit ihren Tränen.

»Kann ich einen Spiegel haben?«, fragte Johann unsicher. Gretes Entsetzen schien sich auf ihn zu übertragen.

Dr. Abbel schüttelte den Kopf. »Würden Sie Ihrem Kunden ein halb fertiges Porträt zeigen, das aus purem Handwerk besteht, aber noch nichts Künstlerisches innehat?«

Johann bewegte seinen Kopf kaum sichtbar von rechts nach links.

»Eben, also fangen wir an«, sagte Dr. Abbel. Er zog eine Spritze auf. »Ich werde Ihnen jetzt ein wenig Morphium spritzen. Sonst ist es unmöglich für Sie, den Arm nach den Wochen wieder zu bewegen. Der Mundraum liegt erst danach frei, sodass wir mit der Äthermaske bis dahin warten müssen.« Dr. Abbel setzte wie angekündigt die Spritze und nach wenigen Sekunden entspannte sich Johann.

Sofort durchtrennte Dr. Abbel den Hautlappen zwischen Nase und Oberarm, als habe er bewusst auf den Überraschungseffekt gesetzt.

Grete führte Johanns Arm sachte nach unten. Er fühlte sich beinah so schwer an wie bei diesen Studienobjekten aus der Anatomie, die Dr. Abbel immer noch verwendete.

Johann zuckte ein paar Mal, ließ es aber über sich ergehen.

Seine Nase sah auch jetzt noch wie ein angeklebter Hautklumpen aus.

Während Dr. Abbel die Wunde versorgte, bereitete Grete die anhand von Johanns Gewicht berechnete Ätherdosis vor. Schließlich nickte ihr Dr. Abbel zu und sie legte Johann die Äthermaske an. Sie tröpfelte den Äther darauf, zählte gewissenhaft mit und gab ein paar Tropfen mehr hinzu als die errechnete Dosis, damit Johann auch sicher keine Schmerzen hatte.

Es dauerte nicht lange, Johanns Augen schlossen sich und er atmete ruhig. Dr. Abbel nahm sein Skalpell und als er sich konzentriert über Johann beugte und aus diesem unförmigen Fleischklops eine Nase formte, wirkte er wie ein Künstler. Obwohl Grete vorab viele Operationen gesehen hatte, waren diese oft nur einer Reparatur gleichgekommen. In diesem Moment erschuf der Arzt etwas Neues.

Johann atmete gleichmäßig, Schmerzen hatte er offenbar keine. Schließlich formte Dr. Abbel noch ein Septum und die Nasenlöcher und trotz des Bluts konnte Grete erkennen, dass er wahrlich eine Nase modelliert hatte. Erleichtert atmete sie aus.

Nach dem letzten Nadelstich schien eine unglaubliche Spannung von Dr. Abbel abzufallen. Er legte die Instrumente beiseite und ließ sich erschöpft auf seinen Stuhl fallen.

»Ist alles gut?«, fragte Grete ihren Vorgesetzten, der zusammengesunken auf seinem Stuhl kauerte.

»Ich glaube, ich brauche Urlaub«, sagte er kraftlos.

Grete nickte, obwohl sie noch nie einen Urlaub hatte und sich nicht einmal vorstellen konnte, wie es war, eine Woche lang nichts zu tun. Gewissenhaft reinigte sie die Wunden und legte anschließend einen Kopfverband an.

Johann atmete weiterhin ruhig, wenn auch etwas flacher, wie Grete schien. Zuletzt schob sie ihren Bruder in das Aufwachzimmer und hoffte, dass jetzt endlich alles gut werden würde.

Grete kam zurück in den Operationssaal und räumte ihn auf.

Dr. Abbel war nirgends zu sehen. Vielleicht vertrat er sich ein wenig die Beine. Grete spürte, dass auch sie dringend eine Pause benötigte, aber im Wartezimmer saßen die ersten Patienten. Wo blieben die anderen Schwestern? Eigentlich hatte sie gehofft, den weiteren Tag an Johanns Bett wachen zu können. Sie wollte bei ihm sein, wenn er aufwachte.

Sie lief ins Aufwachzimmer, in dem Johann nach wie vor betäubt dalag. Sein Atem schien jetzt merkwürdig flach.

Grete nahm seinen Puls und schluckte. Er erschien ihr viel zu niedrig. Aber vielleicht war sie auch einfach nur zu nervös.

Grete streichelte Johann zärtlich über den Kopf. »Johann, es ist vorbei. Du kannst aufwachen«, flüsterte sie, doch er rührte sich nicht.

Mit jeder Minute, die Grete länger bei Johann saß, wuchs die Panik in ihr.

Es klopfte an die Tür. Schwester Annemarie kam herein. »Die Patienten warten und werden allmählich unruhig.«

»Ich kann hier nicht weg.«

Annemarie grummelte. »Wo ist Dr. Abbel?«

Grete hob ihre Schultern. »Er war ziemlich erschöpft von der Operation.« Grete seufzte. »Sagen Sie den Patienten, dass sie sich noch ein wenig gedulden müssen.«

»Gut«, entgegnete Schwester Annemarie, knallte aber aufgebracht die Zimmertür ins Schloss.

Grete sah zu Johann, der furchtbar bleich aussah. Er hätte längst aufwachen müssen, verdammt! Warum hatte sie sich nicht an die Normaldosierung des Äthers gehalten?

Siedend heiß fiel ihr ein, dass Dr. Abbel zu Beginn bereits Morphium gespritzt hatte, und plötzlich schien die Decke über ihr zusammenzubrechen. Panisch sprang sie auf und rannte aus dem Zimmer auf die Straße. Dr. Abbel war weit und breit nicht zu sehen.

82

Kurz nach Ladenöffnung betrat die erste Kundin das Konfektionsgeschäft, eine Frau in den Vierzigern. Valerie beobachtete sie und überlegte, welche Kleidungsstücke aus der Kollektion zu ihr passen würden. Die Frau hatte eine Figur, auf die sie in ihrem Alter stolz sein durfte – weibliche Rundungen, allerdings von einem Korsett eingequetscht. Leider schien sie mehr Geld als guten Geschmack zu haben. Das genaue Gegenteil von Valerie.

Es würde schwierig werden, sie zu beraten, aber nicht unmöglich. »Womit kann ich Ihnen behilflich sein?«, begrüßte Valerie die Dame strahlend und beantwortete ihre Frage gleich selbst. »Lassen Sie mich raten, Sie benötigen einen neuen Mantel?«

Die Dame sah unsicher an ihrem Mantel herab. »Finden Sie?«

»Unbedingt«, antwortete Valerie. »Wir haben da ein Modell, das perfekt zu Ihnen passt.«

Inzwischen fing Valerie für die Beratung meistens mit einem Kleidungsstück an, das einfach anzuziehen war. »Dieses Modell würde Ihre Schönheit dezent unterstreichen.« Sie nahm den Mantel von der Kleiderstange, zog ihn über und führte ihn der Dame vor.

»Ja, an Ihnen sieht er natürlich blendend aus«, sagte die Frau.

»An Ihnen noch viel mehr, meine Dame, noch viel mehr.« Valerie zeigte auf einen Sessel. Daneben stand ein Tischchen, auf dem die neueste Ausgabe der *B.Z.* lag. »Setzen Sie sich. Ich hole den Mantel und Sie können sich selbst überzeugen.«

Die Dame setzte sich, schien aber noch recht misstrauisch.

Valerie gab ihr die Ausgabe der *B.Z.* »Auf Seite fünf können Sie übrigens einen Artikel darüber lesen, wie gefragt die Mode der Gebrüder Gehrlicher gerade in Berlin ist.«

Die Frau schlug neugierig die Zeitung auf und blätterte darin.

Valerie musste daran denken, wie sie Kessler bezirzt hatte, damit er diesen Artikel für die *B.Z.* schrieb, dabei war dies genau sein Metier. Immerhin war die *B.Z.* die erste Boulevardzeitung Berlins.

Valerie kam mit dem Mantel in der passenden Größe über ihren Arm wieder. Sie bat die Frau, aufzustehen, und half ihr, hineinzuschlüpfen.

»Ganz exquisit!«, bekundete Valerie kaum, dass die Dame den Mantel angelegt hatte.

Die drehte sich vor dem Spiegel und lächelte zufrieden.

Valerie klatschte in die Hände. »Ihr Mann wird Sie bewundern und Ihre Freundinnen vor Neid platzen.«

»Aber eigentlich wollte ich nur nach einem Unterrock schauen«, sagte die Frau.

»Auch da haben wir ein ganz erstklassiges Modell.« Valerie strahlte sie an. »Ich lege den Mantel schnell an der Kasse für Sie zurecht, in Ordnung?«, nahm sie ihrer

Kundin die Entscheidung ab. »Man wird Sie mit Komplimenten überhäufen!«

Die Frau seufzte verträumt und nickte. »Wie Sie meinen.«

Valerie brachte den Mantel an die Kasse und holte mehrere Unterrockmodelle. Die Kundin wählte ein Modell. Valerie führte es vor und merkte, wie die Kundin mit der Zeit Butter in ihren Händen wurde. Sie nahm auch den Unterrock und ließ sich obendrein zu einem passenden Oberteil überreden.

Kaum hatte Valerie die Dame gebührend verabschiedet, kam sie zu Wolfgang Gehrlicher, um zu schauen, welche Provision er eingetragen hatte.

»Das läuft völlig aus dem Ruder!«, meckerte er.

»Sie wollten wohl eher sagen, seit ich die Kundinnen berate, laufen die Geschäfte hervorragend.«

Wolfgang Gehrlicher seufzte. »Die Provision kann ich Ihnen aber lediglich auf den Herstellpreis gewähren, das ist Ihnen hoffentlich klar.«

»Wir hatten den Verkaufspreis vereinbart«, blieb Valerie stur. »Zwei Prozent. Und das war Ihr Vorschlag.«

Wolfgang Gehrlicher ging nach hinten zu seinem Bruder. Sie konnte nicht hören, was sie tuschelten, verstand aber, wie Clemens Gehrlicher sagte: *Vertrag ist Vertrag.*

Die beiden kamen nach vorn in den Verkaufsraum. Wolfgang Gehrlicher, der Geizkragen, schüttelte den Kopf und schaute erneut in das Kassenbuch. »Das wären allein für diese Woche einhundertachtundzwanzig Mark und siebzehn Pfennige!« Er atmete tief aus. »Normalerweise bekommt eine Verkäuferin zwanzig Mark die Woche, bestenfalls!«

Valerie zuckte mit den Schultern. »Sie wollten mich ja nicht fest anstellen. Aber überlegen Sie mal, was Ihnen mehr nützt? Eine Valerie, die den Kundinnen höflich das Geld aus der Tasche zieht oder eine Verkäuferin, die Dienst nach Vorschrift macht?«

»Letztere würde ich sofort entlassen.«

»Und wenn Sie mich entlassen oder ich gehe, weil Sie Ihr Wort nicht halten, haben Sie bald keine Kundinnen mehr, die etwas kaufen.« Sie deutete auf Wolfgang Gehrlicher. »Natürlich, Sie verstehen verdammt viel vom Geschäft und Ihr Bruder ist ein hervorragender Schneider, aber Sie beide haben keine Ahnung, was Frauen wirklich wollen.« Valerie warf den beiden einen selbstbewussten Blick zu. »Ich aber weiß es.«

Clemens Gehrlicher nickte, Wolfgang Gehrlicher biss sich resigniert auf die Lippen. Und da wusste Valerie, dass sie ihre Provision bis auf den letzten Pfennig bekommen würde.

Die Türglocke bimmelte und kündigte die nächste Kundin an. Valerie setzte ein professionelles Lächeln auf und eilte der Dame zur Hilfe.

83

Grete hastete zurück zu Johann, dessen Puls weiterhin flach war. Sie nahm Riechsalz und hielt es ihm unter die verbundene Nase.

Keine Reaktion.

Sie wusste nicht einmal, ob Johann überhaupt wieder etwas riechen konnte. Deshalb tat sie, was bereits beim Geheimrat geholfen hatte, und rüttelte ihren Bruder an der Schulter. »Johann, du kannst aufwachen. Es ist vorbei!«, flehte sie.

Er rührte sich nicht. Sein Atem blieb flach, sein Puls kaum spürbar.

Grete war kurz davor, vor Verzweiflung zu schreien, allein ihre Selbstbeherrschung hielt sie zurück.

Die Tür schwang auf und Schwester Annemarie trat hinzu. »Also, ich kann die Patienten wirklich nicht länger zurückhalten. Und Dr. Abbel sitzt auf dem Abort und rührt sich nicht.«

»Schicken Sie die Patienten heim, ich rede mit Dr. Abbel. Mein Bruder wacht nicht auf.«

Schwester Annemarie nickte unbeteiligt, für sie war er nur irgendein Patient.

Grete lief durch das Wartezimmer zur Toilette und ignorierte die Rufe der Wartenden. An dem kleinen Zimmer angekommen, klopfte sie an die Tür, wartete nicht mal eine Sekunde und trat ein. Es war ihr egal, welcher

Anblick sich ihr möglicherweise bot, es zählte nur das Leben ihres Bruders.

Dr. Abbel saß mit angewinkelten Knien neben dem Klosett auf dem Boden, den Kopf in den Händen vergraben.

Grete wäre am liebsten auf ihn zugestürmt, ermahnte sich ruhig zu bleiben und trat schließlich behutsam auf ihn zu, um ihm ihre Hand auf seine Schulter zu legen. »Dr. Abbel, mein Bruder wacht nicht wieder auf. Er braucht sie jetzt.«

Dr. Abbel bewegte sich nicht, nur sein rechtes Auge zuckte.

»Sie haben Großartiges geleistet. Sie sind ein Künstler. Aber die Operation ist erst beendet, wenn der Patient überlebt hat.«

Dr. Abbel sah sie unverwandt an.

»Und mein Bruder braucht Sie jetzt, niemand anderen. Nur Sie, den besten Chirurgen der Welt!«

»Was?« Dr. Abbel schaute sie an, schien erst jetzt wieder aus seinen Gedanken zurückzukommen. »Was machen Sie hier?«

»Sie holen. Ihnen ging es nicht gut«, erklärte Grete. »Wahrscheinlich Erschöpfung.«

»Geht schon wieder«, sagte Dr. Abbel und richtete sich auf. Er war noch so wackelig, dass er beinahe umfiel, was ihm sichtlich unangenehm war.

Als Grete ihn stützen wollte, stellte er sich gerader hin. Und da sie sich nicht sicher war, ob er gehört hatte, was sie ihm mitgeteilt hatte, wiederholte sie die Sachlage. »Mein Bruder ist bisher nicht wieder aufgewacht.«

Dr. Abbel starrte sie an. »Und das sagen Sie mir jetzt?« Es schien, als hätte man einen Schalter in ihm umgelegt, denn er nahm seine gewohnt aufrechte Haltung wieder ein und hielt auf die Tür zu. »Wo ist er?«

Grete verstand die Frage nicht. »Na im Aufwachzimmer.«

Dr. Abbel schoss durch die Tür, als wäre nie etwas geschehen.

Grete konnte kaum mit ihm Schritt halten. Als sie das Aufwachzimmer betrat, saß er bereits an Johanns Bett und fühlte nach seinem Puls. »Coma somnolentum«, sagte er und brachte die Decke über Grete erneut zum Einsturz.

»Koma?«

84

Seit zwei Tagen lag Johann nun im Koma und heute hatte Grete den Aufwachraum seit Stunden nicht verlassen. Sie saß auf dem Stuhl, den sie ganz nah an Johanns Bett geschoben hatte.

Das Wasserglas auf dem Beistelltisch war noch genauso voll, wie es Dr. Abbel ihr gebracht hatte.

Gretes Hände waren wie zum Gebet gefaltet, auch wenn sie nicht betete, sondern sich selbst verfluchte. Johanns Zustand brachte sie um den Verstand und das, obwohl er friedvoll aussah. Wie jemand, der jedem vergab, auch seiner Schwester, derentwegen er auf einen Baum geklettert und hinabgestürzt war.

Weswegen er nun in diesem Bett lag.

Eins stand fest: Grete würde ihres Lebens nicht wieder froh, wenn er nicht wenigstens aufwachen würde. Sie wollte ihm zumindest ein letztes Mal sagen, wie sehr sie ihn liebte und wie leid ihr alles tat.

Grete hatte alle Tränen geweint. Die Quelle in ihren roten Augen war versiegt, als sie ihrem Bruder ewige Treue schwor. Wo auch immer es ihn hintrieb, sie würde ihm folgen.

Wieder schwang die Tür auf. Grete zuckte zusammen, drehte sich aber nicht um. Ehe sie begriff, wer da in den Raum geplatzt war, umarmte Valerie sie bereits von hinten. »*Mond Schérie*, ganz blass bist du.« Sie griff nach dem Glas und hielt es Grete an die Lippen. »Trink!

Deinem Bruder hilft es nicht, wenn du tagelang an seinem Bett sitzt, nicht schläfst und verdurstest.«

Das Wasser rann Gretes trockene Kehle herunter. Widerspenstig drückte sie das Glas von sich. »Ich habe meinen Bruder nie allein gelassen und werde es auch jetzt nicht tun.«

Valerie warf einen kurzen Blick zu Johann. »Du hast mir immer noch nicht gesagt, warum er überhaupt operiert wurde.«

Grete stockte. Erst jetzt wurde ihr bewusst, dass sie Valerie in ihrer Not von Johanns Operation erzählt hatte, wobei sie ihr doch nie hatte von seiner Entstellung erzählen wollen. Letzteres wusste sie auch bis jetzt nicht und mit den Verbänden um Kopf und Arm hätte es alles Mögliche sein können, weshalb Johann hier lag. »Das erzähle ich dir ein anderes Mal.«

Valerie strich Grete eine Haarsträhne aus dem Gesicht. »Wenn du Trauer verbreitest, kommt Johann bestimmt nicht zurück«, sagte sie. »Der will doch ins Leben, wo die Menschen Freude haben, wo es bunt ist.« Wie recht sie damit hatte, war Valerie vermutlich gar nicht bewusst.

»Wenn es so einfach wäre …«, sagte Grete.

»Wär doch gelacht.« Valerie setzte sich zu Grete. »Erst heitere ich dich auf, danach kümmern wir uns um deinen Bruder. Hab ich dir erzählt, dass ich den Gehrlichers inzwischen das Geld aus der Tasche ziehe wie dieser *Hudini?*«

»Wer ist das denn jetzt schon wieder?«

»Der bekannteste Zauberer der Welt, demnächst soll er sogar in den Circus Busch kommen.«

Dafür, dass Valerie nicht lesen konnte, wusste sie wahnsinnig viel, fand Grete. Sie bewunderte Valerie dafür und noch viel mehr dafür, dass sie stets an das Gute glaubte. »Aber du bestiehlst die Gebrüder Gehrlicher nicht?«, fragte sie zaghaft.

»Ich bin doch keine Diebin.« Valerie war beleidigt. Zum Glück hellte sich ihre Miene sofort wieder auf. »Ich bin nicht so dumm, wie *Mamuśka* denkt. Ich habe den Handschlag von Wolfgang Gehrlicher darauf, dass ich für jedes verkaufte Kleidungsstück, das ich für die Kundin anprobiert habe, einen Anteil bekomme.« Valerie schenkte Grete einen Augenaufschlag. »Und ich kann Frauen noch besser bezirzen als Männer.«

»Das ist mir noch gar nicht aufgefallen.« Beinahe hätte sich ein Lächeln auf Gretes Gesicht geschummelt.

Valerie nahm ihre Hand. »Wird wieder, *Mond Schérie.*«

Grete nickte schwach.

»Ruh dich mal aus, ich bleibe derweil bei Johann.« Sie grinste. »Vielleicht schäkert er ja wieder mit mir.«

Grete nickte. »Gut, ich gehe mal aufs Örtchen.«

Mit wackeligen Beinen wankte Grete aus dem Zimmer, ließ die Tür hinter sich offen und ging zur Praxis.

Als sie zurückkam, hörte sie Valerie bereits im Flur singen. Sie blieb im Türrahmen des Zimmers stehen. Valerie saß auf dem Stuhl am Bett, Johanns Hände hielt sie festumschlungen und sang aus Leibeskräften *Kein schöner Land in dieser Zeit.*

Das gleiche Lied, das sie in diesem zwielichtigen Etablissement gesungen hatte.

Grete trat lautlos ein und stellte sich hinter Valerie, die engelsgleich weiter sang. »Nun Brüder eine gute

Nacht, der Herr im Himmel wacht, uns zu behüten, ist er bedacht ...«

Nach quälend langen Minuten bemerkte Grete, dass Johann die Augen aufschlug. Ein leichtes Zucken huschte über seine trockenen Lippen, was den Eindruck erweckte, als würde er mitsingen wollen.

Grete stürzte zu ihm. »Johann!«, rief sie erleichtert.

Johann hingegen hatte nur Augen für Valerie, die ununterbrochen weiter sang, vor Stolz beinahe platzte und seine Hände hielt.

»Oh Johann, du bist wieder wach!«, rief Grete und schmeckte das Salz ihrer Tränen.

85

Grete saß im Aufwachraum neben Johann auf der Bettkante und hielt eine Verbandsschere an sein Gesicht. »So in etwa?«, erkundigte sie sich bei Kessler, der seine Kamera vor dem Bett aufgebaut hatte.

Dr. Abbel saß ihr gegenüber auf der anderen Seite des Betts und hielt einen goldgerahmten Handspiegel, damit Johann sich direkt begutachten konnte.

»Genau richtig. Wir wollen doch jeden Schritt für die Nachwelt aufbewahren«, sagte Kessler.

»Jeden Schritt?«, fragte Grete spöttelnd. »Ich glaube, Sie haben da einige ausgelassen.«

»Fräulein Grete, ich bin Reporter. Aus Auslassungen bauen wir unsere Geschichten. Wenn wir die ungeschminkte Wahrheit erzählen, würde niemand unsere Zeitungen kaufen.«

Alle lachten und als habe Kessler darauf gewartet, zündete er den Magnesiumblitz.

Grete war es nicht recht, dass Kessler dabei war, da sie diesen Moment als etwas Intimes zwischen ihrem Bruder und sich ansah. Andererseits gehörte Kessler irgendwie auch dazu und Johann hatte dieser Prozedur zugestimmt.

Grete konnte es nicht recht glauben, aber ihr Bruder hatte Kessler seinen Freund genannt. Heute ging es aber nicht um sie, sondern es war Johanns großer Tag. Sie würde sich daran gewöhnen müssen, ihrem Bruder sein eigenes Leben einzugestehen und ihn nicht länger für sich allein zu haben.

»Herr Brückner, sind Sie für Ihren großen Moment bereit?«, fragte Dr. Abbel.

»Ich kann es kaum erwarten!«, erwiderte Johann.

»Eines noch«, sagte Dr. Abbel. »Bei Ihnen war das ja dank Ihres ausgedehnten Schlafs kein Thema, aber auch sonst sollte die Nase nach der Operation immer mindestens drei Tage verbunden sein. Wissen Sie weshalb?«

»Damit es nicht zu einer Infektion kommt?«, fragte Johann.

Dr. Abbel schüttelte den Kopf. »Das ist sekundär. Der wahre Grund ist, dass Ihre Nase durch die Operation anfangs noch aufgeschwollen ist und erst nach drei Tagen ihre Form erreicht. Also dient der Verband dem Selbstschutz des Patienten vor einem postoperativen Trauma.« Dr. Abbel grinste. »Na ja, und zu unserem Schutz davor dient er auch.«

»Spannen Sie mich nicht länger auf die Folter«, sagte Johann ungeduldig.

Dr. Abbel bedeutete Grete mit einem Nicken den Verband aufzutrennen.

Grete schnitt mit zittrigen Händen in das untere Ende des Verbandstoffs und wickelte ihn behutsam ab. Sie war fast aufgeregter als bei den Operationen.

»Meine Herrschaften, es ist wie die Enthüllung eines Kunstwerkes oder der Freiheitsstatue 1886 in New York«, sagte Kessler mit erhabenem Habitus. »Deren Gesicht war allerdings mit der französischen Flagge verhüllt.«

Grete hatte bereits einen großen Teil des Verbands über ihre Hand gewickelt, als sie die ersten nackten Hautstellen auf Johanns Gesicht ausmachen konnte.

»Für mich bedeutet dies auch ohne Flagge die Freiheit«, sagte Johann mit belegter Stimme.

Kessler ließ ein weiteres Mal den Magnesiumblitz aufhellen und schoss das nächste Foto. »Johann, wenn meine Bilder in der *New York Times* gedruckt werden, fahren wir da hin. So frei wirst du sein«, sagte er.

Vielleicht ist Kessler so, dachte Grete, er muss immer an die nächste große Geschichte denken. Aber immerhin schien seine Freude über Johanns erfolgreiche Operation echt.

Das letzte Stückchen Verband klebte mit vertrocknetem Blut an Johanns Wange. Mit einem kurzen Ruck riss Grete den Verband ab. Ihr Bruder verzog dabei keine Miene, nein, er schien es zu genießen.

Und dann endlich lag sie frei, Johanns neu geschaffene Nase.

Es war unglaublich. Als hätte in der Mitte seines Gesichts nie eine Lücke geklafft. Sie war von nun an nur noch eine Erinnerung.

Es wirkte, als wäre Johann wie einige gesunde junge Männer in eine Rauferei verwickelt gewesen, die Narbe würde sein Gesicht in nicht allzu langer Zeit wie ein zarter Schmiss zieren.

»Die Narben bilden sich noch zurück«, sagte Dr. Abbel eilig und lächelte zufrieden. »Spätestens, wenn sich die Naht aus Rosshaar aufgelöst hat.«

Es war eine schöne Nase, eine unauffällige Nase, das fand jedenfalls Grete.

»Wie sehe ich aus?«, fragte Johann ungeduldig.

»Wunderschön, Johann«, antwortete Grete überzeugt.

Dr. Abbel beäugte Johann aus unmittelbarer Nähe. »Ein erstaunlicher Heilungsprozess«, attestierte er und fuhr fort. »Das Gewebe schwillt natürlich noch ab. Das liegt in der Natur der Sache, Herr Brückner. Aber dennoch ist es ein Triumph der Wissenschaft.«

»Unglaublich.« Das war alles, was Kessler hervorbrachte, während er einen Magnesiumblitz nach dem anderen abschoss. Die Überraschung stand ihm ins Gesicht geschrieben, sein Mund war geöffnet, seine Augen weit aufgerissen. »Und mit welchem Fortschritt werden Sie uns als Nächstes beehren?«, wandte er sich an Dr. Abbel.

»Nun, ich feile bereits an einer Methode, mit der ich Nasen ohne sichtbare Narben operieren kann. Intranasal sozusagen. Mir fehlen lediglich die Gelder für die Forschung.«

»Nach meinem Artikel über dieses Wunder wird sich sicherlich ein reicher Spender finden lassen«, erwiderte Kessler überzeugt.

Jetzt erst fiel Grete auf, dass Johann bisher nur die Reaktion der anderen mitbekommen, nicht jedoch seine Nase gesehen hatte. »Magst du in den Spiegel sehen?«, fragte sie.

Er nickte bedächtig. »Ja, ich will.« Er atmete tief aus und griff nach dem Handspiegel. Noch einmal schloss er die Augen, dann hielt er den Spiegel vor das Gesicht. Erst danach öffnete Johann sie und sah hinein. »Bin das ich?«, fragte er skeptisch. »Bin das wirklich ich?«, schrie er es laut hinaus und ihm liefen Freudentränen über seine Wangen. Überschwänglich fiel er zuerst Grete, dann Dr. Abbel um den Hals. »Danke, Sie haben mir im wahrsten Sinne des Wortes das Leben gerettet!«

86

Valerie lief das mit Holz verkleidete Treppenhaus zu ihrer Wohnung hoch. In der einen Hand hielt sie ein in Papier eingeschlagenes Päckchen, in der anderen einen Umschlag. Sie lief auf Zehenspitzen, aber die Treppe knarrte trotzdem. Direkt darauf hörte sie Schritte und einen tiefer Seufzer aus ihrer Wohnung.

Valerie betrat die Wohnung, versteckte hastig das Päckchen hinter der kleinen Kommode und rief: »*Mamuśka*?«

Ein Stöhnen ertönte aus dem Wohnraum.

Valerie lief mit dem Umschlag in der Hand in den Raum.

Die schweren Gardinen waren zugezogen und es roch muffig.

Wie erwartet, lag ihre Mutter auf der Chaiselongue und sagte keinen Ton.

»*Mamuśka*, was hast du?« Valerie setzte sich zu ihrer Mutter. Sie nahm ihre Hand und führte diese an ihre Wange.

»Magen bringt mich um«, wimmerte Ewa. Sie öffnete ein Auge, um es gleich wieder zu schließen.

Valerie kannte dieses Spiel. Ihre Mutter hatte Schmerzen, aber wenn sie noch in der Lage war, nach Valeries Reaktion zu linsen, waren sie kleiner, als sie vorgaukelte.

»Hast du die Tinktur von Grete genommen?«

Ewa schüttelte den Kopf. »Nicht erinnert.«

»Warte, ich gebe dir ein paar Tropfen davon.« Valerie stand auf.

Ewa linste erneut. »Was in Umschlag?«

»Erst die Medizin.« Valerie lief in die Küche und kam mit dem Fläschchen und einem Löffel wieder.

Ewa richtete sich auf, nicht ohne die Bewegung mit einem geräuschvollen Stöhnen zu untermalen.

Valerie gab ihr fünf Tropfen, die Ewa schnell schluckte. »So, was in Umschlag?«

Valerie gab ihr das Kuvert und lächelte ihre Mutter an. »Mach auf!« Sie hoffte, dass Ewa die Aufregung in ihrer Stimme nicht bemerkte.

Hastig riss ihre Mutter den Briefumschlag auf. Sie fingerte eine kleine gezackte Eintrittskarte heraus und las mit zusammengekniffenen Augen, was darauf stand.

»Ausflug für ältere Herrschaften?«, fragte sie erschüttert und setzte sich, auf einmal ohne jeden Schmerz, aufrecht hin. »Ich nicht alte Schachtel!«

Valerie nahm ihre Mutter seitlich in den Arm und legte ihren Kopf in deren Halsbeuge. »Es ist eine Landpartie mit gutem Essen auf einem Krongut und danach einer Dampferfahrt auf der Spree«, versuchte sie ihrer Mutter den misslichen Ausdruck auf der Eintrittskarte schmackhaft zu machen. »Das wolltest du doch immer mal machen. Ich dachte, ich mache dir eine Freude damit.«

»Was ist Krongut?«, fragte Ewa nach.

»Da haben Könige und ihre Familien gelebt«, erklärte Valerie genauso, wie man es ihr ausgelegt hatte.

»Mit Essen?« Ewas Augen glänzten.

Valerie nickte. Sie hatte gewusst, dass sie ihre Mutter damit kriegen würde. Denn zugegeben, diese Geste beruhte nicht nur auf reiner Nächstenliebe. Und sie hoffte, dass sich der Obolus, den sie dafür berappt hatte, auszahlen würde. Es wäre eine Katastrophe, wenn ihre Mutter etwas davon mitbekommen würde, was sie plante.

»Wovon du bezahlt?«, fragte Ewa. »Von Schaufenster?« Sie wuchtete ihre Füße von dem Sofa und schob sich an dessen Kante. »Dann ich nicht will haben.«

»Nein, ich habe gespart. Du weißt doch, dass ich jetzt Probiermamsell bin, *Mamuśka.*« Was ihre Mutter allerdings nicht wusste, war, wie ansehnlich ihr Gehalt seit ihrer Abmachung mit Wolfgang Gehrlicher gestiegen war. Sie verdiente inzwischen genug, um ihr dieses Geschenk ohne Sorgen machen zu können.

Und sie hatte gute Gründe, warum sie ihrer Mutter nichts von ihrem neuen Geldsegen gesagt hatte. Sie versteckte das Geld, das nach Miete und Haushaltskosten übrig blieb, weil es sonst Opfer von Ewas Gier geworden wäre.

»Die Fahrt beginnt in drei Stunden.« Valerie zeigte auf die Karte und zuckte gespielt mit den Schultern. »Aber wenn du natürlich krank bist ...«

Ewa streckte ihren Rücken durch. »Tropfen geholfen. Ewa schon besser.«

»Grete kann was, oder?«

»Jaja«, sagte Ewa. »Kann ich trage alte Kleid? Musst mir kaufen neu, wenn arbeite bei reiche Geschäft ...«

»Mache ich, *Mamuśka*, aber für heute ist dein Kleid mit dem Blümchenmuster perfekt.«

Valerie lief zum Fenster, zog die dicken Vorhänge zur Seite und riss es auf. Augenblicklich kam frische Luft in den Raum und die Strahlen der Wintersonne erhellten das Zimmer. Verträumt beobachtete sie ein paar Staubkörnchen, die durch die Luft tanzten und ihre Gedanken zogen zu Grete. Sie würde Augen machen. Wenn es einen Menschen gab, der Valerie in den letzten Monaten immer wieder bewiesen hatte, dass er zu ihr stand und sie mit all ihren Fehlern mochte, vielleicht sogar liebte, war es Grete. Und sie wollte ihr zeigen, dass es ihr genauso ging. Ganz egal, welche Ängste und Gewissensbisse mit dieser Entscheidung verbunden waren.

Valerie schob ihre Gedanken fort und half Ewa, die schwerfällig zum Kleiderschrank schlurfte.

»Und jetzt machen wir dich richtig schick, *Mamuśka*.«

Durch das Fenster beobachtete Valerie, wie Ewa mit gebücktem Körper die Straße hinablief und seufzte erleichtert.

Endlich.

Es hatte sie noch einiges an Arbeit gekostet, ihrer *Mamuśka* klarzumachen, dass man die Karte nicht umtauschen konnte und dass ihr Kleid schön genug war.

Erst als Valeries Mutter am Ende der Straße verschwand, schloss sie das Fenster und bemerkte, dass ihre Hände eiskalt waren.

Sie war aufgeregt.

Was, wenn ihre Idee scheitern würde? Daran wollte sie lieber gar nicht denken.

Nach ihrer gemeinsamen Flucht aus den *Wegener`schen Stuben* und den gelegentlichen Abenden, die sie danach mit Grete verbracht hatte, konnte sie sich das zwar nicht vorstellen. Aber niemand konnte in den Kopf eines anderen Menschen hineinschauen. Und sie hoffte auch, dass dies immer so sein würde, dass es selbst Ärzten wie Dr. Abbel niemals gelingen würde, das zu ändern. Aber der war ja nur davon besessen, das perfekte Äußere zu schaffen.

Valerie ging schnell in den Flur und holte das Päckchen hinter der Kommode hervor. Liebevoll strich sie das Packpapier glatt und trug es mit ausgestreckten Händen in die Küche, als würde es sich bei seinem Inhalt um etwas Explosives handeln, das bei der kleinsten Erschütterung in die Luft gehen konnte.

Bedacht zog sie den Vorhang von Gretes Nische auf und legte das Paket gut sichtbar auf Gretes Liege. Anschließend ging sie an den Küchenschrank, öffnete eine Schublade und kramte etwas Papier hervor. Ein Stück Kohle aus dem Ofen kam noch dazu. Damit setzte sie sich an den Tisch, zog einen kleinen Werbezettel aus der Tasche ihres Rockes und legte ihn neben das leere Blatt.

Mit ungeübten Bewegungen und krakeliger Schrift malte Valerie etwas von dem Werbeschnipsel auf dem Papier vor sich nach.

Nachdem sie fertig war, packte sie den Zettel unter die Schnur, die das Päckchen auf Gretes Bett zusammenhielt.

Kurz wedelte sie mit der Hand davor auf und ab, um sicher zu sein, dass der Zettel nicht einfach wegfliegen konnte, wenn die Tür geöffnet wurde.

Erneut guckte sie sich um und eilte schließlich davon. Sie musste sich sputen, um die letzte Besorgung auf ihrer Liste im Kopf abzuhaken und ihren Plan Wirklichkeit werden zu lassen.

87

Grete betrat die Wohnung und atmete erleichtert aus, als ihr die entgegenschlagende Stille verriet, dass Ewa nicht da war.

Valerie allerdings auch nicht.

Wenn sie sich an ihre Anfänge bei Dr. Abbel erinnerte, erschien ihr das heute fast unwirklich. Die Not, in der sie vor knapp über einem Jahr gesteckt hatte und der dringliche Wunsch, ihrem Bruder zu helfen. Dann die leise Hoffnung, die sie gehabt hatte, als sie Dr. Abbels Vortrag über die erste kosmetische Operation fehlgestellter Ohren verfolgt hatte.

Damals hätte sie nie und nimmer geglaubt, dass der Weg, ihrem Bruder eine Nase zu schenken, derart langwierig werden würde. Zwischenzeitlich hatte sie immer wieder gedacht, dass sie dieses Ziel nie erreichen würden.

Heute hingegen erschien ihr das alles wie im Flug vergangen. Ihr Bruder Johann sah wieder aus wie ein Mensch, auch wenn es noch dauern würde, bis die Narben verblassten. Bisher hatte er nur unsichere Schritte ins Leben gewagt, wie jemand, der dem Frieden noch nicht recht trauen konnte.

Aber Dr. Abbel hatte das Unmögliche möglich gemacht und das, obwohl er keinerlei Unterstützung aus der Medizinwelt bekommen hatte.

Grete jedoch hatte keinen Zweifel daran, dass der Tag kommen würde, an dem sich alle um ihn und sein Können reißen würden.

Trotz der widrigen Bedingungen, unter denen sie Seite an Seite mit ihm hatte arbeiten müssen, war sie Dr. Abbel unendlich dankbar. Er hatte ihr nicht nur eine Anstellung ohne Abschluss gegeben, er hatte ihr neue Hoffnung geschenkt. Ihrem Bruder Johann und ihr.

Und da war sie nun, erschöpft, aber glücklich. Wenngleich sie das Gefühl nicht losließ, dass die Geschichte mit ihrem Bruder noch nicht zu Ende war. Nicht sie war es, die ihn zurück ins Leben geholt hatte, sondern Valerie. Immerhin hatte Dr. Abbel sie heute früher nach Hause geschickt, denn wie versprochen hatte er eine neue Reinemachefrau angestellt. Die war zwar nicht mit Valerie zu vergleichen, aber putzen, das konnte sie.

Grete hängte ihren Mantel auf und schlüpfte aus ihren neuen Schuhen, die etwas an den Fersen rieben. Für das Geld, das sie für Johanns Operation gespart, aber nicht dafür gebraucht hatte, hatte sie sich ein paar Dinge gekauft.

Sie lief mit nackten Füßen in die Küche. Gerade wollte sie die Tür zum Küchenschrank öffnen, um sich ein Glas herauszuholen, als ihr auffiel, dass der Vorhang zu ihrer Nische nicht zugezogen war. Dann erst erblickte sie das in Packpapier eingeschlagene Bündel auf ihrem Lager.

Zurückhaltend beugte sie sich über das Päckchen, musterte es von allen Seiten. Außer selten an Weihnachten und als Kind an Geburtstagen hatte sie noch nie ein Geschenk bekommen.

Sofort fiel ihr der Zettel auf, der unter den Bindfaden gesteckt war. Sie fingerte ihn heraus und klappte ihn auf. *Hotel Kaiserhof. 7 Uhr* stand dort mit krakeliger Schrift, wie von Kinderhand verfasst.

Das konnte nur eine geschrieben haben: Valerie.

Vor Kurzem hatte sie Grete dazu gedrängt, ihr Versprechen einzulösen und ihr das Lesen und Schreiben beizubringen.

Gretes Gesicht hellte sich auf und eine noch nie da gewesene Aufregung ergriff sie. Was hatte sich Valerie da nur wieder ausgedacht? Ein Essen im besten Hotel der Stadt?

Unmöglich, das würde selbst Valeries neuesten Geldsegen sprengen, oder? Das *Hotel Kaiserhof* befand sich im Regierungsviertel und war eine der besten Adressen Berlins.

Grete setzte sich auf das Bett und zog das Päckchen auf ihren Schoß. Es war weich. Bedachtsam strich sie mit den Fingerspitzen über das knittrige Papier. Mit zittrigen Fingern löste sie den Faden und faltete das Papier an der Hinterseite des Päckchens auseinander. Das Rascheln untermalte ihre Aufregung. Grete schloss die Augen. Sie wollte diesen Moment auskosten. Ihre Fingerkuppen ertasteten eine glatte, weiche und gleichfalls kühle Oberfläche. Es handelte sich um edlen Stoff. Vermutlich Seide.

Sie ließ ihre Finger weiter wandern und spürte etwas Raues. War das Baumwollspitze?

Keinen Moment länger hielt Grete es aus. Sie öffnete ihre Lider und hob den Stoff nach oben, dass er sich auseinanderfaltete.

Was Grete sah, raubte ihr den Atem. Vor ihren Augen ergoss sich der fließende Stoff eines weißen Kleides. Ein Gewand, das aussah wie ein Brautkleid der Gutbetuchten.

Das Weiß signalisierte die Exklusivität, die sich die einfache Bevölkerung, die oft farbige Brautanzüge trug, nicht leisten konnte.

Der Rock fiel bis auf den Boden und wurde durch ein Band unter der Brust abgeschlossen, das auf dem Rücken zu einer Schleife gebunden werden musste. Der obere Teil des Kleides war hoch geschlossen und bestand über den Brüsten aus Baumwollspitze, ebenso wie die langen Ärmel. So etwas Schönes hatte Grete noch nie gesehen und erst recht nicht besessen. Sie bewegte das Kleid sanft hin und her und ein weiterer Zettel flatterte auf den Boden. Sie legte den feinen Zwirn behutsam auf ihr Bett, wie eine Mutter ihr Neugeborenes bettete, die es gerade zum Einschlafen gebracht hatte und nicht wieder wecken wollte.

Grete bückte sich nach dem Zettel.

Er war leer.

Sie drehte ihn um und las dort die in ebenso krakeliger Schrift verfasste Aufforderung: *Anziehen!*

Jetzt wusste sie auch, warum Valerie sich Gretes Herangehensweise in Sachen Lesen und Schreiben widersetzt hatte und anstelle des Alphabets darauf bestanden hatte, alltagsdienliche Worte wie waschen, treffen und anziehen zu lernen.

Aber ein Brautkleid?

Wen sollte sie heiraten? Schließlich liebte sie einen Menschen, dem sie nie würde das Ja-Wort geben können.

Zu ihrer Aufregung mischte sich ein leises Unbehagen. Aber vielleicht war es auch kein Brautanzug. Was wusste sie schon von Mode?

Vermutlich war es ein exquisites Festkleid. Der neueste Schrei, den die Damen trugen, die im Laden der Gebrüder Gehrlicher ein und aus gingen, in dem Valerie sich unentbehrlich gemacht hatte.

Grete stand auf. Es war fünf Uhr durch und von der Wohnung bis zum Regierungsviertel musste sie mindestens eine Stunde Wegzeit einplanen, wenn sie zu Fuß gehen würde.

Und das würde sie, denn eine Droschke war reiner Luxus für eine Strecke, die man auch fußläufig erreichen konnte.

Schnell knüpfte Grete ihre Bluse auf und zog diese und ihren Rock aus. Nur im Unterrock bekleidet, sank sie auf die Knie und zog ihren alten Koffer unter dem Bett hervor. Aus einem Fach beförderte sie die herrlich nach Rosen duftende Seife zu Tage, die sie dort vor Ewa versteckte.

Grete goss etwas Wasser in die Waschschüssel und wusch sich ausgiebig. Sie schrubbte all den Dreck, die Erinnerungen und die Schufterei der letzten Jahre von ihrer Haut, bis diese ganz rosig war.

Nachdem sie auch ihre Finger und ihre Fingernägel einer ordentlichen Erfrischungskur unterzogen hatte, wusste sie, dass sie nun bald losmusste.

Grete trocknete sich, griff nach dem Kleid und ließ es über ihren Kopf gleiten.

Es blieb stecken.

Das Kleid war nicht für einen Unterrock gemacht. Grete entledigte sich des Teils und schlüpfte erneut in das weiße Kleidchen. Der Stoff fühlte sich angenehm kühl und weich auf der Haut an.

Sie zog ihre neuen Schuhe an und war froh, dass sie dieses edle Teil nicht zu ihren ausgetretenen Halbschuhen tragen musste.

Ein prüfender Blick in den Standspiegel verriet Grete, dass ihr das Kleid wie angegossen passte. Daran konnte auch der desolate Zustand des Spiegels nicht rütteln. Valerie verstand eindeutig etwas von Mode. Es saß wie für sie maßangefertigt.

Sie musste sich ein wenig verrenken, um die Schleife in ihrem Rücken zu binden, aber schließlich gelang es ihr. Glücklich drehte sie sich vor dem Spiegel hin und her, konnte sich gar nicht sattsehen. So schön war sie noch nie gewesen.

Grete eilte zurück in die Küche. Mit einem Rest Rote-Bete-Saft betupfte sie ihre Lippen, wischte die Farbe nach einem Kontrollblick in den Spiegel jedoch sofort wieder ab. Natürlichkeit stand ihr eindeutig besser. Aber zumindest ihre Haare musste sie noch in Ordnung bringen.

88

Erst als Grete das imposante Hotelgebäude am Wilhelmplatz erblickte, drosselte sie ihren Schritt. Wahrscheinlich war sie bereits zu spät, aber völlig außer Atem wollte sie auch nicht ankommen.

Grete schlenderte auf den *Kaiserhof* zu, der schräg gegenüber der Reichskanzlei lag. Die imposante Fassade mit ihren symmetrischen Fenstern und opulenten Details wie verzierten Fensterrahmen und kunstvollen Stuckarbeiten wirkte wie eine Wand mitten in der Stadt. Es strahlte Eleganz und Solidität gleichermaßen aus. Grete zählte fünf oder sechs Etagen. Droschken hielten vor dem großen Eingangsportal, das sich auf der Frontseite befand, die dem Wilhelmplatz zugewandt war. Es wurde von mehreren symmetrisch angeordneten Säulen eingerahmt, die ein beeindruckendes Gesims trugen und dem Eingang eine majestätische Wirkung verliehen. Die Tür selbst war großflächig mit aufwendigen Messingbeschlägen und gläsernen Einsätzen verziert, die das Licht der kunstvollen Laternen am Eingangsbereich einfingen und für eine elegante Erscheinung sorgten. Über der Eingangstür war das Emblem des Hotels stilvoll in die Architektur integriert worden. Darüber hinaus gab es ein Vordach, das die Gäste des Hauses vor Witterungseinflüssen schützte. Concierges trugen eifrig die Koffer schöner Damen und

Herren ins Innere des pompösen Bauwerkes, das über die Grenzen der Stadt bekannt war.

Nur wenige Tage nach dessen Eröffnung im Jahr 1875 war das Gebäude durch einen Brand zerstört und ein Jahr später wiedereröffnet worden.

Grete wusste von einem ihrer gut betuchteren Patienten, dass jedes Zimmer ein eigenes Badezimmer und elektrisches Licht besaß. Und als wäre das nicht Luxus genug, verfügte das Hotel über eine Dampfheizung und pneumatische Lifts, die mit Strom betrieben wurden. Dem Hotelbetrieb angeschlossen war ein eigenes Café, in dem Gäste und Besucher verweilen konnten. Vermutlich würde sie genau dort mit Valerie einen Kaffee trinken wie bei einem ihrer ersten Treffen.

Vorsichtig überquerte Grete die Straße und wich einer Droschke aus, die vor ihr durch eine Pfütze fuhr. Sie zog den Wintermantel enger zusammen und sprang mit einem Satz auf den Gehweg. Ihr Atem formte kleine Wölkchen in der Luft, so eisig war es. Aber es war ihr egal. Allein der Gedanke daran, was sie hier erwarten könnte, ließ ihr einen warmen Schauer über den Rücken rieseln.

Die Droschke hielt vor dem Hoteleingang und spuckte einen schmächtigen Herrn mit Frack und Zylinder aus. Grete beachtete ihn nicht weiter. Sie putzte ihre Schuhe notdürftig, lief auf den Eingang des Hotels zu und postierte sich, damit sie ihn gut im Blick hatte.

Valerie konnte sie nicht entdecken.

Nachdem sie eine ganze Weile gewartet und sich immer wieder nervös umgeblickt hatte, sprach einer der Pagen sie an. »Kann ich Ihnen helfen, wertes Fräulein?«

Grete straffte ihre Schultern und ihr Mantel öffnete sich leicht.

Angesichts des Kleides, das darunter zum Vorschein kam, bedachte der Concierge sie mit einem bewundernden Blick. »Meinen Glückwunsch, Gnädigste!«

»Ich warte auf jemanden«, beeilte sich Grete, seine Neugier zu unterbinden. »Wissen Sie, wie spät es ist?«

Der Bedienstete langte in eine Westentasche seiner Uniform, holte eine Taschenuhr heraus und warf einen Blick darauf.

»Selbstverständlich, Gnädigste. Zehn nach Sieben.«

Grete bedankte sich mit einem Nicken und nahm erneut die Menschen ins Visier, die wie sie vor dem Hotel warteten. Irgendwo musste Valerie doch sein.

Oder wartete sie gar nicht auf Valerie?

Ihr Blick blieb an dem schmächtigen Mann hängen, der vorhin aus der Droschke gestiegen war und ebenfalls zu warten schien.

Als er ihren Blick bemerkte, erhellten sich seine Gesichtszüge und ein Grinsen breitete sich über sein ganzes Gesicht aus.

Beschämt schaute Grete zu Boden.

Dann fiel es ihr wie Schuppen von den Augen. Ruckartig hob Grete den Kopf und lief gemächlich auf ihn zu.

Sein glucksendes Lachen schlug ihr entgegen und sie wusste, dass sie ihn, oder besser gesagt sie, richtig erkannt hatte.

»Valerie, du?«, fragte Grete. »Ich hätte dich fast nicht erkannt.«

Grete musterte Valerie von oben bis unten. Sie hatte den Zylinder tief in die Stirn gezogen. Ihre blauen Augen blitzten darunter hervor wie Saphire. Ihre Oberlippe zierte ein Schnäuzer und ihre Haare hatte Valerie gekonnt unter dem Hut versteckt. Der Frack stand ihr ausgesprochen gut.

Grete fasste nach dem Bart und befühlte ihn. Täuschend echt.

»Ist aus dem Theater«, verriet Valerie, als Grete von ihr abließ. Sie half ihr aus dem Mantel.

Grete ließ es geschehen, auch wenn sie nun doch ein wenig fröstelte.

Valerie legte sich Gretes Mantel über den Arm, griff mit dem anderen nach Gretes Hand und hob sie, damit Grete sich vor ihr drehte.

»Wie schön du bist«, raunte Valerie.

»Was soll das alles?«, fragte Grete ebenso leise und sah sich verschämt nach allen Seiten um.

Sie hatte sich nicht nur einmal gewünscht, dass Valerie ein Mann wäre, um mit ihr sein zu können. Unzählige Male hatte sie sich Vorwürfe für ihre Gefühle gemacht, die so unschicklich waren wie das Treiben in den *Wegener'schen Stuben*.

Genauso oft hatte sie feststellen müssen, dass sie nichts gegen ihre Gefühle für Valerie tun konnte. Sie ließen sich nicht unterdrücken und der Gedanke an Valerie hatte ihr an manchen Tagen über schwere Stunden und arbeitsreiche Zeiten hinweggeholfen.

Sie liebte Valerie.

»Ich habe uns ein Zimmer gebucht mit Abendessen«, sagte Valerie, holte Grete aus ihrer Erinnerung und zog sie Richtung Hoteleingang.

»Hier?« Grete verstand noch immer nicht, was das alles zu bedeuten hatte. Sie blickte Valerie hilflos an.

Valerie drehte sich zu ihr. In ihrem Blick lagen Wärme und Zuneigung, dass es Grete ganz anders wurde. Ihr Herz machte ein paar Saltos und drohte aus ihrer Brust zu springen.

»Kannst du dich erinnern, als du mir das Hochzeitsfoto deiner Eltern gezeigt hast?«

Grete nickte. Natürlich konnte sie das. Noch nie zuvor hatte sie dieses Foto jemandem gezeigt. Nur Johann wusste von dessen Existenz.

»Du hast damals gesagt, dass es dein Traum ist, in einem solchen Kleid zu heiraten. Ich bin kein strammer Bursche, das Kleid ist etwas anders und es ist keine Sommer- und auch nicht die Doppelhochzeit, die du dir gewünscht hast, aber ...« Valeries Stimme versagte und nun war sie es, die Grete unbeholfen musterte.

Grete riss erstaunt die Augen auf und die Röte stieg ihr ins Gesicht. Sie hatte sich nicht getäuscht. Bei dem Kleid handelte es sich tatsächlich um ein Brautkleid. Um ihr Brautkleid.

Sie war die Braut und Valerie war ihr Bräutigam.

»Wenn du willst ...«, flüsterte Valerie kaum hörbar und nestelte nervös in der Tasche ihres Anzuges herum. Sie zog etwas Weißes daraus hervor und rollte es auseinander. Es war ein an den Rändern mit Spitze besetzter Schleier aus Tüll.

Grete stiegen die Tränen in die Augen und in ihr brausten Gefühle auf, von deren Existenz sie nicht gewusst hatte.

Ja, sie wollte! Und zwar mit Haut und Haar.

Zum Zeichen ihres Einverständnisses beugte sie ihren Kopf hervor.

Valerie befestigte den Schleier daran und ergriff Gretes Hand.

Grete seufzte erleichtert und befühlte mit der freien Hand den Brautschleier.

Konnte es eine schönere Liebeserklärung geben als diese?

Das war ihre kleine, überhaupt nicht bescheidene Hochzeit.

Und das mit der Person, die sie neben ihrem Bruder am meisten auf dieser Welt liebte.

Nachwort

Die Geschichte um Grete und Johann Brückner, Dr. Joseph Abbel, Valerie Pavlowa, den Gebrüdern Gehrlicher sowie Reporter Arthur Kessler ist fiktiv in den Kontext der damaligen Historie eingebettet. Ich habe mich bei historischen Ereignissen, Fortschritten der medizinischen Entwicklung sowie den Gegebenheiten in der Modebranche an überlieferte Daten und Fakten gehalten. Lediglich den Zeitraum, in dem die historischen Ereignisse stattfanden, und deren Abfolge habe ich aus dramaturgischen Gründen gerafft. So dauerte es eigentlich acht lange Jahre vom Anlegen der Segelohren eines Jungen im Jahr 1896 bis zur ersten aufwendigeren Rhinoplastik mit der Erstellung eines Nasenbeins aus Elfenbein in den Jahren 1902 bis 1904.
Auch historische Figuren sind der Dramaturgie wegen und aus Mangel an überlieferten Fakten teilweise fiktionalisiert.

So basiert die Figur Dr. Joseph Abbel auf dem Lebenslauf des Begründers der kosmetischen Chirurgie in Deutschland, **Dr. Jacques Joseph** (1865 – 1934), geborener Jakob Lewin.
Der unter dem Spitznamen *Nasenjoseph* bekannte Arzt schloss 1889 sein Medizinstudium an der *Friedrich-Wilhelm-Universität Berlin* ab. Ab 1892 assistierte er Ju-

lius Wolff, genannt *Knochenwolff,* an der *Berliner Universitätsklinik* in der orthopädischen Chirurgie. 1896 legte er dort einem Jungen die Segelohren an, ohne dies mit Wolff abzusprechen.

Ein Skandal, zumal der Junge ansonsten kerngesund war. Wolff kündigte ihm und Joseph eröffnete eine Privatpraxis für Allgemeinmedizin und Chirurgie.

Bereits 1898 führte Joseph in eigener Praxis die erste Nasenverkleinerungsplastik - Rhinoplastik – über einen äußeren Zugang aus. Sein Patient war ein 28-jähriger Gutsbesitzer. 1902, vier Jahre nach der Operation des Gutsbesitzers, hatte Joseph bereits zehn Nasen verkleinert, 1904 vierzig und 1907 zweihundert.

Unter der Bedingung, von seinem jüdischen Glauben zu konvertieren, bot man ihm eine Anstellung an der Charité an. Obwohl nicht streng gläubig, lehnte Dr. Jaques Joseph ab.

1904 erfand er die intranasale Operationstechnik, also ohne sichtbare Narben, ersetzte Knochen und Knorpel durch Elfenbein und entwarf dazu eigens Operationsinstrumente. Zu ihnen zählt das Raspatorium. Es wird noch heute in der Schönheitschirurgie verwendet und unter Fachleuten *der Joseph* genannt.

Während des Ersten Weltkrieges wurde Dr. Jacques Joseph ohne weitere Bedingung an die Charité berufen, wo seine Arbeit endlich anerkannt wurde.

Schreiberling Arthur Kessler orientiert sich an Egon Erwin Kisch (1885 - 1945). Kisch gilt als einer der bedeutendsten Journalisten in der Geschichte des Journalismus und wurde als *der rasende Reporter* bekannt. Wie Kessler veröffentlichte er bereits als Kind seine ersten

Texte und verpflichtete sich später dem investigativen Journalismus.

Auch den Lebensweg anderer historischer Figuren in diesem Roman habe ich fiktionalisiert.
Die Figuren Grete, Johann, Valerie, Ewa, Dr. Franz Lichte, die Gebrüder Gehrlicher sowie die Baroness Therese von Callenberg sind frei erfunden.
Ich habe den Roman als Serie für TV und Streaming entwickelt und selbst in Buchform adaptiert. Und dies ist lediglich der erste Teil, denn von Grete, Valerie, Dr. Abbel, Johann & Co. ist noch einiges zu erzählen.

Register weiterer historischer Personen

Edwin Bechstein (1859 – 1934) übernahm zusammen mit seinen Brüdern nach dem Tode des Vaters Carl Bechstein im Jahre 1900 dessen Pianoforte-Fabrik in Berlin. Edwin Bechstein leitete den Instrumentenbau und war von Beginn an ein fanatischer Unterstützer Adolf Hitlers, so finanzierte er ihm nach dessen Festungshaft 1924 ein Automobil von Benz & Cie.

Philipp Freudenberg (1833 – 1919) war ein deutscher Kaufmann. Er wurde 1889 Teilhaber des Berliner Konfektionshauses Gerson. 1891 votierte er zum Alleinbesitzer und baute das Kaufhaus zum führenden Modehaus Europas aus.

Dr. Friedrich Trendelenburg (1844 – 1910) wurde mit nur 29 Jahren im Jahr 1874 der erste Direktor der Chirurgie im fast fertiggestellten Krankenhaus Friedrichshain. Dort führte er die Antisepsis nach Joseph Lister ein und rückte das erste weltliche Krankenhaus damit in den Mittelpunkt des medizinischen Interesses.

Leopold Ullstein (1826 - 1899) gründete 1877 den Ullstein Verlag, den er bis zu seinem Tod erfolgreich zu einem Verlagsimperium ausbaute. Er erwarb und gründete Zeitungen wie das *Neue Berliner Tagblatt*, die *B.Z.* und die *Berliner Illustrirte Zeitung*.

Rudolf Ludwig Carl Virchow (1821 - 1902) war einer der größten Denker, Mediziner, Ethnologen und Sozialreformer des 19. Jahrhunderts. Er setzte sich für die Schaffung einer staatlichen medizinischen Grundversorgung ein, aus der die gesetzliche Krankenversicherung hervorging, zudem für den Bau einer Kanalisation und die Verbesserung der Berliner Wohnverhältnisse und regte den Bau städtischer Krankenhäuser an. Er entdeckte den Erreger Tuberkulose, für den er Post mortem den Nobelpreis erhielt. Zudem beschrieb er unter anderem die Krankheitsbilder von Embolie, Thrombose (Virchow-Trias) und Leukämie.

Julius Wolff (1836 – 1902) war Arzt und Pionier der orthopädischen Chirurgie. Seine Arbeit bildete die Basis für die Abnabelung der Orthopädie als eigenständige Disziplin in der Medizin. Er war der erste Professor für Orthopädie an der *Charité* und später Begründer und Direktor der ersten *Poliklinik für orthopädische Chirurgie in Berlin*.